Ambrose Parry

Die Tinktur des Todes

PIPER

Zu diesem Buch

»Er ging durch die Hintertür, vorbei am Küchenabfallhaufen, und kam aus einer Gasse auf das Canongate. Unter dem schwarzen Himmel war die Luft kühl, aber alles andere als frisch. Hier stank es aus allen Winkeln vor Unflat, so viele Leben stapelten sich im schmutzigen Labyrinth der Old Town, ganz wie bei Bruegels ›Turmbau zu Babel‹ oder Botticellis ›Karte der Hölle‹.«

Atmosphärische Spannung trifft in diesem Kriminalroman der besonderen Art auf gefährliche medizinische Experimente. Das Autorenduo Ambrose Parry hat medizingeschichtliche Meilensteine mit einem aufregenden Fall gepaart und lässt den jungen Medizinstudenten Will tief in die dunklen Gassen des historischen Edinburgh vordringen. Neu entdeckte Betäubungsmittel, Missgeschicke und eine Ermittlung auf eigene Faust sorgen für Nervenkitzel und eiskalte Spannung.

Ambrose Parry ist das gemeinsame Pseudonym von Christopher Brookmyre und Marisa Haetzman. Das Paar ist verheiratet und lebt in Schottland. Brookmyre arbeitete als Journalist in London, Los Angeles und Edinburgh. Der preisgekrönte Autor hat über zwanzig Romane veröffentlicht, darunter internationale Bestseller. Marisa Haetzman ist Medizinhistorikerin und hat zwanzig Jahre als Anästhesistin gearbeitet. Ihre Forschungsarbeit zur modernen Anästhesie inspirierte das Paar zu seinem ersten gemeinsamen Roman »Die Tinktur des Todes«.

Ambrose Parry

DIE TINKTUR DES TODES

Roman

Aus dem Englischen von
Hannes Meyer

PIPER

Mehr über unsere Autorinnen, Autoren und Bücher:
www.piper.de

Wenn Ihnen dieser Roman gefallen hat, schreiben Sie uns unter Nennung des Titels »Die Tinktur des Todes« an *empfehlungen@piper.de*, und wir empfehlen Ihnen gerne vergleichbare Bücher.

Von Ambrose Parry liegen im Piper Verlag vor:
Die Morde von Edinburgh:
Band 1: Die Tinktur des Todes
Band 2: Das Gift der Lüge

Unser Versprechen für mehr Nachhaltigkeit
• Klimaneutrales Produkt
• FSC®-zertifiziertes Papier
• Hergestellt in Europa

FSC www.fsc.org
MIX
Papier aus verantwortungsvollen Quellen
FSC® C083411

Ungekürzte Taschenbuchausgabe
ISBN 978-3-492-30748-2
Mai 2022

Titel der englischen Originalausgabe:
»The Way of All Flesh«, Canongate, Edinburgh 2018
Published by arrangement with Canongate Books Ltd,
14 High Street, Edinburgh EH1 1TE

erschienen im Verlagsprogramm Pendo
Redaktion: Kerstin Kubitz
Umschlaggestaltung: U1berlin / Patrizia Di Stefano
Umschlagabbildung: Lee Avison / Trevillion Images; Getty Images
Satz: Satz für Satz, Wangen im Allgäu
Gesetzt aus der Dante
Druck und Bindung: CPI books GmbH, Leck
Printed in the EU

Für Natalie

Kapitel 1

Eine gute Geschichte sollte nicht mit einer toten Dirne beginnen – dafür bitte ich um Verzeihung –, schließlich handelt es sich nicht um ein Thema, mit dem achtbare Menschen sich gern zu befassen pflegen. Doch gerade die Überzeugung, die braven Leute Edinburghs würden sich solch einer Angelegenheit niemals widmen, führte Will Raven im Winter 1847 auf seinen schicksalhaften Weg. Zwar hätte Raven die Entdeckung der unglücklichen Evie Lawson ungern als Beginn seiner eigenen Geschichte betrachtet gewusst, doch trieb ihn vor allem die Entschlossenheit an, dass es nicht das Ende der ihren bleiben durfte.

Er fand sie in einer kalten, schiefen, kleinen Dachkammer im vierten Stock am Canongate. Es stank nach Alkohol und Schweiß, kaum abgemildert von einer angenehmeren Note: einem Damenduft, wenn auch einem billigen, der nur eine käufliche Dame verhieß. Wenn er mit diesem Geruch in der Nase die Augen schloss, konnte er sich vorstellen, sie wäre noch dort und würde sich gleich zum dritten oder vierten

Mal in ebenso vielen Stunden wieder hinunter auf die Straße schleppen. Doch seine Augen standen offen, und er brauchte auch nicht nach dem fehlenden Puls zu tasten, um sich zu versichern.

Raven war mit dem Sterben vertraut und erkannte, dass ihr Übergang von diesem Leben ins nächste kein leichter gewesen war. Die Laken waren zerwühlt, also hatte sie sich wohl stärker gewunden als jemals zuvor in gespielter Leidenschaft, und Raven fürchtete, es habe länger gedauert als jede Zusammenkunft mit einem ihrer Freier. Ihr Körper ruhte ganz und gar nicht in Frieden, sondern er lag vollkommen verrenkt da, als quälte sie immer noch der Schmerz, der sie fortgetragen hatte, als hätte der Tod ihr keine Erlösung gebracht. Ihre Stirn blieb zerfurcht, ihr Mund aufgesperrt. In den Mundwinkeln hatte sich Schaum gesammelt.

Raven legte die Hand auf ihren Arm und zog sie schnell wieder zurück. Er erschrak vor der Kälte, auch wenn er es nicht hätte sollen. Schließlich war er den Umgang mit Leichen gewohnt, nicht allerdings den mit einer Leiche, deren Berührung im warmen Zustand er gekannt hatte. In diesem Augenblick des Kontaktes bewegte ihr Übergang von einem Menschen zu einer Sache in ihm etwas Uraltes.

Schon viele Männer vor ihm hatten in diesem Zimmer gesehen, wie Evie sich verwandelte: vom Objekt äußerster Begierde zum armseligen Gefäß des ungewollten Samens, angebetet bis zum Moment des Ergusses, dann verhasst.

Doch nicht er. Wann immer sie beieinander gewesen waren, hatte er sich allein mit einer Verwandlung befasst – mit dem Wunsch, sie alledem zu entheben. Er war nicht bloß ein weiterer Freier. Sie waren Freunde: Nicht wahr? Deshalb hatte sie ihm doch ihre Hoffnung verraten, einmal eine Anstellung als Dienstmädchen in einem ehrbaren Hause zu finden, und deshalb hatte er auch versprochen, sich ihrethalben zu erkundigen, sobald er in den rechten Kreisen verkehrte.

Deshalb hatte sie ihn um Hilfe gebeten.

Sie hatte ihm nicht sagen wollen, wofür das Geld war, nur dass es eilte. Raven vermutete, dass sie es jemandem schuldete, doch der Versuch, ihr zu entlocken, wem, war aussichtslos. Dazu war Evie viel zu erfahren in der Kunst der Täuschung. Jedenfalls wirkte sie außerordentlich erleichtert und versicherte ihm unter Tränen ihre Dankbarkeit, als sie die Summe hatte. Er verriet ihr nicht, woher er das Geld hatte, und verschwieg die Sorge, dass er nun womöglich bei demselben Geldleiher in der Kreide stand und Evies Schuld lediglich auf sich überschrieben hatte.

Letztere betrug zwei Guineas, von denen er gut und gerne mehrere Wochen hätte leben können und zu deren Rückzahlung er folglich nicht unmittelbar imstande war. Das sorgte ihn aber nicht. Er wollte helfen. Raven wusste, dass manche die Vorstellung belächelt hätten, doch wenn Evie glaubte, sie könne sich als Dienstmädchen neu erfinden, dann wollte er es um ihretwillen doppelt glauben.

Doch das Geld hatte sie nicht gerettet, und nun gab es keinen Ausweg mehr.

Er sah sich im Zimmer um. Die Reste zweier Kerzen flackerten in alten Ginflaschen, während eine dritte schon vor Langem ganz abgeschmolzen war. Im winzigen Kamin glommen noch schwach die Reste eines Feuers, in das sie normalerweise schon vor Stunden sparsam Kohlen aus der Schütte nachgelegt hätte. Am Bett stand eine flache Schüssel Wasser, über deren Rand nasse Lappen hingen, daneben ein Krug. Damit wusch sie sich hinterher. In der Nähe lag eine Flasche Gin in einem Pfützchen, das zeigte, wie wenig noch darin gewesen war, als sie umkippte.

Die Flasche trug kein Etikett, ihre Herkunft war unbekannt und deshalb verdächtig. Es wäre nicht das erste Mal gewesen, dass irgendein Hinterhoffuselbrenner versehentlich einen Todestrunk gepanscht hatte. Komplizierter wurde diese Deutung aber durch den Anblick einer noch halb vollen Flasche Brandy auf der Fensterbank. Die hatte wohl ein Freier mitgebracht.

Raven fragte sich, ob dieser auch Evies Todesqualen beigewohnt und die Flasche in der Eile, dem Nachspiel zu entfliehen, zurückgelassen hatte. Wenn Ersteres stimmte, warum hatte er dann nicht um Hilfe gerufen? Wahrscheinlich, weil es für manche ebenso schlimm wäre, mit einer kranken Buhldirne erwischt zu werden wie mit einer toten, warum sollte man also die Aufmerksamkeit auf sich lenken? Das war Edinburgh: öffentlicher Anstand und heimliche Sünde, Stadt Tausender Doppelleben.

Genau. Manchmal brauchte es nicht mal einen Erguss, damit sich das Gefäß verwandelte.

Er sah sich noch einmal die glasige Leere ihrer Augen an, die verzerrte Fratze, die nichts mehr mit ihrem Gesicht gemein hatte. Er schluckte, weil er einen Kloß im Hals hatte. Zum ersten Mal hatte Raven sie vier Jahre vorher gesehen, als er noch Internatsschüler an George Heriot's School für vaterlose Jungen gewesen war. Er erinnerte sich gut an die Tuscheleien der älteren Jungen, die wussten, wen sie vor sich hatten, wenn sie sie auf dem Cowgate sahen. Sie waren voll dieser seltsamen Mischung aus lüsterner Faszination und ängstlichem Spott gewesen, misstrauisch gegenüber all dem, was ihr eigener Instinkt sie spüren ließ. Sie wollten sie, sie hassten sie, selbst damals schon. Nichts hatte sich seitdem geändert.

In dem Alter wirkte die Zukunft ungreifbar, auch wenn er darauf zuraste. Für Raven war Evie die Gesandte einer Welt, die er noch nicht bewohnen durfte. Aus diesem Grunde betrachtete er sie als jemanden, der über ihm stand, auch dann noch, als er merkte, dass die Zukunft bereits da war, und erfuhr, wie überaus greifbar gewisse Dinge in Wirklichkeit waren.

Sie wirkte so viel älter, so viel weltgewandter, bis er mit der Zeit verstand, dass sie nur einen kleinen, düsteren Teil der Welt kennengelernt hatte, und den weit ausgiebiger, als es eine Frau jemals sollte. Eine Frau? Ein Mädchen. Er erfuhr später, dass sie fast ein Jahr jünger war als er. Sie musste vierzehn gewesen sein, als er sie auf dem Cowgate gesehen hatte. Wie sie in seiner Vorstellung gewachsen war zwischen jenem Moment und dem, als er sie zum ersten Mal besessen hatte: ein Versprechen wahrer Fraulichkeit und all dessen, was er sich davon erträumte.

Ihre Welt war klein und armselig gewesen. Sie verdiente es, einmal eine größere, eine bessere kennenzulernen. Deshalb hatte er ihr das Geld gegeben. Das war nun genauso fort wie sie, und Raven hatte nicht den geringsten Hinweis, wofür er mit seinen Schulden hergehalten hatte.

Einen Augenblick lang war ihm, als würden Tränen kommen, aber ein wachsamer Instinkt ermahnte ihn, sich von diesem Ort zu entfernen, bevor er gesehen wurde.

Er verließ das Zimmer mit leisen Schritten und schloss behutsam die Tür. Als er die Treppe hinabschlich, kam er sich wie ein Dieb und Feigling vor, der Evie zurückließ, um seinen Ruf zu schützen. Von anderswo auf dem Stockwerk hörte er Kopulationsgeräusche, die übertriebenen Schreie einer jungen Frau, die Ekstase vortäuschte, um das Ende herbeizuführen.

Raven fragte sich, wer Evie nun finden würde. Wahrscheinlich ihre Vermieterin: die durch und durch verschlagene Effie Peake. Obgleich sie gern Unwissenheit vorschützte, wenn es ihr nutzte, entging ihr wenig von dem, was unter ihrem Dach geschah, zumindest bevor sie sich am Abend dem Gin hingab. Raven war sich aber sicher, dass es dafür noch zu früh war, weshalb er besonders leise auftrat.

Er ging durch die Hintertür, vorbei am Küchenabfallhaufen, und kam über dreißig Meter von der Vordertür entfernt aus einer Gasse auf das Canongate. Unter dem schwarzen Himmel war die Luft kühl, aber alles andere als frisch. Hier stank es aus allen Winkeln vor Unflat, so viele Leben stapelten sich im schmutzigen Labyrinth der Old Town, ganz wie bei Bruegels Turmbau zu Babel oder Botticellis Karte der Hölle.

Raven wusste, dass er für eine letzte Nacht in sein kaltes, freudloses Zimmer in der Bakehouse Close zurückkehren sollte. Am nächsten Tag stand ihm ein vollständiger Neuanfang bevor, für den er sich ausruhen musste. Nach allem, was er gesehen hatte, würde der Schlaf aber ohnehin ausbleiben. Es war weder eine Nacht für Einsamkeit noch für Nüchternheit.

Das einzige Gegenmittel gegen das Aufeinandertreffen mit dem Tod bestand in einer innigen Umarmung des Lebens, auch wenn es eine übel riechende, verschwitzte und grobe war.

Kapitel 2

A*itken's Tavern* war ein Sumpf aus Leibern, ein Donnerlärm aus Männerstimmen, die einander immer lauter zu übertönen suchten, und das Ganze in einen dichten Pfeifendunst gehüllt. Raven selbst frönte dem Tabak nicht, genoss aber seine Süße in der Nase, ganz besonders in einem Lokal wie diesem, wo er andere Gerüche überdeckte.

Raven stand an der Bar, trank Ale und redete mit niemand Besonderem, allein, aber nicht einsam. An diesem warmen Platz konnte man sich gut verlieren, das Stimmengewirr bot seinen Gedanken einen besseren Hintergrund als jede Stille, aber ihm war auch die Ablenkung durch die verschiedenen Gespräche willkommen, als wäre jedes von ihnen eine winzige Szene, die sich zu seiner Zerstreuung abspielte. Es wurde über den Bau der neuen Caledonian Railway Station am Ende der Princes Street gesprochen, und Sorgen wurden geäußert, dass nun Horden hungernder Iren aus Glasgow einfallen würden.

Jedes Mal, wenn er sich umdrehte, sah er Gesichter, die er kannte, manche schon aus der Zeit, als er ein Lokal wie dieses noch gar nicht betreten durfte. Die Old Town wimmelte von Tausenden von Menschen, die man ein Mal auf der Straße sah und danach nie wieder, und doch hatte sie gleichzeitig etwas von einem Dorf. Wo man auch hinschaute, fand man vertraute Gesichter – und ebenso vertraute Augenpaare, die einem folgten.

Er bemerkte einen Mann mit uraltem, lumpigem Hut, der mehr als einmal einen Blick in seine Richtung warf. Raven erkannte ihn nicht, aber jener ihn offensichtlich schon, und sein Blick zeugte kaum von Zuneigung. Sicher jemand, mit dem er sich einmal geprügelt hatte, wobei das Bier nicht nur den Streit herbeigeführt, sondern auch Ravens Gedächtnis getrübt hatte. Lumpenhuts sauertöpfischer Miene nach zu urteilen hatte er wohl den Kürzeren gezogen.

Womöglich war der Alkohol aber nicht der einzige Grund gewesen, zumindest auf Ravens Seite. Manchmal hatte er ein düsteres Verlangen in sich, auf das er mittlerweile achtgab, wenn auch nicht genug, um es vollkommen zu beherrschen. An diesem Abend hatte er es wieder im Zwielicht der Dachkammer gespürt, und er konnte nicht sagen, ob er hierhergekommen war, um es zu ertränken oder zu bestärken.

Er erwiderte Lumpenhuts Blick noch einmal, woraufhin der zur Tür huschte. Er bewegte sich zielgerichteter als wohl die meisten Männer, die einen Pub verlassen, und warf noch einen letzten Blick auf Raven, bevor er in die Nacht entschwand.

Raven widmete sich wieder seinem Bier und dachte nicht mehr an ihn.

Als er seinen Krug wieder hob, schlug ihm eine Hand auf den Rücken, verweilte und griff seine Schulter. Instinktiv ballte er die Faust, holte aus und fuhr herum.

»Langsam, Raven! Begrüßt man so einen Kollegen? Erst recht einen, der noch genügend Kleingeld in der Tasche hat, um es mit seinem Durst aufzunehmen?«

Es war sein Freund Henry, den er wohl im Getümmel übersehen hatte.

»Entschuldigung«, erwiderte Raven. »Man kann heutzutage im *Aitken's* gar nicht mehr vorsichtig genug sein, das Lokal hat nachgelassen. Wie ich höre, lassen sie mittlerweile sogar schon Chirurgen rein.«

»Einen Mann von deinen Aussichten hätte ich auch gar nicht mehr in einer Schenke der Old Town erwartet. Du hast Großes vor dir. Den besten Einstand wird es sicher nicht abgeben, wenn du dich deinem neuen Arbeitgeber nach durchzechter Nacht vorstellst.«

Henry scherzte, das wusste Raven, aber doch war es ein Wink zur rechten Zeit, dass er es nicht übertreiben durfte. Ein, zwei Gläser würden ihm sicher schlafen helfen, aber jetzt, da er Gesellschaft hatte, würde es wahrscheinlich nicht dabei bleiben.

»Und du selbst? Erwarten dich am Morgen denn keine Verpflichtungen?«, erwiderte Raven.

»Doch, in der Tat, aber da ich meinen alten Freund Will Raven verhindert wähnte, ersuchte ich den Beistand meiner beiden Gefährten Hopfen und Malz, um den Kummer meines heutigen Tagewerks abzumildern.«

Henry reichte ein paar Münzen über die Theke, und ihre Krüge wurden wieder aufgefüllt. Raven dankte ihm und sah zu, wie Henry einen großen Schluck trank.

»Eine beschwerliche Schicht also?«, fragte Raven.

»Eingeschlagene Schädel, gebrochene Knochen und ein weiterer Tod durch Peritonitis. Wieder eine junge Frau, armes Ding. Wir konnten ihr nicht helfen. Professor Syme konnte den Auslöser nicht ermitteln, was ihn in äußerste Rage versetzte und natürlich die Schuld aller anderen war.«

»Es wird also eine Obduktion geben?«

»Ja. Zu schade, dass du nicht dabei sein kannst. Klügeren Rat als unser derzeitiger Pathologe wüsstest du mit Sicherheit. Der ist oft ebenso alkoholgetränkt wie die Präparate in seinem Labor.«

»Eine junge Frau, sagst du?«, fragte Raven und dachte an die, die er eben erst zurückgelassen hatte. Evie würde keine solche Aufmerksamkeit auf sich ziehen, wenn sie gefunden wurde.

»Ja, warum?«

»Einfach so.«

Henry trank einen großen Schluck und musterte Raven nachdenklich. Der ahnte, welcher peinlichen Untersuchung er ausgesetzt war. Henry war ein begnadeter Diagnostiker, und das nicht nur im Bereich körperlicher Gebrechen.

»Geht es dir gut, Raven?«, fragte er mit aufrichtigem Ton.

»Besser, wenn ich das hier intus habe«, erwiderte er und gab sich Mühe, fröhlicher zu klingen. Doch Henry ließ sich nicht so leicht täuschen.

»Du hast bloß ... diesen Blick, vor dem ich mich schon vor Langem in Acht zu nehmen gelernt habe. Weder teile ich deine krankhafte Hadersucht, noch möchte ich dich später zusammenflicken müssen, wenn ich eigentlich schlafen sollte.«

Raven wusste, dass ihm keine Widerrede zustand. Alle Anschuldigungen waren wahr, auch der Funke dieses düsteren Verlangens, der an diesem Abend in ihm glomm. Doch das Bier würde ihn auslöschen, da war er sich nun, in Henrys Gesellschaft, sicher.

Du hast den Teufel in dir, hatte seine Mutter ihn als Kind oft ermahnt. Manchmal geschah das im Scherz, manchmal weniger.

»Ich habe jetzt gute Aussichten, Henry«, versicherte er, schob etwas Geld über die Theke und bat mit einer Geste, die zwei Krüge nachfüllen zu lassen, »und ich habe nicht vor, sie aufs Spiel zu setzen.«

»In der Tat gute Aussichten«, antwortete Henry. »Doch warum der geschätzte Professor der Geburtshilfe gerade einem Schurken wie dir einen solch begehrten Posten angeboten hat, bleibt mir ein Rätsel.«

So ungern er es zugab, beschäftigte diese Frage auch ihn. Er hatte hart für die Anerkennung des Professors gearbeitet, aber es hatte mehrere gleichermaßen gewissenhafte und arbeitsame Mitbewerber um die Famulatur gegeben. Er hatte keinen festen Anhaltspunkt, warum gerade er den Vorzug bekommen hatte, und er dachte nur ungern darüber nach, ob diese Entscheidung womöglich aus einer flüchtigen Laune heraus getroffen worden war.

»Der Professor kommt selbst aus einfachen Verhältnissen«, sagte Raven, was Henry ebenso wenig zufriedenstellen dürfte wie ihn selbst. »Vielleicht glaubt er, dass derartige Gelegenheiten nicht allein den Hochwohlgeborenen vorbehalten bleiben sollten.«

»Oder er hat eine Wette verloren, und du bist die Schuld.«

Das Bier floss und mit ihm die alten Geschichten. Das half. Evies Anblick flackerte ihm immer wieder vor Augen wie die Kerzen in ihrer Kammer. Aber während er Henry zuhörte, musste er an die Welt denken, die Evie nicht zu sehen bekommen hatte, an die Gelegenheit, die ihn auf der anderen Seite der North Bridge erwartete. Ein Teil seiner Liebe zu diesem Ort und der Old Town im Allgemeinen war an diesem Abend gestorben. Es war an der Zeit, das alles zurückzulassen, und wenn jemand an Neuanfänge glaubte, dann Will Raven. Er hatte sich schon einmal neu erfunden, und er würde es nun wieder tun.

Mehrere Bierkrüge später standen sie draußen vor *Aitken's* und sahen ihren Atem in der kühlen Luft zu Dampf werden.

»Es war schön, dich mal wieder zu sehen«, sagte Henry. »Aber ich muss zu Bett. Syme operiert morgen, und er ist hundsgemein, wenn er bei seinen Assistenten noch Tabak und Bier vom Vorabend riecht.«

»Ja, ›hundsgemein‹ passt auf Syme«, erwiderte Raven. »Obwohl mir da noch ganz andere Tiere einfallen würden. Ich kehre einstweilen noch ein letztes Mal in mein Quartier bei Mrs Cherry zurück.«

»Du wirst sie und ihr klumpiges Porridge sicher noch vermissen«, rief Henry, als er in Richtung Infirmary auf die South Bridge einbog. »Ganz zu schweigen von ihrer überschäumenden Wesensart.«

»Die und Syme würden sicher ein gutes Paar abgeben«, rief Raven zurück, ging über die Straße und Richtung Osten auf seine Unterkunft zu.

An gewisse Umstände seiner Zeit hier würde Raven sich wohl einmal voller Nostalgie, ja Wehmut erinnern, aber seine Bleibe zählte nicht dazu. Ma Cherry war ein zänkisches altes Weib, das seinem Namen nur insoweit gerecht wurde, als auch sie rund und rot war, aber süß war an ihr überhaupt nichts. Sie war sauer wie Ohrenschmalz und vertrocknet wie eine Wüstenleiche, aber sie führte eine Pension, die zu den günstigsten der Stadt zählte; in Sachen Komfort und Sauberkeit eine Stufe über dem Zuchthaus.

Der Wind blies ihm einen kalten Nieselregen um die Ohren, als er die High Street hinab Richtung Netherbow ging. Seit er bei *Aitken's* aufgebrochen war, waren Wolken aufgezogen, und das Mondlicht war verschwunden. Ihm fiel auf, dass manche der Straßenlaternen dunkel blieben, sodass es fast unmöglich war, den Kothaufen auf dem Trottoir auszuweichen. Im Stillen verfluchte er den Laternenanzünder,

der seine doch sicher recht einfache Arbeit nicht getan hatte. Wenn er selbst so nachlässig wäre, würden Menschen sterben.

Das Anzünden der Laternen fiel genauso in den Zuständigkeitsbereich der Polizei wie das Sauberhalten der Gosse. Vorrang vor allem anderen aber hatte für sie die Ermittlung und Rückführung gestohlenen Eigentums. Wenn sie dieser Pflicht ebenso gewissenhaft nachkam wie ihren anderen, konnte jeder Dieb in den Lothian Districts ruhig schlafen, dachte Raven.

Als er sich der Bakehouse Close näherte, trat er in etwas Weiches, und sein linker Schuh füllte sich mit Wasser; zumindest hoffte er, dass es Wasser war. Er hinkte ein paar Meter und versuchte abzuschütteln, was noch an seiner Sohle hing. Dann merkte er, dass eine Gestalt aus einem Eingang getreten war und ein Stück weit vor ihm stand. Er fragte sich, worauf der Bursche wartete und warum er im immer stärkeren Regen verweilte. Bis Raven in der Dunkelheit sein Gesicht erkannte, war er dem anderen so nah gekommen, dass er auch schon den Gestank seiner Zahnfäule roch.

Seinen Namen kannte Raven nicht, aber er hatte ihn schon einmal gesehen: einer von Flints Männern. Raven hatte ihn »das Wiesel« getauft, weil er verstohlen wirkte und ein Nagetiergesicht hatte. Das Wiesel war sicher niemand, der Raven allein entgegentreten würde, also hatte er vermutlich einen Spießgesellen in der Nähe. Wahrscheinlich den etwas lahmgeistigen Burschen, der auch zuletzt bei ihm war: Stummel, wie Raven ihn nannte, weil ihm nur noch ein einzelner Zahn aus dem ruinierten Kiefer ragte. Wahrscheinlich war Raven ein paar Augenblicke zuvor an ihm vorbeigekommen, ohne es zu merken. Er lauerte sicher in einem anderen Hauseingang, um Raven den Weg abzuschneiden, falls er wegrannte.

Dieses Treffen beruhte nicht auf Zufall. Ihm fiel wieder

der Mann ein, der ihn angestarrt und dann so zielstrebig das Lokal verlassen hatte.

»Mr Raven, Sie gehen mir doch nicht etwa aus dem Weg, oder?«

»Da mir nichts einfällt, was mir Ihre Gesellschaft anempfehlen würde, wäre es tatsächlich ein allgemeiner Vorsatz meinerseits, Ihnen auszuweichen, nur ahnte ich nicht, dass ich gesucht werde.«

»Wer Mr Flint etwas schuldet, wird immer gesucht. Aber Sie können sich meiner Abwesenheit gewiss sein, sobald Sie Ihre Schulden beglichen haben.«

»Beglichen? Ich schulde die Summe doch kaum vierzehn Tage! Wie wäre es also, wenn Sie mir schon mal einen Vorschuss auf Ihre Abwesenheit geben und mir aus dem Weg treten?«

Raven schob sich an ihm vorbei und ging weiter. Das Wiesel versuchte weder, ihn aufzuhalten, noch folgte es gleich. Es wartete wohl auf seinen Spießgesellen. Das Wiesel und Stummel waren es gewohnt, bereits gebrochenen Männern auch noch die Knochen zu brechen, und vielleicht hatte irgendein feiger Instinkt gespürt, dass Raven einem Kampf nicht ganz abgeneigt war. Zuvor hatte das Bier vielleicht das Feuer in ihm gelöscht, aber der Anblick dieser Afterblüte ließ es wieder auflodern.

Raven ging langsam und hörte die Schritte hinter sich. Er suchte im Zwielicht nach einer Waffe. Alles konnte als solche dienen – man musste nur wissen, wie. Sein Fuß stieß an etwas Hölzernes, und Raven hob es auf. Es war ein gesplitterter, ansonsten aber recht solider Stock.

Raven fuhr herum, richtete sich gleichzeitig auf und holte mit dem Knüppel in der Rechten aus, als in seinem Kopf etwas explodierte. Alles war Licht und eine Peitschenbewegung, als würde sein schlaffer Körper von seinem Kopf mitgerissen. Zu plötzlich, als dass er sich hätte abfangen können, knallte er auf das nasse Pflaster, dass die Knochen klapperten.

Benommen öffnete er die Augen und sah auf. Der Schlag hatte ihm wohl das Bewusstsein genommen, denn er fantasierte. Über ihm stand ein Monster. Ein Riese.

Von einer weit über zwei Meter großen Kreatur wurde er in eine dunkle Gasse geschleift. Schon der Kopf war doppelt so groß wie der jedes Menschen, die Stirn unmöglich hervorgewachsen wie ein Felsvorsprung an einer Klippe. Raven war gelähmt vor Schmerz und Schock und unfähig, sich zu regen, als dieser Gargantua sich vor ihm aufbäumte und mit dem Absatz auf ihn einstampfte. Ravens eigener Schrei hallte von den Mauern wider, als der Schmerz in ihm aufwallte. Er wand sich und zog alle Gliedmaßen nah an sich, bevor das baumstammartige Bein seines Angreifers noch einmal wie vom Vorschlaghammer getrieben auf ihn niederging.

Gargantua setzte sich rittlings auf ihn, sodass das bloße Gewicht seiner Schenkel Ravens Arme an den Boden heftete. Alles an diesem Monster wirkte gestreckt und außer Proportion, als wären manche seiner Teile einfach weitergewachsen und hätten den Rest zurückgelassen. Als es den Mund öffnete, zeigten sich gleichmäßige Lücken zwischen den Zähnen, also hatten die Kiefer sich wohl noch um sie ausgedehnt.

Der Schmerz war unbeschreiblich, und das Wissen, dass Gargantuas Fäuste jeden Moment ungehindert auf ihn einprügeln konnten, machte ihn noch schlimmer. Kein Alkohol konnte ausreichen, seine Sinne davor zu betäuben, sonst würden die Operationssäle mehr Whisky verbrauchen als *Aitken's*.

In seinem Kopf tobte ein Sturm, zusammenhängende Gedanken waren zwischen Qual und Verwirrung kaum zu fassen, aber eins schien klar: Der Versuch war aussichtslos, sich zu wehren. Wollte dieses Monster ihn töten, würde er hier in dieser Gasse sterben.

Gargantuas Gesicht bot einen grotesken Anblick, es war wilder und verzerrter als das jeden Wasserspeiers an einer Kirchenmauer, aber vor allem seine dicken, wurstartigen Finger zogen im Zwielicht Ravens Blick auf sich. Da seine eigenen Hände hilflos fixiert waren, war er allem ausgeliefert, was diese gigantischen Pranken mit ihm anstellen wollten.

Raven war erleichtert, als sie seine Taschen durchwühlten, was aber nur kurz währte, denn ihm fiel ein, dass dort nicht viel zu holen war. Gargantua hatte Ravens wenige verbleibende Münzen in der Hand, als das Wiesel aus dem Schatten trat, das Geld einsteckte und sich neben das Monster hockte.

»Ach, auf einmal sind wir gar nicht mehr so vorlaut, was, Mr Raven?«

Das Wiesel zog ein Messer aus der Tasche und hielt es ins spärliche Licht der Gasse, damit Raven es sah. Es war gut zehn Zentimeter lang, die Klinge dünn und um den Holzgriff ein blutverschmierter Lumpen gewickelt.

Raven betete stumm um ein schnelles Ende seiner Tortur. Vielleicht ein aufwärtsgerichteter Stich unter die Rippen. Das Perikard würde sich mit Blut füllen, sein Herz aufhören zu schlagen, und es wäre vorbei.

»Da ich nun Ihre Aufmerksamkeit habe, lassen Sie uns einmal mit dem gebührenden Ernst über Ihre Schulden bei Mr Flint sprechen.«

Die Masse des Monsters auf sich und die Kehle vor Schmerz zugeschnürt, fand Raven kaum den Atem zum Sprechen. Das merkte das Wiesel wohl, denn es bedeutete dem Riesen, gerade so viel Gewicht von Raven zu nehmen, dass er ein Flüstern herausbekam.

»Wie uns zu Ohren gekommen ist, haben Sie Ihr Licht unter dem Scheffel gehalten. Seit Ihnen die Summe geliehen wurde, erfuhren wir, dass Sie der Sohn eines vornehmen Anwaltes in St Andrews sind. Nach einer neuerlichen Einschätzung Ihres Status hat Mr Flint also das erwartete Rückzahlungsdatum etwas vorgezogen.«

Auch wenn Gargantua ihn nicht mehr erdrückte, spürte Raven nun ein anderes Gewicht auf sich. Es war die Last einer Lüge, die gemäß dem Gesetz der unvorhergesehenen Folgen zum Lügner zurückgekehrt war.

»Mein Vater ist schon lange tot«, keuchte er. »Meint ihr, wenn ich mir etwas von ihm hätte leihen können, hätte ich mich an Wucherer und Halsabschneider gehalten?«

»Das mag sein, aber ein Anwaltssohn dürfte in der Not auch auf andere Bekanntschaften zurückgreifen können.«

»Kann ich nicht. Aber wie ich Flint schon sagte, als ich mir das Geld lieh: Ich habe Aussichten. Wenn ich Geld verdiene, kann ich die Schulden mit Zinsen zurückzahlen.«

Das Wiesel beugte sich ein wenig tiefer zu ihm herab, und der Gestank aus seinem Mund war schlimmer als alles, was in der Gosse liegen mochte.

»Ach, Zinsen wird es geben. Aber für einen gebildeten Mann scheinen Sie mir die Lage nicht recht zu verstehen. Mr Flint wartet nicht auf Aussichten. Wenn Sie ihm Geld schulden, dann beschaffen Sie es.«

Das Wiesel presste Raven das Messer an die linke Wange.

»Und nur, dass Sie es wissen, wir Wucherer schneiden nicht nur Hälse ab.«

Langsam und tief zog er die Klinge über Ravens Wange und sah ihm dabei die ganze Zeit ins Auge.

»Ein kleines Andenken, dass Sie mir nicht die neue Rangfolge Ihrer Pflichten vergessen«, sagte er.

Das Wiesel schlug Gargantua auf die Schulter, um ihm zu bedeuten, dass sie fertig waren. Er stand auf, und der befreite Raven hielt sich die Hand ans Gesicht. Das Blut quoll ihm zwischen den Fingern hindurch, als er sanft die Wunde betastete.

Das Wiesel fuhr auf dem Absatz herum und trat Raven in den Bauch.

»Treib das Geld auf!«, zischte es. »Sonst ist nächstes Mal dein Auge dran.«

Kapitel 3

Raven blieb eine Weile in der Dunkelheit liegen und richtete seine ganze Aufmerksamkeit aufs Atmen. Nun, da seine Angreifer fort waren, erfüllte ihn eine tiefe Erleichterung, eine höchste Freude darüber, dass er nicht tot war. Unglücklicherweise drückte diese sich im unerwarteten Drang zu lachen aus, wogegen seine Rippen heftig aufbegehrten. Waren sie gebrochen? Wie große Verletzungen hatte er davongetragen? Waren Organe gequetscht worden? Er stellte sich vor, wie zwischen den Schichten seines Brustfells Blut tröpfelte, Druck auf die lädierte Lunge ausübte und ihre Ausdehnung auch jetzt noch einschränkte, da das Monster nicht mehr auf ihm war.

Er vertrieb die Vorstellung aus seinem Kopf. Wichtig war nur, dass er fürs Erste noch atmete, und solange das so war, hatte er gute Aussichten.

Er legte sich wieder die Hand auf die Wange. Sie war nass vor Blut und matschig wie eine Druckstelle an einem Pfirsich. Die Wunde war tief und breit. Er konnte nicht einfach in sein Zimmer bei Mrs Cherry zurückkehren, ohne die Verletzung versorgen zu lassen.

Raven schleppte sich zur Infirmary Street, wo er beschloss, die Pförtnerloge und die strengen Fragen wegen seines Äußeren zu meiden. Stattdessen folgte er der Mauer bis zu der Stelle, über welche die Chirurgen gern kletterten. Henry und seine Kollegen nutzten diesen Einstieg nach nächtlichen Ausflügen, da diese eine scharfe Maßregelung nach sich ziehen konnten. In seinem geschwächten Zustand benötigte er mehrere Anläufe, aber schließlich hievte Raven sich hinüber und stieg durch das niedrige Fenster nach drinnen, das zu diesem Zweck stets entriegelt war.

Er schlurfte über den Flur und lehnte sich an die Wand, wenn das Atmen zu schwer und schmerzhaft wurde. Ohne Zwischenfall schlich er an der chirurgischen Abteilung vorbei und hörte durch die Tür lautes Schnarchen. Das Geräusch kam wahrscheinlich von den Nachtpflegern, die oft die Weine und Spirituosen als Schlafmittel missbrauchten, welche eigentlich für die Patienten bereitstanden.

Raven kam an Henrys Tür und klopfte wieder und wieder, während jede Sekunde seine Angst wachsen ließ, Henry könnte nach dem Pub-Besuch nicht mehr ansprechbar sein. Schließlich schlug die Tür nach innen auf, und Henrys verschlafenes, zerzaustes Gesicht erschien dahinter. Seine erste Regung war der Schrecken vor der Kreatur, die ihn da mitten in der Nacht heimsuchte, dann erst erkannte er Raven.

»Herrgott, Raven! Was zum Teufel ist dir denn zugestoßen?«

»Es hat jemandem missfallen, dass ich nichts Stehlenswertes bei mir hatte.«

»Wir gehen gleich nach unten. Das muss genäht werden.«

»Die Diagnose hab ich auch schon gestellt«, sagte Raven. »Kennst du denn einen fachkundigen Chirurgen?«

Henry warf ihm einen bösen Blick zu. »Fordere mich nicht heraus!«

Raven legte sich hin und versuchte, sich zu entspannen, was nicht leichtfiel, da Henry sich seinem aufgeschlitzten Gesicht mit einer großen Nadel näherte. Raven zählte im Geiste nach, wie oft Henrys Krug wieder aufgefüllt worden war, und überschlug die Folgen für seine Fingerfertigkeit. Aber ob betrunken oder nüchtern, selbst die sauberste Naht würde ihm eine Narbe nicht ersparen, die in Zukunft immer den ersten Eindruck einer neuen Bekanntschaft prägen würde. Das würde sicher auch Auswirkungen auf sein Fortkommen haben, aber darüber durfte er gerade nicht nachdenken. Seine oberste Priorität lautete: nicht bewegen, was aber die gewaltigen Schmerzen und der Anblick von Henrys Nadel nicht erleichterten.

»Ich weiß ja, dass es schwierig ist, aber ich muss dich doch bitten, stillzuhalten und auch nicht zu zucken, wenn ich anfange. Die Wunde reicht bis nah ans Auge, und wenn die Naht misslingt, wird es hängen.«

»Dann werde ich dich nur noch mit scheelem Blick ansehen können«, erwiderte Raven.

»Warum das?«, fragte Henry; dann verstand er. »Herrgott, Raven!«

Henrys Gesicht war lustiger als der Scherz, aber jegliche Erleichterung, die es Raven brachte, forderte einen Tribut von seinen Rippen.

Raven lag still und versuchte, sich aus dem Hier und Jetzt zu entfernen, damit er die Prozedur weniger bewusst erlebte. Allerdings war sein erstes Ziel unwillkürlich Evies Kammer, sodass ihm der Anblick ihrer gekrümmten Leiche vor Augen kam, als Henrys Nadel zum ersten Mal in seine

Wange eindrang. Er merkte, wie sie sich durch die Haut in die weiche Schicht darunter bohrte, und stellte sich unvermittelt vor, wie sie in einer Bogenbewegung die Wunde querte, bevor sie wieder emporkam, als er spürte, wie das Katgut sein geschundenes Gesicht zusammenzurrte. Das schmerzte weit mehr als des Wiesels Messer, dem er nur wenige Sekunden lang ausgesetzt gewesen war.

Er hob die Hand, als Henry sich an den zweiten Stich machen wollte.

»Hast du Äther da?«, fragte er.

Henry sah ihn missbilligend an. »Nein. Du wirst es eben aushalten müssen. Schließlich amputieren wir dir hier ja kein Bein.«

»Das sagt sich leicht. Hast du dir schon einmal das Gesicht nähen lassen?«

»Nein, und dieses Glück könnte darauf zurückzuführen sein, dass ich auch nicht dazu neige, den Mond anzubellen und Streit mit den Zwielichtgestalten der Old Town vom Zaun zu brechen.«

»Ich habe gar keinen Streit vom … au!«

»Schweig still!«, forderte Henry, der nun weiternähte. »Ich kann nicht arbeiten, wenn deine Wange sich bewegt.«

Raven starrte ihn undankbar an.

»Der Äther versagt ohnehin zuweilen den Dienst«, erklärte Henry und zog das Katgut straff. »Syme hat ihn schon beinahe aufgegeben, und da nun vor Kurzem jemand an dem Zeug gestorben ist, dürfte das der letzte Nagel im Sarg sein.«

»Jemand ist daran gestorben?«

»Ja. Irgendwo unten in England. Der Pathologe sagte, es sei eine unmittelbare Folge des Äthers, aber Simpson hält immer noch daran fest.« Henry hielt inne. »Du kannst ihn ja selbst danach fragen, wenn du morgen bei ihm anfängst.«

Den Kopf dicht über Ravens Gesicht gebeugt fuhr Henry

mit dem Nähen fort. Raven roch das Bier in seinem Atem. Gleichwohl arbeitete Henry mit ruhiger Hand, und Raven gewöhnte sich an den Rhythmus aus Stich und Straffen. Kein Stich war weniger schmerzhaft als der vorangegangene, andererseits tat auch keiner so weh wie seine Rippen.

Henry trat einen Schritt zurück und begutachtete sein Werk. »Nicht schlecht«, verkündete er. »Vielleicht sollte ich mir vor jeder Operation ein paar Krüge bei *Aitken's* genehmigen.«

Henry weichte ein Stück Mull in kaltem Wasser ein und legte es auf die Wunde. Die Kühle tat überraschend gut, die erste angenehme Empfindung seit Ravens letztem Schluck Ale.

»Aber in dem Zustand kann ich dich nicht zurück in die Arme von Mrs Cherry schicken«, sagte Henry. »Ich gebe dir eine Dosis Laudanum und stecke dich in mein Bett. Ich kann den Rest der Nacht auf dem Boden schlafen.«

»Ich stehe in deiner Schuld, Henry, wirklich. Aber bitte erwähne nicht noch einmal die Arme von Mrs Cherry. In meinem derzeitigen Zustand lässt mich die Vorstellung sonst womöglich brechen.«

Henry musterte ihn mit analytischem Starren, aber sein Ton war verschmitzt.

»Du weißt doch sicher, dass sie für eine gewisse Zusatzgebühr Sonderdienstleistungen anbietet, oder?«, sagte er. »Wie ich höre, haben viele junge Gäste in ihren Armen Trost gesucht. Sie ist Witwe und braucht das Geld. Das ist keine Schande. Ich meine, mit der Narbe und dem hängenden Auge musst du vielleicht bald deine Ansprüche etwas anpassen.«

Nachdem sie wieder nach oben gegangen waren, führte Henry Raven zu seinem Bett, wo der sich vorsichtig niederließ. Es tat ihm an mehr Stellen gleichzeitig weh, als ihn jemals einzeln geschmerzt hatten. Seine Wange war durchzogen von Katgut, und auch ohne Scherz würde er seine Erwartungen an eine zukünftige Ehefrau tatsächlich senken müssen. Aber es hätte alles viel schlimmer kommen können. Er lebte noch, und morgen wartete ein neuer Anfang.

»So«, sagte Henry, »nun sollst du dein Laudanum bekommen. Aber falls du dich übergeben musst, vergiss bitte nicht, dass ich neben dir auf dem Boden liege, und ziele auf meine Füße, nicht auf den Kopf.«

Kapitel 4

Sarah verweilte im Büro des Professors, als es klingelte, eine unliebsame, aber unvermeidliche Unterbrechung dieses Moments der Ruhe. Hier erfüllte sie ihre Pflichten mit besonders viel Zeit und Sorgfalt, weil sie sich allzu gern in diesem Raum aufhielt. Er war ein Ort des Friedens in völliger Abgeschiedenheit vom Chaos des übrigen Hauses, aber die Zeiten der Zuflucht waren selten und meist von kurzer Dauer.

Mit dem Feuer hatte sie sich besondere Mühe gemacht und mit der Kohle nicht gegeizt. Im Winter wie im Sommer brannte der Kamin, damit es die Patienten warm hatten, die der Doktor hier behandelte, aber es war ein besonders kalter Tag, und der Raum brauchte eine Weile, um aufzutauen. Innen am Fenster neben dem Schreibtisch des Doktors hatte sich eine zarte Eisblume gebildet, die verschwand, als sie sie anhauchte. Sie wischte die Feuchtigkeit mit einem Lappen ab und genoss eine Weile die Aussicht. An klaren Tagen wie diesem konnte man bis nach Fife sehen. So hatte man es ihr zumindest gesagt. Sie selbst war noch kaum über die Vororte Edinburghs hinausgekommen.

Auf dem Tisch am Fenster türmten sich Bücher und Manuskriptstapel, um die Sarah vorsichtig herumwischen musste. Mit der Zeit hatte sie ihre Technik perfektioniert, aber während des Lernprozesses hatte sie mehrfach verirrte Blätter vor dem Feuer retten müssen.

So einladend hatte der Raum nicht immer gewirkt. Als sie neu in Dr. Simpsons Dienst getreten war, hatte sie schreckliche Angst vor allem gehabt, was ihr dort begegnete. An einer Wand stand eine hohe Vitrine, auf deren Böden sich Gläser mit anatomischen Präparaten aneinanderreihten: allerlei menschliche Organe in gelblicher Flüssigkeit. Viele davon waren verletzt, krank oder missgebildet, als wäre ihre bloße Gegenwart nicht schon genug.

Mit der Zeit jedoch war ihre Faszination für all das geweckt worden, selbst für das Glas, das zwei winzige Babys Gesicht an Gesicht, am Brustbein aneinandergewachsen, enthielt. Als sie es zum ersten Mal gesehen hatte, war sie von Fragen umgetrieben worden, wo so etwas herkommen mochte und wie es beschafft worden war. Ebenso fragte sie sich, ob es überhaupt anständig war, ein solches Präparat zu verwahren, diese offensichtlich menschlichen Überreste zu konservieren, statt die beiden zu beerdigen. War es statthaft, so etwas auszustellen? War es falsch, es sich anzuschauen?

Der untere Teil der Vitrine bestand aus einem geschlossenen kleinen Schrank und enthielt die Lehrmaterialien für die Geburtshilfevorlesung des Professors. Sarah wusste nicht, ob es erlaubt war, den Inhalt des Schränkchens zu erkunden, aber da es ihr nicht ausdrücklich verboten worden war, hatte sie ihrer Neugier nachgegeben, wenn ausnahmsweise einmal Zeit gewesen war. Es enthielt eine seltsame Sammlung von Beckenknochen und Geburtshilfeinstrumenten, deren jeweilige Verwendung sie nur erraten konnte. Natürlich lag dort eine Geburtszange, die Sarah schon kannte, aber es gab auch andere, mysteriösere Gerätschaften, die als Cephalotribe, Kranioklast oder Perforator ausgewiesen waren. Die Namen allein klangen schon brutal, und Sarah konnte sich nicht vorstellen, was diese Werkzeuge bei der Geburt eines Kindes zu suchen hatten.

In der mangelnden Organisation des Zimmers im Allgemeinen und der Bibliothek im Besonderen erkannte man ihren Herrn wieder. Diesen Missstand hätte Sarah nur allzu gern einmal behoben, hätte sie die Zeit dafür gehabt. Bücher standen an scheinbar zufällig gewählten Orten im Regal. Zum Beispiel stand ein in rotes Leder gebundenes Shakespeare-Kompendium zwischen der Familienbibel und der *Edinburgh Pharmacopoeia*, bei der aus irgendeinem Grund eine Liste der Haustiere der Familie auf die Innenseite des Deckels gekritzelt war.

Ehrfürchtig berührten ihre Finger jeden Buchrücken, während sie die Titel las: Paleys *Natural Theology*, Bells *The Anatomy and Physiology of the Human Body*, Adams *Antiquities*, Symes *Principles of Surgery*. Dann steckte Jarvis den Kopf durch den Türspalt.

»Miss Grindlay ruft nach dir«, sagte er und verdrehte beim Gehen die Augen.

Sarah ließ die Fingerspitzen noch einige Augenblicke auf den ledernen Buchrücken ruhen. Das war eine der großen Enttäuschungen ihrer Stelle: freier Zugriff auf eine bunte Sammlung von Büchern, aber nur allzu selten Gelegenheit, sie zu lesen. Ihre Hand verweilte auf einem Buch, das sie noch nie gesehen hatte. Sie zog es aus dem Regal und schob es sich in die Tasche.

Als sie den Raum verließ und an die Treppe kam, ging ein Regen aus Zeitungspapier von den höheren Stockwerken auf sie nieder. Offensichtlich war der Doktor auf dem Weg nach unten. Er las gern die Tageblätter – den *Scotsman* und den *Caledonian Mercury* – in ihrer Gesamtheit, bevor er aus dem Bett stieg, und machte sich einen Spaß daraus, sie auf dem Weg nach unten über die Balustrade zu werfen. Das erfreute besonders die beiden älteren Kinder David und Walter, die die Seiten gern zerknüllten und damit einander und die Angestellten bewarfen; Jarvis dagegen weniger, der hinterher alles aufräumen musste. Sarah manövrierte sich zwischen niedersegelnden Seiten, begeisterten Kindern und dem murrenden Butler hindurch und stieg die Treppe hinauf.

Als sie Aunt Minas Zimmer im dritten Stock betrat, sah sie sich dem üblichen Chaos gegenüber. Scheinbar war der gesamte Inhalt von Miss Mina Grindlays Kleiderschrank im Zimmer verteilt; Kleider und Unterröcke lagen auf jeder verfügbaren Fläche, ob Bett, Stuhl oder Boden. Mina selbst trug noch ihr Nachthemd und hielt sich vor dem Spiegel ein Kleid an, bevor sie es zu all den anderen warf.

»Da bist du ja endlich, Sarah. Wo zum Kuckuck warst du denn?«

Sarah ging davon aus, dass es sich um eine rhetorische Frage handelte, und blieb still. Mina schien fortwährend darüber entrüstet zu sein, dass Sarah auch andere Pflichten zu erfüllen hatte. Sie war das einzige Hausmädchen; wenn sie also nicht die Kohlen nachlegte, den Tee brachte, die Zimmer putzte und das Essen servierte, tat es niemand. Mrs Lyndsay verließ nur selten die Küche, und Jarvis, der Butler, Diener und allgemeines Faktotum, hatte schon alle Hände voll mit dem Doktor zu tun.

»Wie oft habe ich schon gesagt«, fuhr Mina fort, »dass eine Dame meines Standes ein Kammermädchen haben sollte?«

Fast jedes Mal, wenn ich hier hereinkomme, dachte Sarah.

»Man erwartet doch wohl nicht von mir, dass ich mich allein ankleide.«

»Mrs Simpson scheint es zu schaffen«, erwiderte Sarah.

Minas Augen blitzten auf, und Sarah wusste sofort, dass sie zu vorlaut gewesen war. Sie wollte sich gleich entschuldigen, aber Mina sprach schon wieder, und sie nun zu unterbrechen wäre noch schlimmer.

»Meine Schwester ist eine verheiratete Frau und noch dazu in Trauer. Die Auswahl ihrer Kleidung ist eine vollkommen triviale Angelegenheit.«

Sarah dachte an Mrs Simpson in dem schweren schwarzen Bombasin, den sie nun schon seit Monaten trug, bleich und fahl von der langen Zeit im Haus.

»Aber Sarah, du musst dir wirklich austreiben, jeden deiner Gedanken gleich herauszuplappern. Deine Meinung hast du für dich zu behalten, wenn dich niemand danach fragt. Als du die Stelle neu angetreten hast, habe ich das noch geduldet, aber vielleicht habe ich dir einen schlechten Dienst erwiesen, indem ich dich nicht schon früher in deine Schranken verwiesen habe. Wenn dir so etwas einmal vor jemand weniger Nachsichtigem unterläuft, hast du dich womöglich geradewegs auf die Straße geplappert, fürchte ich.«

»Ja, Ma'am«, antwortete Sarah und senkte den Blick.

»Vieles spricht für die Disziplin, seine Zunge im Zaum zu halten. Auch ich muss es oft tun, wenn ich nicht damit einverstanden bin, wie meine Schwester ihren Haushalt führt. Ich bin hier nur zu Gast und dankbar dafür, wie du auch dankbar für deine Anstellung sein solltest. Wir haben beide unsere Pflichten, und zu denen einer Frau meines Standes gehört eine geschmackvolle Kleidung.«

Mina deutete auf den Kleiderberg auf dem Bett, was bedeuten sollte, dass Sarah ihr bei der Auswahl helfen musste.

»Wie ist es denn mit dem hier?« Sarah hielt ein schlichtes

graues Seidenkleid mit Spitzenkragen hoch, den sie erst am Vortag gestärkt und gebügelt hatte.

Mina betrachtete das Kleid einige Minuten kritisch.

»Ach, es wird wohl reichen müssen«, sagte sie, »auch wenn ich fürchte, dass es keinen Mann nach der Feder greifen lassen wird, um mir ein Sonett zu widmen.«

Sarah warf einen Blick auf Minas Schreibtisch. Wie immer lag dort ein halb fertiger Brief und daneben ein Roman.

»Was lesen Sie denn gerade?«, fragte Sarah, die wusste, dass das Thema Literatur ihren Vorwitz schnell aus den Gedanken ihrer Herrin vertreiben würde.

»Einen Roman namens *Jane Eyre* von Currer Bell. Ich bin gerade damit fertig. Mit diesem Schriftsteller war ich bisher noch nicht vertraut.«

»Hat das Buch Ihnen gefallen?«

»Das ist in diesem Fall eine vielschichtige Frage, die ich lieber mit einem Gegenüber besprechen möchte, das diesen Roman selbst gelesen hat. Also leih es dir gerne einmal aus.«

»Danke, Ma'am.«

Sarah schob sich das Buch in die Tasche neben den anderen schmalen Band, den sie zuvor aus der Bibliothek mitgenommen hatte.

Da nun ein annehmbares Kleid ausgewählt war, legte Mina ihr Korsett an und stemmte die Hände in die Hüften, während Sarah die Schnüre straff zog.

»Enger«, forderte Mina.

»Dann können Sie doch nicht mehr atmen«, erwiderte Sarah, als sie weiterzerrte.

»Unfug«, sagte Mina. »Ich habe noch nie die Besinnung verloren, auch wenn alle anderen Damen aus meinem Bekanntenkreis mit großer Regelmäßigkeit ohnmächtig dahinsinken. Manchmal geradezu theatralisch«, fügte sie hinzu, und ein angedeutetes Lächeln umspielte ihre Lippen.

Als Mina angemessen gekleidet war, musste Sarah sie frisieren. Das dauerte bedeutend länger als das Schnüren des Korsetts. Eine Stärkemixtur musste aufgetragen werden, damit das Haar den Tag über die Form hielt. Vorne wurde es mittig gescheitelt, geflochten und um die Ohren geschlungen. Ab der Linie von Ohr zu Ohr wurde das Haar nach hinten zu einem festen Dutt gedreht. Die Aufgabe erforderte Geduld und Präzision, zwei Qualitäten, die Sarah im Bereich des Frisierens anscheinend fehlten.

»Und deshalb brauche ich ein Kammermädchen«, sagte Mina zu ihrem Spiegelbild und schürzte die Lippen angesichts von Sarahs Bemühungen. »Ich weiß ja, dass du dein Bestes gibst, Sarah, aber ohne die richtige Art von Hilfe werde ich nie einen Ehemann finden.«

»Da bin ich ganz Ihrer Meinung, Miss Grindlay«, antwortete Sarah, die dankbar Bürste, Kamm und Haarnadeln ablegte.

»Die Sache ist nur, dass gutes, zuverlässiges Personal so schwer zu finden ist. Du weißt ja, welche Schwierigkeiten Mrs Simpson hat, ein geeignetes Kindermädchen zu bekommen.«

Der schnelle Personalwechsel dieser Position war Sarah nicht verborgen geblieben. Die Simpsons hatten drei Kinder: David, Walter und den kleinen James. David und Walter hielten sich nur selten im Kinderzimmer im obersten Stock auf und folgten stets ihrer natürlichen Neugierde, und die bisherigen Kindermädchen hatten sich dagegen gesträubt, dass dieses Verhalten nicht nur erlaubt, sondern sogar bestärkt wurde. Zudem gab Mrs Simpson offenbar nur ungern die Verantwortung für ihre Kinder aus der Hand, was wohl darauf zurückzuführen war, dass sie bereits zwei in jungem Alter verloren hatte.

»Den Sheldrakes ist gerade eins ihrer Dienstmädchen abhanden gekommen«, fuhr Mina fort und wandte sich dabei im Sitzen nach Sarah um.

»Welches denn?«

»Ich glaube, sie hieß Rose. Kennst du sie?«

»Nur flüchtig. Die andere, Milly, kenne ich etwas besser. Was ist denn passiert?«

»Durchgebrannt. Einfach so. Es gab Gerüchte, sie treffe sich mit einem jungen Mann. Genauer gesagt mit mehreren, wie es hieß.«

Mina wandte sich wieder dem Spiegel zu und trug etwas Rouge auf die Wangen auf. Sarah rührte es selbst aus Weingeist, Wasser und Cochenille-Pulver an. Sie fragte sich, warum ein Dienstmädchen nicht auf männliche Aufmerksamkeit aus sein durfte, wenn genau das doch anscheinend Minas Lebensinhalt war.

»Ich habe sie noch letzte Woche getroffen«, sagte Sarah. »Vor Kennington and Jenner's.«

»Was für einen Eindruck machte sie?«, fragte Mina und drehte sich wieder um.

»Einen guten«, erwiderte Sarah, denn sie war sich bewusst, dass sie zu einer neutralen Antwort verpflichtet war.

In Wahrheit hätte Rose zwar auf jeden einen guten Eindruck gemacht, der sie noch nie gesehen hatte, aber Sarah war gleich ihr missmutiges Auftreten aufgefallen. Sie hatte Rose und ihre Herrin getroffen, als sie gerade aus dem Laden an der Princes Street kamen. Mrs Sheldrake blieb stehen, um mit einer Bekannten Höflichkeiten auszutauschen, sodass sich auch für Sarah und Rose die Gelegenheit dazu bot, wenn auch etwas verhaltener. Wie Sarah Mina berichtet hatte, war sie mit Roses Kollegin Milly vertrauter. In Millys Worten war Rose »temperamentvoll«, eine höfliche Umschreibung, denn eigentlich fand sie das Mädchen kapriziös und eingebildet und war bei ihr instinktiv misstrauisch.

Rose hatte an dem Tag untypisch reserviert gewirkt, als würde Schwereres auf ihr lasten als die Pakete, die sie trug. Sie war blass, die Augen verquollen, und sie sagte wenig zu Sarahs vorsichtigen Erkundigungen nach ihrer Gesundheit.

Sarah hatte einen Blick auf Roses Herrin geworfen, eine korpulente Frau von etwa dem gleichen Alter wie Mrs Simpson, die aber deutlich älter wirkte. Dies lag teils an ihrem Äußeren, um das sie sich nicht sonderlich zu kümmern schien, und teils an ihrer strengen Miene. Mr Sheldrake hatte Sarah noch nicht kennengelernt, also fragte sie sich, wie er wohl aussehen mochte.

Mrs Sheldrakes Zorn war berüchtigt, und meistens entlud er sich auf die jungen Frauen in ihrem Dienst. Zweifellos traf er Rose öfter als andere, aber diese leblose Niedergeschlagenheit schien mehr als nur die Folge einer gehörigen Standpauke. Vielleicht war da einiges zusammengekommen, hatte Sarah überlegt und sich um ihre eigene Zukunft gesorgt. Wenn das Leben als Dienstmädchen selbst jemandem wie Rose die Freude nehmen konnte, was mochte es dann bei ihr bewirken?

»Nun steh nicht dumm herum, Sarah«, sagte Mina, denn das Thema von Roses Verschwinden war schon vergessen. »Du hast doch sicher andere Pflichten.«

Sarah verließ das Zimmer, stieg die Treppe hinab und dachte an die vielen Arbeiten, die sie hätte erledigen können, während sie Mina in ihr Kleid gezwängt und ihr Haar gebändigt hatte. Wie immer gab es mehr Aufgaben als Stunden, in denen sie erfüllt werden konnten, und heute musste sie zusätzlich noch eins der Gästezimmer für die Ankunft des neuen Famulus des Doktors vorbereiten.

Sarah fragte sich, ob er sich zu einem gewissen Interesse an Mina würde bewegen lassen können. Das würde dann wenigstens all die zusätzliche Arbeit aufwiegen.

Kapitel 5

Als er die North Bridge überquerte, peitschte eine Windbö so heftig auf Raven ein, dass er seinen Hut festhalten musste. Die Augustwärme schien in dieser beißenden Kälte wie die Erinnerung an ein vergessenes Zeitalter, und er spürte in ihr das schroffe Versprechen des kommenden Winters. Aber auch anderes verhieß der Wind. Er war kühl und frisch und blies den allgegenwärtigen Gestank fort, der ihn die vergangenen Jahre umhüllt hatte. Am Ende der Brücke lag ein völlig anderes Edinburgh.

Er bog in die Princes Street ein und kam an der Drogerie Duncan and Flockhart's vorbei, wo er sein Spiegelbild im Fenster sah. Es erinnerte ihn daran, dass der Gestank der Old Town zwar fortgeblasen werden konnte, sie ihn aber für das Leben gezeichnet hatte. Seine linke Gesichtshälfte war geschwollen und blutunterlaufen, die Nahtstiche prangten auf der Beule seiner gequetschten Wange. Seine Haare standen struppig und stellenweise blutverklebt unter dem Hut hervor. Wenn er in der Queen Street ankam, mochte Dr. Simpson ihn ebenso gut als Patienten zu Bett schicken wie ihn in seiner Praxis willkommen heißen.

Hier war das Trottoir breiter, das Gedränge nicht so groß. Die Leute, an denen er vorüberkam, gingen aufrecht und mit sicherem Schritt, zielgerichtet, aber ohne Eile, während sie sich die Schaufenster besahen. Dagegen war die Old Town ein Ameisenhaufen, dessen verschlungene Gassen seine Bewohner gebückt durcheilten. Selbst die Straße hier schien von dem Matsch und Unrat verschont, die sich unaufhörlich auf den schmalen Wegen des Canongate auftürmten.

Als er in die Queen Street einbog, hielt ein von zwei lebhaften Rössern gezogener Brougham ein kleines Stück voraus, und Raven fragte sich gedankenverloren, ob der Kutscher die Tiere dressiert hatte, sich nur in den ärmeren Gegenden der Stadt zu erleichtern.

Die Nummer 52 war eins der größten Häuser in jenem Teil der Straße und erstreckte sich, den Keller eingerechnet, über fünf Stockwerke. Breite, saubere, frisch gekehrte Stufen führten vom Trottoir zur großen, von zwei Säulen flankierten Haustür. Selbst die Geländer wirkten frisch gestrichen, sodass der Eindruck entstand, auch drinnen müssten Sauberkeit und Ordnung herrschen. Raven fiel ein, dass er dank Henrys Laudanum verspätet war. Er überlegte sich, was er zu seiner Verteidigung sagen konnte. Vielleicht war sein Gesicht schon Entschuldigung genug. Vielleicht würde ihm auch erklärt werden, dass das Angebot der Famulatur zurückgezogen werde, da er nicht einmal so viel Anstand gezeigt habe, an seinem ersten Tag pünktlich zu sein.

Raven richtete seinen Hut und versuchte, nicht an den Zustand seiner Kleider zu denken, als er die Hand nach dem Messingtürklopfer ausstreckte. Bevor er ihn erreichte, öffnete sich die Tür ein Stück, und ein riesiger Hund hechtete heraus, der Raven beinahe zu Fall brachte. Das Tier lief auf die wartende Kutsche zu, wo der Kutscher ihm die Tür aufhielt, als hätte es selbst das Gefährt kommen lassen.

Dem Hund folgte ein Mann in einem weiten schwarzen Mantel und Zylinder. Auch Professor James Simpson war im Begriff, auf die Kutsche zuzueilen, da wurde er der traurigen Gestalt auf der Türschwelle gewahr.

Ravens neuer Dienstherr blieb stehen und musterte ihn von oben bis unten. Er wirkte kurzzeitig verwirrt, bevor eine Augenbraue emporschnellte und anzeigte, dass er zu einer Schlussfolgerung gelangt war.

»Mr Raven. Keine Sekunde zu früh, aber gerade noch nicht zu spät.«

Mit einer weit ausholenden Geste bedeutete Simpson ihm, dem Hund in die Kutsche zu folgen.

»Wir werden in einem dringenden Fall gebraucht – sofern Sie sich dazu imstande sehen«, fügte er schelmisch hinzu.

Raven lächelte oder versuchte es wenigstens. Es war schwer zu sagen, was sein versehrtes Gesicht anstellte. Er hievte sich in die Kutsche und quetschte sich neben den Hund, der dem Neuankömmling nur widerwillig ein wenig Platz machte.

Als Raven sich so ein Eckchen auf dem Polster erkämpft hatte, nahm Dr. Simpson auch schon gegenüber Platz und rief dem Kutscher zu, er solle losfahren. Die Kutsche hatte bald eine beeindruckende Geschwindigkeit erreicht, und der Hund steckte sogleich den Kopf aus dem Fenster und hechelte glücklich in den Wind.

Raven teilte seine Freude nicht. Er ächzte, während sie über das Pflaster holperten, und der Schmerz durchfuhr ihn, als rollten die Räder ihm über die Rippen. Das entging dem Doktor nicht, und er besah sich ausgiebig Ravens Gesicht. Raven fragte sich, ob er sich eine verträglichere Erklärung für seine Verletzungen überlegen sollte oder ob es ihm nur noch mehr Ärger einbrächte, wenn er seinen Dienstherrn am ersten Arbeitstag auch noch anlog.

»Vielleicht hätte ich Sie lieber in der Obhut unseres Dienstmädchens Sarah lassen sollen«, sinnierte Simpson.

»Ihres Dienstmädchens?«, fragte Raven, dessen Schmerzen es ihm nicht erlaubten, den ungnädigen Ton in der Stimme abzumildern. Er fragte sich, ob das Simpsons subtile Art war, ihm sein Missfallen über Ravens Verspätung mitzuteilen, indem er dessen Verletzungen abtat, als bräuchten sie zur Heilung kaum mehr als eine Tasse heißen Tee.

»Eigentlich ist sie mehr als das«, erwiderte Simpson. »Sie hilft auch mit den Patienten aus: Umschläge, Verbände und so weiter. Eine durchaus fähige junge Frau.«

»Es wird schon gehen«, antwortete Raven, dessen Rippen etwas anderes sagten. Er hoffte, dass die Patientin, zu der sie auf dem Weg waren, sich zügig würde behandeln lassen.

»Was ist Ihnen denn zugestoßen?«

»Wenn es Ihnen recht ist, würde ich das Thema gern ruhen lassen«, erwiderte Raven, was immerhin ehrlich war. »Es sei nur gesagt, dass ich froh bin, die Old Town hinter mir gelassen zu haben.«

Die Kutsche bog nach links in die Castle Street ein, sodass Raven sich fragte, wohin die Fahrt wohl ging: zum Charlotte Square vielleicht oder zu einem der vornehmen Stadthäuser am Randolph Crescent. Auf der Bank gegenüber wühlte Dr. Simpson in seiner Tasche, und sein Gesichtsausdruck verriet Sorge, dass er bei der eiligen Abfahrt womöglich ein wichtiges Instrument vergessen hatte.

»Wohin fahren wir denn, Herr Professor?«

»Zu einer Mrs Fraser. Elspeth, wenn ich mich recht entsinne. Wir wurden einander nicht formell vorgestellt.«

»Eine feine Dame?«, fragte Raven, dem die Vorstellung,

sich in vornehmeren Kreisen zu bewegen, wie Balsam auf die Wunden war.

»Sicher, auch wenn wir sie wahrscheinlich nicht im besten Zustand vorfinden werden.«

Am Fuß des Hügels bog die Kutsche wieder links ab und entfernte sich in östlicher Richtung vom Schloss. Raven mutmaßte, dass Mrs Fraser vielleicht in einem der beeindruckenden Hotels entlang der Princes Street logierte. Er hatte davon gehört, dass reiche Frauen oft vom Land anreisten, damit Ärzte vom Kaliber eines Professor Simpson sie behandeln konnten.

Jedoch hielt die Kutsche an keinem davon, sondern fuhr die gesamte Länge der Princes Street entlang, bevor sie nach rechts auf die North Bridge einbog und ihn wieder an genau den Ort führte, den er hinter sich gewähnt hatte.

Die Kutsche hielt vor einem heruntergekommenen Gebäude, das nur wenige Meter von dem entfernt war, in dem er am Vorabend Evie gefunden hatte, um die Ecke von seiner alten Unterkunft. Als er ausstieg, fragte er sich, ob Mrs Cherry wohl schon dabei war, all seine Habseligkeiten auf die Straße zu werfen, da er nun ausgezogen war und sie schon am Morgen hätte abholen sollen. Ebenso fragte er sich, ob Evie bereits gefunden worden war. Falls nicht, würde das gewiss in Kürze geschehen. Selbst in dem schäbigen Haus würde der Geruch bald auffallen.

Gefolgt vom Hund stieg Simpson aus der Kutsche. Er suchte kurz die Eingänge und Ladenfronten ab, bevor er in einen schmalen, schlecht ausgeleuchteten Flur stapfte. Der Hund trabte hinter ihm her.

In Ravens schmerzendem Kopf herrschte Verwirrung. Was tat ein Mann von Dr. Simpsons Rang und Namen im Canongate? Wo waren die reichen Damen der New Town, die man ihn hatte erwarten lassen? Wo waren die stattlichen

Anwesen, in denen die wohlduftenden Gattinnen und Töchter der besseren Gesellschaft lagen?

Raven folgte seinem neuen Chef in den Flur und sah sich dem wohlbekannten Ammoniakgeruch ausgesetzt wie in Urin gekochter Kohl. Anscheinend hatte Mrs Cherry mit der Nachbarschaft Rezepte ausgetauscht. Sie stiegen die dunkle Treppe drei Etagen hinauf, wobei Simpson einen straffen Schritt durchhielt, während Raven die Anstrengung in den Oberschenkeln spürte und der Schmerz ihm in der lädierten Brust pochte.

»Es ist immer ganz oben«, bemerkte der Professor mit unerträglich guter Laune.

Die Tür wurde von einem typischen männlichen Bewohner dieser Gegend geöffnet, unrasiert und mit fehlenden Schneidezähnen. Es erstaunte Raven immer, dass er so nah bei jemandem wohnen konnte, ohne ihn jemals gesehen zu haben, zumindest nicht über die beiläufige Einschätzung hinaus, ob er eine Gefahr darstellte. Der Anblick dieses Gesellen hätte Raven üblicherweise gleich nach seinen Taschen tasten lassen, was nun aber nicht mehr nötig war, da sie schon vom Wiesel und Gargantua geleert worden waren.

Trotz seines ungepflegten Äußeren roch der Mann nicht allzu schlimm, was eine gewisse Erleichterung war. Dasselbe ließ sich aber nicht von dem Zimmer sagen, in das sie geführt wurden. Der Gestank einer scheußlichen Verquickung aus Blut, Schweiß und Stuhl schlug ihm entgegen. Über Simpsons Gesicht huschte ein Schatten des Unbehagens, den er aber sogleich wieder hinter einem Schleier ruhiger Höflichkeit verbarg.

Der Mann des Hauses verweilte noch einen Augenblick auf der Schwelle des Zimmers, bevor er sich sichtlich erleichtert entfernte.

Mrs Fraser lag in einem Gewühl aus beschmutzten Laken,

das Gesicht schmerzverzerrt. Raven verbannte das Bild von Evie in ihren allein durchlittenen Qualen aus seinen Gedanken und widmete sich dem Hier und Jetzt, das allerdings kaum angenehmer war. Die Patientin lag offensichtlich in den Wehen, die ihr übel mitspielten, sie war schweißnass, ihr Gesicht hatte eine unnatürlich violette Färbung. Sie war unterernährt wie viele seiner ehemaligen Nachbarn und fast alle der Patienten, die er bei seiner Arbeit in der Royal Public Dispensary und auf den Fluren der Royal Infirmary gesehen hatte.

Simpson wirkte unbeeindruckt von seiner Umgebung, was für Raven nichts Gutes verhieß. Er wollte seine Zeit wirklich nicht mit der Versorgung der Armen zubringen, wenn sich doch unter den Reichen Geld verdienen ließ, zumal es ihn ein Auge kosten konnte, wenn er seine Schulden nicht bald beglich.

Simpson warf seinen schwarzen Mantel ab und krempelte die Ärmel hoch.

»Schauen wir mal, womit wir es zu tun haben«, sagte er und machte sich an die Untersuchung.

Einige Augenblicke später berichtete er, der Muttermund habe sich noch nicht genügend geöffnet und er werde zunächst abwarten. Er ließ sich auf einem Stuhl am einzigen Fenster nieder, wo er begann, sein Buch zu lesen. Der Hund rollte sich neben ihm auf dem Boden zusammen; anscheinend war das Tier so vertraut mit den Gepflogenheiten seines Herrchens, dass es wusste, wie lange es noch dauern konnte.

»Ich nutze gerne die kleinen Pausen«, sagte Simpson und wies auf das Buch auf seinem Schoß. »Einige meiner besten Aufsätze habe ich am Bett meiner Patienten geschrieben.«

Raven sah sich den einzigen anderen Sitzplatz im Zimmer an, einen dreibeinigen Hocker, der ihm wahrscheinlich Splitter in den Hintern treiben würde. Widerwillig setzte er sich und dachte, dass er lieber in einem Pub in der Nähe gewartet hätte, bis ihm einfiel, dass er kein Geld bei sich und auch nur noch reichlich wenig bei Mrs Cherry hatte. Er würde sich wohl oder übel mit einem enthaltsameren Alltag anfreunden müssen. Hätte er das doch nur schon einen Tag früher getan.

Da Raven selbst nichts zu lesen dabeihatte, verging die Zeit nur langsam. Unwillkürlich tastete er nach seiner Uhr, ehe er sich erinnerte, dass sie fort war. Gargantua hatte seine Taschen durchwühlt und die einzige kostbare Habe genommen. Zwar hatte das alte Stück nur bescheidenen pekuniären Wert und dürfte seine Schuld kaum mindern, sofern sie überhaupt bei Flint ankam, was er bezweifelte. Aber er spürte das Fehlen der Uhr deutlich, da sein Vater sie ihm geschenkt hatte. Sie war also insofern ein unersetzliches Andenken, als sie ihm stets in Erinnerung rief, dass der alte Schuft ihm sonst nichts von Wert hinterlassen hatte.

Mit einiger Schwierigkeit stand Raven auf und rückte den Hocker in eine Zimmerecke, damit er dort den Kopf an die Wand lehnen und vielleicht eine Weile ruhen konnte. Als er jedoch den feuchten, bröckelnden Putz sah, der scheinbar nur noch vom schwarzen Schimmel zusammengehalten wurde, überlegte er es sich anders. Er konnte also nur aufrecht sitzen bleiben und das Kinn auf die Brust sinken lassen.

Irgendwann war er dann wohl weggedämmert, denn er wurde von einem Schrei der Patientin aus dem gnädigen Schlummer gerissen. Vor ihrer Ankunft hatte eine örtliche Hebamme großzügig Laudanum verabreicht, aber das war nun abgeklungen. Ein junges Mädchen mit besorgtem Blick – wann war es hereingekommen? – füllte aus einem Krug Wasser in eine Schüssel.

Simpson wusch sich gerade die Hände und warf einen Blick auf seinen neuen Famulus.

»Ah, Mr Raven. Sie sind erwacht. Es ist Zeit für eine neuerliche Untersuchung der Patientin und für die Wahl der besten Vorgehensweise.«

Auch Raven spülte sich die Hände ab und beobachtete Simpson bei der Untersuchung, auch wenn nicht viel zu sehen war. Ein über die Knie der Frau gehängtes Laken versperrte den Blick. Dann wandte sich der Doktor nach ihm um.

»Möchten Sie auch selbst eine Untersuchung vornehmen?«

Raven fiel kaum etwas ein, was er in dem Moment weniger gern getan hätte, aber es war keine Frage gewesen. Er fasste sich und rief sich ins Bewusstsein, wie hart er dafür gearbeitet hatte, so weit zu kommen.

Er schob eine Hand unter das Laken und schloss die Augen, während er die Lage des Kopfes des Kindes in Beziehung zum mütterlichen Becken ertastete. Ohne Zuhilfenahme der Augen waren seine unerfahrenen Hände weniger sanft als die des Doktors, und die Frau ächzte und warf ihm feindselige, beinahe gewalttätige Blicke zu. Er war zunehmend versucht, das Laken beiseitezuziehen. Wenn er bei diesen Zusammentreffen etwas lernen sollte, wäre es doch wohl besser, er könnte wenigstens sehen, was er tat.

»Zu welchem Befund sind Sie gekommen?«, fragte Simpson mit sanfter Stimme. Raven war sich unsicher, ob dieser Ton ihn oder die Patientin beruhigen sollte, aber vor allem erinnerte er ihn daran, dass nicht er sich gerade im Zustand äußerster Belastung befand.

»Der Kopf des Kindes befindet sich am Beckeneingang«, erklärte er, selbst überrascht von seiner Sicherheit. »Er hat sich nicht gesenkt, wie es eigentlich sein sollte.«

Simpson nickte und blickte ihn gedankenvoll an. »Wie sollten wir vorgehen?«

»Mit der Zange?«, schlug Raven vor, eher eine Frage als eine Feststellung.

Die alleinige Erwähnung des gefürchteten Instruments entlockte Mrs Fraser ein lautes Stöhnen, während das junge Mädchen, das ihr gewissenhaft die Stirn abwischte, innehielt und anfing zu schluchzen.

»Sorgen Sie sich nicht!«, sagte der Doktor mit nach wie vor ruhiger Stimme. »Lassen Sie uns nur noch eine kurze Weile, dann haben wir das Kleine gesund und munter entbunden.«

Simpson wandte sich nun Raven zu, seine Stimme absichtlich leiser, für die anderen wegen der Schreie und des Stöhnens unhörbar.

»Der Kopf ist noch nicht ins Becken eingetreten, also liegt er selbst für die lange Zange noch zu hoch. In diesem Fall dürfte Drehen die bessere Vorgehensweise sein, denke ich.«

Der Doktor griff nach seiner Tasche, wühlte darin herum und zog schließlich ein Blatt Papier und einen Bleistiftstummel hervor. Auf den wachsbesprenkelten Tisch gestützt zeichnete er einen Kegel und zeigte darauf, als würde er bereits alles erklären. Ravens Verwirrung war wohl so offensichtlich, dass Simpson noch einige Pfeile hinzufügte, damit klar wurde, was seine Skizze darstellte.

»Man kann sich das gesamte Kind als kegelförmig vorstellen, wobei die Füße die Kegelspitze, also den schmalsten Teil, bilden. Auch der Schädel ist annähernd ein Kegel, und dessen schmalster Teil ist die Schädelbasis. Wird das Kind im Uterus gedreht, können die Füße zuerst durch das Becken gezogen werden, wobei der Geburtskanal für den folgenden größeren Teil vorgedehnt wird. Die Füße werden nach unten geführt, und an ihnen werden der Körper und der in begrenztem Maße kompressible Kopf hindurchgezogen.«

Raven erfasste den Plan nur in groben Zügen, aber er

nickte eifrig, um weiteren Erklärungen vorzubeugen. Die Schreie ließen seinen Schädel noch schlimmer dröhnen, und er wünschte sich wohl fast so sehr wie Mrs Fraser, dass die Angelegenheit endlich vorüber wäre.

Nun zog Simpson eine bernsteinfarbene Flasche aus der Tasche.

»Wir haben es hier mit einem idealen Fall für Äther zu tun«, sagte er und hielt das Gefäß gegen das Licht.

Raven hatte schon im Operationssaal gesehen, wie Äther eingesetzt wurde. Der Patient hatte sich lautstark über die ausbleibende Wirkung beschwert, ohne zu bemerken, dass ihm währenddessen der gangränöse Fuß abgenommen wurde. Raven war beeindruckt gewesen, aber andere führten ins Feld, das Mittel habe keinen vollständigen Erfolg gezeigt, da ihrer Meinung nach der Zweck des Anästhetikums darin bestand, den Patienten ohnmächtig zu machen, damit man deutlich weniger Schwierigkeiten mit ihm hatte.

Bei einem Treffen der Edinburgh Medico-Chirurgical Society hatte er selbst einmal Äther geschnüffelt, kurz nachdem dessen anästhetisierende Wirkung bekannt geworden war. Das Mittel löste eine unangenehme Benommenheit aus, infolge deren viel herumgetorkelt wurde. Das hatte für einige Belustigung gesorgt, aber Raven war nicht eingeschlafen wie andere. Er hatte sich gefragt, ob er vielleicht auf irgendeine Weise davor gefeit war.

Raven sah zu, wie Simpson etwas von der Flüssigkeit auf einen Schwamm träufelte. Die Luft war sofort erfüllt von dem stechenden Aroma, das aber wenigstens die anderen, immer noch allgegenwärtigen Gerüche überdeckte. Dann wurde der Schwamm der Patientin über Nase und Mund gehalten. Sie schreckte erst vor den Dämpfen zurück, doch das junge Mädchen erklärte sanft: »Das ist Äther, Ellie, wie bei Moira.«

Sein Ruf eilte dem Mittel anscheinend voraus, und Mrs Fraser atmete die Dämpfe nun gierig ein, bevor sie zügig und leicht einschlief.

»Es ist wichtig, eine narkotisierende Dosis zu verabreichen«, sagte der Doktor, »denn dadurch vermeidet man eine etwaige missliche Rauschphase zu Anfang.«

Genau wie Henry angedeutet hatte, sprach der Doktor sachkundig und enthusiastisch von Äther. Manche taten das Mittel schon als Modeerscheinung ab, doch Simpson gehörte eindeutig nicht zu diesen.

Er bedeutete Raven, sich um den schlafbringenden Schwamm zu kümmern, während er selbst am anderen Ende tätig wurde.

»Beim Drehen und beim Einsatz von Instrumenten ist Äther hochgradig hilfreich«, erklärte er, während er mit der Hand in den Uterus der Patientin vordrang. Das Ausbleiben jedweder Regung bei Mrs Fraser bestätigte dies, nachdem sie sich vorher noch schmerzvoll gewunden hatte.

»Ich habe ein Knie«, berichtete der Professor mit einem Lächeln.

Da Simpsons Tun größtenteils von dem Laken verdeckt war, besah Raven sich die schlafende Frau; doch in Wirklichkeit schlief sie nicht. Sie lag vollkommen still da, als schwebte sie in einem Zustand zwischen Leben und Tod. Sie war eine Statue ihrer selbst geworden, eine in Wachs gegossene Figur. Raven konnte kaum glauben, dass sie jemals wieder aufwachen würde, und erinnerte sich mit Sorge an den Todesfall nach Anwendung des Mittels, den Henry erwähnt hatte.

Einige Minuten später verkündete Simpson, dass die Füße und Beine draußen seien. Bald darauf folgten der Rumpf und der Kopf mit einem Schwall Blut und Fruchtwasser, der sich zu einer Pfütze unter dem Doktor ergoss.

Wie ein Bühnenzauberer, der eine Taube aus einem Zylinder zieht, hob Simpson das Kind unter dem Laken hervor. Es war ein Junge. Das Kind begann, kräftig zu schreien. Der Äther hatte ihm anscheinend nicht weiter zugesetzt.

Das Baby wurde in Tücher gehüllt und dem jungen Mädchen überreicht, das während der Entbindung mit weit aufgerissenen Augen wie versteinert dagestanden hatte. Nun regte es sich und sang leise, um das Kind zu beruhigen, das zornig brüllte.

Die Mutter schlief weiter, während die Plazenta gelöst und das Baby gewaschen und abgetrocknet wurde. Dann wachte Mrs Fraser wie aus einem gewöhnlichen Schlaf auf und wirkte überrascht, ja geradezu verwirrt, dass ihre Qualen vorüber waren.

Als der glücklichen Mutter das Kind in die Arme gelegt wurde, ging das junge Mädchen den Vater holen. Mr Fraser kam zunächst behutsam, fast ungläubig ins Zimmer. Er versicherte sich mit einem Blick bei Simpson, bevor er ans Bett trat und seinem neugeborenen Sohn sanft die Hand auf den Kopf legte.

Zu Ravens Überraschung traten Mr Fraser Tränen in die Augen. Das hatte er von ihm nicht erwartet. Andererseits musste gerade ein Quell gewaltiger Erleichterung in ihm sprudeln, da der Ausgang stockender Geburtsverläufe stets ungewiss war. Noch überraschter war Raven davon, dass auch ihm selbst die Augen feucht wurden. Vielleicht war es eine Nachwirkung der Ereignisse des Vorabends, aber auf einmal war ihm, als hätte sich dieser nasskalte, ärmliche Ort in einen der Hoffnung und Freude verwandelt.

Mr Fraser fuhr sich mit dem schmutzigen Ärmel über die Augen und wandte sich um, um dem Doktor die Hand zu geben, während er in der Tasche nach dessen Honorar kramte. Raven sah die bescheidenen Münzen in der dreckverschmierten Hand. Es schien eine dürftige Summe, um sie einem Mann von Dr. Simpsons Ruf anzubieten, zumal er die Entbindung selbst durchgeführt hatte.

Auch Simpson schien die dargebotenen Münzen zu begutachten. Sie reichten eindeutig nicht aus, und Raven machte sich auf ein peinliches Gespräch gefasst. Stattdessen schloss der Doktor sanft Mr Frasers Finger um das Geld.

»Nein. Nein. Lassen Sie es gut sein«, sagte er und lächelte.

Er nahm seine Tasche, winkte Mrs Fraser, die jetzt ihren kleinen Sohn stillte, und führte Raven aus dem Zimmer.

Sie traten nach draußen aufs Canongate, und Raven genoss die kühle Brise auf dem Gesicht. Er stellte sich vor, dass sie alles fortblies, was ihm in den vorangegangenen Stunden angehaftet hatte, als er das Gefühl gehabt hatte, selbst in Mrs Frasers Bauch eingesperrt zu sein.

Simpson sah sich nach seiner Kutsche um, die nicht dort stand, wo sie sie zurückgelassen hatten. Vielleicht hatte der Kutscher beschlossen, sich anderswo die Zeit zu vertreiben, während sie so lange drinnen waren. Auch Raven schaute die Straße auf und ab, als er eine kleine Versammlung vor einem Haus auf der anderen Straßenseite bemerkte. Vor dem von Evie.

Wie von einem inneren Zwang geleitet trat er näher heran. Zwei Männer trugen eine verhüllte Leiche heraus, ein offener Karren wartete am Straßenrand. Das Tuch, grau und ausgefranst, war sicher schon oft verwendet worden. Kein vornehmes, kein neues Kleid für die arme Evie, nicht einmal im Tode.

Mehrere vertraute Gesichter fielen ihm unter den Umstehenden auf dem Trottoir auf, andere Dirnen. Manche hatte er durch Evie gekannt, andere hatte er im biblischen Sinne selbst erkannt. Auch Evies Vermieterin war da, Effie Peake. Raven senkte den Blick. Er wollte nicht erkannt und erst recht nicht gegrüßt werden.

Ein Polizist stand am Eingang des Hauses und überwachte die Verladung der Leiche. Raven hörte, wie jemand fragte, was geschehen sei. »Bloß wieder eine tote Hure«, antwortete der Polizist ohne jede Anteilnahme in der Stimme. »Hat sich wohl totgesoffen, wie es aussieht.«

Die Worte hallten in Ravens Kopf wider. In ihm wurde es hohl, etwas Tieferes als bloße Scham tat sich auf.

Bloß wieder eine tote Hure.

Das war nicht die Frau, die er gekannt hatte. Evie hatte es verdient, mehr als das zu sein.

Kapitel 6

Sarah warf einen Blick ins Wartezimmer und nahm missmutig zur Kenntnis, dass noch zahlreiche Patienten behandelt werden mussten. Dr. Simpsons überstürzte Abfahrt hatte den Ablauf unweigerlich verzögert, da nun sein Assistent Dr. George Keith alle Verbleibenden allein versorgte. Sarah mochte George zwar, aber er war langsam und neigte dazu, die Patienten ausgiebig zu belehren, was ihr gar nicht gefiel. Sie überlegte, Dr. Duncan um Hilfe zu bitten, ließ es dann aber, da er ohnehin ablehnen würde. Er hatte immer allzu viel mit seinen Experimenten zu tun, was andererseits vielleicht gar nicht so schlecht war. Er hatte eine überaus kühle Art und schien für den Umgang mit Chemikalien besser geeignet als für den mit Menschen.

Lieber sah sie Dr. Simpson bei der Arbeit zu, doch dazu bot sich nur recht selten die Gelegenheit. Er behandelte hauptsächlich oben, wo die wohlhabenderen Patienten waren, und dort erfüllte Jarvis Sarahs Rolle. Ehrlich gesagt war Jarvis dafür auch besser gerüstet, da er sich von den Beschwerden dieser Klientel selten ins Bockshorn jagen ließ. Er zeigte eine gesunde Gleichgültigkeit gegenüber Rang und Namen dieser Patienten, und es verschlug ihm nicht so schnell die Sprache.

Jarvis war ein großer Mann, weshalb es anderen schwerfiel, auf ihn hinabzuschauen. Des Weiteren legte er großen Wert auf sein Äußeres, bewegte sich mit Eleganz und Würde und war so selbstbewusst wie wortgewandt. Sarah dachte sich oft, dass Jarvis in etwas anderen Kleidern selbst als Angehöriger der oberen Gesellschaftsschicht durchgehen würde. Einmal hatte sie einen Herrn gesehen, der auf den Butler zustapfte und dabei bedrohlich mit einer zusammengerollten Zeitung fuchtelte. »Ich warte nun schon über eine Stunde auf meinen Termin bei Dr. Simpson«, hatte er gesagt, »das scheint mir unerhört. Ich bin schließlich aus Jedburgh angereist.«

»Tatsächlich?«, hatte Jarvis trocken erwidert. »Der letzte Patient kam aus Japan.«

Sarah besah sich noch einmal die mitleiderregende Versammlung, die sich im unteren Wartezimmer, ihrem Reich, drängte. Es waren arme Seelen, die an einer Vielzahl von Gebrechen litten, welche Sarah ihnen oft schon auf den ersten Blick ansah. Skrofulose, Schwindsucht, Ringelflechte und Krätze waren regelmäßig zu Gast. Die Geräusche von Husten und Expektoration waren so allgegenwärtig, dass sie sie gar nicht mehr wahrnahm.

Sie seufzte, als sie die Uhr über dem Kamin sah. Es gab immer so viel zu tun und so wenig Zeit für die Annehmlichkeiten, die anderen selbstverständlich schienen. Sie strich über die Bücher in ihrer Tasche und fragte sich, ob sie heute noch Gelegenheit haben würde, sie aufzuschlagen.

Als sie hörte, wie jemand die Treppe herabkam, schrak sie aus ihren Überlegungen hoch. Sie rechnete mit Jarvis, aber als sie aufsah, hatte sie Mina vor sich.

»Sarah, ich läute und läute im Salon, aber niemand kommt.«

»Mrs Lyndsay hört die Glocke nicht immer, wenn sie sich in der Spülküche aufhält, Ma'am.«

Das behauptete Mrs Lyndsay zumindest. Die Köchin beteuerte, sie sei auf einem Ohr taub, weshalb die Glocke vergeblich läutete, aber Sarah hatte ihre Zweifel. Mrs Lyndsay verbat sich jede Störung, während sie kochte.

»Ich benötige einen Tee. Ich ringe nun schon eine Stunde lang mit derselben Stickerei. Ein äußerst schwieriges Muster!«

»Würde es Sie nicht beruhigen, stattdessen ein Buch zu lesen?«, schlug Sarah vor.

Minas Gesicht verriet ihr, dass dieser Gedanke ihr so offensichtlich wie dumm erschien, was sie Sarah gleich erklären würde.

»Natürlich würde ich lieber lesen. Wenn ich es könnte, würde ich alle meine Tage mit dem Lesen verbringen. Aber aus unerfindlichen Gründen gilt die Stickerei als wünschenswerte Fähigkeit einer Ehefrau, weshalb es mir obliegt, sie zu beherrschen, das ist nun einmal mein Schicksal. Also bring mir doch um Himmels willen endlich einen Tee, damit ich nicht vollends verrückt werde.«

Sarah sah noch einmal zu den wartenden Patienten. Wahrscheinlich musste sie nicht allzu bald einen von ihnen ins Behandlungszimmer führen, da gerade erst eine verlässlich geschwätzige ältere Frau hereingebeten worden war.

»Ich bringe sogleich einen Tee hinauf«, sagte Sarah, als Mina mit einem Taschentuch vor der Nase die Treppe hinaufeilte, nachdem ihr wohl ein Lufthauch aus dem Wartezimmer in die Nase gestiegen war.

Sarah stieg hinab in die Küche und überlegte, ob sie Mrs Lyndsay nach Rose fragen sollte, dem verschollenen Dienstmädchen der Sheldrakes. Im Laufe ihrer Zeit in der Queen Street hatte Sarah eine gewisse Skepsis bezüglich des Wahrheitsgehalts von Minas Schilderungen entwickelt. Ihre Geschichten enthielten zwar immer einen wahren Kern, der aber tief versteckt lag unter den Ausschmückungen, mit denen sie nicht geizte.

Die Köchin beugte sich gerade über einen großen Topf auf dem Herd. Die Küche war so erfüllt vom herzhaften, fleischigen Aroma, dass Sarah gleich der Magen knurrte.

»Wildpastete, nicht wahr, Mrs Lyndsay?«

Sarah erriet gern am Duft, was es gab. Sie deutete meist richtig, was die Nase ihr verriet.

»Der Doktor hat letzte Woche den Erben einer Familie mit großem Anwesen auf die Welt geholt und dafür zwei Fasane und ein paar Kaninchen bekommen. Verlangt es die hohe Dame nach Tee?« Dabei schaute Mrs Lyndsay Richtung Decke, also hatte sie die Glocke doch gehört.

»Ja. Sie schlägt sich mit einer widerspenstigen Stickerei herum«, sagte Sarah, als sie den Kessel nahm.

Mrs Lyndsay gluckste, und das Lachen wogte durch ihren kräftigen Leib. »Noch viel los oben?«

»Heute hört es einfach nicht auf.«

»Mit dem neuen Famulus wird es hoffentlich besser. Dann kannst du dich vielleicht endlich der Arbeit widmen, für die du angestellt wurdest.«

»Aber ich helfe doch gerne mit den Patienten aus«, erwiderte Sarah. »Das ist mir der liebste Teil meiner Pflichten.«

»Das mag ja sein, Sarah, aber die Böden wischen sich nicht von selbst. Die medizinische Arbeit sollte doch besser denen überlassen bleiben, die darin ausgebildet sind, nicht wahr?«

Widerspruch schien nutzlos. »Ja, Mrs Lyndsay«, seufzte Sarah.

Als sie die Teekanne und die Tassen auf ein Tablett stellte, beschloss sie, es darauf ankommen zu lassen und das Thema »Rose Campbell« anzusprechen. In aller Regel mochte Mrs Lyndsay keinen Tratsch, aber manchmal verriet sie doch Kleinigkeiten, wenn man sie freiheraus fragte.

»Miss Grindlay sagt, das Hausmädchen der Sheldrakes ist davongelaufen.«

»Sieht so aus.«

»Welchen Grund mag sie denn gehabt haben? Die Sheldrakes sind doch gute Leute, oder nicht?«

»Wer weiß schon, was hinter verschlossenen Türen vor sich geht?«

Sarah wartete auf eine nähere Erläuterung, aber es kam keine. Mrs Lyndsays Abneigung gegen Tratsch bedeutete, dass sie auf vieles nur recht bruchstückhaft einging.

Die Bitte um weitere Ausführungen wurde vom hartnäckigen Läuten der Salonglocke unterbunden.

»Bring das lieber mal nach oben«, sagte die Köchin und schaute auf das Tablett.

Sarah nahm es und verließ die Küche, bevor weitere Fragen geklärt werden konnten.

Sie betrat den Salon und stellte zu ihrer Erleichterung fest, dass sie es über die Treppen und durch die Türen geschafft hatte, ohne einen Tropfen zu verschütten. Mina lag auf einer Chaiselongue und las, ihre Sticksachen auf dem Boden daneben. Mrs Simpson saß auf einem Sessel am Fenster und starrte hinaus. Sie sah blass und müde aus, umso mehr, da sie Schwarz tragen musste.

»Gibt es auch Ingwerkekse?«, fragte Mrs Simpson.

»Ja«, sagte Sarah. Sie war froh, dass sie schon vorher daran gedacht hatte – Mrs Simpson wurde häufig von ihrer Verdauung geplagt –, auch wenn sie sich sorgte, dass sie nicht genug mitgebracht hatte, da Mina sich bereits über das Tablett beugte.

»Sarah, ich möchte morgen einkaufen gehen«, sagte Mina und biss in einen Keks, bevor ihr Tee auch nur eingeschenkt war.

Innerlich stöhnte Sarah. Mit Mina einzukaufen war gewöhnlich eine langwierige Angelegenheit. Wahrscheinlich würde ihr heute keine Zeit für Bücher bleiben und morgen erst recht nicht.

Sie war gerade mit dem Einschenken fertig, als eine andere Glocke läutete, diesmal die der Haustür. Sie entschuldigte sich und sah auf dem Flur, wie Jarvis eine der Damen von oben ins Behandlungszimmer führte.

Gereizt stapfte Sarah die Treppe hinunter. Auf dem Weg über den Flur kam sie am unteren Wartezimmer vorüber, wo immer noch dieselben Patienten (die ihrer Auffassung nach an Drängenderem litten als die oben) teilnahmslos dasaßen und auf ihre Schuhe starrten.

Sarah öffnete die Tür, und auch der letzte Rest Geduld verließ sie. Sie sah sich zwei Frauen gegenüber, die zweifellos ins obere Wartezimmer gehörten. Sie waren extravagant gekleidet, die neueste Mode, soweit Sarah das beurteilen konnte: hermelinbesetzte Mäntel, Glacéhandschuhe, Stiefel völlig frei von Matsch (wie schafften sie das nur?) und raffinierte Hüte hoch auf den frisierten Köpfen. Im Vergleich zu den bereits Wartenden schienen die beiden bei bester Gesundheit, doch die eine senkte immer wieder den Kopf, als wollte sie ihr Gesicht unter dem Hut verbergen. Große, perfekt geformte Locken fielen unter ihrer Kopfbedeckung hervor. Ihr Haar erstrahlte in einem ganz erstaunlichen Rotton.

»Ist der Doktor im Haus? Wir möchten ihn konsultieren«, sagte die weniger scheue mit dem größeren Hut. Die Hand der Begleiterin lag in ihrer Armbeuge, und sie tätschelte sie beim Sprechen beruhigend. Sarah war kurz abgelenkt von dem gewaltigen Kopfputz, der ihr windschief auf dem Haupt saß. Federn, bunte Bänder und Spitze stachen in allen Richtungen daraus hervor. Sarah konnte sich vorstellen, dass Elstern darin nisteten.

Die Dame betrachtete Sarah voller Verachtung, als hätte sie den Doktor persönlich an der Tür erwartet und als wäre es unter ihrer Würde, mit einer Hausangestellten zu sprechen. Ihr Blick war so angewidert, dass Sarah anfangs glaubte, sie habe vielleicht einen hässlichen Fleck auf der Schürze. An dem Morgen war sie weder mit Eiter noch mit Blut in Berührung gekommen, aber sie vergewisserte sich schnell, dass der Stoff tatsächlich völlig rein war.

»Der Doktor ist leider unterwegs. Ein dringender Hausbesuch«, sagte sie und hoffte, dass diese Erklärung genügte.

Die Dame mit dem größeren Hut seufzte und wandte sich ihrer Begleiterin zu. »Warten wir, meine Liebe? Ich glaube, wir sollten warten.«

Die andere antwortete nicht.

Sarah holte tief Luft und erklärte, dass bereits mehr Patienten warteten, als Dr. Simpson nach seiner Rückkehr werde behandeln können. Sie fragte sich, ob sie nicht lieber Jarvis hätte holen sollen, um die beiden abzuwimmeln.

Die beiden Damen sahen sie nun an, als wäre sie absichtlich widerspenstig. Glaubten sie etwa, Sarah habe sich die Abwesenheit des Doktors und das volle Wartezimmer nur ausgedacht?

Die Dame mit dem großen Hut schaute an ihrer Adlernase hinab und sagte mit resoluter Stimme: »Mein liebes Mädchen, für uns wird noch Platz sein, da bin ich mir sicher. Schreib dir meinen Namen auf. Dr. Simpson kennt mich!«

Sarah sah sich nach der gesammelten Menge menschlichen Leids im Wartezimmer um. Oben saßen fast noch einmal so viele.

»Madam, Dr. Simpson kennt auch die Königin«, sagte Sarah und schloss die Tür.

Kapitel 7

Dr. Simpsons Kutscher hatte schon nach wenigen Minuten den Brougham vorgefahren, und der Hund war wie selbstverständlich auf seinen Lieblingsplatz gesprungen, bevor Raven einsteigen konnte. Raven lehnte sich an die roten Lederpolster und schloss die Augen. Er hoffte, dass Dr. Simpson sich wieder dem Buch zuwenden würde, das er den ganzen Nachmittag gelesen hatte, aber er wurde enttäuscht.

»Woher stammen Sie, Mr Raven?«, fragte der Doktor, als die Kutsche losfuhr.

Raven versuchte, sich etwas gerader aufzusetzen.

»Ich bin gebürtig aus Edinburgh, Sir.«

»Und was macht Ihr Vater?«

»Er weilt nicht mehr unter uns«, antwortete Raven. »Er war Anwalt.«

Diese Lüge versetzte ihn zurück zum letzten Abend und in die Gasse keine hundert Meter entfernt. Er musste noch bei dieser Version bleiben. Die Wahrheit war für einen späteren Zeitpunkt, wenn Raven Gelegenheit gehabt hatte, sich einen Ruf auf Grundlage seiner Taten und nicht seiner Herkunft zu verdienen.

»In Edinburgh?«

»Ursprünglich. Aber zuletzt in St Andrews.«

Zumindest darin lag ein wahrer Kern. Seine Mutter lebte nun dort in Abhängigkeit von der Großzügigkeit ihres Bruders. Der war tatsächlich Anwalt und dabei ein elender, frömmelnder, selbstgerechter Geselle.

»Ich habe selbst einmal mit dem Gedanken gespielt, Jurist zu werden«, sinnierte Simpson wehmutsvoll.

»Tatsächlich? Wie lang?«, fragte Raven, der sich nicht vorstellen konnte, wie dieser Mann mehr als ein Fachgebiet studiert haben mochte, da er noch vergleichsweise jung war, aber bereits auf eine bedeutende Karriere zurückblicken konnte.

»Ach, mindestens einen Tag lang. Nach einer ersten Erfahrung im Operationssaal war ich wie der Wind Richtung Parliament House geflohen, um dort eine Anstellung als Gerichtsschreiber zu suchen.«

Raven bedachte das Gehörte mit einem Lächeln, das in Anbetracht des Zustands seiner Wange zweifellos schief war. Auch er schätzte den Operationssaal nicht allzu sehr. Sosehr er auch die schnelle und sichere Hand des Chirurgen bewunderte, hatte er nicht vor, seine Tage mit dem Herausschneiden von Tumoren und dem Abhacken von Gliedmaßen zu verbringen. Die Barbarei des Ganzen schreckte ihn ab, denn kein Chirurg führte seine Werkzeuge so sicher und schnell, dass er dem Patienten die unvorstellbaren Qualen ersparen konnte.

»Was hat Sie zurückgeholt?«, fragte Raven mit ehrlicher Neugier.

»Der Wunsch, Schmerz und Leid zu lindern, und der Glaube, dass wir eines Tages die Mittel dazu finden werden.«

»Und sind Sie der Meinung, dass Äther ein geeignetes Mittel ist?«

»Es ist ein Schritt in die richtige Richtung, aber ich bin überzeugt, dass das noch nicht alles ist. Wir wissen jetzt, dass die Inhalation gewisser chemischer Verbindungen zu zeitweiliger Bewusstlosigkeit führen kann, also dürften wir durch weitere Experimente etwas Besseres finden als Äther. Das war einer der Gründe, aus denen ich mich dazu entschlossen habe, dieses Jahr wieder einen Famulus anzunehmen. Bei der Suche danach kann ich jede Hilfe gebrauchen.«

Das war zwar nicht Ravens vorrangiger Beweggrund für die Zusammenarbeit mit dem Professor, dennoch gefiel ihm die Vorstellung. Wenn er zur Entdeckung eines neuen Anästhetikums beitrug, war sein beruflicher Erfolg gesichert. Ein Anteil am Patent, ja, das wäre sein Schlüssel zu einer rosigen Zukunft.

»Und wie schätzen Sie Ihre Aussichten ein?«, fragte Raven, bei dem der Gedanke an solche Reichtümer gleich eine gewisse Skepsis ausgelöst hatte.

Der Professor lehnte sich vor. »Ich bin der Überzeugung, dass wir mit Leidenschaft und unermüdlichem Willen Unmögliches erreichen können.«

Sobald die Kutsche des Doktors vor dem Haus Nummer 52 auf der Queen Street hielt, öffnete sich die Tür. Eine junge Frau mit gestärkter Haube stand im Eingang und richtete ihre Schürze, als Raven einen Fuß auf das Trottoir setzte. Sie schreckte kurz vor seinem Anblick zurück, und eine Traurigkeit überkam Raven, als er begriff, dass er sich daran gewöhnen musste.

Als Erster lief der Hund ins Haus, gefolgt vom Professor, der seinen Mantel abnahm und ihn dem Diener gab, der wie aus dem Nichts hinter der jungen Frau aufgetaucht war. Er war groß, glatt rasiert und tadellos gekleidet, was Ravens eigenen ungepflegten Zustand nur umso mehr betonte. Der Mann starrte mit offenem Missfallen auf den Neuankömmling herunter.

»Jarvis, ich werde meinen Tee im Büro trinken«, sagte Simpson.

»Sehr wohl, Sir«, antwortete Jarvis, bevor er in Richtung Raven nickte, der sich immer noch an der Schwelle herumdrückte. »Und was soll ich damit anstellen, Sir?«

Der Doktor lachte. »Das ist Mr Raven, mein neuer Famulus. Er wird nicht mit uns zu Abend essen, denn ich bin überzeugt, dass er sein Bett dringender nötig hat.«

Simpson warf Raven einen wissenden Blick zu. Raven sorgte sich einen Moment, was genau der Doktor alles wusste, aber hauptsächlich war er erleichtert.

»Führen Sie ihn bitte nach oben, Sarah.«

Der Doktor ging den Flur entlang in den hinteren Teil des Hauses. »Jarvis wird Ihre Habseligkeiten abholen lassen«, sagte er über die Schulter.

»Sofern Sie denn welche haben, die abzuholen sich lohnt«, ergänzte der Butler und schloss die Tür.

Raven folgte dem Hausmädchen die Treppe hinauf zu einem Zimmer im dritten Stock. Der Aufstieg kostete ihn die letzten Kräfte, und er fürchtete schon, sie würde ihn am Revers packen und die letzten Stufen hochschleifen müssen. Sie huschte übereifrig vor ihm ins Zimmer und legte ein Handtuch auf einen Stuhl, bevor er sich setzen konnte. Die Sorge, ihn vor den Kopf zu stoßen, wog wohl weniger schwer als der Zustand seiner Kleider.

»Wir werden Ihnen ein Bad richten müssen«, sagte sie, da ihr sein Zustand wohl wie eine Beleidigung der blütenweißen Laken auf dem Bett erschien. So sauberes Bettzeug hatte Raven schon lange nicht mehr gesehen. Er hätte gerade nichts lieber getan, als hineinzukriechen, war aber zu schwach, um sich zu wehren. Er setzte sich, legte den Kopf in die Hände und nahm das geschäftige Treiben um ihn herum kaum noch wahr.

Als er den Kopf wieder hob, war vor dem Kamin ein Sitzbad mit warmem Wasser vorbereitet worden. Der Butler half ihm aus den Kleidern und stützte ihn, als er hineinstieg. Blütenblätter und Zweige trieben im Wasser, weshalb er, einen Fuß schon darin, innehielt.

»Kamille, Rosmarin und Lavendel«, erklärte Jarvis. »Sarah sagt, das helfe bei den Wunden. Und dem Geruch.«

Raven setzte sich in das warme, duftende Wasser und spürte, wie sich seine schmerzenden Muskeln langsam entspannten. Ein Bad wie dieses hatte er wohl noch nie genommen. Bei Ma Cherry bekam man bestenfalls widerwillig eine alte Zinnwanne mit lauwarmem Wasser gefüllt, das gerade einmal Hintern und Füße bedeckte. Er hatte noch im Ohr, wie die alte Kuh geächzt und geschimpft hatte, wenn sie die Kannen hereintrug, als wäre das Baden irgendeine fremdländische Sitte, auf der er aus unerfindlichen Gründen bestand. Ihrem Geruch nach zu urteilen, war es Ma Cherry selbst jedenfalls nicht vertraut.

Gerade noch in Reichweite lagen ein Schwamm und ein Stück Seife bereit, aber Raven war jeglicher Bewegung abgeneigt. Er ließ sein gutes Auge zufallen und die Zeit verstreichen. Gelegentlich hörte er Schritte kommen und gehen, aber er beachtete sie nicht weiter. Dann spürte er, wie ihm der Schwamm über die Schultern fuhr. Dies beinhaltete den weiteren Affront, dass Jarvis ihm nicht zutraute, sich selbst anständig zu waschen, aber er war zu erschöpft, um zu widersprechen. Er ließ die Augen geschlossen, da er den angewiderten Blick des Butlers nicht sehen wollte.

»Sie müssen sich vorbeugen, damit ich Ihnen die Haare spülen kann.«

Die Stimme war weiblich. Raven setzte sich ruckartig auf und öffnete das unversehrte Auge. Das Hausmädchen Sarah stand vor ihm und hielt einen großen Wasserkrug mit beiden Händen.

»Was erlauben Sie sich?«, fragte er und bedeckte sich hastig mit den Händen.

Sie lächelte. »Ich helfe Ihnen doch nur beim Waschen«, sagte sie. »Kein Grund zur Schüchternheit. Neben meiner Arbeit im Haushalt helfe ich auch bei der Behandlung der Patienten. Sie haben also nichts, was ich nicht schon einmal gesehen hätte.«

Raven fehlte der Wille, sich zu wehren, allerdings ließ er eine Hand an Ort und Stelle.

Sarah war sehr sanft, vielleicht wegen seiner offensichtlichen Verletzungen – er war vom Brustbein bis zum Schambein von Prellungen überzogen. Sie roch nach Tee, Lavendel und frisch gewaschenen Laken. Saubere Gerüche, gesunde Gerüche. Die Düfte der New Town.

Sarah spülte ihm die Haare und bot sodann an, ihm aus der Wanne zu helfen.

»Ich bin kein Invalide!«, widersprach er etwas heftiger, als es das Mädchen verdient hatte.

Sie sammelte seine Kleider ein. »Ich habe Ihnen ein Nachthemd auf das Bett gelegt«, sagte sie und ließ ihn allein sein Bad beenden.

Als er versuchte aufzustehen, riss ihn beinahe ein plötzlicher Schwindelanfall zu Boden. Er setzte sich wieder und wartete ab, bis es sich nicht mehr drehte. Nach dem Eindruck, den er bisher schon beim Hauspersonal hinterlassen hatte, wollte er nicht auch noch mit dem Arsch in der Luft auf dem Boden gefunden werden.

Als er sich diesmal vorsichtiger erhob, konnte er sich abtrocknen und ins Bett stemmen, bevor Sarah wieder eintrat, die jetzt ein Tablett trug.

»Fleischbrühe, Brot und Butter.«

Sie stellte das Tablett ab und zog ein Döschen aus der Tasche.

»Ich gebe nun etwas Salbe auf Ihre Wunde, sie ist ein bisschen gerötet.«

Ohne auf seine Erlaubnis zu warten, schmierte sie ihm etwas seltsam Riechendes auf die Wange. Da sie ganz vertieft war in das, was ihre Hände da taten, erlaubte er sich, ihr Gesicht zu studieren, die Sommersprossen auf ihrer Nase, den Schwung der Wimpern.

Einen Moment lang stellte er sich Evie so vor, in diesem Aufzug, als Hausmädchen in der New Town. Doch das Bild entglitt ihm, und an seine Stelle drängte sich sogleich die Erinnerung an ihre gekrümmte Leiche.

Bloß wieder eine tote Hure.

Als Sarah das Döschen wieder einsteckte und sich nach seinem nassen Handtuch bückte, hoffte Raven, dass sie sich ihres Glücks bewusst war.

Kapitel 8

Die Besinnung kam wie ein Überfall, plötzlich und ohne Gnade. Am zweiten Morgen in Folge wachte Raven in einem fremden Bett auf, aber diesmal verstörte ihn weniger seine Umgebung als das, was er im Schlaf zurückgelassen hatte. Er war bei Evie gewesen, ihre Gegenwart hatte seinen Traum so lebhaft erfüllt, dass er beim Aufwachen ihren Verlust wieder in aller Härte spürte. Wie konnte sie fort sein, wenn sie ihm noch so lebendig vorkam? Es war, als würde sich ihr Tod als Traum herausstellen, wenn er einfach an diesem Morgen zu ihr ginge.

Raven sah den Raureif am winzigen Fenster und war augenblicklich zurückversetzt an einen eiskalten Tag, den sie bei ihr im Zimmer verbracht hatten, als sie sich einen trockenen Brotlaib geteilt und mit Wein heruntergespült hatten. Das Bett hatten sie nur verlassen, wenn sie den Abtritt aufsuchen mussten. Nicht die körperlichen Intimitäten hallten nun nach, sondern die Wärme der Freundschaft, der Gegenwart eines Menschen, mit dem man einfach die Stunden an sich vorbeiziehen lassen konnte. Er erinnerte sich, wie er damals von seinen Plänen erzählt und versprochen hatte, ihr zu helfen, sobald er sich in einer auch nur annähernd einflussreichen Stellung befand.

Sie hatte ihn mit ihrem unergründlichen Blick angestarrt. Es hatte gutgetan, das Objekt ihrer Faszination zu sein, auch wenn er keine Vorstellung davon hatte, was sie dachte, welche Beobachtungen und Geheimnisse sie für sich behielt. Vielleicht hörte sie derartige Versprechen andauernd. Sie schien seine Worte als ehrlich gemeint hinzunehmen, aber das hieß noch nicht, dass sie ihm glaubte.

»Du willst dich aber auch immer für die gute Sache prügeln, was, Will?«, hatte sie gesagt, als sie dalag, den Kopf auf die Hand gestützt, während sie ihm mit der anderen sacht über den Rücken strich. Sie hörte sich belustigt, aber verständnisvoll an. »Immer auf der Suche nach einem edlen Kampf.«

Er hatte es abstreiten wollen, wie es wohl jeder tat, wenn er merkte, dass ihn jemand besser kannte, als ihm lieb war. Für Evie wäre jedes Leugnen aber so gut wie ein Eingeständnis gewesen, also schwieg er.

»Hast du mal einen besonderen verloren, den du jetzt wiedergutmachen möchtest?«

»Nein«, hatte er erwidert und war froh gewesen, dass er mit dem Rücken zu ihr lag. Seine Antwort entsprach der Wahrheit, war aber gleichzeitig eine gezielte Irreführung.

Manchmal war ein gewonnener Kampf am schwersten zu ertragen.

Raven stieg aus dem Bett und begutachtete sein Gesicht im Spiegel über dem Waschgestell. Zu seiner Freude konnte er beide Augen öffnen. Er betastete vorsichtig seine Wange, die fast bis zum Kinn violett verfärbt war. Die Wunde war noch empfindlich, sah aber sauber aus, ohne Anzeichen einer bevorstehenden Infektion um die Nahtstiche. Sarahs Salbe hatte sich als wirksam erwiesen. Falls sie sie selbst gemischt hatte, sollte sie sie patentieren lassen, dachte er. Oder vielleicht konnte *er* das tun, wenn er fertig ausgebildet war und dem Produkt seinen Stempel als Edinburgher Arzt aufdrücken konnte. Er würde sie später danach fragen. Das Patent auf ein beliebtes neues Medikament konnte höchst lukrativ sein, erst recht, wenn es tatsächlich wirkte.

Er erinnerte sich an sein Gespräch mit Simpson am Vortag über die Suche nach einer Alternative zu Äther. Die Linderung von Schmerzen und Leid war gewiss ein hehres Ziel, aber Raven bezweifelte, dass so etwas möglich war, selbst mit unermüdlichem Willen und leidenschaftlichem Drang, oder was für große Töne Simpson gespuckt hatte. Andererseits war alles einen Versuch wert, was ihm einen Ausweg aus seiner chronischen Geldknappheit verhieß, erst recht vor dem Hintergrund seiner Schulden bei Flint. Raven würde sich bereitwillig zu jedem erdenklichen von Simpsons Experimenten melden.

Seine Sachen waren bei Mrs Cherry abgeholt worden, und mit sauberem Hemd und frischer Hose fühlte er sich gleich viel vorzeigbarer. Die Kleider vom Vortag waren verschwunden. Er fragte sich, ob der Butler sie wohl verbrannt hatte.

Raven rieb sich über das Kinn. Mit seinen neunzehn Jahren sprossen die Stoppeln zwar nicht allzu schnell nach, aber nach zwei Tagen ohne Rasur war doch schon ein Schatten zu sehen. Er hatte vorher nie mit dem Gedanken gespielt, sich einen Bart wachsen zu lassen, aber nun erschien ihm ein solcher als die wohl einzige Möglichkeit, die Narbe zu überdecken, die Henrys Arbeit mit der Nadel sicher hinterlassen würde.

Er ging hinunter ins Esszimmer und fand es leer vor, obwohl das Feuer angefacht und der Tisch gedeckt war, was nahelegte, dass er nicht mehr lang auf das Frühstück warten musste. Es war ein großer Raum, den ein wuchtiger Tisch und eine Mahagonianrichte dominierten. Die Wände waren mit gemusterter Tapete versehen, und an den Fenstern hingen in Gegenfarbe zu Letzterer schwere Brokatvorhänge. Vor der Scheibe stand ein Käfig mit einem großen, grauen Papagei, wohl damit der Vogel den Ausblick auf die Straße und die Gärten dahinter genießen konnte. Doch soeben hatte Raven das Interesse des Tieres auf sich gezogen, und es beäugte ihn mit derselben Mischung aus Neugierde und Misstrauen wie zuvor sein Hausgenosse Jarvis.

Auf der Anrichte wartete das Serviergeschirr auf Befüllung. Raven nahm einen Pfefferstreuer in die Hand und drehte ihn um auf der Suche nach der Punze. Dabei rieselte eine Pfefferspur auf das Möbel, die Raven sich hastig in die Hand kehrte, bevor er sie über dem Teppich ausschlug. Wie zum Tadel krächzte der Papagei laut.

Als er den Streuer wieder vorsichtig abstellte, sah er, dass eine der Türen der Anrichte offen stand, und er bückte sich neugierig. Neben einem Tellerstapel und einer großen Suppenterrine sah er mehrere Stöße Papier mit kaum lesbaren Notizen, die wohl in Eile hingekritzelt worden waren. Interessanter erschienen ihm aber mehrere Glasflaschen mit diversen klaren Flüssigkeiten. Diese trugen Etiketten mit ungleich präziserer Aufschrift, die allerdings, wohl nach häufiger Verwendung, teils verschmiert waren. Salpeteräther, Wundbenzin, Äthylenchlorid. Raven war bestenfalls ein mittelmäßiger Chemiestudent gewesen, also sagten die Namen ihm nicht viel. Er zog den Stopfen aus der Flasche mit Wundbenzin und schnüffelte daran. Es hatte ein stechendes Aroma und verursachte ein leichtes Schwindelgefühl. In Anbetracht seiner kürzlichen Gebrechlichkeit beschloss er, von weiteren Nachforschungen fürs Erste abzusehen.

Er hatte die Flasche gerade wieder zurückgestellt, als sich die Esszimmertür öffnete und anscheinend die ganze Hausgemeinschaft auf einmal hereinströmte.

»Mr Raven. Welch ein Vergnügen, Sie kennenzulernen!«

Die Frau, die ihn begrüßte, hatte ein angenehmes, aufgeschlossenes Gesicht, war aber allzu blass, als wäre sie schon lang nicht mehr draußen gewesen. Sie trug Schwarz und trauerte wohl. Raven fragte sich, um wen.

»Ich bin Mrs Simpson, und dies ist meine Schwester, Miss Wilhelmina Grindlay.«

»Hocherfreut, Ihre Bekanntschaft zu machen«, erwiderte Raven.

Miss Grindlay wirkte kurz bestürzt ob seiner Erscheinung, fasste sich dann aber wieder und schenkte ihm ein Lächeln.

»Sie dürfen mich Mina nennen«, sagte sie.

Mina war ein wenig größer und schmaler als ihre Schwester, was ihren Zügen etwas Verkniffenes gab. Der ersten Jugendblüte war sie bereits entwachsen, aber immer noch angenehm anzuschauen. Raven fragte sich, warum sie noch nicht verheiratet war.

Den Damen folgte das Hauspersonal, das sich entlang der einen Wand aufstellte. Raven sah zu Sarah, wandte den Blick aber reflexhaft ab, als sie zurückschaute. Seines Wissens sollte die Dienerschaft genau das nicht tun. Er fragte sich, ob der Haushalt der Simpsons den Bediensteten größere Freiheiten zugestand oder ob sein eigener Status als ebenso niedrig erachtet wurde.

Nun kam ein Zeitgenosse herein, der wohl kaum älter war als Raven selbst, sich aber deutlich sicherer und selbstgewisser hielt (und all das in einem sichtlich feineren Anzug). Er hatte den Gang von jemandem, der sich in seiner Umgebung wohlfühlte und sich der Richtigkeit seines Handelns vollkommen sicher war. Er stellte sich nicht vor, sondern nahm seine Position hinter einem Stuhl ein, während sie auf den Herrn des Hauses warteten.

Dr. Simpson betrat das Zimmer als Letzter, wünschte allen einen guten Morgen und nahm seinen Platz am Ende des Tisches ein. Er schlug eine große, ledergebundene Bibel auf und las aus den Psalmen. Alle neigten einige Minuten den Kopf zum stillen Gebet. Für Ravens leeren Magen war das nichts als eine unliebsame Verzögerung, zumal er der Kirche nicht besonders zugetan war. Er wusste nicht einmal, ob er überhaupt an den lieben Gott glaubte. (Beim Teufel sah die Sache wiederum anders aus.)

Schließlich sagte der Doktor Amen, und das Personal verließ den Raum, sicher, um sogleich mit dem Essen zurückzukehren, hoffte Raven. Als sich aber das nächste Mal die Tür öffnete, kam der Hund herein, gefolgt von zwei kleinen Jungen, die ihn um den Tisch jagten und aus deren kichernden Rufen Raven erfuhr, dass das Tier Glen hieß.

Er hörte Schritte herbeieilen und musste beim Anblick des leidgeplagten Kindermädchens beinahe grinsen, das höchst beschämt wirkte, weil die beiden ihr entkommen waren. Raven bekam ein schlechtes Gewissen wegen seiner Erheiterung, gewiss würde gleich ein strenger Tadel folgen. Ob dieser vornehmlich auf das Kindermädchen oder die Jungen niederging, würde einiges offenbaren. Stattdessen brach Simpson in schallendes Gelächter aus, in das fast jeder einstimmte; selbst der Hund bellte mit, bevor schließlich sogar der verdammte Papagei mitkrächzte.

Allerdings gab es eine Ausnahme. Der adrett gekleidete junge Mann seufzte lediglich müde und zeigte pflichtschuldig ein Lächeln, das so dünn war wie das Porridge bei Ma Cherry.

Simpson brachte den Hund mit einer liebevollen Hand auf dem Kopf zur Ruhe, während der Schwanz des Tieres wedelte wie ein Metronom. Auch die vor Übermut juchzenden Jungen beruhigten sich unter der sanften Zuwendung ihres Vaters, bevor das dankbare Kindermädchen sie kleinlaut fortführte. Dieser Anblick rief etwas Bittersüßes in Raven hervor, aber bevor er darüber nachdenken konnte, wurden Teller voller Wurst, Eier, Bücklinge und frisch gebackenem Brot aufgefahren und beschäftigten seine Sinne.

Raven starrte all das sehnsuchtsvoll an, während er abwartete, dass Simpson sich bediente, bevor er selbst anfangen konnte. Der Doktor wollte mit der Gabel eine Wurst aufspießen, hielt dann aber inne und legte das Besteck wieder ab.

»Wo bleiben meine Manieren? Ich muss Sie doch vorstellen! James, das hier ist mein neuer Famulus Will Raven. Mr Raven, das hier ist Dr. James Duncan, der kürzlich aus Paris zu uns gekommen ist.«

Raven wollte gerade die Hand ausstrecken, als er merkte, dass die von Duncan fest an dessen Seite blieb. Er wusste nicht, was die Etikette genau vorsah, aber er war sich sicher, dass Dr. James Duncan ihn als jemand niedriger Gestellten sah, wobei das Sehen ähnlich vonstattenging, wie wenn man jemanden von Weitem mit dem Fernrohr betrachtet.

Selbst wenn Raven für Kränkungen anfällig gewesen wäre, wäre alles vergessen gewesen, sobald Simpson allen bedeutete anzufangen. Um den Schein zu wahren, lud Raven sich den Teller nicht übermäßig voll, dennoch hatte er wohl seit dem letzten Besuch bei seiner Mutter nicht mehr so viel Essen vor sich gehabt, und es würde auf jeden Fall besser schmecken, da ihm hier nicht sein Onkel in den Ohren lag, der alle daran erinnerte, wer das Ganze bezahlt hatte.

»Dr. Duncan, das wollte ich Sie schon lange einmal fragen, nur habe ich es immer vergessen«, sagte Miss Grindlay und schaute über den Tisch. »Sind Sie eigentlich mit Mr Duncan von Duncan and Flockhart's auf der Princes Street verwandt?«

Duncan warf ihr einen Blick zu, der ausdrückte, wie offensichtlich dumm diese Frage ihm erschien.

»Nein. Doch wie ich höre, treiben sie dort einen durchaus regen Handel mit Äther, seit er entdeckt wurde.« Damit wandte er sich an Simpson, um das Thema zu wechseln.

Raven beschloss, das Gespräch gleich wieder zurückzulenken.

»Sind Sie denn vielleicht mit dem Chirurgen Duncan an der Infirmary verwandt?«

Damit verdiente er sich einen bösen Blick, und Raven war sich sicher, dass Duncan über ein reiches Repertoire solcher Blicke verfügte.

»Ebenso wenig. Anscheinend herrscht derzeit ein Überschuss an Duncans in Edinburgh. Vielleicht sollte ich mir zusätzlich den Mädchennamen meiner Mutter eintragen lassen, um mich hervorzuheben.«

»Wie würde Ihr Name denn dann lauten?«, fragte Mina.

»James Matthews Duncan.«

»Das hört sich doch höchst distinguiert an«, sagte Mrs Simpson. »Sie werden einen bedeutenden Beitrag zur Medizin leisten müssen, um Ihrem Namen gerecht zu werden.«

»Das habe ich auch vor«, erwiderte er trocken.

Raven hielt dies für einen weiteren Versuch, unmaßgebliche Beiträge vonseiten des Weibsvolks abzuwenden, aber in Wahrheit diente der Satz als Einleitung. Nachdem Duncan das einzelne gekochte Ei verschlungen hatte, das er asketisch aus dem reichhaltigen Angebot ausgewählt hatte, legte er seine Qualifikationen dar. Danach hatte Raven eine klare Vorstellung davon, wie stark das Fernrohr sein musste.

Duncan hatte in Aberdeen und Edinburgh studiert und letztes Jahr im zarten Alter von zwanzig seinen Doktorgrad erhalten, wofür es einer Sondergenehmigung bedurft hatte. Zu seinen weiteren Studien war er nach Paris gereist, wo er ausführliche pathologische Untersuchungen an Frauen durchgeführt hatte, die im Kindbett gestorben waren, sodass er sich in gewisser Weise als Experte für entzündliche Zustände des weiblichen Beckens betrachtete. Er sprach fließend Deutsch und Französisch und hatte Dr. Simpsons »Anmerkungen zur Inhalation von Schwefeläther« in letztere Sprache übersetzt, was ihrem Gastgeber natürlich geschmeichelt und sicher eine Rolle dabei gespielt hatte, dass Duncan die Stelle als Assistent des Professors angeboten worden war.

»Ich bin hergekommen, um ein besseres Anästhetikum als Äther zu finden«, verkündete er, was für Raven ein empfindlicher Dämpfer war, da er dieses Vorhaben ja gerade erst als möglichen eigenen Weg zum Erfolg ersonnen hatte.

James Matthews Duncan war unerträglich, beschloss er. Er hatte das Gebaren eines jungen Mannes, der für einen leichtfertigen Kommentar noch nie einen Fausthieb ins Gesicht bekommen hatte, und in Raven stieg unwillkürlich das Gefühl auf, dass er da Abhilfe schaffen könnte.

Bald gesellte sich ein weiterer Herr zur Versammlung, der sich für seine Verspätung entschuldigte (er war zu Fuß aus der Howe Street gekommen, wo er wohnte) und darauf bestand, dass sich niemand um seinetwillen erhebe. Er sah einige Jahre älter aus als Raven, war groß und adrett gekleidet, mit Geheimratsecken und Vollbart. Er war offensichtlich ein guter Bekannter der Familie, da er sich an den Tisch setzte, ohne die Einladung dazu abzuwarten, und sogleich von Sarah Tee eingeschenkt bekam.

»Das hier ist mein Kollege Dr. George Keith«, erklärte Simpson, bevor er auch Raven dem Neuankömmling vorstellte.

Dr. Keith streckte Raven die Hand über den Tisch entgegen, hielt aber inne, als er des Zustands von Ravens Gesicht gewahr wurde.

»Was zum Teufel ist denn mit Ihnen passiert?«, fragte Keith, der sich nicht so vornehm zurückhielt wie die Damen am Tisch.

»Ich wurde in der Old Town von Dieben überfallen«, sagte Raven. »Sie lauerten mir spätabends auf und zerrten mich in eine Gasse. Ich wehrte mich, aber das war ein Fehler. Sie nahmen mir jeden Penny, den ich bei mir hatte, eine beträchtliche Summe, und dazu noch meine Uhr. Ich bin nun also nicht bloß geprügelt und geschunden, sondern ebenso zeit- wie mittellos.«

Er schmunzelte über seinen höflichen Scherz, als wollte er den Ernst seiner Lage herunterspielen. Niemand schloss sich an.

»Wie schrecklich«, sagte Mina und wirkte aufrichtig beunruhigt um seinetwillen.

»Haben Sie denn gar kein Geld mehr?«, fragte Simpson. »Ich könnte Ihnen gerne aushelfen.«

»O nein, ausgeschlossen. Das könnte ich niemals annehmen«, erwiderte er.

Die Worte sprangen Raven von den Lippen, bevor er sich ihrer bewusst war. Ihm war sogleich klar, dass diese Ablehnung von Simpsons Angebot ihn teuer zu stehen kommen würde.

Er hatte hier zwar freie Kost und Logis, aber darüber hinaus blieb ihm nur noch eine kleine Summe, die zwischen seinen Habseligkeiten gesteckt hatte, welche von seiner Unterkunft bei Mrs Cherry geliefert worden waren. Keineswegs genug, um Flint und seine Kreaturen fernzuhalten.

Aber nachdem er schon so übel zugerichtet aufgetaucht war, wollte er seine Gastgeber nicht auch noch wissen lassen, dass er verarmt war. Wer sich Respekt von Leuten mit Geld wünschte, musste sie unbedingt glauben machen, er habe selbst welches. In dieser Art der Hochstapelei war er geübt, andererseits war es recht einfach gewesen, seine Armut als Student unter seinesgleichen zu verbergen.

»Dann lassen Sie mich Ihnen wenigstens eine Uhr leihen, bis Sie Ersatz für Ihre beschaffen können«, beharrte Simpson.

»Zu freundlich, Sir. Ich danke Ihnen.«

Raven dachte über einen Nachschlag von allem nach und fragte sich, wie viel er mit dem Verkauf gestohlener Würstchen verdienen könnte, als George Keith ihm eine Hand auf die Schulter legte.

»Ich glaube, wir sollten mal anfangen, was? Die hatten schon keinen Platz mehr im Wartezimmer, als ich eben hereingekommen bin.«

»Wer?«

»Die Patienten«, erklärte Keith und hielt die Tür auf. »Zu unseren Behandlungszimmern geht es hier lang.«

Fügsam stand Raven auf, auch wenn ihm auffiel, dass Duncan sitzen blieb, die Reste seines freudlosen Asketenfrühstücks noch vor sich, während er sich weiter mit Simpson unterhielt.

»Dr. Duncans Pflichten liegen ausschließlich im Bereich der Forschung«, erklärte Keith. »Ihm werden Sie auch noch assistieren müssen, aber an den Vormittagen ist Sprechstunde.«

Raven folgte Keith an der Treppe vorbei, auf der eine Frau mit schmutzigem Schal saß und ein ungewaschenes Baby stillte.

»Dr. Simpson empfängt die Patienten hier in seinem Haus?«, fragte er.

»Ja. Sie kommen jeden Morgen und losen aus, wer zuerst drankommt. Außer natürlich, es ist ein offensichtlich dringender Fall dabei.«

»Es gibt kein Terminbuch?«

Keith zeigte sich an die Schläfe. »Dr. Simpson beharrt darauf, dass er alle wichtigen Termine und Besuche im Kopf behalten kann.«

»Kann er das wirklich?«

Keith lächelte. »Meistens. Und wenn er doch einmal einen vergisst, vergeben die Patienten es ihm.«

»Aber warum behandelt er sie hier?« Wenn ihm einmal so ein Haus gehören sollte, dachte Raven, würde er die ungewaschenen Massen nicht kreuz und quer über seinen Flur spazieren lassen.

»So ist es wohl am einfachsten. Der Professor ist nicht der Einzige mit Behandlungszimmern im Wohnhaus, auch wenn viele seiner Kollegen die Patienten lieber auf Distanz halten. Professor Syme zum Beispiel wohnt draußen in Morningside, fernab seiner Patienten.«

Raven wurde in ein kleines Zimmer geführt, in dem ein Schreibtisch und zwei Stühle standen.

»Wenn Sie so weit sind, rufen Sie einen Patienten auf, und Sarah bringt ihn herein. Ich bin gleich nebenan. Sagen Sie Bescheid, wenn Sie etwas Seltsames oder Ungewöhnliches sehen. Die seltenen Sachen schaut Dr. Simpson sich gerne selbst an. Er behandelt derweil die Patienten oben. Die die satten Honorare zahlen.«

»Und was für Honorare zahlen unsere Patienten hier unten?«, fragte Raven, der davon ausging, dass sie immerhin besser als nichts sein dürften.

»Unsichtbare.«

Raven hatte es mit einer Vielfalt an Leiden zu tun, hauptsächlich bei Frauen und Kindern: Rachenentzündungen, Ohrenschmerzen, Husten, Verstauchungen und Hautkrankheiten. Er hatte gehofft, Dr. Keith würde seine Diagnosen und verschriebenen Arzneien prüfen, aber bald stellte sich heraus, dass für solche Doppelungen keine Zeit blieb. Er war sich unsicher, worin genau Sarahs Beitrag in der ganzen Angelegenheit bestand, denn immer, wenn er nach draußen sah, saß sie dort auf einem Stuhl und las.

»Was machen Sie da?«, fragte er.

Sie schaute von ihrem Buch auf, und ihr Gesicht verriet, dass sie sich gerade eine ganze Reihe frecher Worte verkniff.

»Ich lese einen Roman.« Sie blätterte zurück zum Titel. »Von jemandem namens Currer Bell.«

»Einen Roman?«

»Ja. Er heißt *Jane Eyre*. Haben Sie ihn gelesen?«

Raven war außer sich. »Meinen Sie, man hat während der Ausbildung zum Arzt Zeit, Romane zu lesen?«

»Dr. Simpson hat sie sich genommen, da bin ich mir sicher.«

Sie steckte das Buch in die Tasche und stand auf.

»Dann gehe ich nun den nächsten Patienten holen, ja?«

Raven blieb sprachlos zurück, während sie einen glatzköpfigen Mann mit einem besorgniserregend wuchernden Ausschlag zu ihm führte. So hatte er sich das Verhalten des Hauspersonals nicht vorgestellt. Sein Onkel würde so etwas nicht dulden. Bei dem Gedanken hielt er inne. Wenn er jetzt schon den mickrigen Malcolm als Maßstab nahm, dann war er bald verloren.

Er ging wieder in sein Behandlungszimmer und setzte sich dem Patienten gegenüber, der sich sorgte, sein Ausschlag bringe ihn noch ins Grab. Raven diagnostizierte Schuppenflechte und verschrieb eine kühlende Salbe gegen das Brennen. Schon bevor diese zur Anwendung kam, schien der Mann große Erleichterung zu erfahren, einfach weil sein Leiden nun einen Namen hatte. Raven vermutete, dass dieser Effekt geschmälert worden wäre, hätte der Patient gewusst, wie erfahren sein »Arzt« war, aber er war froh, dass er hatte helfen können.

Raven führte den Mann nach draußen und betrat den Wartebereich, der anscheinend noch voller geworden war. Auch die Geräuschkulisse war beträchtlich gewachsen. Zu seinem Unmut wurde Sarah von seiner Anwesenheit aufgeschreckt, steckte wieder den Roman in die Tasche und stand auf. Wenn sie nicht einmal aufpasste, wusste er nicht, warum gerade sie den nächsten Patienten auswählen musste, wo er dazu durchaus allein imstande war.

Zum Beispiel zog gerade ein schäbig gekleideter Mann Ravens Aufmerksamkeit auf sich, der von rasselnden Hustenanfällen geschüttelt wurde, die er in ein widerwärtiges Taschentuch lenkte. Unter gewöhnlichen Umständen hätte sein Gebell den Raum erschüttert, aber gerade wurde es noch vom Lärmen dreier Kinder übertönt, von denen zwei heulten, während das dritte mit wachsender Begeisterung die soeben entdeckte größtmögliche Lautstärke der eigenen Stimme ausreizte.

Da es sich um Schwindsucht handeln konnte und Raven möglichst schnell wieder eine Tür zwischen sich und dem unerträglichen Geschrei haben wollte, bat er den Mann, ihm zu folgen.

Sarah trat dazwischen und bedeutete dem Mann, sitzen zu bleiben.

»Mr Raven, diese Frau hier sollte Ihre nächste Patientin sein«, erklärte sie, während der Mann mit dem Husten sich gehorsam wieder niederließ.

»Wie lautet Ihr Name?«, fragte er, fast atemlos vor Empörung.

»Sarah«, antwortete sie, im Geschrei der Kinder kaum zu hören.

»Ja, das weiß ich, und weiter?«

»Fisher.«

»Und Sie sind ein Hausmädchen, Miss Fisher, nicht wahr?«

»Ja, Sir.«

»Und mit welcher Begründung halten Sie es dann für angebracht, meiner Anordnung zu widersprechen, welcher Patient als nächster behandelt wird?«

»Meine Pflicht besteht darin, die Wartenden in Augenschein zu nehmen und die Reihenfolge der Dringlichkeit ihrer Behandlung anzuraten.«

Sie musste laut sprechen, damit er sie hörte, was vor den Patienten einem unangemessenen Theater gleichkam. Trotzdem ließen sich manche Lektionen am besten öffentlich lernen.

»Richtig, Sie dürfen eine Reihenfolge *anraten*, aber wenn ich einen bestimmten Patienten aufrufe, dann sollten Sie nicht vergessen, dass meine Kenntnis solcher Angelegenheiten der Ihren weit voraus ist.«

Dieser Wortwechsel lockte Dr. Keith in den Wartebereich, der sogleich herantrat und nach dem Grund des Streits fragte.

»Ich möchte diesen Mann behandeln, der möglicherweise an einer ernsthaften Brusterkrankung leidet«, erklärte Raven, der beinahe gegen den Lärm der kindlichen, aber übermäßig lauten Stimmen anbrüllen musste. »Das Hausmädchen aber wähnt sich offensichtlich im Besitz eines schärferen diagnostischen Blickes und besteht darauf, dass ich diese Frau dort vorziehe, die wohl an nichts Schlimmerem als einer Überversorgung mit Kindern leidet.«

Dr. Keith wandte sich nach Sarah um und sah dann wieder Raven an.

»Meinen Sie die Frau mit den drei Kleinen, gegen die wir hier anschreien müssen?«

»Exakt.«

»Und deren baldige Abwesenheit den Wartebereich weit ruhiger und angenehmer gestalten würde?«

Raven stieg die Hitze in die Wangen, als die mannigfachen Elemente seiner Erniedrigung sich zueinanderfügten. Er sah wie ein Dummkopf aus, zudem ein arroganter, und es war ein Hausmädchen, das ihn so vor Dr. Keith hatte dastehen lassen. Schlimmer hätte es nur sein können, wäre es vor dem Professor persönlich geschehen.

Kapitel 9

Einige Schritte hinter Mina stapfte Sarah die Princes Street entlang, von wo aus sie einen ungehinderten Blick auf den Schmutz hatte, der Minas Rock mehr und mehr anhaftete. Mit ihren vielen Unterröcken kehrte sie das Trottoir geradezu. Sarah vermerkte deren Reinigung auf der immer längeren Liste der Aufgaben, die sie bis Tagesende zu erledigen hatte. Sie dachte an Sisyphos und seinen Felsblock, auf Ewigkeit zu einer letztendlich sinnlosen Aufgabe verdammt.

Mina hatte sich am Morgen besonders aufwendig gekleidet, wahrscheinlich für den neuen Famulus des Doktors, was sie nun vielleicht bereute, da der Mann mehr von einem Straßenlumpen hatte als von einem Gelehrten der Heilkünste. Mina war zweifellos enttäuscht, dass sie wieder eine Gelegenheit hatte in den Äther verschwinden sehen, ihrer erstickenden Ehelosigkeit zu entfliehen.

Am Morgen vor dem Frühstück hatte Mina sie über Raven ausgefragt, und Sarah war versucht gewesen, ihr die detaillierten Ergebnisse seiner physischen Musterung mitzuteilen, als sie ihm baden geholfen hatte. Da Sarah Dr. Simpsons Anatomiebücher studiert hatte, hätte sie die verschiedenen Muskelgruppen auf Ravens drahtigem Körper nachzeichnen können: Musculus pectoralis major, latissimus dorsi, gluteus maximus. Im anatomischen Sinne war er ein Prachtexemplar. Seine Persönlichkeit war eine andere Angelegenheit.

Die kurze Zeit, die sie Raven kannte, hatte mehr als gereicht, um ihn als typischen Vertreter seines Berufsstandes zu identifizieren: selbstverliebt mit Hang zur Großspurigkeit und dem festen Glauben, dass seine Bildung ihn über andere erhob, die in ihren Möglichkeiten eingeschränkter waren. Sie dachte an seine dünkelhafte Ablehnung ihres Ratschlags während der Sprechstunde. Er würde bald erfahren, dass man sie besser zur Freundin als zur Gegnerin hatte, aber sie war zu beidem bereit – das hing ganz von ihm ab.

Sein Verhalten war also typisch, doch seine Erscheinung ließ stark zu wünschen übrig. Als er vor der Tür gestanden hatte, hatte er ausgesehen, als wäre er von einem tollwütigen Hund angefallen worden. Mrs Lyndsay und Jarvis fiel keine Erklärung ein, warum der Professor solch einen Mann anstellen und gleich noch bei ihnen wohnen lassen sollte. Sarah stellte sich vor, dass Mina dazu wohl eine Meinung haben dürfte, ob sie den Grund nun wusste oder nicht.

»Ist es üblich, dass der Professor einen Famulus wie Mr Raven aufnimmt?«

Mina hielt inne. »Dass er einen Famulus aufnimmt, ja. Einen wie Mr Raven, nein.«

»Warum, glauben Sie, hat er es dann getan?«, fragte Sarah, als Mina weiterging. »Mr Raven scheint recht ...« Sarah suchte eine Weile nach dem richtigen Wort. »... unehrbar.«

»Eine ziemlich starke Meinungsäußerung für ein Hausmädchen, Sarah. Aber in diesem Fall muss ich sagen, dass ich damit übereinstimme. Vielleicht hat mein Schwager es sich auferlegt, diesen jungen Mann aus seinen Umständen zu retten. Womöglich ist das ein Ausdruck der Trauer.«

»Trauer? Inwiefern?«

»Einer der bedeutendsten Ärzte Edinburghs hat zwei seiner Kinder verloren, machtlos im Angesicht eines infektiösen Fiebers. Vielleicht findet er Trost in der Rettung eines anderen, nachdem er die beiden trotz all seines Wissens und all seiner Errungenschaften nicht retten konnte.«

Sarah nutzte die Pause, um die Pakete neu anzuordnen, die sie trug. Minas Erklärung erschien ihr einleuchtend, auch wenn sie ihr nicht selbst eingefallen war. Hatte der Doktor etwas in Raven gesehen, das sich zu retten lohnte? Wenn dem so war, würde sie wohl selbst einmal nach diesen Attributen Ausschau halten müssen, die ihn dem Professor anempfohlen hatten, denn ihr waren sie bisher verborgen geblieben.

Sarah lud einen Teil ihrer Last vom einen Arm auf den anderen. Keins der Pakete war für sich allzu schwer, aber gemeinsam waren sie eine sperrige Angelegenheit. Sie trug die Notwendigkeiten des Alltags in braunes Papier gewickelt: Mengen an Stoffen, Spitze und Stickgarn. Sarah ging um einiges lieber mit Mrs Simpson einkaufen. Das kam aber nur selten vor und beschränkte sich auf wenige Läden, da Mrs Simpson eine vernünftige Einkäuferin mit wenig Zeit für Zauderei über Bänder und Rüschen war.

Sie waren schon beim Damenschneider gewesen, beim Hutmacher und natürlich bei Gianetti and Son auf der George Street, der Parfümerie der Königin. Mina kaufte dort nur selten etwas, war aber eine regelmäßige Besucherin, probierte Düfte aus und tratschte mit Mr Gianetti. Das heutige Gespräch hatte sich um einen skandalösen Mord gedreht, von dem in der Tageszeitung berichtet worden war. »Ein Herr in Glasgow wurde des Mordes an seiner Frau für schuldig befunden«, sagte Mina. »Und dazu getrieben hat ihn die Affäre mit einer Hausangestellten, wie es heißt. Des Weiteren wird spekuliert, er habe vorher bereits ein Hausmädchen umgebracht, das sein Kind trug. Das Mädchen soll verbrannt sein, das Zimmer von außen abgeschlossen.«

Sarah fand die Bezeichnung »Herr« für so jemanden nicht besonders angebracht, aber Minas Ton nach bestand für sie der wahre Angriff auf Anstand und Moral darin, dass er sich mit dem Personal eingelassen hatte.

Mina verbrachte die übliche halbe Stunde mit dem Ausprobieren verschiedener Düfte, bevor sie sich gegen einen solch teuren Kauf entschied, da ihr Taschengeld solchen Luxus nicht zuließ. Sie würde sich mit ihrem üblichen Eau de Cologne und Taschentuchparfüm von Duncan and Flockhart's begnügen müssen, wo Dr. Simpson a conto zahlte.

»Ich sehne mich nach dem Tag, an dem ich meinen eigenen Haushalt führe«, sagte Mina. »In meinem derzeitigen Zustand bin ich nichts als eine Last für meine Verwandten.«

Als sie weiter die Princes Street entlanggingen, winkte Mina Sarah heran, neben ihr zu gehen, was hieß, dass sie etwas zu besprechen hatte.

»Hast du *Jane Eyre* zu Ende gelesen?«, fragte sie.

»Nein, Ma'am«, erwiderte Sarah und bereitete sich auf Minas Enttäuschung vor. Sie hatte so wenig Zeit, erst recht bei Tageslicht, und sie war immer noch verärgert über Ravens Gebaren, als er sie während der Sprechstunde hatte lesen sehen.

»Aber du bist doch etwas weitergekommen, ja?«

»Ja, ungefähr bis zur Hälfte.«

Das reichte anscheinend, und ihre Herrin fragte sie über ihre Eindrücke aus. Das gefiel ihr an Mina. Sie war außerordentlich belesen und hatte einen analytischen Blick auf Romane und Lyrik, war aber zugleich auch immer sehr an

Sarahs Sichtweise interessiert. Auch wenn das vermutlich nur daran lag, dass ihr eine geeignete Gefährtin für Gespräche fehlte. Mina kam zwar häufig unter Leute, betrachtete aber viele der Damen, die sie besuchte, als intellektuell unterlegen, da sie von nichts als ihren Ehemännern und Kindern sprachen – ob diese nun real oder nur geplant waren.

»Ich finde die Heldin mutig und von beeindruckender Willensstärke«, sagte Sarah.

An Minas Gesicht sah sie, dass sie diese Meinung nicht teilte.

»Mir erschien sie recht irritierend«, bemerkte Mina. »Aber wenn ich darüber nachdenke, lag das wohl daran, dass ich einige ihrer Züge teile. Und was auf eine junge Frau wie Tatkraft und starker Wille wirkt, entlarvt die Weisheit größerer Erfahrung als Dummheit.«

»Was sehen Sie denn als Dummheit an, Ma'am?«

»Ich befürchte, dass sie zu fordernd ist, was ihre Ansprüche an einen Ehemann angeht, woraus die Gefahr folgt, dass sie ganz ohne einen solchen dasteht. Für sie geht es trotzdem recht gut aus, wie das wohl nur im Reich der Romane möglich ist, denn die wahre Welt ist weit weniger nachsichtig.«

Sarah wusste, dass Mina in Liebesdingen mehr als einmal enttäuscht worden war; Versprechen waren gebrochen worden. Außerdem hatte es auch Verehrer gegeben, die Mina als unter ihrer Würde betrachtet hatte, was Sarah an ihr bewunderte.

»Ich habe die Geschichte zwar noch nicht ganz gelesen, aber ist es nicht besser, wenn eine Frau allein bleibt, als wenn sie mit einem ungeeigneten Mann verheiratet ist? Mit jemandem, der ihren Ansprüchen nicht gerecht wird?«

»Diese Frage stelle ich mir immer häufiger, während sich ein Jahr ans andere reiht. Ein ungeeigneter Mann käme für mich nicht infrage, aber ich muss zugeben, dass sich geändert hat, was ich als geeignet betrachte. Die dummen Vorstellungen meiner Jugend habe ich schon lang abgelegt. Meiner Meinung nach spricht vieles für eine Kameradschaftsehe: ein Mann, den ich achte, dessen Arbeit ich bewundere und dessen Haushalt ich mit Stolz führen könnte. Ich gestehe, dass ich meine Schwester in dieser Hinsicht beneide. All dies hat sie mit einem Mann, den sie wahrlich liebt und der auch sie wahrlich liebt.«

Sarah war immer geschmeichelt, wenn Mina so offen vor ihr sprach, bis sie sich erinnerte, dass Mina das nur tat, weil sie nicht zählte. Vor jemandem von Rang würde sie sich weitaus stärker zurückhalten.

Nach einem Umweg zu Kennington and Jenner's, wo Mina sich die Seidenwaren besah, kamen sie schließlich bei der Drogerie an. Mit dem Laden war Sarah sehr vertraut, und er lag ihr am Herzen. Sie wurde häufig auf Botengänge dorthin geschickt, da Dr. Simpsons Praxis immer Bedarf an Dingen wie Verbänden, Pflastern, Balsamen und Salben hatte.

Mr Flockhart war nicht nur Drogist, sondern auch Chirurg, und sowohl er als auch sein Partner Mr Duncan hatten viele Freunde unter der Ärzteschaft der Stadt. Es waren intelligente und erfinderische Herren: exzellente praktische Drogisten, die jegliches medizinische Mittel herstellen konnten, und Dr. Simpson zufolge genügten die Ergebnisse stets höchsten Ansprüchen. Derartiges zu beurteilen war Sarah nicht imstande, aber sie kannte Mr Duncan als freundlichen Mann, der immer bereit war, sein Wissen über die Heilkräfte der Pflanzen zu teilen, die er in seinem Kräutergarten draußen vor der Stadt anbaute.

Sarah öffnete die Tür, und als dabei die kleine Glocke läutete, musste sie lächeln. Es war einer ihrer liebsten Orte in Edinburgh.

Der Laden wurde dominiert von einem Tresen mit Marmoroberfläche, hinter dem sich Regale bis zur Decke erhoben, darin Reihe um Reihe an Glasflaschen. In den Flaschen waren Pulver, Flüssigkeiten und Öle mit Namen, die exotisch klangen. Mit manchen davon war sie vertraut – Brechwurzel, Glycerin, Campher –, während andere abgekürzte lateinische Bezeichnungen darstellten, die sie nicht entziffern konnte.

Als Sarah und Mina eintraten, wog der junge Drogistengehilfe gerade vorsichtig ein Pulver auf der Messingwaage ab. Er sah auf und zwinkerte Sarah so anzüglich wie selbstgefällig zu. Mit ihm hatte Sarah höchst ungern zu tun. Größer als seine Lüsternheit war nur seine Dummheit. Sie fragte sich, was er sich von seinem Zwinkern versprach: Sollte sie von seiner Weltgewandtheit eingeschüchtert sein, oder sollten ihr vor Entzücken die Knie weich werden?

»Guten Tag, Mr Ingram«, sagte sie und zeigte ihm ein breites, selbstbewusstes und gleichermaßen unechtes Lächeln.

Ingram verlor sogleich die Konzentration, und das Pulver verteilte sich über den Tresen. Er unterbrach seine Aufgabe und eilte nach hinten ins Wägezimmer, wohl um jemand Fähigeren zu Hilfe zu holen. Tatsächlich trat kurz danach Mr Flockhart auf.

»Meine Damen!«, sagte er und öffnete die Arme, als wollte er sie an sich drücken. »Wie darf ich Ihnen helfen?«

Mr Flockhart war ein großer Mann und von so überschäumender Natur wie die Magenpulver, die er verkaufte. Er fehlte nie bei gesellschaftlichen Anlässen und Versammlungen und wusste stets Geschichten zu erzählen und Tratsch auszutauschen. Mina steuerte schnurstracks auf ihn zu.

Nun kam auch Mr Duncan in den Verkaufsraum, wohl um hinter seinem Assistenten aufzuräumen.

»Was benötigen Sie denn heute, Sarah?«, fragte er, als sie an den Tresen trat.

»Heute nichts, danke schön.«

Mr Duncan wurde ihres erschöpften Gesichts gewahr und schlug vor, sie möge ihre Pakete doch auf einem Stuhl in der Ecke des Ladens abstellen. Er warf einen Blick in Richtung Mina, die angeregt mit Mr Flockhart plauderte.

»Womöglich sind Sie noch eine Weile hier.«

Als sie ihre Last abgelegt hatte, sagte Mr Duncan: »Ich habe etwas Neues für Sie zum Probieren. In der letzten Zeit experimentiere ich mit einem neuen Konfekt aus Puderzucker, aromatisiert mit Zitrone und Rosenwasser.«

Er überreichte ihr ein Stück Wachspapier mit zwei runden Bonbons, eines pink, eines gelb, jeweils mit einem aufgeprägten Herzmuster auf einer Seite. Sarah probierte eines nach dem anderen. Sie kribbelten ihr auf der Zunge und füllten ihren Mund mit Süße. Sie schloss einen Moment die Augen. Mr Duncan lächelte, als sie sie wieder öffnete.

»Die sind ja wunderbar!«, sagte sie. »Wie heißen sie?«

»Das habe ich noch nicht festgelegt«, erwiderte er und wickelte ihr noch einige zum Mitnehmen ein.

Sarah nahm das Päckchen entgegen und steckte es schnell in die Tasche, damit Mina es nicht sah und womöglich Einwände erhob. Auch wenn ihre Benimmregeln jeder vernünftigen Erklärung trotzten, setzte sie sie gern ebenso nachdrücklich wie willkürlich durch. Der einzige gleichbleibende Bestandteil dieser Regeln schien zu sein, dass sie stets mit allem in Konflikt standen, was Sarah gerade tat oder sagte.

Der junge Assistent war immer noch nicht zurückgekehrt, und Sarah fragte sich, ob er gerade bestraft wurde – vielleicht musste er eine große Menge einer besonders übel riechenden Tinktur anrühren. Das hoffte sie zumindest. Sie sah zu, wie Mr Duncan das Missgeschick auf dem Tresen beseitigte. Dann gab er etwas von dem Pulver auf der Waage in einen Mörser und zerrieb es weiter.

»Wenn Sie einen Assistenten anstellen, welche Eigenschaften sollte ein geeigneter Kandidat mitbringen?«, fragte sie und dachte an den dummen Jungen, der diese Position bereits innehatte.

Bevor er antwortete, hielt Mr Duncan inne und blickte in Richtung der hinteren Räume, als müsste er sich besinnen.

»Wir brauchen jemanden, der gut lesen und schreiben kann«, erklärte er und stampfte weiter mit dem Stößel. »Er muss über zuverlässige mathematische Fähigkeiten verfügen, um die Posten einer Rechnung zu addieren. Er muss fleißig und präsentabel sein.«

Wieder hielt er inne und lächelte.

»Ein Talent für das Entziffern von Hieroglyphen ist ebenfalls von Vorteil. Manche unserer Kunden lassen uns Bestellscheine überbringen, doch nicht jeder kann die Beherrschung der Schriftsprache zu seinen Stärken zählen.«

Er schob Sarah einen rußverschmierten Zettel zu. Darauf stand in kindlicher Schrift: »Dilwasa gegen Schluh Kauf«.

Sarah wurde daraus nicht schlau. Sie sah Mr Duncan an und zuckte mit den Schultern.

»Dillwasser gegen Schluckauf«, erklärte er und lachte. »Warum fragen Sie denn nach der Assistentenstelle? Kennen Sie jemanden, der bei uns anfangen möchte? Ein Bruder oder Vetter vielleicht?«

Sarah dachte kurz über ihre eigene Befähigung nach. Sie hatte eine saubere Handschrift, keine Furcht vor Zahlen (sie überprüfte immer Mrs Lyndsays Haushaltsbuch, bevor es Mrs Simpson vorgelegt wurde, und Fehler fanden sich selten), und auch mit einer Vielzahl von Heilkräutern war sie bereits vertraut. Sie sah zu Mina hinüber, die gerade eine Handcreme ausprobierte und Sarahs Gespräch nicht beachtete. Sie dachte an die Schufterei, die ihren Alltag in der Queen Street ausmachte, und an Mrs Lyndsays Entschlossenheit, sie so wenig wie möglich an den reizvolleren Tätigkeiten im Haus teilhaben zu lassen.

»Ich hatte eher an mich selbst gedacht«, sagte sie.

»Sie?«

Sarah straffte den Rücken und hob das Kinn.

»Ja, ich. Warum denn nicht?«

Mr Duncan blickte sie mitleidig an.

»Sarah«, sagte er, »unsere Assistenten müssen das vollste Vertrauen unserer Kunden erwecken. Da kommt nur ein Mann infrage.«

Kapitel 10

Schon nach wenigen Tagen hatte Raven sich daran gewöhnt, mit Dr. Simpsons Kutsche in die Old Town zu fahren, ein Luxus, der ihm bisher die Furcht ersparte (oder sie zumindest aufschob), die nun über ihn kam. Zu seinen Pflichten als Simpsons Famulus gehörte auch die Vorbereitung der Vorlesungen des Professors, und diesmal musste Raven sich allein auf den Weg zur Universität machen, um eine praktische Demonstration herzurichten, während Simpson noch bei einem Hausbesuch draußen in Balerno war.

Seine Angst war umso beunruhigender, als sie in dieser vertrauten Umgebung höchst ungewohnt war. Diese Straßen waren seit beinahe sieben Jahren sein Zuhause: Sicher kannte er ihre Gefahren, aber Angst hatte er hier trotzdem noch nie verspürt.

Mit dreizehn Jahren war er hergekommen, als er an George Heriot's School aufgenommen wurde, einer Einrichtung für »arme, vaterlose Jungen«. Diese Bildungsgelegenheit wäre ihm vorher versagt geblieben, ein unvorhergesehener Trost nach der Tragödie, die die Verhältnisse seiner Familie so verheert hatte. Der Tod seines Vaters war wohl dessen größter Beitrag zu Ravens Zukunftsaussichten gewesen.

Er erinnerte sich an seine zaghaften ersten Erkundungen der Umgebung, bei denen er stets die Schauergeschichten der Älteren im Hinterkopf hatte. Aber Raven hatte immer schon alles ergründen wollen, was er fürchtete, und erst recht alles, was womöglich verboten war. Als er schließlich an der Universität studierte (die Gebühren hatte er nach mühevollen Verhandlungen seinem knauserigen Onkel abgerungen), fühlte er sich als Einheimischer der Old Town, wenn auch nicht ganz dort zu Hause.

Vor ihm erschien aus dem Dunst wie ein Zufluchtsort der Universitätshof. Innerhalb dieser Mauern würde er sicher sein, erst recht bei Tageslicht oder wenigstens bei Tage. Die ganze Stadt war immer noch in dichten Nebel gehüllt, der sich einfach nicht lichten wollte, obwohl es schon nach Mittag war.

Seit er die North Bridge überquert hatte, sah er sich immer wieder nach dem Wiesel und Gargantua um, allerdings kannte er von Flints Schergen nur diese beiden und Stummel und wusste nicht, vor wem er sich vielleicht noch alles in Acht nehmen musste. Zumindest Gargantua würde er kommen sehen, der war sicher die auffälligste Kreatur von ganz Edinburgh. Welche grausige Krankheit mochte den Burschen so entstellt haben? In Anbetracht der Natur ihres einzigen Zusammentreffens nahm Raven zwar kaum Anteil am Leid des Monsters, doch als Mediziner erkannte er, dass dieser Mann nicht gesund war. Er war nicht einfach nur groß: Teile seines Leibes waren weitergewachsen, nachdem das Wachstum eigentlich hätte beendet sein sollen, und das verhieß wenig Gutes für seine Zukunft. Unglücklicherweise würde er wohl trotzdem nicht schnell genug sterben, damit Raven gerettet wäre, und selbst dann hatte Flint immer noch genug Ersatz.

Raven hatte sich beruhigen wollen, indem er die Situation rational betrachtete. Es war erst einige Tage her, dass das Wiesel ihn gestellt hatte – sie konnten doch wohl nicht erwarten, dass sich seine pekuniäre Lage bereits hinreichend gebessert hatte, sodass er die Schulden abtragen konnte. Aber dann wurde ihm bewusst, dass rationale Annahmen hier ein gefährlicher Fehler waren. Er durfte sich diese Leute nicht als vernünftig handelnde Wesen vorstellen. Sie forderten ihr Geld auf Gedeih und Verderb ein, unter der Androhung, ihn zu verstümmeln. Und bei einem Auge würde es nicht bleiben.

Und je länger er sie nicht sah, desto mehr würden sie das Geld erwarten, wenn sie ihn schließlich wieder aufspürten. Der Torbogen zum Hof war nur noch Meter entfernt, und Ravens Schritte wurden schneller und schneller, je näher er kam. Er hielt den Blick auf den Durchgang gerichtet, die Augen fest geradeaus, als er jemanden seinen Namen rufen hörte.

Er erschauderte, doch es ging nicht vorbei. Er zitterte, fühlte sich den Tränen nah und spürte ein scharfes Ziehen in der Wange, als hätte das Wiesel schon wieder seine Klinge angesetzt. Das geschah jedes Mal, wenn er erschrak, ob vor einem plötzlichen Geräusch oder einem Phantom in der Dunkelheit, wenn er auf den Schlaf wartete. Zwei Tage zuvor war es selbst beim Abendessen passiert, als Simpson ein Tranchiermesser erhoben hatte und die Klinge vor Raven aufgeblitzt war.

Er war kurz davor, loszusprinten, da rief die Stimme wieder, und er erkannte sie schließlich.

»Heda! Etwas langsamer da vorn! Du rennst ja, als wären dir die Wölfe auf den Fersen.«

Henry schloss im Laufschritt zu ihm auf, und Raven konnte seine Erleichterung als Freude tarnen.

»Wir Bewohner der New Town durchschreiten die ärmeren Stadtteile gern so zügig wie möglich, wusstest du das nicht?«

»Das bezweifle ich nicht. Und wie gefallen dir der hochverehrte Professor Simpson und die Hausgemeinschaft?«

»Ich weiß nicht, was ich erwartet habe, aber das gewiss nicht: Es ist ein Tollhaus, Henry. Hunde, Kinder, chaotische Sprechstunden. Ich werde mich erst daran gewöhnen müssen.«

»Und die Kollegen?«

»Es gibt einen Dr. George Keith, der in der Nähe wohnt. Ein anständiger Kerl. Außerdem einen James Duncan, der sich wahrscheinlich selbst verschlingen würde, wäre er aus Schokolade. Auch wenn er ein schrecklicher Asket ist.«

»James Duncan? Der ist mir auch schon einmal über den Weg gelaufen. Hat hier studiert und davor in Aberdeen, meine ich. Ein außerordentlich junger Absolvent?«

»In der Tat.«

»Ja. Mit großem Intellekt gesegnet, aber ein allzu wunderlicher Bursche. Hat sich dem Wohle der Menschheit verschrieben, strahlt dabei aber so viel Wärme aus wie der Sterbensfurz eines unterkühlten Pinguins.«

»Leider ist er da unter unseresgleichen nicht der Einzige. Untadelige Umgangsformen, aber eine vollkommen freudlose Seele.«

»Traue keinem ohne öffentliche Laster. Denn die verborgenen sind meist widerlich. Und wie steht's ums Hauspersonal in der Queen Street? Erfreuen hübsche Hausmädchen dein Auge?«

Unwillkürlich dachte er an Sarah, doch ob sie sein Auge erfreute, spielte keine Rolle, denn er konnte sie sich nicht vorstellen, ohne sogleich wieder den Vorfall in seiner ersten

Sprechstunde zu durchleben. Schon der Gedanke an sie brachte ihn in Verlegenheit. Nach all den Jahren gewissenhaften Studiums hatte ihm ein einfaches Mädchen das Gefühl gegeben, er habe nichts von praktischem Nutzen gelernt. Sie sei weltgewandt und er nur ein Schuljunge.

»Leider nicht«, erwiderte er und hoffte, sein Gesichtsausdruck würde Henry nicht dazu veranlassen, weiter nachzubohren.

Zwar lag Henrys forschender Blick auf ihm, doch glücklicherweise galt seine Aufmerksamkeit etwas Oberflächlicherem.

»Die Schwellung geht sehr schön zurück«, merkte er an, was Raven gleich wieder an Sarah denken ließ. Er musste das Thema wechseln.

»Da waren die Hände eines Könners am Werk«, sagte er. »Und was beschäftigt diese Hände eigentlich heute?«

Henrys Blick wandte sich wieder dem Hof zu, der sich vor ihnen auftat. Studenten überquerten die Steinplatten in allen Richtungen, huschten im zähen Nebel wie Geister ins Blickfeld und wieder hinaus.

»Ich suche eine Schlachter«, erwiderte er.

»Da kann ich dir mit meinem neuen Bekanntenkreis sicher helfen. Mrs Lyndsay, die Köchin der Simpsons, kauft ihr Fleisch bei Hardie's auf der Cockburn Street. Der muss vorzüglich sein, denn die Frau stellt hohe Ansprüche.«

»Ich suche aber keinen vorzüglichen Schlachter, sondern einen skrupellosen.«

Henry blickte in die Ferne, die Gedanken hoch konzentriert.

»Du erinnerst dich an diesen Fall von Peritonitis, der Professor Syme so zu schaffen machte? Bei der Obduktion entdeckten wir, dass der Uterus der Frau durchlöchert war, ebenso wie eine Dünndarmschlinge.«

»Wahrlich ein Schlachter!«, sagte Raven.

»Und sie war nicht die Letzte. Seitdem hatten wir noch einen weiteren Fall, ebenfalls tödlich. Ähnliche Verletzungen.«

»Wurde der Fall gemeldet?«

»Ja, aber die Polizei unternimmt nichts. Niemand will zugeben, dass er etwas davon weiß, und vor allem hat nicht der richtige Teil der Gesellschaft Schaden genommen. Du weißt ja, wie es ist. Natürlich kann man nicht mit Sicherheit sagen, dass es sich um denselben Täter handelt, aber ich fürchte, hier hat sich jemand niedergelassen.«

»Ein Amateur?«, fragte Raven.

»Schwer zu sagen. Ich habe aber schon Schlimmeres gesehen.«

»In diesen Dingen weiß niemand so ganz, was er tut«, erklärte Raven. »Andererseits ist ein gewisser Grad medizinischer Sachkenntnis vonnöten, damit man auch nur annähernd weiß, wo man anfangen soll.«

»Das würde ich nicht zu laut sagen, mein Freund, auch würde ich nicht als Erster vorschlagen wollen, es in den Lehrplan aufzunehmen. Aber du sagst die Wahrheit. Der Gedanke ist empörend, dass dort jemand wider besseres Wissen sein Gestocher im Dunkeln feilbietet und für schnelles Geld Frauen metzelt.«

Raven dachte an das Messer des Wiesels und wusste, wie schnell man ethische Bedenken in den Wind schießen mochte, wenn der Beweggrund nur stark genug war.

»Wir können nur hoffen, dass er bald seine Technik verbessert«, erwiderte er. »Sonst waren diese beiden nicht die Letzten.«

»Können wir uns denn sicher sein, dass es ein Er ist?«, fragte Henry.

»Ich fürchte nicht«, gab Raven zu. »Es gibt immer auch skrupellose Hebammen, die für den richtigen Preis schnell mit der spitzen Stricknadel zur Hand sind, und wie ich höre, sind Frauen eher bereit, sich wegen solch gesetzwidriger Dienste an ihre Geschlechtsgenossinnen zu wenden.«

»Und nicht nur wegen dieser«, erwiderte Henry. »Es heißt, eine französische Hebamme arbeite nun in der Stadt und sei sehr gefragt bei Frauen, die sich nicht von einem Mann behandeln lassen möchten.«

Raven dachte an die grundlose Behinderung durch die Laken, die ihm und Dr. Simpson die Sicht auf ihre Arbeit verwehrt hatten. Er fragte sich, ob der Anspruch an die Sittsamkeit geringer war, wenn eine Frau bei der Geburt half.

»Eine Französin, sagst du?«

»Sogar eine Absolventin des Hôtel-Dieu, wenn man den Berichten glauben darf.«

»Dann brauchst du dich nicht zu sorgen, sie könnte dieser Schlachter sein«, erwiderte Raven. »Eine Absolventin des Hôtel-Dieu dürfte ihr Handwerk verstehen.«

»Dann sollten sich vielleicht andere sorgen. Schließlich stehst du mit ihr in Konkurrenz.«

»Sorgen werde ich mich, wenn sie Frauen zu Ärzten ausbilden.«

Henry lachte.

»Wer waren sie eigentlich?«, fragte Raven. »Die Opfer?«

»Die eine war ein Serviermädchen, die andere eine Hure.«

Bloß wieder eine tote Hure, dachte Raven.

»Feine Damen landen nicht bei uns in der Infirmary«, erklärte Henry. »Die oberen Gesellschaftsschichten können sich den Hausbesuch eines Dr. Simpson leisten.«

»Diesen Dienst bietet er meines Wissens nicht an«, sagte Raven, auch wenn er es nicht mit Sicherheit wusste.

»Nein, das wollte ich auch nicht sagen. Auch wenn ich mich manchmal frage, was sie drüben in der New Town machen, wenn es zu ungelegenen Umständen kommt.«

»Dann bringen sie einfach das Kind zur Welt«, vermutete Raven und dachte an das Hauspersonal, über das Mrs Simpson verfügte und das angeblich noch vergleichsweise bescheiden aufgestellt war. »Und überlassen es dann den Ammen und Kindermädchen. Wo man Geld hat, ist alles anders. Diese jungen Frauen treibt die Verzweiflung zum Äußersten, weil sie keinen anderen Ausweg sehen.«

Henry nickte ernst und ging langsamer, als sie sich dem Eingang näherten, wo sich ihre Wege trennen würden.

»Die Verzweiflung muss unvorstellbar sein«, sagte er voller Bedauern. »Wie ich höre, hat ein Lumpensammler in einer Gasse am Royal Exchange ein Säuglingsbein in der Gosse gefunden. Wenigstens dieser Sache geht die Polizei nach.«

Als sie auseinandergingen, blieb bei Raven eine tiefe Traurigkeit über das Schicksal dieser Frauen zurück, auch wenn er sie nicht gekannt, nicht einmal gesehen hatte. Er wusste, dass das an seinem Schuldgefühl wegen Evie lag, von deren Todesort er geflohen war, als hätte er etwas zu verbergen.

Raven fragte sich, ob er vielleicht etwas übersehen hatte. War er so verstört gewesen, als er sie tot aufgefunden hatte, so in Panik davor, mit der Leiche entdeckt zu werden, dass er nicht richtig hingesehen hatte – Dinge nicht gesehen hatte, die ihm üblicherweise aufgefallen wären?

Auch wenn Flints Männer lauerten, wusste er, dass er keine Wahl hatte. Er musste zurück.

Kapitel 11

Am Montagmorgen füllten sich die Wartezimmer immer am schnellsten, da es am Sonntag keine Sprechstunde gab. Sarah verschnaufte kurz und nahm die Versammelten rasch in Augenschein: Alte und Junge, Männer und Frauen; hier eine Infektion der Atemwege, dort ein Fieber; Schwellungen, Ausschläge, Schweißausbrüche, Schüttelfrost. Es herrschte ein allgemeines Stimmengewirr halblauter Unterhaltungen, das in unregelmäßigen Abständen von Hustenanfällen und kaum zurückgehaltenem Niesen übertönt wurde.

Eine junge Frau hatte ein kleines Kind mit stark geröteten Wangen auf dem Schoß sitzen, dem zwei grünliche Schleimrinnsale aus den Nasenlöchern liefen, die einen kleinen See auf der Oberlippe speisten. Der Junge wirkte ganz und gar nicht zufrieden mit der Situation, und Sarah wusste, dass es jederzeit zu wüstem Geschrei kommen konnte. Andererseits hatte die Mutter vorausgeplant und ein Besänftigungsmittel für ihr widerspenstiges Kind mitgebracht. Ab und zu verschwand ihre Hand in einer Tasche und kam mit einem kleinen Stück Konfekt wieder heraus, das dem Kleinen sogleich zwischen die Lippen geschoben wurde, um wieder einige Minuten Ruhe zu erkaufen.

Sarah beobachtete das Schauspiel von der Tür aus und stöhnte innerlich beim Gedanken an die klebrigen Tapser, die die Hände des Kleinen überall hinterlassen würden. Außerdem führte eine Spur matschiger Fußstapfen von der Tür zum Kamin. Sosehr sie es auch genoss, bei der Sprechstunde zu helfen, trug der tägliche Patientenansturm nicht unerheblich zu ihrem Arbeitspensum bei.

Sie sah, dass das Feuer langsam herunterbrannte, also ging sie durchs Zimmer, hockte sich vor den Kamin und legte Kohle nach. Während sie in der Glut stocherte, trat Will Raven aus seinem Behandlungszimmer. Er sah sie nicht gleich, aber sie wusste, dass er erst fortfahren würde, wenn er ihre Aufmerksamkeit hatte.

Sie stand auf und deutete auf einen Mann, der sich die rechte Hand hielt, welche in einen ausgesprochen schäbigen Lumpen gewickelt war. Sarah ahnte nicht, was sich darunter befand, aber der Gestank allein verlangte eine vorrangige Behandlung, und zwar nicht nur, weil er womöglich auf ein ernstes Leiden hinwies.

Sarah sah Raven hinterher, wie er den Mann wegführte, der sich immer noch den Unterarm hielt, als wäre er lebloser Ballast. Sie war sich weiterhin unsicher, was sie von dem neuen Famulus des Professors halten sollte. Ihm fehlte die Selbstsicherheit, die sie von den Herren gewohnt war, die sich sonst in dem Haus einfanden, und selbst wenn man Ravens vergleichsweise junges Alter bedachte, hatte er ein völlig anderes Auftreten als sein Vorgänger Thomas Keith. Dr. Keiths jüngerer Bruder hatte sich in seiner Position offenbar wesentlich wohler gefühlt, wobei Sarah nicht vergessen durfte, dass sie bei Thomas' Ankunft selbst neu gewesen war, nicht nur im Haushalt, sondern im Beruf überhaupt.

Sie hatte den Eindruck, dass Raven den Umgang mit dem Hauspersonal nicht mehr gewohnt war, wahrscheinlich weil er während seiner Studienzeit in entsprechenden Unterkünften gelebt hatte. Das erklärte sicher auch, warum er so dünn war, ganz und gar nicht so wohlgenährt, wie sie erwartet hatte. Sarah hatte schon von getriebenen jungen Männern gehört, die sich so sehr in ihre Studien vertieften, dass sie ihre weltlichen Bedürfnisse vernachlässigten. Das erschien ihr seltsam bei einem Studenten der Medizin, der schließlich später für die körperliche Gesundheit seiner Patienten zuständig war, aber da Raven sich diese hochgefragte Position beim Professor gesichert hatte, hatte er wohl tatsächlich solche Zielstrebigkeit gezeigt.

Zugutehalten musste sie ihm aber, dass er immer freundlich und zuvorkommend mit den Patienten umging, aufmerksam zuhörte und sie nie von oben herab behandelte. Dass ein solcher Zug bei einem Vertreter eines eigentlich fürsorglichen Berufes als ungewöhnlich auffiel, wirkte ebenfalls erstaunlich, aber Sarah war mittlerweile zu der Erkenntnis gekommen, dass ein gewisser Hochmut unter Medizinern verbreitet war. Vielleicht hatte Raven sich diesen noch nicht angeeignet, oder vielleicht hatte er gerade mit diesem Aspekt seines Verhaltens Dr. Simpsons Wohlwollen gewonnen.

Sarah stellte sich manchmal ihr Leben als Studentin vor – wie ihre Tage ausgesehen hätten und welche Fächer sie gern studiert hätte. Sie interessierte sich für Botanik und Gartenbau wie auch für die traditionellen Heilkünste. Diese Vorlieben hatte ihr ihre Familie mitgegeben. Immer wenn sie in der Bibliothek des Doktors war, staunte sie über die unzähligen Disziplinen und Wissensfelder, die es zu erkunden gab, und die Vorstellung, ganze Jahre nur damit zu verbringen, schien ihr himmlisch. Diese Träumerei hatte aber ihren Preis, denn auch wenn ihr diese Fantasien angenehm waren, zwangen sie sie zugleich, sich der harten Wirklichkeit zu stellen. Sie hatte nicht die Mittel, um zu studieren, und ebenso wenig Aussicht, sie jemals zu erlangen. Auch ihr Geschlecht war ein Hindernis, das sie nicht ohne Weiteres überwinden konnte.

Mrs Lyndsay sagte, sie werde zufriedener sein, wenn sie ihren Platz hinnahm, aber Sarah konnte sich nichts vorstellen, was diesem ruhelosen Verlangen Einhalt gebieten würde, und ebenso wenig würde sie es sich jemals wünschen. Ihre Neugier zu unterdrücken würde bedeuten, einen Teil ihrer selbst abzutrennen.

Sarah sah es nicht als Zufall an, dass sie seit diesem Gespräch seltener bei der Morgensprechstunde helfen durfte. Mrs Lyndsay bürdete ihr zusätzliche Arbeiten auf oder bemäkelte die, die sie bereits erledigt hatte, weshalb sie angeblich unabdingbar war. Auch kam es sicher nicht von ungefähr, dass die Sprechstunden, die sie verpasste, noch lauter und liederlicher verliefen als gewöhnlich.

Hinter sich hörte Sarah einen explosiven Hustenanfall, gefolgt von einem lauten, gehaltvollen Auswurf, der sie hoffen ließ, dass die Person in Besitz eines Taschentuchs war, da man ansonsten oft einfach auf den Boden spuckte. Als sie weiter im Feuer stocherte, fiel ihr auf, wie rot und wund ihre Hände waren, an den Knöcheln brach schon die Haut auf. Das lag am kalten Wetter der letzten Zeit, und sie hoffte, dass sie noch genug von ihrer Hafersalbe hatte, da ihr die Zeit fehlte, neue anzurühren.

Als sie wieder aufstand, hörte sie eine panische Stimme schreien: »Jamie! Was um Himmels willen ist mit dir?«

Sarah drehte sich um und sah die junge Frau mit dem hustenden Kind ihren Sohn an den Armen packen und schütteln, als sträubte er sich gegen ihre Anweisungen. Als Sarah näher herantrat, sah sie, dass das Kind sich nach Kräften gegen ihren Griff wehrte und die Augen furchtsam aufgerissen hatte. Die wachsende Angst des Jungen spiegelte sich im Gesicht der Mutter, die nun um Hilfe rief.

»Ich weiß nicht, was ihm fehlt«, kreischte sie schrill vor Verzweiflung. »Um Gottes willen, helft ihm doch bitte!«

Der Junge schien nicht mehr atmen zu können, seine Lippen liefen blau an. Sarah sah, dass seine Kräfte langsam nachließen, denn die Bewegungen wurden schwächer. Sie schaute seinen hilflos fuchtelnden Arm an und erinnerte sich an die klebrigen Finger, deretwegen sie sich eben noch gesorgt hatte. Sofort wusste sie, was ihm fehlte.

Sarah entriss der Frau den Jungen und legte ihn sich über den Unterarm. Mit der freien Hand schlug sie ihm heftig zwischen die Schulterblätter: einmal, zweimal. Beim dritten Mal klatschte etwas zu ihren Füßen auf den Teppich, woraufhin der Junge kräftig einatmete und anfing zu weinen.

Die Mutter nahm ihn auf den Schoß und tröstete ihn, während Sarah reglos stehen blieb und den kleinen, orangefarbigen, klebrigen Klumpen betrachtete, der nun im Flor des Teppichs festhing.

Das Geschrei hatte den Rest des Hauses auf den Plan gerufen. Dr. Keith und Will Raven waren schnell im Zimmer, Dr. Simpson kam Augenblicke später durch die Tür.

»Was ist der Grund für diesen Aufruhr?«, fragte Raven.

Sarah zeigte auf den Boden.

»Ein Malzbonbon«, antwortete sie.

Welche innere Kraft Sarahs beherztes Eingreifen auch immer angetrieben hatte, verließ sie bald, als die Gefahr gebannt war, und auf einmal fühlte sie sich wacklig auf den Füßen. Auf Geheiß des Professors wurde sie in seine Bibliothek geleitet, wo man ihr eine Tasse starken Tee brachte. Mrs Lyndsay setzte großes Vertrauen in dessen Heilkraft, aber als Sarah dort auf dem Sofa saß und langsam schlürfte, sinnierte sie, dass dessen größte Wohltat wohl in der ruhigen Zeitspanne bestand, in der man ihn trank. Das Pochen in ihrer Brust ließ langsam nach, und auch ihr Atem, der eine Weile hastig und flach gewesen war, fand wieder zu seinem gewohnten Gleichmaß und seiner üblichen Tiefe.

Es klopfte sanft, und Dr. Simpson trat ein.

»Wie geht es Ihnen nun, Sarah?«, fragte er.

»Viel besser, danke, Sir.«

»Ich muss Ihnen gratulieren. Sie haben die Situation geistesgegenwärtig gemeistert. Sie haben dem Kleinen das Leben gerettet, daran besteht kein Zweifel. Ich bin sehr stolz auf Sie. Aber ich bin auch überaus neugierig, woher Sie wussten, was zu tun war.«

Sarah räusperte sich. »*Buchan's Domestic Medicine*, Sir. Wir hatten zu Hause nicht viele Bücher, nur dieses und die Bibel. Also habe ich es wohl viele Male durchgelesen.«

»Tatsächlich?«, fragte Dr. Simpson und lächelte. Etwas an ihrer Antwort erheiterte ihn anscheinend. Sie hatte das Gefühl, sich weiter erklären zu müssen.

»Meine Großmutter war die Howdie im Dorf. Eine Hebamme und Heilerin. Wahrscheinlich habe ich deshalb ein Interesse an diesen Dingen entwickelt. Ich kenne mich ein wenig mit Kräutermitteln aus. Was sie mir eben beigebracht hat.«

Dr. Simpson lächelte wieder. »Daher rühren also Ihre Bemühungen, hinter dem Haus einen kleinen Kräutergarten anzulegen. Ich hoffe doch, dass Sie nicht vorhaben, mir als Heilerin Konkurrenz zu machen.«

»Nein, Sir«, antwortete sie verlegen.

»Mein Großvater war ebenfalls ein Heiler von gewissem

Rang«, sagte Dr. Simpson. »Hauptsächlich heilte er Vieh, aber über die Jahre hat er auch den einen oder anderen Knochen gerichtet. Allerdings neigte er zu ländlichem Aberglauben. Einmal begrub er eine Kuh bei lebendigem Leibe, um der fortschreitenden Viehseuche Einhalt zu gebieten. Dieses Bild brannte sich meinem Vater ein und verfolgte ihn bis zu seinem Tode. Glücklicherweise hat solcher Unfug in der modernen Medizin keinen Platz. Der menschliche Körper und seine Krankheiten, das ist keine einfache Angelegenheit. Je mehr wir wissen, desto mehr noch Unbekanntes tut sich auf. Seien Sie stets misstrauisch bei Leuten, die einfache Antworten auf vielschichtige Probleme versprechen. Hüten Sie sich vor den Sümpfen der Quacksalberei.«

Sarah hatte ähnliche Warnungen schon gehört und kannte die skrupellosen fliegenden Händler mit ihren Allheilmitteln. Auch wenn es wohl stimmte, dass die Landbevölkerung zuweilen noch etwas leichtgläubig sein mochte, da sie schließlich weitab großer Stätten der Gelehrsamkeit weilte, war Sarah bewusst, dass Menschen jeglicher Herkunft gern alles Mögliche glaubten, so es ihnen nur mit genügend Überzeugung und Autorität nahegebracht wurde, wenn ihnen Wissen und Bildung fehlten. Sarah wusste aus eigener Erfahrung, dass die Leute wohl alles ausprobierten, um einen ihrer Lieben zu retten, wenn bereits alles andere versucht war und jede Hoffnung verloren schien.

»Aber die Kräuterheilkunde kann man doch sicher nicht als Quacksalberei ansehen?«

»Ganz und gar nicht«, erwiderte der Doktor. »Die Natur stellt uns zahlreiche nützliche Heilmittel bereit, aber die Chemie entlockt ihnen ihre Geheimnisse. Dank der Chemie wissen wir heute, dass das Chinin der Chinarinde ihren Nutzen gegen das Dreitagefieber verleiht und das Morphium dem Schlafmohn seine Kraft gibt.«

Dr. Simpson trat an sein Regal und ließ den Blick über die Buchrücken schweifen.

»Ich habe ein höchst lehrreiches Buch zu diesem Thema: *Outlines of Chemistry, for the Use of Students* von meinem Kollegen Professor William Gregory. Wären Sie daran interessiert, mehr darüber zu lernen?«

Sarah lächelte. Sie stellte ihre Teetasse ab und streckte die Hand aus.

Kapitel 12

Mit einem Stoß Notizen beladen, die Simpson in der Regel nicht beachtete, betrat Raven neben dem Professor den Hörsaal. Der Saal war voll, und die Studenten waren ungewöhnlich aufmerksam. In den letzten zwei Jahren hatte Raven auf diesen Bänken gesessen, und Simpsons Leidenschaft und Klarheit in Bezug auf sein Fachgebiet hatten Raven für die Geburtshilfe begeistert.

Diesmal handelte die Vorlesung von einer Entbindung bei verengtem Becken. Wie immer war der Professor ein eifriger und mitreißender Redner, der die Aufmerksamkeit seiner Zuhörer nicht als gegeben hinnahm und die Theorie mit passenden klinischen Beispielen illustrierte. Diese waren in den Fallnotizen beschrieben, die Raven auf Simpsons Bitte hin herausgesucht und in den Saal geschleppt hatte, auch wenn der Professor sie nie konsultieren musste.

Während Raven die voll besetzten Ränge betrachtete und mit den spärlich besuchten Vorträgen verglich, die er hier schon abgesessen hatte, überschlug er, wie viel Honorar der

Professor allein mit dieser Vorlesung einnehmen würde. Seinen Berechnungen nach handelte es sich um eine beträchtliche Summe. Vielleicht würde Raven hier eines Tages selbst dozieren oder zumindest persönliche Tutorien für einige der reichen Studenten anbieten, da er die Vorlesung bereits kannte. Das waren recht angenehme Tagträume, aber selbst wenn sie wahr wurden, ginge es niemals schnell genug für Flint.

Gegen Ende der Vorlesung erschien ein verschwitzter und atemloser Bote mit einem besudelten Blatt Papier an der Tür. Raven fing ihn auf dem Flur ab, bevor er die Schlussworte des Professors unterbrechen konnte.

»Der Professor wird dringend in ein Haus am Grassmarket gebeten, Sir«, keuchte der Bote und drückte Raven das Blatt in die Hand.

»Von wem?«, fragte Raven und öffnete den Brief, dessen Schrift sich als unlesbar herausstellte.

»Von dem bereits anwesenden Arzt.«

»Hat er das hier mit dem Fuß geschrieben?«

»Nein, mit der linken Hand. Mit der rechten hat er versucht, die Blutung zu stillen.«

Die Kutsche des Professors raste durch die schmalen Straßen, wich Fuhrwerken und Handkarren aus wie auch gelegentlichen selbstmörderisch leichtsinnigen Fußgängern. Der Hund wäre begeistert gewesen, dachte Raven, auch wenn er nicht bedauerte, dass das Tier diesmal zu Hause geblieben war.

Sie hielten vor einem Gebäude an der Südseite des Grassmarket und wurden von dem Boten zu einer Wohnung in einem der oberen Stockwerke geführt. Ausnahmsweise war Simpson aufgrund der Eile außer Puste, sodass er diesmal nicht scherzen konnte: »Immer ganz oben.«

Drinnen fanden sie eine junge Frau in den Wehen vor, leichenblass und schweißgebadet. Nutzlos an der Wand stand eine sichtlich verstörte Hebamme, die schon Stunden vorher gemerkt hatte, dass sie der Sache nicht gewachsen war.

Und damit war sie nicht allein.

Der junge Arzt, der die linkshändige Nachricht geschrieben hatte, wirkte von den Umständen überwältigt, wie er, Gesicht und Kleider voller Blut, am Fußende des Betts hockte. Er war offensichtlich schon eine Weile vor Ort und wirkte erleichtert, als er Simpson sah. Er war sich wohl nicht sicher gewesen, ob der Professor wirklich kommen würde.

Raven nahm das Handgelenk der Frau, während Simpson den Mantel ablegte. Der Puls war schnell und schwach. Als der Professor herantrat, rückte der junge Arzt zur Seite und stand auf. Er war kleiner als Raven, schmal und mit jungenhaftem Aussehen. Andererseits war er teuer gekleidet, seine Kleider saßen auch jetzt noch perfekt, da Blut und Schweiß ihm das Hemd an der Brust kleben ließen.

»Erzählen Sie mir, womit wir es zu tun haben«, forderte Simpson ihn auf.

Raven hatte eine den Umständen und der Statur entsprechend unsichere Stimme erwartet, aber der junge Arzt legte die Einzelheiten des Falles in ruhigem, klarem Ton dar. Der Bericht war so fasslich wie die geschriebene Nachricht unentzifferbar gewesen war.

»Fruchtwasser früh ausgetreten, wirkungslose Wehen, zwei Dosen Mutterkorn verabreicht. Nach der ersten Dosis kam es zu heftigem Erbrechen, nach der zweiten sagte die Patientin, sie habe innen gespürt, dass sich ›etwas löste‹. Der Kopf des Kindes blieb hoch, also setzte ich die lange Zange ein, jedoch ohne Erfolg. Nach dem Entbindungsversuch kam es zu starken Blutungen, woraufhin ich die Eilnachricht mit Bitte um Ihren Beistand absandte.«

Raven war ebenso beeindruckt von dieser professionellen Abgeklärtheit wie vom Inhalt des Berichts. Er wusste nur zu gut, wie beklommen einen zunehmendes Trauma machen konnte, so sehr, dass das Gewirr im eigenen Kopf manchmal nur noch als Kauderwelsch herauskam.

»Name?«, fragte Simpson.

»Beattie, Sir. Dr. John Beattie.«

»Der Patientin«, präzisierte er.

»Ach. Williams, glaube ich. Oder war es Williamson? Ich weiß es nicht mehr. Es war ein langer Tag,«

Dr. Simpson untersuchte die Patientin, sah Raven an und winkte ihn näher heran. Sein Blick war finster.

»Der Kopf des Kindes hängt am Beckeneingang fest«, flüsterte er. »Er hat sich nicht weit genug ins Becken gesenkt, als dass die Zange irgendeine Aussicht auf Erfolg bieten würde, und ich sorge mich, dass eine Uterusruptur vorliegt. Wir müssen das Kind unverzüglich herausholen – das ist die einzige Möglichkeit für die Mutter zu überleben.«

Als Simpson in seiner Tasche wühlte, fragte Raven sich, was für ein Gerät darin sein mochte, das Erfolg bringen konnte, wo die Zange gescheitert war. Simpson zog etwas hervor, was Raven als Perforator erkannte, und sofort wusste er, was bevorstand. Er hätte es schon vorher wissen sollen, aber sein Glaube an den Professor als eine Art Wundertäter hatte ihn die Aussichten überschätzen lassen. Simpson würde eine sogenannte Kraniotomie durchführen.

Simpson holte die Flasche Äther aus der Tasche. Wenigstens würde die Frau es nicht wach durchleben müssen.

»Sie wird nicht viel brauchen«, sagte er und sah Raven an.

»Das Zeug will Mrs Williamson nicht«, protestierte die Hebamme. »Wir sind in derselben Kirche, und der Pastor sagt, das ist nicht richtig.«

Raven starrte sie verwirrt und ungläubig an.

Sie drückte ihm ein Blatt in die Hand, die Tirade eines gewissen Reverend Malachy Grissom.

Raven überflog den Schrieb und sah Simpson an, der ihm einen müden Blick zuwarf. Anscheinend hatte er einen solchen Widerstand schon einmal erlebt.

»Der Urfluch«, erklärte er. »Genesis. ›Unter Mühen sollst du Kinder gebären.‹ Manche betrachten es als wider die Bibel, den Schmerz der Geburt zu lindern.«

Das klang für Raven nach sinnloser Dummheit, was seiner Erfahrung nach auf viele Worte und Taten der Geistlichkeit zutraf. Dass ein sogenannter Mann Gottes einer Frau die Linderung ihrer Schmerzen versagen würde, vor allem im Angesicht dessen, was gleich bevorstand, ergab für ihn keinen Sinn.

»Vielleicht sollten wir Mrs Williamson erlauben, diese Entscheidung selbst zu treffen«, schlug Raven vor und handelte sich einen bösen Blick der Hebamme ein.

Aber auch die Frau selbst war nicht zu überzeugen.

»Ich nehme nicht am Ende die ewige Verdammnis in Kauf wegen der Geburt eines Kindes«, antwortete sie matt.

Die Hebamme nickte mit unverhohlener Genugtuung, den Blick auf Raven geheftet, also fuhr Dr. Simpson ohne Zuhilfenahme eines Anästhetikums fort.

Diesmal war Raven dankbar für das Laken, das die Beine und den Schambereich der Frau verhüllte. Er wusste, wie das ablaufen würde, hatte es schon einmal beobachtet und verspürte nicht den Wunsch, es erneut zu sehen. Ohnehin kannte er Dr. Simpsons Vorlesung zum Thema quasi auswendig:

Viele Kinder können mithilfe der Zange oder durch Drehen zur Welt gebracht werden, aber es gibt Fälle, in denen der Kopf zu groß oder der Geburtskanal zu eng ist, um das Kind hindurchzulassen, ohne das Leben der Mutter in äußerste

Gefahr zu bringen. In solchen Fällen können wir das Leben der Mutter retten, indem wir das ihrer Leibesfrucht opfern. Wenn wir mit einem Perforationsinstrument den Kopf öffnen, können wir den Inhalt der Hirnschale entfernen und dann das Schädelgewölbe zerdrücken, die Bruchstücke entnehmen, bis nur mehr die Schädelbasis und die Gesichtsknochen mit dem Haken zu extrahieren sind.

Selbst in ihrem geschwächten Zustand wand Mrs Williamson sich noch heftig, als die verschiedenen Instrumente eingeführt wurden, um den Kopf des Kindes zu zertrümmern und herauszuholen. Aufgewühlt beobachtete Raven sie und dachte an das kleine Leben, das ausgelöscht wurde, bevor es auch nur seinen ersten Atemzug tun konnte. Genau das ließ ihn fürchten, dass er womöglich nicht dazu geschaffen war, als Arzt zu arbeiten. Er wusste, dass er auf keinen Fall Chirurg werden konnte. Seine Mutter sagte immer, er habe den Teufel in sich, aber damit meinte sie nur, er habe den Schalk im Nacken. Der Mensch in ihm neigte vielmehr dazu, das Leid anderer allzu stark mitzufühlen.

Nachdem das Kind entbunden war – was davon übrig war –, folgte die Plazenta sogleich, aber der Uterus zog sich nicht wieder zusammen. Die Patientin blutete weiter, obwohl ihr ein straffer Verband um den Unterleib gelegt worden war. Raven wusste, dass es sich um eine ernste Komplikation handelte. Er wusste ebenfalls, dass sie nichts mehr tun konnten.

Das Reinigen der Instrumente erfolgte in beinahe völliger Stille. Dr. Simpson sprach mit der Hebamme, gab Anweisung, dass sie es der Patientin so behaglich wie möglich machen sollte, und versprach, später am Tag nach den weiteren Entwicklungen sehen zu kommen.

Beim Gehen schüttelte er den Kopf.

Kapitel 13

Die nun allesamt zerzausten und blutverschmierten Ärzte traten auf den Grassmarket, auf dem die Fuhrmänner und Marktleute geschäftig ihrem Tagewerk nachgingen. Es schien unfassbar, dass der Rest der Welt einfach weitermachte, als wäre nichts geschehen: Schrecken und Tragik im Kleinen, verschluckt vom Alltag der Stadt.

Simpson schlug vor, dass sie in ein Lokal gingen, um sich etwas aufzuheitern. Er empfahl eines, das er in seiner Studienzeit oft besucht hatte.

Baxter's Tavern lag seltsamerweise neben *Cranston's Teetotal Coffee House*, in dem sich kaum Gäste aufhielten, wie Raven mit einer gewissen Genugtuung feststellte. In Anbetracht der Ereignisse des Nachmittags bestand kein Zweifel, wo er lieber einkehren wollte, doch er sorgte sich, wen er oder vielmehr wer ihn in dem Lokal sehen mochte.

Er trat hinter dem Professor ein und ließ fluchtbereit den Blick über den Raum gleiten. Simpson schien sowohl mit dem Wirt als auch den Gästen vertraut. Er bestellte eine Runde

Edinburgh Ale, mit dem er nur langsam zurückkehrte, weil er zwischen der Bar und ihrem Tisch in zahlreiche Gespräche verwickelt wurde. Raven trank in großen Schlucken, er hatte mehr Durst als erwartet und den Trost des Alkohols bitter nötig.

Beattie schien vom Ausgang des Falles weit weniger erschüttert. Vielleicht lag das daran, dass er ein Mitwirkender gewesen war, nicht nur ein machtloser Zeuge, und vielleicht hatte ihn auch seine größere Erfahrung mit solchen Dingen davor geschützt, sich das Ganze zu sehr zu Herzen zu nehmen. Auch die Spucke und das Sägemehl des Pubs schienen ihm nichts auszumachen, obwohl seine teure Kleidung nahelegte, dass er eine vornehmere Umgebung gewohnt war. Sein Gang hatte etwas Unbeholfenes, alle seine Bewegungen wirkten flatterig, was Raven an ein Vögelchen erinnerte: schnell, aber ruhelos, als wäre er immer auf der Hut vor Raubtieren.

Aus der Nähe und bei besserem Licht konnte Raven sein jungenhaftes Gesicht in Augenschein nehmen, und es offenbarte, dass er doch nicht ganz so jung war, wie er zunächst gewirkt hatte. Anfangs hatte Raven geglaubt, wieder einem Wunderkind wie James Duncan gegenüberzustehen (auch wenn er hoffte, dass Beattie nicht ebenso unangenehm war), aber jetzt sah er die Falten um die Augen, die vermuten ließen, dass Beattie Ende zwanzig war.

Simpson fragte Beattie nach seinem Hintergrund, angefangen bei der anscheinend unausweichlichen Erkundigung nach dem Beruf seines Vaters.

»Mein Vater ist tot, Sir«, antwortete Beattie. »Mit zwölf habe ich beide Eltern verloren. Ich habe aber das Glück eines Förderers in Person meines Onkels, Mr Charles Latimer, eines Mannes von einigem Besitz in Canaan Lands auf der Morningside.«

Raven hoffte, dass Beatties Onkel weniger Aufhebens um seinen Wohlstand machte als der mickrige Malcolm, der jeden für seinen Neffen ausgegebenen Penny in einen Beweis für das Scheitern seiner Schwester und ihre schlechte Wahl eines Ehemanns ummünzte.

»Sie klingen nicht so, als kämen Sie aus dieser Gegend«, bemerkte Simpson.

»Nein. Zur Schule bin ich in Südengland gegangen, aber meine Mutter wuchs hier auf. Ich kam zum Studieren nach Edinburgh, um meinem Onkel näher zu sein, der mit den Jahren gebrechlicher geworden ist.«

In der allen Medizinern eigenen Art überhörte Simpson alle Erwähnungen von Geld und Besitz und fragte nach Einzelheiten der Leiden des Onkels.

»Er leidet an einer schweren Form von Rheuma, die ihm große Schmerzen bereitet. Er hat es mit allerlei Therapien versucht. Zuletzt ist er nach Österreich zu einer Wasserbehandlung gereist, die ein Bursche namens Prießnitz anpreist. Er führt eine Heilanstalt irgendwo in den Bergen.«

»Hat eine der Therapien Ihrem Onkel geholfen?«

»Die Schmerzen wurden etwas gelindert, wie er sagt, aber vor allem profitierte sein Geist. Es dürfte schon etwas an der Sache sein – kalte Bäder, eine einfache Ernährung und die Absetzung aller Medikamente zur inneren Anwendung. Sein Ansprechen auf die Behandlungen – und erst recht die Summe, die er dafür bezahlte – lässt mich glauben, dass es einen lukrativen Markt für Hydrotherapie gibt.«

Simpson rieb sich das Kinn und betrachtete Beattie gedankenvoll.

»Man könnte vielleicht ins Feld führen, dass die Verbesserung seines Zustandes an ebenjenem Absetzen seiner bisherigen Medikamente lag, nicht am regelmäßigen Eintauchen in kaltes Wasser. Womöglich verabreichen wir unseren Patienten allzu eifrig starke Abführmittel und lassen sie fast ausbluten, meinen Sie nicht? Mein Freund und Kollege Dr. George Keith ist ein großer Anhänger der natürlichen Methode und der Idee gezielter Zurückhaltung vonseiten des Arztes.«

»*Primum non nocere*«, sagte Beattie und nickte.

Nicht schaden – der Eid des Hippokrates.

Darauf trank Simpson einen Schluck und leerte damit sein Glas.

»Entschuldigen Sie mich, Dr. Beattie, ich habe soeben einen guten Freund an einem anderen Tisch erspäht. Aber bevor ich gehe, lassen Sie mich sagen, dass es mir eine Freude war, Sie heute Nachmittag kennenzulernen. Kommen Sie unbedingt einmal zum Abendessen in die Queen Street.«

»Es wäre mir eine Ehre«, erwiderte Beattie mit ruhiger Würde.

Raven konnte sich nur ausmalen, wie er seine Antwort verhaspelt hätte, hätte solch eine Koryphäe eine derartige Einladung an ihn ausgesprochen. Dies wie auch Beatties feine Kleidung deuteten darauf hin, dass er nicht zum ersten Mal zum Dinner in besserer Gesellschaft eingeladen worden war.

Sie sahen dem Professor hinterher, der losstapfte und lautstark einen Mann am anderen Ende des Pubs grüßte.

»Der Professor ist ein Mann mit weitläufigem Bekanntenkreis«, sagte Beattie, als wäre das in irgendeiner Weise lustig. »Ich hätte nicht geglaubt, dass er sich heutzutage noch in Lokalen wie diesem wohlfühlt. Er soll unter den Damen des Adels sehr gefragt sein.«

Wovon ich noch nicht viel mitbekommen habe, dachte Raven.

»Er stammt aus bescheidenen Verhältnissen«, sagte Raven. Das war ein weiterer Umstand, der ihn zum Professor hingezogen hatte. Wenn Simpson es von einfachen Anfängen zu solch einem Ansehen und Reichtum gebracht hatte, vielleicht konnte ein fleißiger Famulus dann in seine Fußstapfen treten.

»Der Sohn eines Dorfbäckers«, sagte Beattie. »Der siebte Sohn und das letzte von acht Kindern.«

Das hatte Raven nicht gewusst, was ihm wohl anzusehen war.

Beattie lächelte verlegen. »Es ist immer klug, so viel wie möglich über die Größen des eigenen Feldes in Erfahrung zu bringen, falls das Schicksal einen einmal an ihre Seite verschlägt. Auch wenn ich mir einen besseren ersten Eindruck gewünscht hätte, als dass der Mann mich blutverschmiert und hilflos am Fuß des Betts einer Patientin antrifft, der ich nicht habe helfen können.«

»Ganz so schlecht kann der Eindruck nicht gewesen sein, wenn er Sie doch in die Queen Street eingeladen hat. Ehrlich gesagt war ich erstaunt, welche Ruhe Sie sich bei alledem bewahrt haben. Ich muss in Gedanken immer wieder in jenes Zimmer zurückkehren, und ich frage mich, wie es für Mrs Williamson wohl ausgehen wird.«

Beattie trank einen Schluck Bier und strahlte einen Gleichmut aus, der abermals Ravens Eindruck von dessen Jugend Lügen strafte.

»Ich bezweifle stark, dass sie überleben wird«, sagte er. »Trotz Dr. Simpsons Hilfe.« Er sprach mit gleichmäßigem Ton, als ginge es um einen Bericht aus dritter Hand und nicht um eine Frau, deren Blut noch immer sein Hemd tränkte.

»Wird es einfacher?«, fragte Raven.

»Was?«

»Der Umgang mit solchem Leid. Wenn ich einem Fall wie diesem beiwohne, lässt er mich lange Zeit nicht los, und ich fürchte, die Last wird sich weiter aufhäufen. Sie dagegen wirkten währenddessen abgeklärt und auch jetzt recht unberührt.«

Beattie sah Raven eine Weile an und legte sich seine Antwort zurecht.

»Jeder Mensch hat nur ein gewisses Maß an Mitleid, und in unserem Beruf haben wir es jeden Tag mit Tragödien zu tun, auf die wir einen großen Teil davon verwenden könnten.«

»Meinen Sie damit, dass man mit der Zeit abstumpft? Ob ich das wiederum wollte, weiß ich nämlich auch nicht.«

»Es handelt sich weniger um einen Abstumpfungsprozess als um eine Sichtweise, die man durch die eigenen Wunden erlernt, nicht durch die seiner Patienten. Wenn man wahres Leid erfahren hat, schmerzt einen die Notlage eines Patienten, so jämmerlich sie auch sein mag, nicht mehr so sehr wie die eigenen vergangenen Schmerzen.«

Raven glaubte, dass er schon genügend Leid erfahren hatte, aber wenn ihn die Qualen anderer immer noch so sehr berührten, hatte er wohl noch nicht so viel durchgemacht wie Beattie. Er hatte erzählt, er habe mit zwölf Jahren beide Eltern verloren, aber etwas an ihm ließ vermuten, dass es da noch mehr gab. Raven war neugierig, gestattete sich aber nicht, nachzubohren.

»Und wenn ich noch kein wahres Leid erfahren habe?«, fragte Raven.

»Dann seien Sie dankbar und suhlen Sie sich nicht im Leid anderer. Das meine ich ganz ernst. Die Patienten benötigen eine gewisse Distanz, damit man als Arzt, unbeschadet von den eigenen Gefühlen, seine ganze Urteilskraft und sein Geschick zum Einsatz bringen kann.«

Raven erkannte die Wahrheit darin, auch wenn es nicht leicht war, das zu hören. Er konnte viel von einem Arzt wie Beattie lernen, sah an dessen Verhalten aber auch, wie weit der Weg dorthin noch war.

»Sie planen also selbst eine Laufbahn in der Geburtshilfe?«, fragte Beattie, der mit diesem Themenwechsel auch eine hellere Stimmlage anschlug.

»Ja. Ich hatte zunächst auch an die Chirurgie gedacht, aber die ist ganz und gar nicht meine Sache.«

»Eine gute Wahl. In dem Feld ist eine rosigere Zukunft zu erwarten als bei den Knochenbrechern. Was das Pekuniäre betrifft, meine ich.«

Raven betrachtete Beatties teure Kleider und fragte sich, ob er diese seinem Onkel oder seinen eigenen Einkünften verdankte.

»Mit meiner bisherigen Erfahrung deckt sich das nicht«, gab er zu. »Wenn ich nicht selbst eines Tages die Damen des Adels entbinde, was wohl noch in weiter Ferne liegt.«

Beattie grinste schelmisch, wobei sich die Fältchen um seine Augen deutlicher abzeichneten.

»Unser Feld ist weiter, als Sie ahnen, gerade zu diesem Zeitpunkt eröffnet es uns neue, lukrative Möglichkeiten. Dazu muss man weniger an die Kinder und mehr an die Frauen denken, die sie gebären. Es gibt allerlei neue und exotische Behandlungen für die vielfältigen Leiden des schönen Geschlechts. Galvanismus, manuelle Therapie des Uterus, wissenschaftliche Verfahren für das ewige weibliche Gebrechen – die Hysterie. An unglücklichen Frauen und ihren verzweifelten Ehemännern lässt sich viel Geld verdienen.«

Raven sagte nichts, und Beattie fuhr fort.

»Erfolg ist zum Großteil Erkennen der Gelegenheit«, erklärte Beattie. »Apropos, dieser Äther ist vielversprechend, nicht wahr? Stellen Sie sich nur vor, welchen Preis Patienten für eine Bewusstlosigkeit während der Behandlung zahlen würden.«

»Zumindest die, die keine religiösen Bedenken haben«, murrte Raven.

»Das könnte eine wahre Goldgrube werden«, versicherte Beattie unbeirrt. »Wie ich höre, bekommen die Zahnärzte der Stadt gar nicht genug davon. Sie selbst sind wahrscheinlich schon ein geübter Anwender, wenn Sie mit Simpson zusammenarbeiten.«

»Er hat mich in der Anwendung geschult, ja. Bei schwierigen Fällen ist es auch das Einzige, was er mich allein tun lässt.«

»Beklagen Sie sich nicht. Das wird sich als wertvolle Fähigkeit erweisen, da bin ich mir sicher.«

»Wenn auch nicht ganz so wertvoll wie die, reiche Leute mit kaltem Wasser zu bespritzen«, erwiderte Raven.

Beattie lachte und schlug vor, dass sie noch ein Bier tranken. Das hätte Raven nur allzu gern getan. Diese Bekanntschaft sollte er sich warmhalten, aber er hatte etwas anderes zu erledigen und musste dazu seine Gedanken beisammenhaben.

Kapitel 14

Es war dunkel, als Raven das Canongate entlang in Richtung von Evies Wohnung ging. Die Lampen glommen vergeblich gegen die Dunkelheit und den Nebel an, aber er beruhigte seine Furcht mit der Gewissheit, dass seine Feinde ihn ebenso wenig sehen konnten wie er sie.

Er betrat Evies Haus mit leisen Schritten, schaffte es aber nicht mal bis zur Treppe, bevor ihm eine wohlbekannte Gestalt den Weg abschnitt. Sie war aus ihrer Höhle im Erdgeschoss getreten, an der kaum eine Maus unbemerkt vorbeikam, wenn diese Furcht einflößende Wächterin noch nicht tief genug ins Glas geschaut hatte.

Evie hatte Effie Peake immer als ihre Vermieterin bezeichnet, dabei gehörte ihr das Haus gar nicht. Sie trieb nur die Miete ein und sah für den Besitzer nach dem Rechten, wofür sie wahrscheinlich Rabatt auf die eigenen Kosten bekam. Die Frau war Edinburgh im Kleinen, bis zur Selbsttäuschung geschickt darin, ihr öffentliches und privates Gesicht zu trennen. Sie bestand auf die Anrede als Mrs Peake, was wahrscheinlich nichts als Eitelkeit war, denn Evie zufolge hatte es nie einen Mr Peake gegeben. Auf jede Andeutung, in ihrem Gebäude könnte sich Unmoralisches zutragen, reagierte sie mit Empörung. Aber in Wahrheit spielte sich dort kaum etwas ohne ihr Wissen ab: »Nicht, wenn sie einen Anteil an jeder Nummer unter ihrem Dach kassiert«, wie Evie es ausgedrückt hatte.

Sie wusste also, wer kam und zu wem. Raven hatte keine Zweifel, dass zur Klientel auch Herren von hohem Stande gehörten, von Macht und Einfluss und von blütenreiner Weste. Genauso wenig bezweifelte er, dass Effies Wort oder das irgendeiner der Frauen hier auch nur einen Penny wert war, sollten Anschuldigungen gegen einen dieser Herren erhoben werden. Nichtsdestoweniger vermutete Raven, dass Mrs Peake ein reicher Quell an Neuigkeiten sein konnte, wenn man nur eine Möglichkeit fand, ihn anzuzapfen.

Sie war klein und stämmig, als hätte sie diese Statur eigens dazu ausgebildet, den Flur zu blockieren. Trotz ihrer Fülle hatte ihr Gesicht etwas Schmales, Blasses, Verkniffenes, als würde es ihren strengen Dutt sprengen, wenn sie jemals lächelte. »Wenn Sie zu Evie wollen, die ist nicht hier«, sagte sie. Eine aufschlussreiche Wortwahl, nicht zuletzt, weil sie ihm verriet, dass sie nicht wusste, dass er an jenem Abend im Haus gewesen war.

Raven beschloss mitzuspielen.

»Wo ist sie denn?«

»Weg.«

»Wohin? Kommt sie bald zurück?«

Effie seufzte und wirkte auf einmal müde. »Ich erzähle Ihnen das nur, weil ich Ihr Gesicht erkenne und weil ich weiß, dass Evie eine Vorliebe für Sie hatte. Evie ist tot.«

Raven spielte Erschütterung und Schmerz, was ihm leichtfiel, nachdem Effie Evies Vorliebe für ihn erwähnt hatte. Zudem war es das erste Mal seit den kalten Worten des Polizisten, dass jemand über ihren Tod sprach.

»Was ist geschehen?«

»Hab sie so gefunden. Vor vier, nein, fünf Tagen.«

»Wo ist sie jetzt?«

Sie sah ihn an wie einen Trottel. »Beerdigt. Wo denn sonst?«

»Ich habe mich nur gefragt, ob es vielleicht Ermittlungen gibt, weil ihr Tod so plötzlich kam. Eine Obduktion vielleicht?«

»Eine Obdu-was?«

»Eine Untersuchung der Leiche, um den Grund des Todes festzustellen.«

»Den hat der Arzt von der Royal Public Dispensary auch so festgestellt. Alkohol, hat er gesagt. Hat er so auf den Totenschein geschrieben. Ging ganz schnell.«

Raven rief sich das Bild vor Augen, wie die Leiche in dem lumpigen, schmutzigen Tuch hinaus zum Karren getragen wurde. Wahrscheinlich hatte der Arzt von der Dispensary sie sich kaum angesehen. Manchmal kamen sie nicht mal ins Haus.

»Wohin wurde sie gebracht?«

»Woher soll ich das wissen? In irgendein Armengrab, es war ja keiner da, der etwas anderes bezahlt hätte. Mehr kann ich Ihnen nicht sagen, Sie sollten jetzt gehen.«

Sie verschränkte die Arme.

»Könnte ich mir ihr Zimmer ansehen?«

»Warum? Sind Sie irgend so ein Perverser?«

»Nein, ein Mann der Heilkunst.«

Effie grinste spöttisch. »Wie ein *Mann* von irgendwas sehen Sie mir aber nicht aus.«

Das überhörte Raven. »Ich würde gerne nachsehen, ob es dort noch etwas gibt, woraus sich womöglich schließen lässt, was mit ihr geschehen ist.«

»Ich hab das Zimmer schon neu vermietet. Kann mir keinen Leerstand leisten.«

»War irgendjemand bei ihr, bevor sie starb?«

»Was weiß ich? Ich achte die Privatsphäre meiner Mieter.«

Wie schon die verschränkten Arme war diese bewusste Lüge ein Zeichen, dass sie dichtmachte. Sie würde ihm nichts mehr sagen, was ihn nur umso neugieriger machte, was genau sie zu verbergen suchte.

Raven hörte, wie sich oben eine Tür öffnete, und sah ein Frauengesicht das Treppenhaus hinabschauen. Nach einem strengen Blick von Effie verschwand es sogleich wieder.

»Und was wurde aus Evies Habseligkeiten?«, fragte Raven.

»Verkauft. Um die Kosten zu decken. Nicht, dass zwei Kleider und ein Paar Pechkohle-Ohrringe allzu viel eingebracht hätten.«

»Und der Brandy?«, fragte er, falls dieser und nicht der Fusel in der Ginflasche ein Gift enthalten hatte.

»Welcher Brandy?«, fragte sie, hatte sich aber schon mit ihrer Überraschung verraten, dass sie davon wusste.

»Die Flasche, die ich in ihrem Zimmer gesehen habe, als ich zum letzten Mal dort war.«

Effie schaute trotzig. »Die ist schon lange futsch«, sagte sie. »Hab ich ausgetrunken.«

»In diesem Fall muss ich Ihnen danken.«

Das verwirrte sie. »Mir danken?«

»Dafür, dass Sie diese einfachste, aber durchaus zuverlässige Form der toxikologischen Analyse durchgeführt haben. Ich hatte den Verdacht, Evies Tod könnte auf die Einnahme eines Getränks zurückzuführen sein, das sich als giftig herausstellte. Da Sie aber nun vor mir stehen, kann ich folgern, dass es sich dabei nicht um den Brandy gehandelt hat.«

Und damit trat Raven wieder hinaus in die Dunkelheit.

Er hatte kaum die Hausfront passiert, als er eilige Schritte hinter sich vernahm. Er wandte sich um, bereit zu Verteidigung oder Flucht, aber dann stand die junge Frau vor ihm, die kurz zuvor das Treppenhaus herabgeschaut hatte. Im Zwielicht zwischen zwei Laternen konnte er sich nicht sicher sein, aber sie kam ihm bekannt vor.

»Du bist doch Will, oder?«, fragte sie.

»Ja.«

»Genau. Ich hab dich manchmal mit Evie gesehen. Sie hat von dir erzählt. Ich bin Peggy.«

»Ich erkenne dich wieder. Kann ich helfen?«

»Ich habe eben mitgehört. Du hast gefragt, ob Evie am Abend ihres Todes jemanden bei sich hatte. Hatte sie. Ich war nebenan.«

»Du hast gesehen, wer kam und ging?«, fragte er und sorgte sich auf einmal, wo das Gespräch hinführte.

»Gesehen nicht. Aber gehört.«

Das war Erleichterung und Enttäuschung zugleich. Sie hatte zwar Raven nicht gesehen, würde aber auch den Besucher nicht identifizieren können.

»Ich gehe nicht davon aus, dass dir seine Stimme bekannt war?«

»Nein, aber das ist es ja. Ich habe eine Frauenstimme gehört.«

Kapitel 15

Auch wenn Raven Henry erzählt hatte, dass er sich erst an seine neue Unterkunft würde gewöhnen müssen, konnte er nicht abstreiten, dass er sich sicher fühlte, sobald er über die Schwelle trat. Er hoffte, dass die Familie Simpson wusste, welches Privilegium es war, hier zu wohnen, geschützt nicht nur vor Kälte und Hunger, sondern auch vor der Welt aus Gefahr, Angst und Argwohn, die er draußen gewohnt war. Hier in der Queen Street musste er nicht mehr jederzeit wachsam sein und sich Sorgen um seine Habseligkeiten machen, um seine Sicherheit oder, wie in den beengten Verhältnissen bei Ma Cherry, um seine Privatsphäre.

Er war sich weiterhin bewusst, dass er zu Gast im Zuhause einer anderen Familie war, aber er bemerkte ihre Bemühungen, es ihm heimisch zu machen. Sicher betrachtete Jarvis ihn immer noch mit weniger Respekt als Glen, den Hund, und Sarah gestand ihm nicht einmal den zu, aber alles in allem fühlte er sich in der Nummer 52 wohl.

Er ging schnellen Schrittes zur Treppe, um sich etwas aufzuwärmen, bevor er sich zum Abendessen frisch machte. Um diese Tageszeit brannte in einer der großen Stuben im ersten Stock stets der Kamin, der ihn nach dem Heimweg von Effie Peake durch den kalten Wind besonders lockte.

Auf den ersten Stufen sauste ein improvisiertes Geschoss an seinem Kopf vorbei, eine Vorwarnung, dass Walter und David unbeaufsichtigt im Haus unterwegs waren. Raven hörte lautes Kriegsgeheul, als David seinen jüngeren Bruder die Treppe hinunterjagte, dann folgten wie gewöhnlich aufgeregtes Gekicher und Geschrei. Mit dem unausweichlichen Türknallen verschwanden sie in einem der unteren Zimmer, sodass die Stille danach umso mehr auffiel.

Sie wurde gebrochen von Stimmen aus dem Zimmer, in das er wollte. Mrs Simpson und Mina führten anscheinend ein angespanntes Gespräch. Die Tür war nur angelehnt, und da die beiden so offen sprachen, folgerte er, dass sie ihn wegen des Lärms der Kinder wohl nicht hatten kommen hören.

Zuerst vernahm er Mina, ihre Stimme war leise, aber bestimmt, als sorgte sie sich, dass jemand mithörte. Raven fühlte sich gefangen, denn ginge er weiter, würden er und sein Lauschen entdeckt. Andere vergaben es einem nicht ohne Weiteres, wenn man ihre Geheimnisse erfuhr, auch wenn es nur zufällig geschah.

»Ich glaube, du hast dich so sehr an den Status gewöhnt, den der Name Dr. Simpsons mit sich bringt, dass du nicht mehr weißt, wie vergänglich ein guter Ruf sein kann, wenn sich ein Skandal abzeichnet.«

»Es ist nur Gerede, Mina. Nichts weiter.«

»Vergiss nicht, dass nicht nur sein Ruf auf dem Spiel steht, sondern auch der deine. Er zahlt einer anderen Frau zwölf Pfund im Jahr. Stellt sich da nicht die naheliegende Frage: Warum?«

»Aus Wohltätigkeit. Einen solchen Edelmut wird doch sicher niemand in den Schmutz ziehen.«

»Meiner Erfahrung nach tun die Leute aber genau das, wenn die Moralität einer Handlung infrage gestellt werden kann. Es wäre naiv von dir, nicht mit den Schlussfolgerungen zu rechnen, die manche ziehen werden. Aus deiner Sicht mag es Wohltätigkeit sein. Aus einer anderen könnte es auf ein schlechtes Gewissen hindeuten.«

»Das ist doch absurd, Mina. Es gibt hier kein Fünkchen Wahrheit, an dem sich Gerüchte entzünden könnten.«

»Jessie, James wird von den Damen dieser Stadt verehrt, und du lebst all diese Zeit in Trauer zurückgezogen. Sie überhäufen ihn mit Komplimenten und Zuneigung. Ist es denn so schwer, sich vorzustellen, wo das hinführen könnte?«

»Auf Gerüchte habe ich keinen Einfluss. Wichtig ist nur, dass ich die Wahrheit kenne.«

»Kennst du sie denn?«

»Ich muss dich daran erinnern, Mina, unter wessen Dach du lebst.«

Unten flog eine Tür auf, und die Jungen platzten mit Getöse wieder herein. Raven nutzte die Gelegenheit, um sich unbemerkt auf sein Zimmer zurückzuziehen. Die beiden Kinder waren sich in ihrer Lebensfreude der Verwicklungen im Miteinander der Erwachsenen unbewusst, und Raven war beinahe ebenso naiv gewesen. Man konnte wohl die Oberhaut eines jeden Haushalts anritzen und darunter sofort erkennen, dass das Leben nicht gar so harmonisch war, wie es von außen schien.

Er hatte nur einen kurzen Gesprächsteil gehört, aber gleich die Lage erkannt. Mina wollte ihre Schwester dazu bewegen, auf das zu sehen, was für sie und demnach auch für andere offensichtlich war. Raven war nur allzu vertraut mit dem Phänomen, dass eine Ehefrau sich nach jeder erdenklichen Auslegung reckte, die sie vor der allzu schmerzhaften Schlussfolgerung schützte. Er erinnerte sich an seine Mutter, eine wache, intelligente Frau, die sich in ihrer verzweifelten Flucht vor der unausweichlichen Wahrheit zur Närrin machte. Ihr Ehemann war ein Trinker und Schwerenöter gewesen. Ersteres hatte sie nicht abstreiten können, denn diesem Umstand sah sie sich fast jeden Abend in ihrem eigenen Zuhause ausgesetzt. Aber an den Abenden, die ihr seine Anwesenheit ersparten, hatte sie sich immer wieder selbst getäuscht.

Konnte Raven so etwas von Dr. Simpson glauben? Anders als Ravens Vater schien der Professor ein grundzufriedener Familienvater, der seinen Kindern Wärme und Offenheit zuteilwerden ließ, wo so viele andere unnahbar und verschlossen blieben. Doch Raven durfte nicht vergessen, dass er in Edinburgh war, der Stadt, die eigentlich den Januskopf zum Wappen haben müsste: ein Gesicht für die höfliche Gesellschaft, das andere hinter verschlossenen Türen.

Kapitel 16

Sarah hob das schmutzstarrende Hemd mit spitzen Fingern auf. Sie wünschte, sie hätte dazu eine Greifzange gehabt. Es sah aus, als hätte Raven damit den Boden aufgewischt oder den Kamin ausgekehrt.

Von wegen.

Der dünne Baumwollstoff, der wohl einmal weiß gewesen war, war nun grau und dreckverschmiert. Dunkle Blutflecken zogen sich über beide Ärmel. Der eine wollte sich vom Rest des Kleidungsstücks verabschieden, eine aufgerissene Naht war nur ungeschickt ausgebessert worden.

»Hoffentlich kann er Wunden besser nähen«, murmelte sie, als sie das widerliche Stück in einen Korb an der Tür warf. Dabei musste sie an den schlimmen Schnitt auf Ravens Wange denken, dessen wahre Herkunft er verschwieg, wie sie glaubte. Er behauptete, er sei das Zufallsopfer eines Überfalles gewesen, aber ein Gefühl sagte ihr, dass er sicher selbst einen Anteil an dem Angriff gehabt hatte. Sie erkannte etwas

Ruheloses an ihm. Ehrgeizig und getrieben, ja, aber nicht mit sich im Reinen.

Er zeigte einen ungestümen Eifer, sich zu beweisen, bloß wem, das war die Frage. Seit er hier war, gab er sich alle Mühe, zu wirken, als wäre er Herr der Lage, und wollte wohl seine Unsicherheit überspielen. Wenn sie ihre eigenen ersten Schritte und Fehltritte als Hausmädchen bedachte, verstand Sarah gut, wie schwierig es sein konnte, wenn man sich in solch einer neuen Situation befand. Andererseits schränkte die Tatsache, dass es sich bei seiner Misslichkeit um eine sehr privilegierte handelte, ihr Mitleid ein. Sie hätte sich nur allzu gern den Herausforderungen seiner neuen Position gestellt, statt als Hausangestellte zu arbeiten, die schon auf die Straße gesetzt werden konnte, wenn sie bloß im falschen Moment den Mund öffnete.

Sarah war nach dem Tod ihrer Eltern in den Dienst des Haushalts in der Queen Street getreten. Der örtliche Pastor war ein alter Freund Simpsons und hatte die Stelle für sie gefunden. Ihr vorzeitiger Abgang von der Gemeindeschule war für ihren Schulmeister sicher eine Erleichterung gewesen, der ihrer Beschwerden überdrüssig wurde, dass sie ausgeschlossen war von den Jungen vorbehaltenen Fächern wie der Altphilologie und der Mathematik. Er war der Überzeugung, dass ihre Kenntnisse des Lesens, Schreibens und der Grundrechenarten für ein Mädchen ihres Standes ausreichten, und er bestand darauf, dass ihr Stricken und Nähen nützlicher waren und ihr die Aussicht auf Industriearbeit eröffnen würden. Als wäre eine Stelle in einer Fabrik für sie das höchste der Gefühle. Wenn man zur Ausführung einer Aufgabe oder zum Erwerb von Wissen fähig war, warum sollte es dann eine Rolle spielen, ob man männlich oder weiblich war? Ihre Wut über diese Ungerechtigkeit hatte seitdem noch kaum nachgelassen.

Sie sah sich um und schaute, welche Schrecken in dem Zimmer noch lauern mochten. Es war zwar nicht ganz so unordentlich wie Minas chaotisches Reich, aber doch bei Weitem nicht sauber. Aufgeschlagene Bücher und Papiere lagen auf dem kleinen Schreibtisch in einer Ecke verteilt und bedeckten in einem weiten Kreis den Boden. Ein schwarzer Mantel – speckiger Ärmelaufschlag, verschlissener Kragen – hing über einer Stuhllehne, und matschige Stiefel hatten quer über den Teppich von der Tür zum Kamin Erdklumpen hinterlassen. Sarah seufzte. Sie würde hier eine Weile zu tun haben.

Sie beschloss, mit dem Schreibtisch oder zumindest mit seiner Umgebung anzufangen, damit mehr vom Teppich zum Vorschein kam, bevor sie dort etwas Teesatz verteilen und aufkehren konnte. Als sie sich nach einigen fortgeworfenen Papieren bückte, fand sie sich neben dem abgewetzten Koffer wieder, der Raven von seiner alten Unterkunft hierher begleitet hatte. Er stand offen, und einige der Papiere waren hineingefallen. Der Koffer enthielt hauptsächlich Bücher, die Raven wohl nicht unmittelbar gebraucht hatte, denn auch anderswo stapelten sich viele.

Sie erinnerte sich an sein selbstherrliches Auftreten am Morgen seiner ersten Sprechstunde.

Meinen Sie, man hat während der Ausbildung zum Arzt Zeit, Romane zu lesen?

Auf jeden Fall hatte er einmal Zeit dazu gehabt, denn dort im Koffer lagen mehrere Romane. *Die Memoiren des Junkers Barry Lyndon* von William Makepeace Thackeray. Darunter *Der letzte Mohikaner* von James Fenimore Cooper und wiederum darunter drei Werke von Walter Scott.

Sarah nahm das Buch von Thackeray in die Hand. Sie war sich sicher, dass Mina auch eine Ausgabe hatte. Sie schlug es auf und sah, dass der Besitzer sich innen handschriftlich eingetragen hatte: Thomas Cunningham. Ein Geschenk? Ein Diebstahl? Sarah sah sich den Cooper an, in dem derselbe Name stand. Also aus zweiter Hand. Als ganzer Posten einem Kommilitonen abgekauft.

Sie hob die Papiere auf und wollte sie sortieren. Manche handelten anscheinend von Geburtsverletzungen, andere von einer Prozedur, die sich Kraniotomie nannte und deren Illustrationen sie sicher falsch verstand. Sarah verzog das Gesicht und nahm ein anderes Blatt, das sich als Brief entpuppte. Als sie das erkannte, drehte sie ihn um und legte ihn wieder hin, nicht ohne zu bemerken, dass er von Ravens Mutter war, die ihn interessanterweise weder als Will noch als William anredete.

Sie lächelte über diese Entdeckung und legte den Brief an die Seite, damit er nicht unter all den Zettelhaufen verloren ging. In dem Moment sah sie das aufgeschlagene Tagebuch; der Kontrast zwischen zwei Seiten erregte ihre Aufmerksamkeit. Auf der einen reihte sich Absatz an Absatz in Ravens sauberer Handschrift, die sich mit dem Vorgehen bei der Gabe von Äther befassten. Auf der gegenüberliegenden Seite standen nur zwei Worte in hastig hingekritzelten Großbuchstaben:

EVIE VERGIFTET?

Sarah hörte die Schritte zu spät. Sie war erwischt worden.

»Was zum Teufel tun Sie da?«, fragte Raven. Er riss das Tagebuch vom Tisch und schlug es mit einer Wucht zu, die mehrere gerade aufgeräumte Blätter wieder von ihren Stapeln segeln ließ. Seine Wut schien übertrieben, und sie fragte sich, was sie dort wohl Bedeutendes hätte lesen können.

»Es besteht kein Grund für Ausfälligkeiten«, erwiderte sie mit ruhiger Stimme, um seinen Zorn zu besänftigen. Eine

Beschwerde vom Famulus des Professors würde Mrs Lyndsay einen handfesten Grund geben, Sarahs Einsatz in den Sprechstunden zu streichen. »Ich versuche nur aufzuräumen.«

»Sie haben nicht aufgeräumt, Sie haben in meinen Privatsachen geschnüffelt, das werde ich nicht dulden. In diesen Seiten steht nichts, was Sie etwas anginge, und noch weniger, was Sie verstehen würden.«

Trotz ihrer heiklen Lage brachten Ravens Worte Sarah zum Kochen. Sie wusste, dass sie sich zurückziehen sollte, aber ein nicht zu bändigender Instinkt trieb sie vorwärts. Sie konnte sich vielleicht damit abfinden, vor den vornehmen Patienten des oberen Wartezimmers zu buckeln, aber nicht vor diesem verlotterten Jungspund.

»Wer ist Evie?«, fragte sie.

Er schien entgeistert, was ihn ungeplant in die Defensive brachte und seinem Wutschnauben Einhalt gebot.

»Sie … geht Sie nichts an.«

Sarah nutzte ihren Vorteil. »Woher haben Sie die Wunde im Gesicht wirklich, *Wilberforce?*«

Seine Augen blitzten auf, aber sie sah hinter dem Zorn einen Funken Angst. Raven hatte Geheimnisse, das war der wahre Grund für seine Empörung.

»Sie haben einen Brief von meiner *Mutter* gelesen?«

»Das würde ich mir niemals erlauben. Ich habe nur den Adressaten gesehen. Ich habe mehrfach gehört, wie Mrs Simpson Sie mit William anredete, und Sie haben sie nie verbessert. Warum? Weiß wenigstens Dr. Simpson, dass Ihr wahrer Name Wilberforce lautet?«

Raven wurde rot. »Vergessen Sie nicht Ihren Stand. Sie sind ein Hausmädchen. Was für ein Haus ist das hier, in dem so ein Verhalten nicht gezügelt wird?«

Sarah blickte hinab auf den Koffer und dann auf ihren

Korb. »Sind Sie mehr Fügsamkeit vom Personal gewohnt, *Sir?*«, fragte sie.

Er antwortete nicht. Er wirkte nun eher besorgt als wütend. Er hatte Angst, was sie wusste, und das war nur recht. Anscheinend war sie nicht die Einzige im Haushalt, deren Anstellung alles andere als sicher war.

»Wer ist Thomas Cunningham?«

»Das weiß ich nicht.«

»Das wissen Sie sehr wohl. Er war der Vorbesitzer der Bücher in Ihrem Koffer. Mrs Simpson sagte, Ihr verstorbener Vater sei Anwalt in St Andrews gewesen, aber ich wette, Sie sind ebenso wenig von hoher Geburt wie ich.«

Sie hob das befleckte, verschlissene Hemd aus dem Wäschekorb.

»Vor der Frau, die Ihre Wäsche macht, können Sie nicht viel verbergen.«

Raven sah das Hemd an, seine Empörung war erschöpft, er wirkte geschlagen, sogar verletzlich. Als wäre der Zustand seiner Kleider eine größere Enthüllung als jede, die sie in seinen Unterlagen hätte finden können.

»Was machen Sie damit?«, fragte er kleinlaut.

»Ihr Hemd ist verschmutzt. Es muss gereinigt und weiß Gott auch ausgebessert werden. Ich wollte die Flecken einweichen und das Loch an der Schulter nähen.«

Raven trat einen Schritt auf sie zu, und das Feuer kehrte in seine Augen zurück.

»Ich wäre Ihnen dankbar, wenn Sie meine Sachen nicht anrührten!«, sagte er.

Sarah hielt seinem Blick stand.

»Wie Sie wünschen.«

Sie ließ das Hemd auf den Boden fallen, machte auf dem Absatz kehrt und verließ das Zimmer.

Kapitel 17

Die Kutsche federte auf und ab, als sie das Gefälle hinab am Gayfield Square vorbeiraste. Der Tag war noch jung, aber nicht hell, denn unaufhörlicher Nieselregen fiel aus den niedrigen Wolken. Raven war dankbar für die frühe Stunde und den Schutz des Wagens. Ihm fiel ein, dass vor Jahren einmal ein Mitschüler gesagt hatte, je länger man im Dunkeln den Leith Walk entlanglaufe, desto wahrscheinlicher sei, dass man »auf die Schnauze fliegt«.

»Ich hatte mal einen einachsigen Curricle in Bordeauxrot«, sagte Simpson. »Wenn Sie das hier schnell finden, hätten Sie mal sehen müssen, wie der damals über das Pflaster ratterte. Aber Mrs Simpson bestand darauf, dass ich ihn gegen etwas Wetterfesteres eintauschte.«

Er bekam leuchtende Augen, aber die Begeisterung des Professors war diesmal weniger ansteckend, weil Raven wieder an Minas Unterhaltung mit Jessie am Vorabend denken musste. Wer war diese Frau, an die Simpson Geld zahlte, und wofür? Raven wusste, dass Mina falschliegen konnte und dass er ohne den gesamten Zusammenhang womöglich den kurzen mitgehörten Gesprächsausschnitt missverstanden hatte. Doch die Narben, die sein Vater gerissen hatte, waren tiefer als jene auf seiner Wange, weshalb er den Professor nicht mehr ohne Misstrauen betrachten konnte.

Er versuchte, das Thema aus seinen Gedanken zu verbannen, aber die Angelegenheiten, denen er sich zuwandte, waren auch nicht angenehmer. Evies trauriges Schicksal war nie fern, nahm aber seit seinem Gespräch mit der verschwiegenen Mrs Peake umso mehr Raum ein. Und dann war da noch sein jüngstes Zusammentreffen mit Sarah.

Das Mädchen hatte ihn durchschaut, ihre Kombinationsgabe war so scharf, wie ihre Neugier impertinent war. Und auch wenn wohl niemand sonst im Haus dieselben Schlüsse ziehen würde, lag es in ihrer Macht, auch die anderen an die Wahrheit heranzuführen. Er hoffte nur, dass ihre Lust auf Romane sie nicht auch den Thackeray hatte lesen lassen, den sie gefunden hatte, denn dort ging es um das Mitglied einer gefallenen Familie, das sich als Teil der besseren Gesellschaft ausgab.

Die Angst hatte ihn gepackt, als sie ihn nach Thomas Cunningham gefragt hatte. Glücklicherweise hatte sie die Bedeutung seines Namens in Ravens Büchern missdeutet, also war sie vielleicht doch nicht ganz so schlau, wie sie meinte. Doch schlau war sie zweifellos, und anscheinend hatte er sie sich zum Feind gemacht.

Warum hasste sie ihn so? Er hatte ihr doch nichts angetan. Natürlich hatte es den Vorfall bei seiner ersten Sprechstunde gegeben, aber sie hatte ihn schon vorher mit Verachtung gestraft – fast von dem Augenblick an, als er durch die Tür gekommen war.

Er würde einfach damit leben müssen. Schon während seiner Schulzeit hatte er gelernt, dass manche Leute eine instinktive oder irrationale Abneigung gegen einen hegten oder man selbst gegen sie. In solchen Fällen war nichts auszurichten, sosehr man sich auch die Zähne daran ausbiss.

Ähnlich schwierig gestaltete sich seine Beziehung zu James Duncan, aber in dem Fall war die Abneigung weder instinktiv noch irrational. Duncan sah ihn anscheinend weniger als Untergebenen denn als Beleidigung, als Bürde, die Dr. Simpson ihm auferlegt hatte, und nicht als etwaigen wertvollen Assistenten. Duncan übertrug ihm zwar liebend gern unangenehme Hilfsarbeiten, aber er trat dabei auf, als wäre es ihm zuwider, dass Raven, und sei es als Knecht, an seiner Seite tätig war. Raven vermutete, er wollte vermeiden, dass irgendjemand anders auch nur einen kleinen Anteil an seiner womöglich bevorstehenden Entdeckung hatte. Der junge Arzt war zweifellos brillant, aber ihm fehlten jegliche Freundlichkeit, Demut und jeder Humor.

Raven rutschte über die Bank, als die Kutsche mit hoher Geschwindigkeit Richtung Hafen in die Great Junction Street einbog. Der Professor hatte ihm nicht verraten, auf was für einen Fall sie zurasten. Wie so oft war jemand zum Haus gekommen und hatte ihn dringend angefordert. Und wie immer war Raven beeindruckt, dass jemand von Simpsons Rang einem solchen Ruf ohne das Versprechen angemessener Bezahlung und erst recht ohne eine Garantie folgte, dass der Fall tatsächlich einer derartigen Koryphäe bedurfte. Raven vermutete, dass der Professor den Nervenkitzel ebenso genoss wie das Gefühl, gebraucht zu werden. Bei wem wäre das anders?

Raven bemerkte neben dem allgegenwärtigen Möwenkreischen ein zunehmendes menschliches Stimmengewirr. Er lehnte sich aus dem Fenster und sah einen Auflauf am Water of Leith; die Leute standen so dicht gedrängt, dass nur einer stolpern musste, damit ein Dutzend im Wasser landete.

Über ihren Köpfen erstreckte sich nicht allzu weit entfernt ein Wald aus Masten, als würden auch die Schiffe die Hälse danach recken, was hier vorgefallen war.

Als Simpson ebenfalls hinausschaute, erhob sich sogleich ein Ruf.

»Es ist Dr. Simpson. Macht Platz, macht Platz!«

Das Menschenmeer teilte sich vor ihm, als Simpson hinunter auf die Straße trat, und Raven folgte dicht dahinter, bevor es sich wieder schloss. Am Ende dieses Durchgangs standen zwei Polizisten zur Linken eines edel gekleideten Herrn, der wohl ihr Vorgesetzter war. Das bestätigte sich, als Simpson ihn grüßte.

»Mr McLevy, Sir. Kann ich Ihnen helfen?«

Raven spürte, wie sich in seiner Brust etwas zusammenzog, ähnlich wie wenn in seiner Schulzeit der Direktor unangekündigt das Klassenzimmer betreten hatte. Der leitende Polizist war tatsächlich kein anderer als der berühmte James McLevy. Raven hatte ihn noch nie persönlich gesehen, kannte aber seinen Ruf – der wechselte, je nachdem, auf welcher Seite der Princes Street man stand. Für die wohlanständigen Bürger der New Town war er ein hartnäckiger, begnadeter Ermittler, der gestohlenes Eigentum aufspüren konnte wie kein Zweiter und, ohne Kosten und Mühen zu scheuen, seinen Schuldigen fand. Drüben in der Old Town dagegen war er für seine Brutalität und seine unbarmherzigen Methoden gefürchtet, und seine legendäre Aufklärungsquote, so munkelte man, komme nur deshalb zustande, weil nicht unbedingt immer der wahre Schuldige für eine Tat büßen musste.

Ganz so furchterregend sah er gerade nicht aus, vielmehr sprachen Leid und Bedauern aus seinem Gesicht.

»Selbst für Ihre fähigen Hände ist es zu spät, Dr. Simpson«, erwiderte er mit nordirischem Akzent.

Auf McLevys Zeichen traten die anderen Polizisten beiseite, und Raven sah ein Laken auf den Steinplatten, das vom Regen durchweicht war.

»Ertrunken?«, fragte Simpson.

»Wahrscheinlich. Aber ich vermute, sie hatte eine Art Anfall, infolge dessen sie hineingefallen ist.«

McLevy schlug das Laken kurz zurück, und eine Kälte umfing Raven, als wäre er selbst in das eisige, schwarze Wasser gestürzt. Dort lag eine junge Frau mit blauen Lippen und grauer Haut. Die Leiche hatte sich schon eine Weile im Wasser befunden. Aber vor allem fielen ihm das verzerrte Gesicht und die verrenkte Körperhaltung auf.

Er sah sie nur kurz, dann wurde das Laken wieder darübergezogen.

»Darf ich einmal schauen?«, fragte Raven.

Simpson legte ihm die Hand auf die Schulter. »Nein, wir müssen weiter. Deswegen wurden wir nicht hergerufen, und die Zeit drängt. Es gibt eine weitere junge Frau, deren Leben wir vielleicht noch retten können.«

Die Patientin lag in den Wehen und war die Frau eines Seemannes, der vor Kurzem im Hafen von Leith in Richtung Stromness abgelegt hatte. Sie durchlitt offensichtlich große Qualen, wirkte vollkommen erschöpft und sah in Ravens Augen aus wie ein ausgewrungener Lappen, wie sie so beinahe leblos dalag.

»Mrs Alford hat ein stark verengtes Becken«, sagte der sichtlich besorgte Herr, der sie bisher medizinisch versorgte, ein Mr Angus Figg. Er war ein graubärtiger, unruhiger alter Geselle, der sich Dr. Simpson unterwürfigst vorstellte. In einigem Abstand zum Bett flüsterte er ihnen zu: »Schon die letzte Niederkunft zog sich aus diesem Grunde über vier Tage hin. Damals blieb die Entbindung per Zange erfolglos, und das Kind musste schließlich in Stücken herausgezogen werden.«

Er warf einen Blick auf die Patientin.

»Sie wurde auf die Gefahren einer weiteren Schwangerschaft hingewiesen«, fuhr er fort. »Ich wurde erst heute über ihre Umstände in Kenntnis gesetzt, nun, da die Ausreifung abgeschlossen ist und sie in den Wehen liegt.«

Raven sah Mrs Alford an, die seinen Blick erwiderte. In ihrer Entkräftung erwartete sie mit Sorge die Ergebnisse der Beratschlagung. Sicher quälten sie nicht nur die Schmerzen, sondern auch die Ahnung dessen, was bevorstand.

Simpson untersuchte sie, wobei Mrs Alford ihn nicht aus den Augen ließ.

»Werde ich sterben?«, fragte sie recht nüchtern, als hätte sie sich auf einen solchen Ausgang schon vorbereitet.

»Nicht, wenn ich es verhindern kann«, antwortete Simpson.

Er kündigte an, dass er das Wendungsmanöver versuchen werde, und wies Raven an, Äther zu geben.

»Wenn Sie nichts dagegen haben?«, sagte Raven und tränkte den Schwamm.

Mrs Alford sah ihn an, als verstünde sie die Frage nicht, was ihm Antwort genug schien.

Sie atmete die Dämpfe eifrig ein und verlor bald das Bewusstsein. Die Geschwindigkeit dieses Übergangs schien Raven etwas beunruhigend, aber ihr Atem blieb regelmäßig, und ihr vorher erhöhter Puls senkte sich langsam auf eine annehmbare Stufe.

Mit der Patientin in diesem entspannten Zustand konnte Dr. Simpson das Kind ohne Schwierigkeiten drehen und die Füße und den Rumpf mühelos herausziehen. Der Kopf stellte jedoch ein größeres Hindernis dar. Simpson setzte die Zange an und konnte ihn nur mit beträchtlichem Kraftaufwand durch das verformte Becken der Frau manövrieren. Aller Erschwernis zum Trotz war die Entbindung nach weniger als zwanzig Minuten abgeschlossen.

Bevor die Nachgeburt kam, wurde Raven das Kind überreicht. Es keuchte ein paarmal, fing aber nicht an zu atmen; der Kopf war flach gequetscht, das Scheitelbein eingedrückt. Raven wickelte das Kind in das bereitgelegte Handtuch und sah sich in dem kleinen Zimmer nach einem Platz um, wo er es ablegen konnte. Um das Bett herum brannten mehrere Talgkerzen, und Mr Figg hielt eine Öllampe, aber die Zimmerecken lagen im Dunkeln. Da sich kein angemessener Platz anbot, legte er das kleine, leblose Bündel neben die immer noch schlafende Mutter. Das Kind war bläulich blass.

In dem Augenblick fiel Raven ein, dass er nicht nach dem Geschlecht des Kindes gesehen hatte; wenn die Mutter aufwachte, konnte er ihr nicht sagen, ob es ein Junge oder ein Mädchen war. Er hoffte, dass sie nicht fragen würde.

Als die Patientin sich schließlich wieder regte, galt ihre Sorge hauptsächlich der Frage, ob ihre Qualen wirklich vorüber waren. Sie hatte offensichtlich nicht mehr mit einem lebendigen Kind gerechnet. Sie zeigte keine Gemütsregung, als ihr das Bündel übergeben wurde, dafür aber Erleichterung, dass sie diesmal nicht so sehr hatte leiden müssen wie beim letzten Mal.

Simpson versprach, in ein oder zwei Tagen wieder nach ihr zu sehen.

»Sie würden gut daran tun, Mr Figgs Rat zu beherzigen und eine weitere Schwangerschaft zu vermeiden«, erklärte er leise.

»Sagen Sie das meinem Mann«, erwiderte sie.

Kapitel 18

Auf dem Weg in den Salon schlugen Raven wieder die Stimmen eines Streitgesprächs entgegen, doch diesmal waren es männliche. Er hielt auf der Schwelle inne, um Kenntnis vom Thema zu erlangen, damit er vorbereitet war. Am selbstsicheren Tonfall erkannte er Duncan, der wie immer so klang, als würde er die Steintafeln mit den Zehn Geboten tragen. Raven war nicht in Stimmung, sich belehren zu lassen, und erwog einen schnellen Rückzug, als sich hinter ihm jemand räusperte. Er drehte sich um und sah Sarah, die ein Tablett mit einer Karaffe und Gläsern trug.

»Wären Sie bitte so freundlich, die Tür zu öffnen, Mr Raven?«, sagte sie und lächelte, wohl darüber, dass sie ihn beim Lauschen erwischt hatte.

Sie folgt mir auf Schritt und Tritt, dachte er.

Raven tat wie geheißen und ließ ihr den Vortritt. Mrs Simpson und Mina saßen nebeneinander auf dem Sofa, während die Herren, Doctores Simpson, Duncan und Keith, sich um den Kamin versammelt hatten.

»Raven!«, rief Duncan ungewohnt heiter. »Kommen Sie, stürzen Sie sich mit ins Getümmel!«

»Worum geht es?«, erwiderte er und ahnte, dass Duncan vielleicht die Gelegenheit nutzen würde, ihn als unwissend dastehen zu lassen.

»Wir sprechen über Hahnemanns Theorien des *similia similibus curantur* und der Infinitesimaldosen«, erklärte Duncan.

Gleiches mit Gleichem heilen. Da würde sich Duncan mehr ins Zeug legen müssen, um ihn vorzuführen.

»Homöopathie«, erwiderte er.

Er schaute zu Sarah hinüber, die gerade Sherry einschenkte. Er hoffte, dass sie diesen kleinen Triumph mitbekommen hatte. Sie schien die ganze Aufmerksamkeit ihrer Aufgabe zu widmen und hob nicht die Augen von der Karaffe.

»Und was ist Ihr Eindruck davon?«, hakte Duncan mit einer hochgezogenen Augenbraue nach, als würde er darauf warten, dass Raven sich prompt auf der falschen Seite der Debatte positionierte.

»Die Lehre, Gleiches heile Gleiches, ergibt in meinen Augen wenig Sinn«, sagte Raven. »Und die Vorstellung, wiederholte Verdünnungen steigerten auf paradoxe Weise die Wirksamkeit einer Lösung, ist ganz im Sinne meiner ehemaligen Herbergsmutter Mrs Cherry. Ihre Suppe enthielt oft nur infinitesimale Spuren Fleisch, weshalb sie nach Hahnemann deutlich nahrhafter hätte sein müssen als ein saftiges Steak.«

Simpson lachte und schlug Raven herzlich auf den Rücken. Bei diesem Thema lief Raven keinerlei Gefahr, sich falsch zu positionieren, da der Professor in seinen Vorlesungen mit seiner Meinung dazu nicht hinter dem Berg gehalten hatte. Er erzählte gern davon, wie er einmal von einem Freund eine

Schachtel homöopathischer Mittel bekommen und sie seinen Söhnen zum Spielen gegeben hatte, die die einzelnen Fläschchen natürlich durcheinandergebracht hatten. Dieselbe Schachtel war dann an einen eifrigen Homöopathen weitergegeben worden, der später berichtete, er habe sie mit großem Erfolg eingesetzt.

»Manche homöopathische Mittel sind nicht einmal zur inneren Anwendung vorgesehen, sondern werden per Olfaktion gereicht«, sagte Simpson und schnüffelte theatralisch an seinem Glas Sherry. »Ich hörte von einer Dame, die in dieser Weise behandelt wurde. Als es Zeit war, die Rechnung ihres Therapeuten zu begleichen, wedelte sie ihm kurz mit dem Geld unter der Nase herum, bevor sie es wieder in die eigene Tasche steckte.«

Der Scherz des Professors rief allseits Gelächter hervor, nur Duncan enthielt sich wie üblich. Er wartete schmallippig, dass der Augenblick vorüberging, was seine Antwort auf jede Unterbrechung durch Lachen war. Es war, als verstünde sein Kopf die Mechanismen des Humors nicht oder sähe womöglich keinen Nutzen darin.

»Aber ein gewisser Trost ist doch, dass eine Medizin ohne Wirkung auch eine ohne schädliche Wirkung ist«, bemerkte George Keith. »Schließlich wird arglosen Patienten täglich Abscheuliches eingeflößt. Quecksilber zum Beispiel ist eine gefährliche und äußerst schädliche Droge. Und Syme bringt eigentlich jeglicher Arznei zur inneren Anwendung außer vielleicht Rhabarber und Soda tiefstes Misstrauen entgegen.«

In dem Moment öffnete sich die Tür, und John Beattie eilte in seinem übereifrigen, vogelartigen Gang herein und brachte einen Geruch von Tabak und einen viel stärkeren von Eau de Cologne mit.

»Gregory's Powder«, erwiderte er auf Keiths letzte Anmerkung, als wäre er die ganze Zeit dabei gewesen. »Ich verschreibe es häufig. Andererseits entferne ich mich nur selten von einem Krankenbett, ohne irgendein Fläschchen oder ein Rezept zu hinterlassen. Dr. Simpson, guten Abend.«

Simpson stand auf und stellte den Gast vor, der jede ihm angebotene Hand mit gewohnter Anmut schüttelte.

Raven war beeindruckt von Beatties Auftreten. Auch wenn er physisch nicht der Größte war, trat er mitten in die Gesellschaft, ganz anders als Raven, der lieber unauffällig an der Seite stand. Raven bemerkte die Neugier und den instinktiven Argwohn in Duncans Gesicht, als dieser unangekündigte Eindringling kam, und Beattie war ihm gleich noch einmal sympathischer. Der Mann hatte selbst in blutverschmierter Alltagskleidung eine gute Figur gemacht, aber in ganzer dandyhafter Pracht zum Dinner herausgeputzt, bot er einen denkwürdigen Anblick. Wie Ravens Mutter es ausgedrückt hätte, trug er die Kleider, nicht die Kleider ihn.

Das blieb auch Mina nicht verborgen, die vom Sofa aufstand und ihm mit ausgestreckter Hand entgegentrat. Beattie verbeugte sich und küsste die dargebotenen Finger.

»Der Duft Ihres Eau de Cologne ist ja geradezu himmlisch«, sagte Mina. »Haben Sie es bei Gianetti gekauft? An der George Street?«

»Mitnichten. Dieser Duft ist Farinas original Eau de Cologne, importiert aus Europa. Bergamotte und Sandelholz mit einer Kopfnote von Zitrusfrüchten.«

»Wie exotisch!«, erwiderte Mina beeindruckt.

»Der Geruchssinn ist der am engsten mit dem Gedächtnis verwobene«, fügte er mit einem Lächeln hinzu. »Man möchte doch immer in Erinnerung bleiben.«

Raven warf erneut einen Blick auf Duncan, der beunruhigt wirkte, als bedrohte der Neuankömmling seine Vorrangstellung. Er schaute finster, als Beattie ein Glas Sherry von Sarah entgegennahm.

»Ich beabsichtige«, sagte Duncan und hob das Glas zum Toast, »für etwas Bedeutenderes und Populäreres in Erinnerung zu bleiben als selbst Gregory's Powder. Auf denkwürdige Beiträge!«

»Auf den Ruhm!«, erwiderte Beattie, hob ebenfalls das Glas und leerte es. Er wandte sich wieder Mina zu und versagte Duncan so die Gelegenheit, seine großen Pläne weiter auszuführen. »Ich kann mich nicht daran erinnern, jemals mit so vielen schönen Frauen in einem Raum gewesen zu sein«, sagte er und bezog alle anwesenden Damen mit ein.

Mrs Simpson lächelte, Sarah schnaufte, und Mina senkte züchtig den Blick auf den Saum ihres Kleides, da die Etikette es verbot, freiheraus auf das Kompliment einzugehen.

Raven beobachtete diese entzückten Regungen und verstand mit einer gewissen Traurigkeit, dass er zwar als Arzt viel von Beattie lernen konnte, sich manche Talente aber einfach nicht lehren ließen.

Beim Abendessen setzte Beattie sich neben Mina, was Raven überraschte. Er hatte erwartet, der neue Gast würde die Gelegenheit nutzen, um bei Dr. Simpson selbst Eindruck zu machen. Er ging nicht davon aus, dass Beattie ein aufrichtiges Interesse an der Schwägerin des Professors hegte, die beinahe schon eine alte Jungfer war, aber vielleicht befreite ihr Alter Beattie ja von etwaigen Bedenken, seine Aufmerksamkeit könnte missverstanden werden. Sie unterhielten sich offen und ausführlich, und Beattie erkundigte sich nach ihren Meinungen zu allem, von der Damenmode bis zur Literatur und Lyrik.

Womöglich hatte er sie mit seiner Kenntnis der Letzteren beeindrucken wollen, aber nun erfuhr er, dass Minas Vertrautheit mit Byron und Shelley seine mit Leichtigkeit übertraf. Und anstatt sich aus dem Gespräch zurückzuziehen, als seine Überlegenheit infrage gestellt war, schien Beattie es nur noch mehr zu genießen, und die beiden erörterten die jeweiligen Vorzüge der romantischen Dichter, als wären sie alte Vertraute, die ganz allein am Tisch saßen.

Beattie unterbrach die Unterhaltung nur einmal kurz, um seine Bewunderung für die Köchin der Simpsons zum Ausdruck zu bringen. »Vorzüglich!«, verkündete er, als er seinen Teller leer gegessen hatte.

Raven sah sich zu keinem fundierten Beitrag in der Lage, da er nur eine armselige Portion bekommen hatte. Zwischen den Karotten auf seinem Teller konnte er lediglich zwei Stückchen Hammel ausmachen. Solch eine Ration wäre selbst für den Papagei zu wenig gewesen. Raven merkte, dass alle anderen eine großzügigere Portion erhalten hatten, und versuchte, Sarahs Aufmerksamkeit auf sich zu ziehen, während sie mit allerlei Schüsseln zwischen Anrichte und Tisch pendelte, aber sie schien entschlossen, ihn zu übersehen.

Während das Dessert serviert wurde (von dem Raven wieder nur eine homöopathische Dosis bekam), nahm Mina Beattie weiter in Beschlag, bis der Gastgeber einschritt und ihn wieder ins allgemeine Tischgespräch einband.

»Dr. Beattie erzählte mir jüngst von seinen Ambitionen, ein hydropathisches Therapiezentrum zu eröffnen«, verkündete Simpson mit verschmitztem Leuchten in den Augen. »Vor Ihrer Ankunft sprachen wir über unregulierte Praktiken, und ich frage mich, wo Sie die Grenze zwischen Heilkunde und Kurpfuscherei ziehen würden.«

»Von den Vorzügen der Homöopathie bin ich nicht überzeugt«, antwortete Beattie, woraufhin Raven sich fragte, ob auch er vor dem Eintreten gehorcht hatte. »Sie baut meiner Ansicht nach auf fadenscheinigen Grundannahmen auf, und doch hat sie sich als recht populär herausgestellt.«

»Ich kenne viele, die darauf schwören«, sagte Mina.

»In der Tat«, erwiderte Beattie und wandte sich wieder ihr zu. »Und deshalb wäre es verfrüht, sie vollkommen abzulehnen, Miss Grindlay.«

»Professor Christison bezeichnet homöopathische Mittel als ›Tropfen des Nichts, Pulver der Leere‹«, fügte Duncan so taktlos und abschätzig hinzu, wie Beattie davor höflich gewesen war.

Mina sah ihn an, als hätte er eine Gotteslästerung ausgestoßen. Raven stellte sich vor, wie Mina Dr. Duncan von ihrer Liste möglicher Freier tilgte und ihn durch Beattie ersetzte, dessen Namen sie wahrscheinlich unterstrich. Mehrfach.

»Und wie steht es mit der Phrenologie?«, fragte Simpson.

»Dass die Schädelform Aussagen über die Persönlichkeit ermöglichen soll? Daran könnte etwas sein«, antwortete Beattie. »Viele Mediziner sind Anhänger dieser Theorie, darunter Professor Gregory.«

»Ich weiß nicht, ob der Glaube anderer ein überzeugendes Argument darstellt«, schalt Simpson behutsam. »Es stimmt zwar, dass viele namhafte Ärzte Mitglieder der Phrenological Society sind, aber das allein überzeugt mich nicht.«

»Ganz richtig«, sagte Duncan. »Keine Absurdität ist je so haltlos, dass sie keine Unterstützer fände.«

Beattie schien kurz sprachlos, als hätte ihn Duncans barscher Kommentar beleidigt. Doch bald entspannten sich seine Züge wieder, das Lächeln kehrte zurück, und sein Gleichmut war wiederhergestellt.

»Wer entschlossen ist, die Welt zu täuschen, findet mit Sicherheit Menschen, die sich täuschen lassen«, sagte er.

Duncan lächelte schmallippig und wertete dies als eine Art Kapitulation.

Raven trank von seinem Wein. Er hatte nun schon mehrere Gläser vom Bordeaux des Doktors getrunken (und das auf recht leeren Magen) und bekam langsam gute Laune.

»Die Wässer der Quacksalberei mögen übel riechen«, sagte er, »aber es gibt dort viel Geld zu verdienen für den, der bereit ist, in ihnen zu schwimmen.«

Dieser Beitrag galt weniger der Unterstützung Beatties als dem Schulterschluss gegen einen gemeinsamen Feind.

»Da riskiert man schnell das Ertrinken, mein Junge«, sagte Simpson. »Ein in dieser Weise ruinierter Ruf lässt sich womöglich nie wiederherstellen.«

In diesem Moment kam Sarah mit einer Kanne Kaffee herein und beugte sich zum Einschenken etwas vor. Ravens Blick wurde von ihrem Kopf angezogen, dessen genauere Form jedoch unter der weißen Haube verborgen blieb. Was würde eine Untersuchung ihres Schädels wohl ergeben? Streitsucht? Mangel an Anstand?

Als sie sich zum Gehen wandte, sah er, dass eine kleine Locke honigfarbenen Haares der Beengung der Haube entkommen war und zart über ihrem Nacken schwebte. Er fragte sich gedankenverloren, wie ihr Haar wohl roch, und vielleicht zum ersten Mal wurde ihm bewusst, wie jung sie sein musste.

Raven stellte sich mit seinem Kaffee ans Fenster, hatte dabei aber den Papagei im Blick, der ihn misstrauisch von seiner Stange aus beobachtete. Beattie trat an seine Seite, nahm vorgeblich den farbenprächtigen, aber zänkischen Vogel in Augenschein, wollte jedoch offensichtlich abseits der Gruppe sprechen.

»Der hat gut reden«, flüsterte Beattie.

»Worüber?«

»Predigt darüber, wie ein Arzt Geld zu verdienen hat. Ethische Ansprüche schmerzen wenig, wenn die eigene Kasse zum Bersten voll ist.«

Raven fragte sich, ob Beattie den prekären Zustand seiner eigenen Finanzen erraten hatte.

»Ich gestehe, dass es mir schwerfiele, meinen Prinzipien treu zu bleiben, sollte eine leichtgläubige reiche Dame mir ein Honorar für eine ebenso nutz- wie harmlose Therapie anbieten. Und wenn es der Patientin hinterher besser geht, allein weil sie an die Behandlung glaubt, war sie dann wirklich ohne Nutzen? Vielleicht würde diese Frage schon ausreichen, um mein Gewissen zu beruhigen.«

»Ich habe einen Vorschlag, bei dem sich kein solches ethisches Dilemma stellen würde«, erklärte Beattie. »Eine Patientin von mir benötigt eine bestimmte Behandlung, möchte sie aber nicht ohne die Wirkung des Äthers durchstehen. Ich habe ihr berichtet, ich hätte jemanden gefunden, der ihn verabreichen könnte.«

»Mich?«, fragte Raven, der es kaum zu glauben wagte.

»Natürlich. Als Mitarbeiter des großen Dr. Simpson würden Ihre Dienste ein beträchtliches Honorar einbringen.«

»Ich bin sein Famulus und bei Weitem kein Experte.«

»Sie sind sicher fähig genug. Was gibt es zu verlieren?«

Raven sah sein Spiegelbild im schwarzen Fenster. Die Wunde auf seiner Wange kribbelte, wie um ihn an das zu erinnern, was er tatsächlich zu verlieren hatte.

»Wie beträchtlich?«, fragte er.

Kapitel 19

Am folgenden Tag blieb Raven vom Chaos der Morgensprechstunde verschont, da zu seiner Famulatur auch regelmäßige Dienste im Royal Maternity Hospital gehörten. Unglücklicherweise hätte es eine höhere Macht als die Dr. Simpsons gebraucht, um ihn vor den pochenden Kopfschmerzen zu bewahren, die jeden seiner Schritte begleiteten. Er gab zu, dass er sich mit ungewöhnlicher Lust am Bordeaux des Professors gütlich getan hatte, um Beatties Angebot und die Aussicht zu feiern, das Geld einzunehmen, das er Flint schuldete. Die noch erträglichen Folgen dieser Zügellosigkeit verstärkten sich jedoch nach dem Frühstück aufs Übelste, als Duncan Ravens Unterstützung bei seiner Forschung anforderte.

Zunächst war Raven neugierig, als Duncan ihn auf einmal unmittelbar in seine Arbeit einbezog, und er fragte sich, ob seine Aussagen am Vorabend sein Ansehen in den Augen des Wunderkindes gesteigert hatten. Dann aber erfuhr er, dass Duncan eine neue Charge möglicher Anästhetika zusammengestellt hatte und Ravens Rolle kaum über der eines Giftkosters lag; um genau zu sein, sollte er den Giftschnüffler spielen. Duncan hatte ihm verschiedene Dämpfe unter die Nase strömen lassen, von denen keiner eine größere Wirkung zeigte als einen leichten Schwindel und eine graduelle Steigerung des Schädelwummerns.

Das Maternity Hospital befand sich im Milton House am Canongate, einer georgianischen Villa, die entweder schon bessere Zeiten gesehen hatte oder bereits mit dem Ziel gebaut worden war, unliebsame Besucher durch die drohende Einsturzgefahr abzuschrecken. Raven war mit Dr. Ziegler verabredet, dem Chirurgen des Hauses, und in Anbetracht seiner Kopfschmerzen hoffte er, dass der Mann mehr von Simpson als von Syme hatte.

Die Tür wurde von einer großen Frau mit gestärkter Haube geöffnet, die ihn musterte und den Eindruck erweckte, sie würde sich gleich einen Knüppel holen, um ihn zu verscheuchen. Offensichtlich wuchs sein Bart weder schnell noch dicht genug, um die erhoffte Verwandlung voranzutreiben.

»Mr Will Raven. Ich bin mit Dr. Ziegler verabredet. Ich bin Dr. Simpsons Famulus. Ich müsste erwartet werden.«

Raven hoffte, dass die Erwähnung seines Arbeitgebers den Eintritt an der missmutigen Wächterin vorbei ins Krankenhaus beschleunigen würde. Die Frau sagte nichts, sondern ließ den Blick nach unten wandern, wo er schließlich verweilte. Raven tat es ihr gleich und schaute auf seine Füße. Seine Stiefel sahen aus wie immer, mit einer dünnen Matschschicht an den Seiten: wenig überraschend, nachdem er von der Queen Street zu Fuß gekommen war.

»Mrs Stevenson. Oberin«, sagte sie. »Ich danke Ihnen, dass Sie sich die Füße abtreten, bevor Sie hereinkommen.«

Raven wettete, dass sie jemand war, der ansonsten nie irgendwem für irgendetwas dankte. Sie blieb mit verschränkten Armen stehen und sah zu, wie er sich am Stiefelkratzer neben der Tür abmühte. Als sie zufrieden war, trat sie beiseite und ließ ihn hinein.

»Dr. Ziegler ist auf Visite.«

Sie zeigte auf eine Tür zur Linken, verschwand selbst hinter einer zur Rechten, die sie hinter sich schloss, sodass Raven allein auf dem Flur stand. Er ging in die ihm bedeutete Richtung und wurde eines schwachen Zitronengeruchs, gemischt mit etwas anderem, gewahr. Das war eine bedeutende Verbesserung gegenüber dem üblen Gestank, den er mit den Stationen der Royal Infirmary verband.

Ein kräftiger Luftzug wehte, da alle Fenster offen standen – vielleicht ein Versuch, den Dämon des Kindbettfiebers auszutreiben, der jede dieser Einrichtungen plagte –, und der Kamin am Ende des Raumes loderte, um dem Wind den Biss zu nehmen. An einer Wand reihten sich Betten, und in der Mitte des Raumes stand ein großer Tisch, an dem ein kleiner, dunkler Mann mit Brille etwas in ein Buch schrieb. Ohne aufzuschauen, hob er eine Hand, als er Raven hörte, um ihm zu bedeuten, er möge warten.

Raven gehorchte stumm, und die Frage, ob Simpson oder Syme, ließ eher Letzteres vermuten.

Ziegler beendete seinen Eintrag und schaute auf, sein Blick hatte etwas Heiteres. »Das Geburtenbuch will auf dem neuesten Stand gehalten sein«, sagte er, schloss es und ließ die Hand andächtig darauf liegen. »Jede Entbindung muss eingetragen werden. Genaue Angaben sind der Schlüssel zu manch einem Geheimnis. Und nun – wie wäre es mit einer Führung, Mr Raven?«

Ziegler zeigte Raven die Einrichtung; er war sichtlich stolz auf das kleine Krankenhaus mit seiner Sammlung werdender und frisch entbundener Mütter. Bis zur letzten waren sie arme Seelen, deren persönliche Umstände eine Niederkunft zu Hause unmöglich machten.

»Wir leisten hier gute Arbeit«, sagte Ziegler, als er Raven in den unbelegten Kreißsaal führte, »aber unsere Mittel sind sehr begrenzt. Wohltätigen Spenden stehen häufig moralische Bedenken im Wege.«

»Moralische Bedenken?«

Raven musste an das Schriftstück von Reverend Grissom denken, das den Einsatz von Äther bei der Entbindung verbot, aber Ziegler bezog sich auf eine allgemeinere Sorge hinsichtlich der Patientinnen des Krankenhauses.

»Unser Grundsatz, auch unverheiratete Mütter aufzunehmen, löst in einigen Christenherzen großes Unbehagen aus. Manche glauben, dass wir dadurch unmoralisches Verhalten fördern.«

»Was wäre denn die Alternative?«, fragte Raven.

»Eine gute Frage, junger Mann. Meiner Meinung nach ist es absurd, einem Bedürftigen die Behandlung zu versagen, allein weil einem sein Lebenswandel nicht gefällt. Richtet nicht, auf dass ihr nicht gerichtet werdet.«

»Ganz recht«, pflichtete Raven ihm bei und dachte wieder daran, wie Evies Tod abgetan worden war.

Bloß wieder eine tote Hure.

»Ich bin der Überzeugung, dass man Patienten bestmöglich versorgen muss, ungeachtet der Umstände, infolge derer sie in ihre Notlage gerieten«, fuhr Ziegler fort. »Verzweifelte neigen schließlich zu Verzweiflungstaten. Ich habe junge Frauen erlebt, die sich das Leben genommen haben, weil sie sich den Konsequenzen ihrer Schwangerschaft nicht stellen konnten; und andere, weil sie so nicht vor ihre Familie treten konnten. Manchmal muss man abwägen, welches das geringere zweier Übel ist.«

Ziegler fixierte Raven mit einem bohrenden Blick. Raven

spürte, dass er an seiner Erwiderung gemessen werden würde, angefangen damit, ob er überhaupt verstand, worauf Ziegler hinauswollte.

»Sie meinen Abtreibung?«

Ziegler nickte ernst. Raven hoffte, dass er die Probe bestanden hatte.

»Abtreibung, Kindstötung. Diese Dinge geschehen öfter, als wir es uns eingestehen. Wo kein Buch geführt wird, gibt es keine belastbaren Zahlen.«

»In der Infirmary gab es kürzlich zwei Fälle. Jeweils Uterusperforation und Bauchfellentzündung.«

»Tödlich?«

»Ja. Quasi Mord.«

»Wer absichtlich solche Verletzungen zufügt und nur an sein Honorar denkt, begeht tatsächlich nichts anderes als Mord. Und der Täter?«

»Unbekannt.«

»Das überrascht mich nicht. Mit Mord davonzukommen ist eine recht einfache Angelegenheit, besonders wenn die Opfer als bedeutungslos angesehen werden.«

»Wissen Sie etwas darüber?«, fragte Raven.

»Ich?«, erwiderte Ziegler mit einem Blick, der Raven fürchten ließ, der andere fühle sich beschuldigt.

»Ich meine nur, dass die Frauen sicher über so etwas reden. Vielleicht haben Sie etwas gehört.«

»Das kann ich nicht behaupten. Die Frauen vertrauen sich mir eher nicht an, und was sie während der Wehen von sich geben, lasse ich lieber außer Acht. Vielleicht hat die Oberin ja etwas gehört. Frauen scheinen solche Dinge leichter untereinander zu besprechen.«

Ziegler führte ihn zurück zu dem kleinen Raum, in den Mrs Stevenson sich zurückgezogen hatte, nachdem sie Raven eingelassen hatte. Nach seiner ersten Begegnung mit der Frau glaubte er nicht, dass eine Befragung viel ergeben würde. Als sie eintraten, saß die Oberin an einem Schreibtisch und rechnete eine Zahlenkolonne in einem Geschäftsbuch zusammen.

»Dr. Ziegler«, sagte sie und schaute mit einem Lächeln auf, offensichtlich lag ihr der kleine Mann am Herzen.

»Mr Raven ließ mich wissen, dass wieder jemand die dunklen Künste praktiziert«, sagte Ziegler und setzte sich auf die Tischkante.

Mrs Stevenson seufzte und legte den Stift ab.

»Ist Ihnen da etwas zu Ohren gekommen?«, fragte er.

»Über die dunklen Künste nicht«, sagte sie. »Aber ich hörte von einem neuen Geheimmittel zur ›Wiederherstellung der Regelmäßigkeit‹.«

Raven verstand nicht. »Ein Abführmittel?«

»Des Monatszyklus«, erklärte Ziegler.

Raven grinste über seine Fehldeutung, aber Zieglers ernste Miene verriet ihm, dass er immer noch nicht verstand.

»Ein Euphemismus«, sagte Raven.

»In der Tat. Manchmal werden derartige Mittel als ›zur Behandlung von Obstruktionen‹ angepriesen, aber es geht um dasselbe.«

»Und gilt dieses neue Geheimmittel als hilfreich?«

»Genauso hilfreich wie jedes zuvor«, erwiderte Mrs Stevenson, womit sie überhaupt nicht meinte. »Derartige Obstruktionen entbinden wir hier täglich, woraufhin der Monatszyklus alsbald wieder regelmäßig wird.«

»Solche Quacksalberei hat eine lange Geschichte«, erklärte Ziegler. »Pillen und Tränke ohne Wirkung. Billige Tricks und leere Versprechen.«

»Ach, billig sind sie nie«, sagte die Oberin, »darin besteht ja der Trick. Je teurer ein Mittel, desto mehr glaubt die verzweifelte Frau die Gerüchte um seine Wirksamkeit und trennt sich von ihrem Geld.«

»Gerüchte, die zweifellos von demselben Schurken in die Welt gesetzt wurden, der auch die Pillen gedreht hat«, fügte Ziegler hinzu.

Raven dachte an die Gespräche des Vorabends. Das Prinzip war das gleiche, aber hier war die Unehrlichkeit noch größer, da der Glaube der Patientin an die Wirksamkeit des Mittels ebendiese nicht befördern konnte.

»Scharlatanerie«, bemerkte er.

»Richtig, doch es gibt noch Schlimmere«, sagte Mrs Stevenson. »Gefährlicher als die bloßen Scharlatane sind jene, die versuchen, echte Arzneien anzumischen. Ich habe Mädchen sterbenskrank werden sehen, die solche Mittel genommen haben, ohne dass sie auf die ›Obstruktion‹ wirkten. Schmerzgeschüttelt waren sie. Gott allein weiß, was sie da in dem Glauben genommen haben, es würde ihnen helfen.«

Ihre Worte riefen ihm Evies verrenkte Haltung in Erinnerung, ihr schmerzverzerrtes Gesicht, wie auch den kurzen Anblick der Frau, die man am Vortag aus dem Wasser gezogen hatte. Doch diesmal begleiteten seine Erinnerung daran, wie Evie aufgefunden wurde, nicht nur die gewohnte Trauer und Verzweiflung. Ihre dringende Geldnot und ihr Widerwille, sie zu erklären, hatten vielleicht endlich einen Grund.

Zum ersten Mal kam ihm der Gedanke, dass sie womöglich schwanger gewesen war.

Raven grübelte über diese neue Möglichkeit nach, als er in der hereinbrechenden Dunkelheit das Canongate entlangging. Er versuchte, die möglichen Folgen abzuwägen, und ließ seine letzten Gespräche mit Evie Revue passieren. Nun verstand er, dass sie niemals eine Zukunft als Hausmädchen hätte haben können, wenn sie schwanger war, selbst wenn sie jemanden gefunden hätte, der sie anstellen wollte. Sie hatte ihm weiter von diesem Traum erzählt, auch als sie schon wusste, dass es niemals dazu kommen konnte. Raven war, was sie betraf, immer etwas blind gewesen, und das aus freien Stücken. Dieser Traum von einer besseren Zukunft für sie war nicht mehr als das gewesen – eine Fantasie. Und jetzt wusste er, dass sie nicht mehr selbst davon geträumt hatte, sondern diese Fantasie nur noch dazu genutzt hatte, ihn zu unterhalten.

Er war so in Gedanken, dass er eine gewisse Gestalt nicht auf sich zukommen sah, bis es zu spät war. Die unverkennbare Silhouette Gargantuas löste sich aus dem Nebel und stapfte aus Richtung High Street den Hügel herab.

Im Zwielicht der schmalen Gasse war Raven nicht sicher, ob der andere ihn gesehen hatte. Unerkannt an Gargantua vorbeikommen konnte er allerdings nicht. Raven blieb also nichts übrig, als im nächsten Pub unterzutauchen und auf das Beste zu hoffen.

Glücklicherweise war es voll, die Wärme war eine Wohltat nach der kalten Abendluft. Die Geruchsmischung aus Rauch und verschüttetem Ale legte sich gleich um ihn wie die Umarmung eines alten Freundes. Er wünschte nur, seine Taschen wären nicht so leer.

Raven bewegte sich auf eine dunkle Ecke zu, wo er abwarten wollte. Kaum hatte er einen Hocker gefunden, sah er die Tür auffliegen und den Riesen gebückt hereinkommen, damit er sich nicht den Kopf anschlug.

Raven drückte sich an die Wand, als Gargantua auf ihn zukam, den Blick auf ihn geheftet. Raven sah sich im Raum um, erkannte aber keine Gesichter, keine Getreuen, die ihm beispringen konnten. Er hatte hier keine Freunde, aber vielleicht mochten die Fremden selbst seine Rettung sein, schließlich würde Gargantua ihn sicher nicht vor so vielen Zeugen angreifen.

Der Trost dieses Gedanken hielt so lange vor, bis er sich fragte, wie viele Männer wohl bereit wären, vor Gericht gegen diese Kreatur auszusagen.

»Ich habe das Geld bald zusammen«, flehte Raven und spürte die Narbe auf der Wange kribbeln, als der Riese die letzten Schritte herankam.

»Hinsetzen«, befahl Gargantua.

Raven gehorchte, auch wenn er nun gefangen war, da der Riese den einzigen Fluchtweg versperrte. Trotz seines ungewöhnlichen Anblicks zog Gargantua nur wenige direkte Blicke auf sich; lediglich verstohlene aus den Augenwinkeln. Sie wollten ihn begaffen, ihm aber nicht in die Augen sehen.

»Ich führe in wenigen Tagen gut bezahlte medizinische Arbeit bei einer wohlhabenden Patientin in der New Town durch«, flüsterte Raven hastig. »Ich bin Famulus bei Professor Simpson, ein Arzt in Ausbildung, und …«

Gargantua ließ ihn mit einer erhobenen Pranke verstummen. Im Licht des Pubs war sein Gesicht noch verstörender. Die Proportionen waren falsch, an manchen Stellen hing das Fleisch lose, an anderen spannte es. Trotz der Kälte schwitzte er, und seine Haut hatte eine kränkliche Blässe.

»Ich weiß, was du lernst. Deshalb bin ich dir gefolgt.«

Raven sah einen Hoffnungsschimmer und stürzte sich darauf. »Kann ich Ihnen bei etwas helfen?«, fragte er so freundlich, wie seine Angst es zuließ.

Gargantuas Gesicht verfinsterte sich. »Du verstehst falsch. Du sollst wissen, dass ich deinen Berufsstand verachte.«

Raven fand kaum den Atem dazu, aber brachte schließlich doch die naheliegende Frage heraus.

»Warum?«

»Wegen eurer Sicht auf Leute wie mich. Missgeburten.«

»Ich versichere Ihnen, wir trachten nur, jegliches ungewöhnliche medizinische Leiden zu verstehen und mit diesem Wissen den Betroffenen zu helfen.«

»Erzähl das Charles Byrne«, erwiderte Gargantua, dessen Worte wie die Vorboten eines Gewitters über den Tisch grollten. »Von ihm gehört?«

Raven nickte. Vieles war gerade klar geworden, nichts davon gut.

»Ein Mann wie ich. Noch größer. Der irische Riese, so wurde er genannt. Kam auch mal nach Edinburgh. Hat sich an einer der Laternen auf der North Bridge die Pfeife angezündet, ohne auf die Zehenspitzen zu gehen. Und ihr feinen Mediziner wolltet ihn alle, aber nicht, um ihn zu ›verstehen‹ oder ihm zu ›helfen‹. Die schamlosen Ratten haben ihm schon Geld für seine Leiche geboten, als er noch gelebt hat.«

Wie jeder Mediziner kannte Raven die Geschichte. Byrne hatte alle abgewiesen, so viel sie auch boten. Er glaubte an die Wiederauferstehung am Tag des Jüngsten Gerichts, und dafür brauchte er seinen Körper. Aber die Anatomen hatten Pläne für eine andere Art von Auferstehung, und als Byrne im Juni 1783 starb, prügelten sie sich ungeachtet seiner Wünsche um seine sterblichen Überreste.

Byrnes Freunde taten sich zusammen, um die Leiche zu beschützen. Sie zeigten seinen übergroßen Sarg gegen Eintritt, um ein Boot zu chartern und ihn seinem Letzten Willen entsprechend auf See zu bestatten. Aber da für die Leiche ein hohes Kopfgeld ausgeschrieben war, bestand immer die Gefahr von Verrat, und ohne es zu wissen, schob die Beerdigungsgesellschaft einen Sarg voller Steine ins Wasser. Irgendwo auf dem Weg nach Margate war die Leiche gestohlen worden. Unweigerlich landete sie schließlich im Besitz des Mannes, dem sie am meisten wert war, des geschätzten Chirurgen und Anatomen John Hunter.

Der Diebstahl kam in die Zeitung und löste einen Skandal aus, weshalb Hunter die Leiche nicht wie geplant sezierte, sondern sie stattdessen eilig in Stücke teilte und die Knochen abkochte. Er hielt die Sache einige Jahre geheim, bis er das Skelett schließlich wieder zusammensetzte und ausstellte. Vielleicht das Schlimmste an der Sache war, dass Hunter der Leiche keinerlei Geheimnisse entlocken konnte. Er gab eine große Summe Geld nicht etwa für ein Forschungsobjekt aus, sondern für eine bloße Trophäe wie ein Organ im Glas.

Gargantuas Augen blitzten auf, er beugte sich vor, packte Raven am Hals und zog dessen Stirn an seine, dass der faule Atem des Riesen Raven ins Gesicht schlug.

»Achthundert Guineas hat Hunter bezahlt. Meinst du, Charles Byrne hat in seinem ganzen Leben auch nur einen Bruchteil davon verdient? Für Männer wie dich sind Männer wie ich tot mehr wert als lebendig. Und sollte Mr Flint jemals das Kommando geben, wird es nicht nur meine Pflicht sein, dich in Stücke zu reißen, sondern mein Vergnügen.«

Gargantua ließ ihn los, stand auf, und die Menschenmenge tat sich vor ihm auf, als er zur Tür ging.

Raven saß da und zitterte, sein Mund war trockener als je zuvor; sein Durst in einem Pub eine Ironie des Schicksals.

Charles Byrne war mit zweiundzwanzig Jahren gestorben. Raven fragte sich, ob Gargantua verstand, was das für ihn selbst bedeutete. Er machte keinen guten Eindruck und würde sicher nicht alt werden, aber Raven würde er möglicherweise überleben.

Die bezahlte Arbeit für Beattie mochte über Leben und Tod entscheiden.

Kapitel 20

Sarah fegte den Flur im Erdgeschoss und fragte sich, wie viele Paar Füße wohl während der Morgensprechstunde hindurchgestiefelt waren, als Jarvis geräuschlos neben ihr auftauchte und die Hand auf ihren Besen legte.

»Melde dich bitte in der Küche. Mrs Lyndsay möchte mit dir reden.«

Sarah wurde innerlich zu Stein. Wegen der Ausdrucksweise und des Tons – wie auch der Tatsache, dass Mrs Lyndsay nicht selbst nach ihr gerufen oder geläutet hatte – wusste sie, dass sie in Schwierigkeiten war. Das Ganze hatte etwas Theatralisches, das sie gut kannte, und sie wusste auch, worum es ging. Sie hatte die Frau am Morgen die Treppe hinaufstapfen und ihr einen bösen Blick zuwerfen sehen. Nach kurzem Nachdenken war ihr auch klar, woher sie das sauertöpfische Gesicht kannte.

Voller Furcht, was sie unten erwartete, stieg sie langsam die Treppe hinab. Sie versuchte sich einzureden, dass es nicht um das ging, was sie vermutete – vielleicht stand ihr nur wieder eine Predigt bevor, dass ihre Pflichten bei der Sprechstunde ihre übrigen Arbeiten beeinträchtigten. Mrs Lyndsay war immer schon gegen diese Teilung ihrer Arbeitskraft gewesen, aber Jarvis' Einbeziehung gab ihr zu verstehen, dass es um etwas Ernstes gehen musste, und das konnte eigentlich nur ein bestimmter Vorfall sein.

Mrs Lyndsay stand mit dem Rücken zum Ofen und hielt einen Kochlöffel fest in beiden Händen. Da es einige Zeit her war, dass Sarah einen solch hochnotpeinlichen Zorn auf sich gezogen hatte, hatte sie schon geglaubt, sie habe keine Angst mehr vor der Köchin. Aber ein Blick auf deren strenge Miene belehrte sie eines Besseren und brachte all die Furcht zurück, die sie jedes Mal gespürt hatte, wenn sie Mrs Lyndsays Wut ausgesetzt war.

Als sie die Arbeitsstelle angetreten hatte, hatte sie in ihren Aufgaben ausführlich geschult werden müssen, in den Regeln des Hauses und in allerlei obskuren Vorschriften der Etikette. Jeglicher Fehler, jegliches Versehen oder Nichterreichen der erwarteten Standards zog eine Standpauke in der Küche nach sich und oft auch eine disziplinarische Maßnahme. Sarah arbeitete stets gewissenhaft und beherrschte bald jede ihrer Aufgaben, also stand selten die Qualität ihrer Arbeit zur Debatte. Vielmehr erregte sie den Unmut der Köchin am häufigsten mit ihrer Art. »Den Bogen überspannt« zu haben war der gängigste Vorwurf, eine Floskel, die sie fürchten und hassen gelernt hatte, ebenso wie »deine Vorstellungen sind nicht standesgemäß, Fräulein!«. Dieser Vorwurf schmerzte umso mehr, da er der Wahrheit entsprach, und Mrs Lyndsay hatte die Pflicht, Sarah einzubläuen, welcher ihr Stand war.

»Es gab eine Beschwerde wegen schimpflichen Verhaltens gegenüber einer von Dr. Simpsons Patientinnen«, sagte Mrs Lyndsay. Ihr Ton war beherrscht, aber darunter brodelte eine Wut, der sie jederzeit freien Lauf lassen konnte.

Sarah lief es kalt den Rücken hinunter. Tief im Inneren hatte sie gewusst, dass sie die Konsequenzen würde tragen müssen. Schon als sie an jenem Tag die Tür geschlossen hatte, war ihr klar gewesen, dass es nicht das Ende, sondern erst der Anfang der Angelegenheit war. Die sauertöpfische Frau auf der Treppe war eine der beiden gewesen, denen sie eine Sonderbehandlung verweigert hatte, als die Sprechstunde besonders voll und Dr. Simpson außer Haus gewesen war.

»Eine Mrs Noble, die von Trinity angereist war, berichtete, du seist nicht nur äußerst unhöflich und respektlos gewesen, sondern du habest dich geweigert, sie aufzunehmen, und ihr die Tür vor der Nase zugeschlagen.«

Sarah keuchte. »Ich habe die Tür nicht …«

»Willst du alles noch schlimmer machen und Mrs Noble der Lüge bezichtigen?«

Sarah wandte den Blick ab, starrte zu Boden und spürte, wie ihr die Röte in die Wangen stieg. Aus Erfahrung wusste sie, dass weitere Einlassungen ihr nicht weiterhelfen würden. Die Sicht eines Hausmädchens auf eine solche Situation spielte keine Rolle. Außerdem ging es weniger um die Kraft, mit der sie die Tür geschlossen hatte, als vielmehr darum, dass Mrs Noble zu dem Zeitpunkt auf der falschen Seite gestanden hatte.

Die Anmerkung über die Königin hatte der Sache die Krone aufgesetzt. In dem Augenblick hatte sie ihr Genugtuung bereitet, die aber fast sofort in Reue umgeschlagen war. Sie hatte den Stolz der Frau verletzt, und das würde nicht ohne Folgen bleiben.

»Nein, Ma'am. Aber die Sprechstunde war an dem Morgen bereits überfüllt, und ich wollte nur …«

Mrs Lyndsay hob den Löffel, was sie auf der Stelle verstummen ließ.

»Die Einzelheiten spielen keine Rolle, und ich bezweifle, dass diese Frau sich aus Spaß an der Freud beschwert. Dein Verhalten hat sie mächtig verärgert und Schande über das ganze Haus gebracht. Mrs Noble hat deine Kündigung gefordert.«

Mrs Lyndsay ließ die Worte in der Luft hängen und gab Sarah die Zeit, sich auszumalen, was das bedeuten würde. Sarah spürte Tränen kommen und wollte fast flehen.

»Wenn du mich fragst, bleibst du nur, weil Mrs Simpson sich nicht gern sagen lässt, wie sie ihren Haushalt zu führen hat. Nichtsdestoweniger hat sie mich gebeten, die Angelegenheit in Ordnung zu bringen. Und ich glaube, dass dein ewiges Aushelfen bei der Morgensprechstunde bei dir nicht standesgemäße Vorstellungen geweckt hat.«

Da war es, und am meisten schmerzte, dass sie es sich selbst zuzuschreiben hatte. Wieder einmal. Warum konnte sie nicht lernen, den Mund zu halten? Die lobenswerte Kunst, seine Zunge im Zaum zu halten, wie Mina es ihr kürzlich geraten hatte?

»Du wirst nicht mehr dafür freigestellt, wenigstens bis du verstanden hast, wo dein Platz ist.«

»Aber ich werde bei der Sprechstunde gebraucht«, hielt sie dagegen und dachte weniger an ihren Verlust als an das Chaos auf dem Flur jeden Morgen und an ihre Rolle beim Bändigen der Mengen.

Darüber spottete Mrs Lyndsay. »Gebraucht? Weißt du, wie leicht es ist, ein Hausmädchen zu ersetzen? Das darfst du nicht vergessen. Ich will dich nicht draußen auf der Straße sehen. Kannst du dir vorstellen, was es heißt, ohne Dienstzeugnis entlassen zu werden?«

Sarah nickte stumm. Es hieß, dass niemand einem seine Anstellungswürdigkeit bezeugte. So wäre es unmöglich, eine Anstellung in einem anderen Haus zu finden.

»Denn das ist die Gefahr für ein respektloses Mädchen, das Schande über sein Haus bringt. Ich habe schon in vielen Häusern gearbeitet und es allzu oft miterlebt. Und vor allem habe ich gesehen, was aus den Mädchen wurde, als sie dann keine andere Möglichkeit mehr hatten, ihren Lebensunterhalt zu verdienen.«

Mrs Lyndsay stieß Sarah mit dem Löffel in die Brust und schob ihr das Kinn hoch, damit sie ihr in die Augen sah.

»Sich verkauft haben sie! Das ist aus ihnen geworden. Wussten nicht, dass sie ein gutes Leben hatten, bis es fort war, genau wie bei der, die den Sheldrakes davongelaufen ist. Ich will nicht, dass es dir so ergeht. Ist unseres denn kein gutes Haus für dich?«

»Doch, Ma'am.«

»Bist du nicht dankbar für deine Anstellung hier?«

»Doch, Ma'am.«

»Dann vergiss das nicht, denn dies war deine letzte Verwarnung. Mach keinen Ärger und denk nur noch an deine Pflichten, nichts anderes. Sonst *hast* du unter diesem Dach bald keine Pflichten mehr.«

Kapitel 21

Niemand wusste ihren Namen.

Raven war schon im dritten Pub in Leith, schlich sich in Grüppchen und Unterhaltungen ein und brachte das Gespräch auf die junge Frau, deren Leiche er so kurz am Kai gesehen hatte. Einige hatten von ihrer Entdeckung gehört, aber das war auch alles.

Er dachte an James Duncan, der so eilig seine Ambitionen unterstrichen hatte, als er in Beattie einen Rivalen ausgemacht hatte. Wer von beiden der Geschichte in Erinnerung bleiben würde, mochte wohl eine Laune des Schicksals entscheiden, aber es schien Raven ein besonders trauriges Los, unbekannt zu sterben, ohne eine Menschenseele, die einen vermisste, die an einen dachte.

»Ich sag dir, was ich gehört habe«, meinte ein rotgesichtiger Dockarbeiter mit salzgegerbter Haut und den verhorntesten Händen, die Raven je gesehen hatte. »Sie war ganz verrenkt und verknotet.«

Raven befand sich in einem uralten Pub namens *King's*

Wark, nicht weit von der Stelle, an der das Mädchen am Tag zuvor gefunden worden war, und er saß an der Bar, wo er wohl am besten mithören konnte, was man sich so erzählte. Das war dem Wirt mittlerweile aufgefallen, und er beäugte Raven mit einigem Misstrauen, aber solange er trank, wurde er auch geduldet, da war er sich sicher.

Raven hatte zwar nichts Neues erfahren, aber er genoss die Gelegenheit, ohne Angst vor einer Zufallsbegegnung in einem Pub zu sitzen, denn nach Beatties Versprechen bezahlter Arbeit fühlte er sich inzwischen doch etwas mutiger. Falls er dem Wiesel über den Weg lief, konnte er ihm sagen, dass er die Schulden sehr bald begleichen würde, aber nur, wenn er bis dahin körperlich so unversehrt blieb, dass er die Arbeit ausführen konnte, für die er einen fürstlichen Lohn einstreichen würde. Flints Männer waren gefährlich, aber jemand wie er würde sicher keine Strafen verhängen, die die Wahrscheinlichkeit senkten, dass er sein Geld bekam.

»Das ist das Werk des Teufels«, sagte ein anderer, drahtiger Geselle mit so schmalen Augen, dass es fast ein Wunder war, wie er daraus überhaupt sehen konnte.

»Eine schlimme Sache«, pflichtete ihm der Dockarbeiter bei.

»Nein, das Werk Satans und der Seinen, meine ich. Das ist ein Zeichen der Besessenheit, wenn eine so verrenkt ist.«

»Oder eines Krampfanfalles«, warf Raven ein.

»Dann würde sich die Leiche aber im Wasser wieder lösen«, beharrte das Adlerauge, was Raven ihm zugestehen musste. Er wusste nicht, wie lange sie im Wasser gelegen hatte. »Die war verhext, sag ich euch. Vielleicht hat sie sich selbst ins Wasser geworfen, weil sie nur so den Dämon loswerden konnte, der in sie gefahren ist.«

»Die Satanisten sind unter uns«, schloss sich ein anderer an und nickte weise, als könnte kein vernünftiger Mensch widersprechen. »Ich hab gehört, sie treffen sich auf dem Calton Hill.«

»Hier kommen andauernd komische und gottlose Gestalten von den Schiffen«, sagte der Dockarbeiter. »Von allen möglichen düsteren, fernen Inseln.«

»Schon aus Irland kommen Teufel genug«, versicherte ein anderer Trinker und bekam Zustimmungsgemurmel von allen Seiten.

»Die fressen ihre Kinder«, sagte ein gelbhäutiger Alter, der sich am Tisch festklammerte, als würde er sonst abgeworfen werden. »Wer weiß, zu welchen Abscheulichkeiten die noch fähig sind.«

»Genau, wenn Irland seine Leute schickt, dann nicht gerade die besten.«

»Letzte Woche haben sie ein Kinderbein in der Gosse gefunden.«

»Die verdammten Wilden!«

»Ich glaube nicht, dass dafür ein Ire verantwortlich war«, erwiderte Raven.

»Und warum nicht?«, fragte der Gelbhäutige.

»Nun ja, wenn Sie die Wahrheit sagen, dann hätte ein Ire sicherlich nicht leichtfertig seinen Sonntagsschmaus fortgeworfen.«

Brüllendes Gelächter erschallte, aber Raven wusste, dass er von dieser Versammlung nichts erfahren würde. Er sah sich im Raum um, ob es sonst noch jemanden gab, an den er sich halten konnte. Nun merkte er, wie sehr ihn seine medizinischen Studien verändert hatten. Er konnte ein solches Lokal gar nicht mehr betreten, ohne gleich all die Krankheitsbilder einzuschätzen, die ihm in großer Zahl entgegenkamen. Die schnaufende, fettsüchtige Schankmagd, die gerade am Ende des Tresens Whisky einschenkte, trug einen beeindruckenden Kropf; ein Geselle, der gerade auf dem

Weg zur Tür war, zeigte den breiten, stapfenden Gang einer *Tabes dorsalis* im fortgeschrittenen Syphilisstadium; und ein Mann in der Ecke hatte große Schwierigkeiten, das Glas ohne starkes Verschütten an den Mund zu führen, da er an einer Schüttellähmung litt. War solches Wissen erst vorhanden, gab es anscheinend keine Erholung mehr davon.

Ein plötzlicher Schrei aus einer anderen Ecke ließ Raven aufschauen, gerade als ein Bierkrug über seinen Kopf segelte und die rußschwarze Wand hinter ihm traf. Eine Rauferei brach aus, aber die Streithähne waren zu betrunken, um allzu viele Treffer zu landen. Der Wirt warf die beiden ohne große Schwierigkeiten hinaus. Er war ein hochgewachsener, muskulöser Kerl mit gewölbtem, kahlem Schädel und ohne Augenbrauen. Als er die wüsten Gäste entsorgt hatte, bückte er sich nach dem geworfenen Krug, der bei Ravens Füßen gelandet war.

»Sie sind nicht von hier, oder?«, sagte er, eher eine Feststellung als eine Frage. Anscheinend zeitigte Ravens Narbe nicht bei jedem die gleiche Wirkung.

»Nein, ich wohne in der Stadt.«

»Ich habe Sie über das Mädchen reden hören, das sie gefunden haben. Woher wissen Sie davon?«

Argwohn lag in seiner Stimme.

»Ich kam gestern zufällig vorbei, als man sie auf den Kai gelegt hatte. Haben Sie das gesehen?«

»Hier ist zu viel los. Ich habe aber alles Gerede gehört. All die Trottel. Wenn Sie mich fragen, ist sie wohl vom Schiff gefallen – oder wurde runtergeworfen. Also kann die arme Seele von sonst woher kommen.«

»Von den Kleidern her sah sie nicht unbedingt weit gereist aus. Zu blass war sie auch.«

Der Wirt sah ihn prüfend an. Raven nahm an, dass er von Berufs wegen Menschen schnell durchschaute, und fragte sich, was er wohl gerade erblickte. Vielleicht einen, der auf unbekanntem Gebiet unterwegs war und noch nicht wusste, wie er sich dort zurechtfinden konnte. Aber vielleicht sah er auch etwas Dunkleres, wenn er wahrlich unter die Oberfläche schauen konnte.

»Was meinen *Sie* denn, was ihr zugestoßen ist?«, fragte der Wirt.

»Ich bin medizinisch gelehrt«, sagte Raven, um ein gewisses Maß an Legitimation vorzulegen. »Ich habe den Verdacht, dass sie vergiftet wurde, bevor sie ins Wasser kam.«

»Warum soll sie denn einer vergiften und *dann* in die Brühe schmeißen? Ein Giftmörder will doch sicher seine Tat verschleiern, damit es aussieht, als wäre sie im Schlaf gestorben.«

»Das weiß ich nicht«, gab Raven zu. »Vielleicht hat das Gift nicht schnell genug gewirkt. Das erscheint mir vernünftiger als die Vorstellung, es wäre ein Werk des Teufels gewesen.«

»Glauben Sie denn nicht an den Teufel?«, fragte der Wirt, und seine Züge verfinsterten sich. »Das würden Sie aber, wenn Sie hier lebten.«

Raven antwortete nicht. Er sah hinunter in seinen Rest Bier. Er hörte die Stimme seiner Mutter. *Du hast den Teufel in dir.* Mal heiter gesagt, mal vorwurfsvoll.

Schon oft hatte Raven Dämonen einen Menschen packen und verändern sehen. Auch ihn hatten sie gepackt, wie Henry bezeugen konnte. Es fing meistens mit einer frechen Zunge an, wenn der weisere Weg in der Besonnenheit gelegen hätte. Aber er wählte den waghalsigen, weil etwas in ihm das »Chaos« suchte, wie Henry es beschrieb: innere Qualen, die ihre äußere Manifestation forderten.

Und dann gab es noch den Abend, an dem Thomas Cunningham starb.

Raven war dazu verurteilt, sich für immer über der Leiche des Mannes stehen zu sehen, den er umgebracht hatte, während dessen Frau auf dem Boden kauerte und wimmerte.

Doch, er glaubte an den Teufel.

Weit weniger mutig als zuvor blickte er etwaigen Zufallstreffen entgegen, als er in der Schwärze der Nacht nach Hause ging. Seine Augen suchten entlang der flachen Lichtpfützen der Laternen und forschten in den Schatten nach Umrissen und Bewegungen, die Gefahr bedeuten mochten.

Ohne Gefährlicheres umschiffen zu müssen als ein paar Betrunkene und Bettler, kam er bis über die Great Junction Street, aber als er den Anstieg zur Stadt hin begann, hörte er bald Schritte hinter sich. Wenn er stehen blieb, taten sie es ihm gleich. Aber wenn er sich umdrehte, war niemand zu sehen.

Als auf der Straße eine Kutsche vorbeifuhr, wähnte er sich eine Weile sicher, denn sie verhieß Zeugen oder Leute, die er notfalls zu Hilfe rufen konnte. Aber als das Hufgetrappel verklang, war er sich seiner Isolation umso bewusster. Wo Gebäude standen, war es hell, vor allem an Kreuzungen, aber dazwischen lagen Strecken unheilschwangeren Dunkels, Hecken vor Feldern in völliger Düsternis. Wollte er jemandem ohne Zeugen etwas antun, würde er an diesem Ort zuschlagen.

Er ging schneller Richtung Pilrig Street. Immer noch hörte er die Schritte, und wieder hielten sie inne, als er stehen blieb. Er sah sich um und erspähte diesmal eine hastige Bewegung am Rande des Lichts.

Er hatte sich nicht getäuscht. Er wurde tatsächlich verfolgt.

Sollte er laufen? Er dachte daran, wie Gargantua ihn überrascht hatte, als er sich auf das Wiesel konzentriert hatte. Er konnte nicht wissen, wem er womöglich in die Arme lief.

Wo die Pilrig Street auf den Leith Walk traf, wurde Raven unter den Laternen langsamer. An jeder Ecke der Einmündung standen Gebäude, hinter den Fenstern flackerten Gaslicht und Schatten. Hier war er vergleichsweise sicher, aber Raven konnte an dieser Stelle kaum die ganze Nacht herumlungern. Er sah die Steigung hinauf, die New Town war immer noch nicht mehr als ein schwaches Glimmen in der Ferne. Da verstand er, dass die Dunkelheit sein Verbündeter war.

Mit leisen Schritten trat er in die Mitte zwischen zwei Laternen. Dann bog er scharf vom Weg ab und sprang über eine Hecke auf das Feld, wo er sich hinter dem Doppelstamm eines großen Baumes verbarg. Dort wartete er mit flachem Atem und horchte auf seinen Verfolger. Und tatsächlich hörte er bald Schritte, die sich wohl aus der Sorge beschleunigten, die Beute könnte entkommen.

Raven sah im Licht der nächsten Laterne, wie der Mann Richtung Haddington Place vorbeiging. Er hatte den Rücken zu Raven, aber auf die Entfernung hätte Raven sicher kein Gesicht erkannt. Doch selbst im schwachen Licht erspähte er den gewölbten Kahlkopf auf einem großen, muskulösen Körper.

Es war der Wirt aus dem *King's Wark*.

Kapitel 22

Raven rückte auf seinem Platz hin und her und stellte seine leere Teetasse mit einer lauten Endgültigkeit zurück auf das Silbertablett, was als Wink dienen sollte fortzufahren. Beattie bemerkte dies offenbar nicht, aber seine Patientin zuckte bei dem Geräusch zusammen, was vermuten ließ, dass sie dem Beginn der Prozedur so unruhig entgegenblickte wie Raven jeder weiteren Verzögerung. Nur Beattie schien entspannt, allerdings wirkte sein selbstsicheres Auftreten diesmal nicht so ansteckend wie gewöhnlich.

Sie saßen im Salon eines Hauses in der Danube Street. Es war Ravens erster beruflicher Ausflug hinter die herrschaftlichen Türen der New Town. Überall wurde der Reichtum prunkvoll zur Schau gestellt. Ein Spiegel mit vergoldetem Rahmen in voller Kaminbreite betonte die Höhe der Decken, während die Wände weitgehend mit enormen Landschaftsgemälden bedeckt waren. Von der Decke hingen zwei identische Kristalllüster, die im Falle eines Absturzes sicher tödlich gewesen wären, und Raven schätzte, dass genug Platz war, um einen Eightsome Reel zu tanzen, wenn man die Möbel an die Seite schob.

Raven redete sich ein, dass er ungeduldig war, aber in Wahrheit war er einfach nervös. Das an sich ärgerte ihn, da seine Sorgen grundlos waren. Er hatte nun schon bestimmt ein Dutzend Mal Äther verabreicht, stets ohne unerwünschte Nebenwirkungen, und auch wenn ihm Henrys Bericht eines Todesfalles in England nicht aus dem Kopf ging, beharrte Simpson darauf, dass dieser Einzelfall falsch gehandhabt worden und das Mittel selbst ungefährlich sei.

Nichtsdestoweniger bohrte eine Stimme immer wieder nach, warum er Simpson von diesem Vorhaben nicht erzählt hatte, wenn es denn unbedenklich war. Die schlichte Antwort lautete, dass er das Geld dringender brauchte als die Erlaubnis des Professors. Wäre seine Anstellung mit einer Entlohnung verbunden gewesen, hätte er es vielleicht anders gesehen, aber wie es stand, fürchtete er Flints Zorn mehr als den seines Arbeitgebers.

Die Tür hatte ein Hausmädchen geöffnet, das ihm einen verächtlichen Blick zugeworfen hatte. Diese Geringschätzung schmerzte, und er fragte sich, ob seine Schwierigkeiten mit den Hausmädchen allgemeiner wurden – redeten sie miteinander? War Sarah Teil eines Zirkels gleichgesinnter Aufrührerinnen? –, bis ihm einfiel, dass sein Gesicht immer noch grässlich aussah. Die Schwellung war zurückgegangen, und seine Züge hatten ihre gewohnte Symmetrie wiedererlangt, aber das Violett der Wange hatte sich in eine Vielfalt aus Gelb, Grün und Braun verwandelt, die ganz und gar nicht anziehend war, wie er zugeben musste. Sein frischer Bartansatz konnte noch lang nicht genug verbergen.

Beattie begrüßte die Dame des Hauses, Mrs Caroline Graseby, mit gelassener Vertrautheit, eher Freund als Arzt, und Raven fragte sich, wie lang er sie schon kannte. Sie sah ihn an, als hungerte sie nach seiner Anerkennung, was für eine Dame ihres Standes und Reichtums seltsam wirkte.

Raven hatte Mina darüber reden hören, dass manche Frauen immer wieder um Simpsons Aufmerksamkeit buhlten. Beattie konnte zwar nicht mit Simpsons Meriten aufwarten, aber in seinen feinen Kleidern und mit seinem jugendlichen Äußeren konnte man sich durchaus vorstellen, dass gelangweilte reiche Damen Leiden vorschoben, damit er sich um sie kümmerte – während ihre Ehemänner die Rechnung zahlten.

Beattie hatte Raven gewarnt, dass diese Frau bei medizinischen Angelegenheiten sehr furchtsam sei, weshalb er ihn nur beim Vornamen nennen solle. »Eine gewisse Ungezwungenheit beruhigt sie wie auch der Verzicht auf das Wort ›Doktor‹.«

Sie hatten sich gemeinsam gesetzt und Tee getrunken, was Raven als eine seltsame Vorbereitung für einen chirurgischen Eingriff welcher Art auch immer empfand. Mrs Graseby saß am Kamin und schlürfte ihren Darjeeling. Beattie saß dicht neben seiner Patientin und berührte oft ihre Hand, wenn er sprach. Er erkundigte sich nach ihrem Wohlergehen und plauderte mit ihr über das Wetter und gemeinsame Bekannte. Sie redete ihn nicht als Dr. Beattie an, sondern als »Johnnie«, was nicht nur ungezwungen, sondern wie ein Kosename wirkte. In Anbetracht dessen, was Beattie gleich tun würde, fragte Raven sich, wie dies mit der professionellen Distanz zu vereinbaren war, die Beattie zuvor befürwortet hatte. Vielleicht waren es zwei Paar Schuhe, wie Beattie sich verhielt und was er wirklich glaubte; gewiss bestand kein Zweifel, dass er sich von einer Seite zu präsentieren wusste, die seiner jeweiligen Gesellschaft angemessen war.

Raven überlegte schon langsam, ob dieser Besuch sich als Vorbereitungstermin entpuppte, um die Prozedur zu einem anderen Zeitpunkt durchzuführen, als Beattie schließlich seine Tasse abstellte und verkündete: »Ich denke, wir sollten uns nun langsam ans Werk machen.«

Mrs Graseby wurde blass und tupfte sich mehrfach mit dem Taschentuch die Lippen ab. »Das müssen wir wohl«, sagte sie und erhob sich. Sie schaute Raven besorgt an, als würde er womöglich einschreiten und die Angelegenheit abbrechen. »Der Raum ist vorbereitet«, fügte sie leise hinzu.

Sie führte sie aus dem Salon in den hinteren Teil des Hauses, vorbei am Portrait eines streng blickenden Herrn mit pompösem Schnurrbart. Ihr fiel auf, dass Raven es betrachtete.

»Mein Ehemann«, erklärte sie. In Anbetracht des Altersunterschieds hatte Raven ihn für ihren Vater gehalten.

Sie betraten ein kleines Zimmer, aus dem alle Möbel bis auf eine Liege und einen kleinen Beistelltisch entfernt worden waren. Beattie bat darum, einen größeren herschaffen zu lassen, damit er seine Instrumente auslegen konnte, und es kam zu einiger Unruhe, als ein Diener im Obergeschoss nach einem Tisch angemessener Größe suchte und ihn schließlich in das Zimmer bugsierte.

Raven war immer noch nicht klar, welcher Art genau die Prozedur war, die Beattie plante, und anfangs hatte dieser ihm auch kaum etwas über die Patientin gesagt, außer dass sie jung und bei guter Gesundheit sei. Auf dem Weg zum Haus hatte Raven Beattie nach weiteren Einzelheiten gefragt, aber der hatte ihm lediglich den Grund für seine Verschwiegenheit offengelegt.

»Wenn diese Prozedur erfolgreich ist – und ich habe allen Grund, davon auszugehen –, dann wird bald eine Nachfrage danach entstehen, und ich werde aus meiner Errungenschaft nur dann in Gänze Nutzen ziehen, wenn ich der einzige Arzt bin, der sie anbieten kann.«

»Ich kann Ihr Verfahren schon deshalb nicht reproduzieren, weil ich es nicht sehen kann«, hatte Raven dagegengehalten. »Ich bin ausschließlich am anderen Ende beschäftigt, also könnten Sie mir wenigstens in Grundzügen darlegen, was Sie vorhaben.«

»Da haben Sie wohl recht«, gab er mit einem Seufzen zu. »Ich werde eine Korrektur der Rückwärtsneigung des Uterus durchführen, was Mrs Grasebys Empfängniswahrscheinlichkeit erhöhen wird, wie ich ihr versichert habe. Ihr Mann erwartet einen Sohn und Erben und verliert langsam die Geduld in dieser Angelegenheit, die er als Versagen seiner Frau betrachtet.«

»Und wird Mr Graseby anwesend sein?«, hatte Raven gefragt. Auf diesen Druck konnte er gut verzichten.

»Herrgott, nein! Er ist in Übersee. Amerika, glaube ich.«

Raven sah zu, wie Beattie eine Uterussonde und andere Utensilien bereitlegte. Wie diese Korrektur die Empfängnis begünstigen sollte, erschloss sich ihm nicht so recht, aber was auch immer geplant war, schien nicht allzu kompliziert und würde daher sicher zügig vollbracht sein.

Raven zog eine Flasche Äther und einen Schwamm aus seiner Tasche, wobei er Simpsons Satz im Ohr hatte. Der einzige Unterschied zwischen einer Arznei und einem Gift ist die Dosis.

Mrs Graseby legte sich hin und drapierte das Taschentuch über ihre Augen. Ihr Atem war flach und schnell, und Raven konnte kleine Schweißperlen auf ihrer Oberlippe sehen. Er bemerkte, vielleicht etwas verspätet, dass sie anders war als jede Frau, die er bisher anästhesiert hatte. Beispielsweise lag sie nicht schon seit Stunden in den Wehen und war bedeutend nervöser als ihre Vorgängerinnen. In vielen Fällen waren diese so erpicht auf die Bewusstlosigkeit gewesen, dass sie sich Ravens Hand kraftvoll auf das Gesicht gedrückt hatten. Mrs Graseby dagegen wandte sich zunächst ab, als sich der Schwamm näherte, und wimmerte in ihr Kissen.

»Nun, Caroline«, ermahnte Beattie. »Du weißt, dass es sein muss.«

Mrs Graseby schluckte und nickte dann. Sie nahm ein paar Atemzüge Äther, versuchte dann aber Ravens Hand fortzuschieben. Er sprach in ruhigem Ton mit ihr, wie er es bei Simpson gesehen hatte, und brachte den Schwamm dichter über Nase und Mund, und nach einigen Minuten schien sie sich zu ergeben.

Beattie begann die Prozedur, und Raven prüfte am Handgelenk den Puls. Alles war gut.

»Mir fällt auf, dass es kein Gemälde von ihr gibt«, sagte Raven leise.

»Nein«, erwiderte Beattie. »Das ist eine teure Angelegenheit, also geben sie oft keins in Auftrag, bis die Frau einen Erben zur Welt gebracht hat. Und es überlebt hat.«

»Wenn es keine Liebesheirat war«, sagte Raven, hatte aber gefolgert, dass das unwahrscheinlich war.

»In solchen Dingen sollte man zwar nie etwas vermuten«, erwiderte Beattie. »Aber nein, in diesem Fall fürchte ich, dass es keine solche war.«

»Du scheinst ihr zu gefallen«, witzelte Raven.

Beattie klang nachdenklich. »Das ist ein zweischneidiges Schwert. Frauen sehen mein Äußeres oft als jungenhaft, und aus Mutterinstinkt fühlen sie sich zu mir hingezogen. Das erleichtert es zwar, eine gewisse Vertrautheit herzustellen, aber es besteht doch die Gefahr, dass sie meine Absichten falsch verstehen.«

»Und ist solche Aufmerksamkeit so unwillkommen?«, fragte Raven, einerseits neugierig aufgrund von Beatties schmallippiger Antwort und andererseits etwas neidisch, wie er zugeben musste.

»Wenn eine Frau sich von meiner Jungenhaftigkeit angezogen fühlt, geht damit oft einher, dass sie mich als allzu jung betrachtet, als oberflächlich. Noch schlimmer ist es, wenn die Frau selbst jung und oberflächlich ist und mich für den perfekten Partner hält. Man mag sich solche Aufmerksamkeit als schmeichelnd vorstellen, aber ich hatte bereits meinen Anteil solcher Tändeleien.«

Raven erinnerte sich daran, wie lang Beattie sich beim Abendessen mit Mina unterhalten hatte, und plötzlich sah er dieses Gespräch in einem anderen Licht.

Er wurde aus seinen Gedanken gerissen, als Mrs Graseby stöhnte und ihre Hand hochfuhr, was wohl eine Reaktion auf einen Handgriff Beatties war. Sie erwischte Raven auf der linken Gesichtshälfte, und er schrie, wenn auch eher vor Schreck als Schmerz. Beattie ließ das Instrument fallen, das er gerade in der Hand hatte.

»Herrgott, Raven! Halt sie ruhig, ja?«

Raven goss schnell noch etwas Äther auf den Schwamm und drückte ihn der sich windenden Frau grob aufs Gesicht. Nach einigen Atemzügen beruhigte sie sich wieder. Beattie schaute zu Raven hinauf, als wollte er ihn mit dem Instrument erstechen, das er gerade vom Boden aufgehoben hatte.

»Es dürfte nicht mehr lange dauern, aber ich bin in einer kritischen Phase der Prozedur. Bitte sorge dafür, dass sie sich nicht noch einmal bewegt.«

Beatties Gesicht war rot, und Raven beschloss, keine Widerworte zu geben. Er nickte nur und fühlte weiter den Puls. Dieser war nun recht schnell geworden, ebenso wie sein eigener in den letzten Minuten, aber auch als seiner sich beruhigt hatte, beschleunigte sich der von Mrs Graseby weiter.

»Ist da unten alles in Ordnung?«, fragte Raven. »Gibt es Blutungen?«

»Kaum«, erwiderte Beattie etwas ärgerlich.

Einige Minuten später warf er die Instrumente auf den Tisch und wischte sich über die Stirn.

»Ich bin fertig«, verkündete er.

»Ich mache mir Sorgen um den Puls«, sagte Raven. »Er ist sehr hoch.«

»Das liegt am Äther. Du musst ihr zu viel gegeben haben.«

»Das glaube ich nicht«, widersprach er, aber in Wahrheit konnte er sich nicht sicher sein.

Sie sahen einander an, als Beattie sich die Hände abwischte. »Es gibt keine Blutungen«, wiederholte Beattie. »Wir müssen einfach abwarten, dass sie sich erholt.«

Die nächsten Stunden zählten zu den schlimmsten, die Raven je durchlebt hatte. Mrs Graseby blieb betäubt und erlangte ihre Sinne zu keinem Zeitpunkt ganz zurück. Ihr Puls war weiterhin hoch und ihre Haut leichenblass.

»Alles wird gut«, versicherte Beattie, dessen Aufregung sich in Grenzen hielt, als hätte seine Patientin Nasenbluten. »Es braucht lediglich etwas Zeit und Geduld. Du solltest sie in meine Obhut übergeben und nach Hause gehen.«

Raven hatte nicht vor, sie in diesem Zustand zurückzulassen, und weigerte sich standhaft, von ihrem Bett zu weichen. Schließlich sank ihr Puls aber wieder, was er Beattie mit einiger Erleichterung kundtat.

»Jetzt fängt sie sich«, beharrte Beattie. »Geh in die Queen Street und ruhe dich aus. Du siehst vollkommen verausgabt aus.«

»Ich würde lieber warten, bis sie wieder ganz aufgewacht ist.«

»Deine Arbeit ist getan, Will. Aber ich lasse dich holen, sobald sie die Augen öffnet.«

Raven tat wie ihm geheißen und spürte, wie auf dem kurzen Weg zurück in die Queen Street die Last von ihm abfiel. Er nahm an, dass seine Unruhe daher rührte, dass er zum ersten Mal ohne Simpsons Aufsicht gearbeitet hatte, aber vielleicht musste man schwierige Schritte allein tun, wenn man wirklich lernen wollte. Dennoch wusste er, dass er sich erst ganz beruhigen konnte, wenn er wieder in der Danube Street war und Mrs Graseby bei vollem Bewusstsein gesehen hatte.

Beim Abendessen hielt Raven sich zurück, was unangenehmerweise Minas Aufmerksamkeit erregte.

»Plagt Sie eine Magenverstimmung? Versuchen Sie doch eins meiner Magenpulver. Ich kaufe sie bei Duncan and Flockhart's, und sie sind wirklich höchst wirksam.«

Raven lehnte dankend ab und entschuldigte sich so früh, wie die Höflichkeit es ihm erlaubte, da er seine Aufmerksamkeit nicht auf das Tischgespräch zu richten vermochte. Er zog sich auf sein Zimmer zurück und wartete ungeduldig auf Neuigkeiten. Zweimal klingelte es, und er trat hinaus auf den Flur, aber es waren jedes Mal nur Nachrichten für den Professor.

Je länger er wartete, desto mehr sorgte er sich, da es nichts Gutes verhieß, dass Mrs Grasebys Erholung so lang brauchte. Andererseits war es ebenso möglich, dass Beattie sein Versprechen an ihn eine Weile vergaß, während er sich im allzu vertrauten Gespräch mit seiner Patientin befand.

Gegen zehn Uhr klingelte es schließlich zum dritten Mal. Einige Momente später klopfte Jarvis an seine Zimmertür.

»Dr. Beattie möchte Sie sprechen«, sagte er leise. Raven fragte sich beklommen, was er aus dem sanften Ton des Butlers schließen konnte, redete sich aber ein, dass Jarvis' leise Stimme nur der späten Stunde geschuldet war. Raven eilte die Treppe hinunter und fand Beattie im Zwielicht des Flures.

Er hielt seinen Hut in den Händen. Ravens Magen wurde zu Blei.

Beattie wartete, bis sie allein waren, und als er schließlich sprach, war es kaum mehr als ein Flüstern.

»Sie hat sich nicht erholt.«

»O Gott! Wie kann das sein?«

»Ich fürchte, es lag am Äther.«

Raven fühlte, wie sich alles in ihm zusammenzog und die Dunkelheit ihn zu verschlucken drohte. »Ich bin am Ende. Ich werde Dr. Simpson unterrichten müssen.«

Beattie packte ihn am Arm. »Du erzählst niemandem davon. Ich habe dich in die Sache hineingezogen. Ich sorge dafür, dass dir niemand etwas vorwirft.«

Und damit ging Beattie zur Tür hinaus und schloss sie leise hinter sich. Als Raven ihm hinterhersah, verblieb er in erstaunter Dankbarkeit, doch ohne Erleichterung und gewiss ohne jeden Trost.

Kapitel 23

Raven war in tiefstes Elend versunken, eingesperrt in ein Gefängnis, das er selbst erschaffen hatte. Zusätzlich erschwerte die Lage, dass er seinen Schmerz vor allen in seiner Umgebung verbergen musste. Er musste sich verhalten, als wäre alles in Ordnung, da er keine Gelegenheit hatte, sich zurückzuziehen und zu verstecken, denn am Tag darauf herrschte geschäftiges Treiben.

Es begann mit dem gewohnten Chaos der Morgensprechstunde, bei der er von arglosen Seelen belagert wurde, denen er am liebsten gestanden hätte, dass er ein gefährlicher Hochstapler war. Er war nervös und unsicher in seinen Diagnosen und Ratschlägen. Infolgedessen wirkten etliche Patienten, als vertrauten sie seinen Worten nicht und würden die angeratenen Maßnahmen wahrscheinlich nicht ergreifen.

Er dachte an die Homöopathen und die Fortschritte ihrer Patienten, die einzig und allein auf deren Vertrauen in die Ärzte zurückzuführen waren. Sollte auch ein gegenläufiger Effekt existieren, dann löste er diesen sicher aus.

Nichtsdestoweniger gab es einen Fall, in dem er keinen Zweifel an der Diagnose hegte, auch wenn diese Sicherheit keinerlei Auswirkungen hatte. Die Patientin war eine Mrs Gallagher, die mit einem Leiden vorstellig geworden war, das sie zunächst als Magenschmerzen beschrieb. Raven hatte ihren Bauch abgetastet, ohne dass sie eine nennenswerte Regung gezeigt hätte. Doch wenn er auch nur den geringsten Druck auf die Rippen ausübte, zuckte sie und wich zurück. Er erkannte sofort, was er vor sich hatte, worauf auch ihr Unwillen hindeutete, die Chemise zu heben, damit er sich ihre Seiten ansehen konnte.

»Ich muss Sie nach einem speziellen, womöglich ansteckenden Ausschlag untersuchen«, log er, um sie zur Mitwirkung zu bewegen.

Er fand die Blutergüsse, wo er sie erwartet hatte, zahlreich, aber leicht zu verbergen.

»Das war Ihr Mann«, stellte er fest.

Sie wirkte verstört, ängstlich, weil Raven es laut ausgesprochen hatte.

»Ich war ja selber schuld. Hab die Scones verbrennen lassen, und das Mehl war alle. Er hatte 'nen langen Tag hinter sich, und ich hätt besser aufpassen sollen.«

»Wo könnte ich einmal mit Mr Gallagher sprechen, bitte?«, fragte Raven, aber sie war schon auf dem Weg zur Tür.

Sie eilte davon, und er nahm an, dass er die Situation noch schlimmer gemacht oder sie zumindest vergrault hatte, bevor er ihr helfen konnte.

Auf den elenden Morgen folgten die üblichen Pflichten – Assistenz bei Vorlesungen und Hausbesuchen. Wie zum Hohn führte ihn einer der Letzteren zum ersten Mal mit Simpson zu einer reichen Patientin in der New Town, wo er Äther verabreichen sollte. Als Simpson dies empfahl, schaute Raven sich hoffnungsvoll nach einer der Flugschriften von Reverend Grissom um, aber dieser Segen blieb ihm versagt.

Raven griff also nach der Flasche und zitterte dabei dermaßen, dass Simpson ihn halb besorgt, halb verärgert fragte, ob es ihm denn gut gehe.

Die letzte Prüfung kam beim Abendessen, als er seine Qualen wieder verbergen musste, damit niemand ihn darauf ansprach. Diese Last wog umso schwerer, da er sie mit niemandem teilen konnte.

Raven hatte sich selten so mutterseelenallein gefühlt, so einsam, aber wenigstens schienen seine Täuschungsbemühungen erfolgreich. Nach ihrer Frage und dem Angebot eines Magenpulvers am Vorabend galt Minas Aufmerksamkeit diesmal nicht ihm. Sie schien von einer verborgenen Erregung abgelenkt. Sie hatte Neuigkeiten, die sie unbedingt mitteilen wollte, was aber eines geeigneten Moments bedurfte.

Raven nahm an, dass Simpson dies erraten hatte, da er das Tischgebet in die Länge zog, als wollte er sie foppen. Normalerweise hätte sich auch Raven geärgert, da das Essen schon vor ihm stand, aber er hatte keinen Appetit.

Mit gesenktem Kopf nahm er wahr, dass er diesmal eine größere Portion bekommen hatte als jeder andere. Als er aufsah, schaute Sarah ihm versöhnlich entgegen, also war sein wahrer Zustand nicht unbemerkt geblieben. Sie konnte nicht wissen, was geschehen war, lediglich, dass er litt.

Er nickte ihr kaum merklich zu. Er hoffte nur, dass sie es ihm nicht übel nahm, falls er den Teller nicht leer aß.

Nachdem den Gepflogenheiten Genüge getan war, ging Mina gleich zu ihrem Beitrag über, ohne das Essen anzurühren.

»Ich habe heute entsetzliche Neuigkeiten erfahren«, sagte sie. »Wirklich schrecklich und überaus tragisch.«

Raven gefror das Blut in den Adern, als er begriff, dass sie nun den Tod Mrs Grasebys bekannt geben würde, hier und jetzt und vor Dr. Simpson.

»Sie erinnern sich doch alle an das Hausmädchen der Familie Sheldrake, das fortgelaufen war.«

»Sheldrake?«, fragte James Duncan mit sauertöpfischer Neugier, um zu betonen, dass er nicht an dem vorigen Gespräch teilgenommen hatte, auf das Mina anspielte.

»Mr Sheldrake ist ein Zahnarzt mit einer sehr erfolgreichen Praxis«, erklärte Mrs Simpson. »Eins seiner Hausmädchen war vor Kurzem verschwunden.«

»Rose Campbell«, sagte Mina. »Sie wurde tot aufgefunden, und es heißt, es sei Mord gewesen. Sie wurde in Leith aus dem Hafenbecken gezogen. Man sagt, der Mann, mit dem sie fortgelaufen war, hätte es getan.«

»Wie schrecklich für die Sheldrakes«, sagte Mrs Simpson. »Und für die Angestellten, die sie kannten.«

»Es heißt, ihr eigenes Verhalten habe zu ihrem Ende beigetragen«, fuhr Mina fort. »Sie soll allzu frei mit ihrer Zuneigung gewesen sein.«

Mina schüttelte den Kopf, als erklärte sich die Bedeutung der letzten Aussage von selbst. Raven staunte, wie schnell die Leute aus solchen Fällen eine Vorstellung von natürlicher Vergeltung ableiteten, als müsste jegliche Fleischeslust, die ihnen missfiel, unausweichlich schlimmste Folgen haben. Vielleicht wollten sie sich auch einreden, dass sie niemals ein vergleichbares Schicksal ereilen könne, da sie nach strengen moralischen Grundsätzen lebten.

Manchmal tat Mina ihm leid, da sie anscheinend kein größeres Lebensziel hatte als das, sich zu verheiraten, und bei diesem Vorhaben nach wie vor keine nennenswerten Fortschritte zu verzeichnen waren. Deshalb waren Aufregungen und Skandale aus zweiter Hand für sie von unverhältnismäßiger Wichtigkeit, und sie verbreitete jede Art von Tratsch fleißig weiter. Mina sprach mit kaum verhohlener Faszination von dem grausigen Schicksal dieses armen Mädchens, als läse sie aus einem billigen Schauerroman vor.

Ravens Augen verweilten kurz auf Sarah. Sie war bedrückt und versuchte es zu verbergen. Ihre Bemühungen waren ebenso erfolgreich wie zuvor seine, denn nur eine einzige Person durchschaute sie.

Sarah hatte das Mädchen gekannt.

Minas Ausführungen wurden vom Professor abgebrochen, der genug gehört hatte.

»Diese Art von Spekulation gehört nicht an den Essenstisch, Mina«, ermahnte er sie. »Außerdem ist es nichts als Gerede. Ich bin heute dem Ermittler McLevy begegnet, und er sprach nicht von Mord.«

»Was hat er gesagt?«, fragte Mina.

»Die Einzelheiten sind nichts für diese kultivierte Runde«, erwiderte Simpson und schloss die Angelegenheit für die Dauer des Mahles ab.

Nach dem Essen wollte Raven ihn darauf ansprechen. Er passte ihn auf dem Weg zur Treppe ab, bevor er in seiner Bibliothek verschwinden konnte.

»Was hat McLevy Ihnen erzählt, Sir?«

Simpson sah ihn an, als wunderte er sich über Ravens Interesse, dann erinnerte er sich wohl daran, dass Raven bei der Szene am Kai mit dabei gewesen war.

»Er erwartet die Ergebnisse der Obduktion durch den Polizeichirurgen«, berichtete Simpson ihm mit leiser Stimme. Zwar war gerade niemand in Hörweite, aber vielleicht sorgte er sich, dass sich jederzeit eine Tür öffnen könnte. »Mina gegenüber habe ich angedeutet, es habe sich nicht um Mord gehandelt, aber in Wahrheit hat McLevy nichts ausgeschlossen, bevor er nicht mehr weiß.«

»Gab es denn Indizien für eine Fremdeinwirkung?«

»Er hat sich sehr bedeckt gehalten. Unter uns, McLevy neigt manchmal zu allzu großen Worten. Er dramatisiert die Enormität dessen, dem er gegenübersteht, damit seine Leistung umso größer scheint, wenn er den Täter schließlich stellt. Aber in diesem Fall ist es wohl anders. Er hat mich um Diskretion gebeten, die ich auch von Ihnen erwarte, wie Sie sicher verstehen.«

»Selbstverständlich, Sir.«

»Nachdem die Leiche einer jungen Frau in solchem Zustand aufgefunden wurde, möchte er Gerüchte vermeiden, eine Bestie treibe ihr Unwesen.«

Raven dachte an das absurde Gerede von Dämonen und Teufelsanbetern, das er gehört hatte. Er ahnte die Hysterie, die entstehen mochte, mit allen Anschuldigungen, die daraus hervorgehen konnten. Er erinnerte sich auch an den Wirt, der hatte erfahren wollen, welcher Natur Ravens Interesse war, und der ihm später gefolgt war. Wahrscheinlich hätte er sogar herausgefunden, wo Raven lebte, wäre er ihm nicht entwischt.

»Hatte McLevy einen Verdacht, was sich zugetragen haben könnte?«

»Wie Mina sagte, gab es Gerüchte, Rose Campbell habe sich mit verschiedenen Männern eingelassen und sei möglicherweise mit einem von ihnen fortgelaufen.«

»Als wir sie am Kai sahen, war ihre Körperhaltung seltsam verrenkt. Was hatte es damit auf sich?«

»McLevy hat es nicht erwähnt. Aber da wir nicht wissen, wie lange sie im Wasser war, könnte es auch eine Folge des Todeskrampfes sein. Warum fragen Sie?«

Was konnte Raven ihm sagen? Weil eine mir bekannte Dirne, mit der ich bisweilen verkehrte, in einer ähnlich verrenkten Haltung starb und ich mich davonschlich wie ein Feigling, um meinen Ruf zu schützen.

»Ich bin schlicht neugierig, was die Ursache sein könnte.«

Er sah dem Professor hinterher, wie er leise in seiner Bibliothek verschwand. Von ihm würde er nicht mehr erfahren, aber es gab im Haus noch eine Person, die vielleicht etwas wusste.

Raven wartete, bis sie mit Sicherheit ihre Pflichten erfüllt und sich in ihre Kammer zurückgezogen hatte. Er stieg die Treppe hinauf ins oberste Geschoss und klopfte leise.

»Ja, treten Sie ein.«

Raven öffnete die Tür, blieb aber trotz der Einladung an Ort und Stelle stehen, da es ihm unangemessen erschien, ganz hineinzugehen. Er wusste, dass Sarah nicht ihn erwartet hatte, als sie auf das Klopfen geantwortet hatte. Sie saß mit einem Buch auf dem Schoß im Bett.

Ihr Gesichtsausdruck war unversöhnlich wie eh und je: eine Mischung aus Trotz und Missbilligung, auch wenn diesmal die gewohnte Note verächtlichen Spottes fehlte. Dennoch konnte sie nicht verbergen, dass sie überrascht war, ihn zu sehen.

Sie schloss das Buch und stand auf.

Die Kammer roch nach frischer Bettwäsche – sauber und rein. Von Sarah selbst ging ein Hauch von gegartem Fleisch aus, Gerüche, die von der Arbeit in Mrs Lyndsays Küche in ihren Kleidern hingen.

»Wie kann ich Ihnen helfen, Mr Raven?«

Heute also nicht Wilberforce. Sein Besuch hatte sie überrascht, und mit der formellen Anrede stellte sie Abstand her. Die Röte um ihre Augen verriet, dass sie kurz zuvor geweint hatte.

Raven staunte, wie klein und kahl die Kammer war. Er hatte damit gerechnet, dass sie mindestens so groß war wie seine, da seine Stelle befristet war, ihre hingegen dauerhaft. Insgeheim verlegen musste er sich eingestehen, dass dies eine haltlose, geradezu törichte Annahme gewesen war. Der Raum wirkte so trist, so unangemessen, und doch war dies ihr Schicksal.

An Möbeln gab es ein kleines Bett, einen aufgebockten Tisch und eine Kommode, auf der ein Nähkorb und eine Waschschüssel standen. An den schmalen Wänden gab es keine Bilder, keine Regale voller Bücher. Er hatte sich vorgestellt, dass sie wenigstens eine Romansammlung besaß, aber jetzt begriff er, dass sie sich wohl Bücher aus Dr. Simpsons Bibliothek auslieh.

Jenes, das sie eben geschlossen hatte, lag nun hinter ihr auf dem Bett. Es war ein illustrierter Band über den Anbau von Kräutern und anderen Pflanzen. Er hatte Sarah einmal ein kleines Beet hinter dem Haus hegen sehen. Auf dem Tisch lag *Outlines of Chemistry, for the Use of Students* von Professor William Gregory, der an der Universität lehrte. Raven fragte sich, was sie nur damit vorhaben konnte. Er selbst hatte das Buch als durchaus anspruchsvoll empfunden, wie sollte sie da auch nur ansatzweise etwas verstehen?

»Was lesen Sie denn da?«, fragte er.

»Ich interessiere mich für die Heilkräfte der Kräuter«, antwortete sie kurz angebunden.

»Und der Gregory?«

Sie warf einen Blick auf den Band, der ihn so geplagt hatte.

»Die Chemie ist der Schlüssel, um jene Eigenschaften einzelner Pflanzen zu identifizieren, die bestimmte Wirkungen hervorrufen. Aber da Sie nicht ahnen konnten, dass diese Bücher hier sind, weiß ich, dass sie nicht den Grund Ihres Besuches darstellen.«

»Nein, da haben Sie recht«, gab er zu. »Darf ich eintreten?«

Sarah nickte, verschränkte aber zugleich die Arme und trat einen Schritt zurück – nicht, dass sie in der kleinen Kammer großen Abstand voneinander hätten halten können.

»Rose Campbell, die junge Frau, die aufgefunden wurde. Sie kannten sie, nicht wahr?«

Sarah schaute eine Weile zu Boden, und ihr Blick verfinsterte sich.

»Nur flüchtig. Ich kannte sie hauptsächlich durch eine gemeinsame Freundin, Milly Conville. Wir treffen uns manchmal bei Besorgungsgängen in der Stadt.«

»Die beiden waren in demselben Haushalt angestellt?«

»Ja. Meines Wissens führt Mr Sheldrake die erfolgreichste Zahnarztpraxis der Stadt, seine Patienten stammen hauptsächlich hier aus der New Town. Dazu hat er das entsprechende Personal. Warum?«

»Es ging das Gerücht, Rose sei mit jemandem durchgebrannt. Hatten Sie davon gehört?«

Sarahs Augen wurden schmaler. »Warum möchten Sie das wissen?«

»Ich bin bloß neugierig.«

»So sehr, dass Sie sich in die fremden Gefilde des obersten Stocks wagen und bei mir klopfen. Solche Neugier kommt nicht von selbst, Mr Raven. Etwas anderes speist sie, und Sie sollten mir die Höflichkeit erweisen, es mir zu verraten.«

Das hatte Raven nicht vor, aber er musste Fingerspitzengefühl zeigen. Wüsste sie nichts, hätte sie ihm das bereits gesagt.

»Als Miss Grindlay sagte, dass Rose tot sei, sah ich, dass Sie dies schmerzte. Ich machte mir Sorgen um Sie.«

Sarah blickte ihm in die Augen und nickte. »Das wäre sehr zuvorkommend von Ihnen, Mr Raven, wenn es denn die Wahrheit wäre.«

»Es ist die Wahrheit«, beharrte er. »Ich bin mir bewusst, dass Sie wohl niemanden haben, mit dem Sie darüber sprechen können, deshalb bin ich gekommen.«

»Ich meine die ganze Wahrheit. Sie haben nur einen Vorwand beschrieben. Worin liegt die wahre Natur Ihres Interesses?«

Raven wandte suchend den Blick ab. Doch es gab nur ein kleines Fenster, und am Abend war dahinter nichts zu sehen.

»Sie liegt in Dingen, über die ich nicht guten Gewissens mit jemandem Ihres Standes sprechen kann.«

Sarahs Augen blitzten vor Zorn. »Meines Standes? Meinen Sie als Hausangestellte oder als Frau? Wie wenig müssen Sie von mir halten, wenn Sie Auskunft von mir verlangen und selbst nicht das Geringste preisgeben wollen, selbst wenn es bei dem helfen würde, was ich Ihnen erzählen könnte.«

Raven hielt ihrer Wut stand, denn darin hatte sie verraten, was er geahnt hatte.

»Sie wissen also mehr?«

»Ich beantworte keine Fragen mehr, bevor Sie sich nicht den meinen gestellt haben. Was lastet in den letzten Tagen auf Ihnen? Hat es mit Ihrem Interesse an der armen Rose zu tun?«

»Nein. Ich durchleide lediglich die Strapazen meiner Famulatur und der erstmaligen Erfüllung neuer Pflichten.«

Sarah lachte spöttisch, und ihr hohnvoller Blick kehrte zurück. »Das glaube ich Ihnen nicht. Täten Sie sich mit Ihren Pflichten schwer, würde ich das schon an Dr. Simpsons Laune merken. Sie treibt etwas anderes um. Hat es mit dieser Evie zu tun, deren Namen Sie in Ihr Tagebuch geschrieben haben? Wer ist sie?«

In Raven zog sich etwas zusammen, und er verschränkte unwillkürlich die Arme.

»Das geht Sie absolut nichts an.«

»Ganz recht«, erwiderte sie. »Und da ich absolut kein Interesse an Ihren Angelegenheiten hege, wünsche ich Ihnen nun gute Nacht.« Sie trat an ihm vorbei und hielt die Tür auf. »Doch bevor Sie gehen, Mr Raven, möchte ich vorschlagen, dass Sie meine Freundin Milly einmal bei den Sheldrakes besuchen gehen. Schauen Sie, ob sie ehrlich und offen mit Ihnen über diesen schmerzhaften Verlust sprechen möchte. Ich wüsste nicht, was sie dagegen haben könnte. Schließlich haben Sie ja mit mir schon so ein geradezu freundschaftliches Verhältnis hergestellt, da wüsste ich nicht, warum es Ihnen bei einer völlig Fremden nicht ebenso gelingen sollte.«

Raven verstand. Er konnte sich lebhaft vorstellen, wie ein solcher Versuch verlaufen würde.

»Nun gut«, sagte er. »Evie war eine Freundin von mir, die am Canongate lebte, unweit meiner alten Unterkunft.«

»War? Lebte? Lebt sie nicht mehr?«

Er überlegte, was er sagen durfte, versuchte, die Folgen in ihrer ganzen Verästelung abzuschätzen. Es war unmöglich. Verriet er ihr nur eines, verriet er gleich alles. Aber wenn er wirklich mehr erfahren wollte, musste er sich öffnen und durfte nichts zurückhalten.

»Wenn ich Ihnen das sage, brauche ich absolute Gewissheit, dass ich Ihnen trauen kann.«

Sarah wirkte zunächst verblüfft. »Ich sichere Ihnen meine Verschwiegenheit zu. Ihre Worte werden diese vier Wände nicht verlassen.«

»Das werden sie auch nicht müssen. Dass Sie sie hören, wird ausreichen. Nachdem ich Ihnen das Nötige erzählt habe, werden Sie mich verachten, Miss Fisher. Noch mehr als ohnehin schon.«

Sarah blickte ihn beinahe mitleidig an. »Ich verachte Sie nicht, Mr Raven. Sie deuten die Lage falsch. Denn auch wenn ich zum Dienen in diesem Hause bin, bedeutet das nicht, dass Sie allein deshalb meinen Respekt oder meine Zuneigung besitzen; oder auch nur, was vielen ausreichen würde, deren Anschein. Aber mein Vertrauen kann ich Ihnen geben.«

Raven fand eine Offenheit in ihrem Gesicht, die er noch nicht gesehen hatte, denn bisher hatte er in ihren Zügen nur strenge Unparteilichkeit, geübte Distanz und teils unverhohlene Feindseligkeit beobachtet.

»Evie war eine Dirne«, sagte er leise.

Sarah dachte einen Augenblick darüber nach. »Eine, die Sie gebrauchten?«

Er seufzte und rang mit seinem eigenen Widerstreben. »Ich … ging zu ihr, ja. Aber das war ihre Arbeit, damit verdiente sie ihr Geld. Ich betrachtete sie deshalb nicht …«

»Eine, die Sie gebrauchten«, wiederholte sie. Ihr Ton war nicht bitter, sondern beharrlich und unausweichlich.

Da spürte Raven die Scham über das, was er getan hatte, schämte sich der Schwäche, die er ausgenutzt hatte. Die Lügen, die er sich über die Natur der Angelegenheit erzählt hatte, begannen zu bröckeln.

»Ja«, gab er zu. »Ich war jünger, neugierig. Verlockt. Sie schien so weit über mir, rätselhaft und verboten – doch erreichbar. Ich war damals rastlos, ich neigte zu … Momenten der Hemmungslosigkeit. Aber doch, ich gebrauchte sie. Zunächst. Dann wurden wir Freunde.«

»Gute Freunde? Oder nur eine Dirne und ein ehemaliger Freier, der vielleicht wieder einer werden könnte?«

»Ich glaubte, wir seien gute Freunde, aber ich verstehe nun, dass ich es niemals wissen kann. Wer ein solches Leben lebt, wie Evie es tat, kann sich kein Vertrauen leisten, keine wahre Nähe zu einem Menschen, auch wenn sie diese gekonnt vortäuschen mag.«

Raven hielt inne, stellte sich Evie vor, wie sie einst war, und fragte sich, ob ihre Freundschaft so trügerisch gewesen war wie ihre Innigkeiten im Bett.

»Sie bat mich um Geld«, sagte er. »Sie verriet nicht, wofür, nur dass es drängte. Ich gab es ihr. Dann besuchte ich sie am

Abend, bevor ich hierherkam, und hoffte zu hören, dass ihre Schwierigkeiten beendet seien. Stattdessen fand ich sie ... leblos, den Körper in qualvollen Verrenkungen. Als ich Rose Campbell auf dem Kai liegen sah, war sie in einem ähnlichen Zustand.«

»Haben Sie jemandem davon berichtet, was Sie vorfanden? Oder von dieser Ähnlichkeit?«

»Das konnte ich nicht. An dem Abend, als ich Evie fand, musste ich unerkannt verschwinden, damit niemand glaubte, ich wäre für ihr Schicksal verantwortlich.«

Sarahs Reaktion spiegelte alles, was er selbst bei der Sache empfand.

»Also Verantwortlichkeit wird Ihnen sicher niemand vorwerfen.«

»Ich bin nicht stolz auf mein Handeln, aber ich war in größter Angst. Was, wenn man mich für einen Mörder gehalten hätte?«

»Sie glauben also, dass sie umgebracht wurde?«

»Ich vermute, dass sie vergiftet wurde, ja. Und möglicherweise war es bei Rose genauso, auf dieselbe Weise, wenn nicht gar durch dieselbe Hand.«

»Führte das Auffinden von Evies Leiche zu Ermittlungen?«

»Nein. Man ging von einer Alkoholvergiftung aus.«

»Obwohl sie in dem Zustand gefunden wurde, den Sie beschreiben?«

»Niemand sieht genau hin, wenn es ›bloß wieder eine tote Hure‹ ist, wie ich einen Polizisten über sie sagen hörte.«

»Rose war keine Hure. Bei ihr werden sie gewiss ermitteln. Sie müssen McLevy sagen, was Sie wissen.«

Kaum hatte sie das gesagt, verstand sie auch schon, warum dies unmöglich war.

»Bloß dass Sie das nicht können, weil er glauben könnte, dass Sie der Täter waren«, sagte sie.

»Es heißt, McLevy kriege immer seinen Mann, aber in der Old Town hört man es anders. Dort sagt man, er kriege einen Mann und kümmere sich dann wenig, ob es der richtige ist, solange die Geschichte passt und die Geschworenen ihn verurteilen.«

Raven schluckte und sah ihr in die Augen. »Ich will herausfinden, was mit Evie passiert ist, deshalb muss ich mehr über Rose erfahren. Helfen Sie mir?«

Sarah erwiderte seinen Blick, überlegte und wägte ab. Schließlich kam sie wohl zu einem Entschluss.

»Meine Hilfe hat ihren Preis, Mr Raven.«

»Wie Sie so präzise folgerten, habe ich kaum einen Penny.«

»Nicht diese Art von Preis. Ich möchte das Gleiche von Ihnen verlangen wie Sie von mir. Vertrauen. Sie enthalten mir nichts vor und behandeln mich in dieser Sache jederzeit als ebenbürtig.«

»Ich gebe Ihnen mein Wort. Wir sind uns also einig?«

»Noch nicht. Das waren bloß meine Konditionen. Den Preis verrate ich Ihnen, wenn ich so weit bin.«

Kapitel 24

Als sie das Cowgate entlanggingen, ließ Sarah sich unwillkürlich immer einige Schritte hinter Raven zurückfallen. Ein Muster hatte sich ergeben, bei dem Raven mit einer Verlangsamung seines Gangs antwortete, nur damit Sarah kurz darauf den Abstand wieder wachsen ließ. Schließlich blieb er ganz stehen und drehte sich nach ihr um.

»Warum trödeln Sie denn so? Wollen Sie, dass wir zu spät kommen?«

Erst jetzt begriff sie, was sie tat. Die innere Regung, sich zu entschuldigen, unterdrückte sie.

»Ich trödle nicht«, erwiderte sie. »Ich bin es gewohnt, Miss Grindlay oder gelegentlich auch Mrs Simpson zu begleiten, und einem Hausmädchen wird weder empfohlen noch gestattet, neben seiner gnädigen Herrin zu gehen. Ich habe also aus Gewohnheit gehandelt, nicht aus Respekt vor Ihrem vermeintlichen Status«, fügte sie hinzu.

Ravens Unwissenheit über die praktischen Alltagsfragen ihres Standes stellte für ihn einen Quell der Ernüchterung dar und für Sarah einen zähneknirschender Verärgerung. In den Tagen nach ihrem spätabendlichen Gespräch tauchte er immer wieder in der Küche auf oder fing sie auf dem Flur ab, um ihr die gleiche Frage zu stellen.

»Hatten Sie schon die Gelegenheit?«

Nach einem guten halben Dutzend Verneinungen erklärte sie es ihm.

»Meine Pflichten lassen mir nicht viel Zeit für Privatbesuche; und gewiss nicht zu Zeiten, zu denen es für eine junge Frau sicher oder schicklich wäre, draußen umherzuspazieren. Auch kann ich ja nicht einfach bei den Sheldrakes an der Küche klopfen und unvermittelt Fragen stellen. Am besten sollte es wie ein Zufallstreffen wirken.«

»Sie sagten, Sie kennten dieses Mädchen. Wann treffen Sie sich denn üblicherweise mit ihm?«

»Die Gelegenheiten, mich mit Milly zu unterhalten, waren bisher meist Geschenke des Zufalls. Wie ich bereits sagte, trafen wir einander manchmal, wenn wir beide auf Botengängen waren, vielleicht zum Kurzwarenhändler oder auch gelegentlich zu Duncan and Flockhart's.«

»Sie waren doch erst heute in der Stadt«, merkte er an.

»Ja, aber mit Miss Grindlay«, erwiderte sie.

Raven wirkte aufgebracht. »Dann kann ich ja weiß der Herrgott wie lang warten!«

Sarah wollte ihm einen Schuss vor den Bug geben und ihm sagen, dass sie nur sonntags etwas freie Zeit habe, als ihr klar wurde, wo sie Milly und den gesamten Haushalt der Sheldrakes antreffen würde.

»Ja, bis zum Tag des Herrn werden Sie schon warten müssen«, sagte sie. »Ich kann nach dem Sonntagsgottesdienst mit Milly sprechen.«

»Gehen die Sheldrakes denn in die gleiche Kirche wie wir?«

»Nein«, gestand sie ein und erkannte den Schwachpunkt ihres Plans. Der Haushalt der Simpsons besuchte geschlossen den Sonntagsgottesdienst in der Church of St John the Evangelist, da Dr. Simpson die Predigten von Thomas Guthrie höher schätzte als die jedes anderen. Milly würde in einer anderen Kirche sein. »Doch vielleicht könnten Sie Dr. Simpson sagen, Sie hätten gehört, der Pastor einer bestimmten Kirche sei ein interessanter Redner und wir beide würden gern einmal seine Sicht auf gewisse Fragen hören.«

Auf diesen Vorschlag hatte Raven mit kaum verhohlenem Zweifel reagiert. Sie wussten beide, dass dies ein seltsamer Vorschlag an den Professor wäre und seine Umsetzung deshalb unwahrscheinlich.

»Wissen Sie denn überhaupt den Namen des Pastors, in dessen Kirche die Sheldrakes gehen?«

»Ich kenne nur seinen Namen«, gab Sarah zu. »Aber ich weiß nicht, wo die Kirche ist. Er heißt Reverend Malachy Grissom.«

Da bekam Raven große Augen. »Vielleicht schaffen wir es ja doch, Dr. Simpson von meiner Neugier zu überzeugen.«

Und aus diesem Grunde gingen sie nun das Cowgate entlang, nachdem Raven die betreffende Kirche ausfindig gemacht hatte. Es war ein klarer, kalter Sonntagmorgen, und doch sah Raven sich andauernd um, als triebe er sich hier mitten in der Nacht herum. Vielleicht war diese unruhige Wachsamkeit auch der Grund dafür, warum er sich so sehr darüber ärgerte, dass er wegen Sarah langsamer gehen musste.

»Wonach schauen Sie denn?«, fragte sie. »Man könnte meinen, Sie wollten jemandem aus dem Weg gehen.«

»Das ist richtig. Einigen alten Bekannten, mit denen ich lieber nicht wieder zusammentreffen möchte.«

»Warum denn nicht? Wer sind diese Leute?«

»Die gehen Sie nichts an, und dafür sollten Sie dankbar sein.«

»Mir war, wir hätten ausgemacht, dass Sie nichts mehr vor mir zurückhalten.«

»Nur in Sachen, die unser Vorhaben betreffen.«

»Und woher soll ich wissen, dass Sie die Wahrheit darüber sagen, welche Sachen es betrifft und welche nicht?«

»Ich wurde angegriffen, mein Gesicht aufgeschlitzt, falls Sie das vergessen haben. Ich möchte den Tätern nicht wieder über den Weg laufen.«

»Aber warum haben die das getan? Behaupten Sie nicht, Sie wären ein Zufallsopfer gewesen, das glaube ich nämlich nicht.«

Raven seufzte. »Weil ich ihnen Geld schulde, das ich nicht habe. Genügt das?«

Es genügte nicht. Sarah hatte noch reichlich weitere Fragen, nicht zuletzt, warum er ihnen das Geld schuldete, aber sie wusste, dass sie den Bogen nicht überspannen durfte.

Als Sarah gesagt hatte, sie verachte ihn nicht, war das nicht gelogen, aber sie hatte etwas gegen seine Überheblichkeit ihr gegenüber, die ihr eigentlich an allen jungen Männern missfiel. Böte man ihr die gleichen Möglichkeiten, würde sie sie alle überflügeln, da war sie sich sicher, also schmerzte es, wenn sie in ihr nur ein Hausmädchen sahen. Aus Notwendigkeit betrachtete Raven sie als mehr. Oder zumindest gab sie ihm die Gelegenheit dazu. Sie hoffte, dass er sie nicht enttäuschte.

»Warum waren Sie sich eigentlich so sicher, dass Dr. Simpson unsere Abwesenheit vom üblichen Sonntagsgottesdienst gestatten würde?«, fragte sie, als sie unter der George IV Bridge hindurchgingen.

»Reverend Grissom setzt sich gegen die Verwendung von Äther während der Geburt ein. Er lässt in der ganzen Stadt Flugschriften verteilen.«

»Warum in aller Welt tut er das?«

»Warum um Himmels willen, trifft es besser. In einem Bibelvers heißt es: ›Unter Mühen sollst du Kinder gebären.‹ Er glaubt, die Geburtsschmerzen wären in irgendeiner Weise heilig.«

»Was für eine himmelschreiende Dummheit! Und diesem Mann sollen wir zuhören?«

»Ich ging davon aus, dass Dr. Simpson neugierig wäre, was dieser Mann noch alles zu sagen hat, und sei es, um sich daran zu belustigen. Die Bibel sagt ebenso, bei guten Taten solle die linke Hand nicht wissen, was die rechte tut. Da man eine Operation sicher als gute Tat bezeichnen könnte, würde es dem Reverend möglicherweise auch gefallen, wenn der Chirurg mit verbundenen Augen oder einer Hand hinter dem Rücken operieren müsste.«

Das fand Raven lustiger als Sarah, denn er übersah etwas recht Offensichtliches.

»Er würde nichts dergleichen empfehlen, denn es scheint mir kein Zufall, dass er der Linderung einer Qual widerspricht, die er niemals selbst wird durchleiden müssen. Bekäme Grissom selbst Zahnschmerzen, fiele ihm sicher keine theologische Begründung ein, warum Mr Sheldrake bei der Zahnextraktion keinen Äther einsetzen sollte.«

Raven bedeutete ihr, dass sie ihr Ziel vor sich hatten. Die Gemeinde trat schon durch die Türen auf der Südseite des Cowgate ein. Es handelte sich offensichtlich um einen recht bescheidenen Versammlungssaal und nicht um eine Kirche, wie man sie sich üblicherweise vorstellte.

»Ich hatte einen prachtvolleren Bau erwartet«, gestand Sarah.

»Nicht alle Pastoren der Free Church hatten wie Reverend Guthrie das Glück, nach dem Schisma ihr Gebäude zu behalten«, erklärte Raven. »Viele mussten sich mit den Sälen und Versammlungsräumen abgeben, die sie eben finden konnten.«

Sarah hatte von dem Schisma gehört, interessierte sich aber nicht weiter für die Streitigkeiten frommer alter Männer untereinander. Wie sie es verstand, ging es um das Patronatsrecht, unter welchem der Staat oder reiche Landbesitzer den Pastor einer Gemeinde gegen den Willen ihrer Mitglieder bestimmen konnten. Die, die sich vier Jahre zuvor von der Church of Scotland abgespalten hatten, mussten also neue Gemeinden gründen und waren dabei auf die Hilfe der Laien angewiesen, die ihnen folgten. Daher rührte die provisorische Anmutung dieses Gotteshauses.

Raven und sie gingen hinein und ließen sich weiter hinten nieder. Kirchen hatten auf Sarah nur selten wie freudvolle, inspirierende Orte gewirkt, aber diese war besonders trostlos, wenn auch gut besucht. Einige Minuten später sah sie den Haushalt der Sheldrakes hereinkommen und weiter nach vorn durchgehen. Womöglich spiegelte dieser Platz die Beiträge des Zahnarztes in die Kasse der neuen Gemeinde wider. Mr Sheldrake führte die Kolonne an, seine Frau, sein Sohn und die beiden Töchter setzten sich neben ihn, während Milly und das weitere Personal sich auf der Bank dahinter niederließen.

Sheldrake erschien Sarah wie ein ungleiches Gegenstück zu seiner uneleganten Frau mit dem finsteren Blick. Er war ein großer, wohlgekleideter Geselle, schlank und glatt rasiert. So wie man manche Frau als gut aussehend bezeichnete, hätte man ihn durchaus hübsch nennen können; nicht nur seine Züge hatten etwas Feminines, sondern auch seine Körperhaltung. Seine Kleider waren so modisch und modern, dass er geradezu verwegen mondän aussah, aber an diesem schmucklosen Ort hätte wohl jeder Hauch von Stil fehl am Platze gewirkt.

Kurz erspähte sie Milly durch die Reihen der Köpfe. Sie wirkte benommen und schockiert und versuchte wohl, die Tränen zurückzuhalten. Milly hatte sicher schon vor einigen Tagen von Roses Tod gehört, aber Sarah wusste aus eigener Erfahrung, dass einen die Gefühle noch einmal übermannen konnten, wenn man zum ersten Mal wieder an einem vertrauten Ort war und dort an die Endgültigkeit des Todes erinnert wurde.

Der Saal verstummte, als Reverend Grissom eintrat und sich hinter das Rednerpult stellte, das ihm als Kanzel diente. Er war klein und hatte den stolzen Gang eines Mannes, der sich für mindestens zwei Handbreit größer hielt. Dünnes, graues Haar hing ihm wie eine kreisförmige Schabracke an den Kopfseiten, während seine Schädelplatte bis auf einige Fusseln kahl war, die Sarah ihm allzu gern gleich dort auf der Bühne abrasiert hätte. Sein Gesicht dominierte eine dermaßen lange, spitze Nase, dass es war, als würde er damit seine beabsichtigte Gehrichtung anzeigen, wenn er den Kopf drehte.

Leider ging er eine ganze Weile nicht. Er predigte ausgiebig, hatte an diesem Tage aber nichts zum Thema Äther zu sagen. Er sprach viel von Demut, während sein Ton, sein Auftreten und jede seiner Gesten Selbstgefälligkeit verströmten und sein ewig ernstes Gesicht nicht den geringsten Hauch von Unbeschwertheit zeigte.

Sarah dachte, wie erschöpfend es sein musste, fortwährend über so viele Dinge empört zu sein.

»Hochmut macht Menschen zu Narren«, sagte er mit überraschend lauter Stimme für so einen kleinen Mann. »Die Eitelkeit lässt sie Ruhm in ihrem Spiegelbild suchen, und dieses Bild suchen sie nicht nur im Spiegel, sondern auch in der Bewunderung anderer. Wie sie es sich in den Gesichtern der anderen ersehnen! Aber am schlimmsten verzehren sie sich danach, es in den Gesichtern der Frauen zu sehen.«

Bei dem Wort senkte er die Stimme, als wäre es allein schon obszön.

»Und daran sind die schlimmsten der Frauen mitschuldig, denn sie sind die Spötterinnen! Ihrem Hochmut dient es. Ihr Hochmut lässt den der Männer anschwellen. Sie malen sich an, sie gewanden sich, diese Isebelen. Nicht nur die gefallenen auf den nächtlichen Straßen, sondern auch die im Heim ihres Ehemannes. Der hochmütige Mann sucht ihre Anerkennung. Und als deren Manifestation sucht er die fleischliche Erkenntnis. Deshalb ist es die größte Sünde der Frau, den Hochmut des Mannes zu entfachen, zu befeuern. Denn damit wird sie zum Antrieb der Sünde des anderen und führt ihn in Versuchung. Die gute Frau ist bescheiden. Die gute Frau ist bescheiden im Aussehen und im Handeln. Diese Bescheidenheit lobe ich, diese Bescheidenheit lehre ich. Wie auch die Mutter des Herrn bescheiden war.«

Als der Gottesdienst endete und die Gemeinde sich zerstreute, lehnte Raven sich zu Sarah hinüber und sprach leise zu ihr.

»Und doch zog Jesus der Gesellschaft der Prediger die der Dirnen vor.«

Sarah keuchte leise, aus Angst, jemand anders hätte ihn gehört. Aber da es wohl sein Ziel gewesen war, sie zu erschrecken, zahlte sie es ihm heim, wenn auch etwas leiser.

»Ich glaube nicht, dass Sie sich Ihrer Tändeleien wegen dem Herrn näher wähnen sollten. Hat Sie etwa die Sünde des Hochmuts zu den Frauen der Nacht geführt?«

»Wenn ich mich recht entsinne, reichte die Sünde der Wollust allein schon aus. Ich kann mir nicht denselben Grad an Sittsamkeit wie Reverend Grissom anmaßen, andererseits hat er vielleicht auch größeren Grund, sich bedeckt zu halten, als ich.«

Sarah ging nach draußen auf das Cowgate, wo die Gemeinde sich zum allseitigen Sonntagsgruß versammelte. Raven und sie blieben nahe den Türen stehen, zum Abfangen bereit.

»Halten Sie am besten etwas Abstand«, ermahnte Sarah ihn, als sie beobachtete, wie Mr Sheldrake seine Familie den Mittelgang entlang zum Vorraum führte. »Milly wird vor einem Fremden nicht offen sprechen wollen.«

Anscheinend hatte ohnehin etwas anderes Ravens Aufmerksamkeit auf sich gezogen.

»Ja, natürlich. Wir treffen uns gleich wieder hier«, sagte er und verschwand in der Menge.

Sarah sah Mr und Mrs Sheldrake im Vorraum stehen bleiben und mit Reverend Grissom sprechen, während Milly sich dem Ausgang näherte. Sarah trat ihr in den Weg und lächelte.

»Sarah!«, sagte Milly überrascht. Sie klang sanfter als gewohnt, etwas nasaler. Sarah ahnte, dass sie in den letzten Tagen viel geweint hatte. »Was machst du denn hier?«

»Ich habe mir von Dr. Simpson die Erlaubnis geben lassen, heute hier in die Kirche zu gehen. Ich wollte dich sehen und dir sagen, wir sehr mir das mit Rose leidtut.«

Milly schluckte und sah aus, als würden ihr die Augen wieder feucht werden. »Danke. Es ist nicht leicht.«

»Ich kann mir kaum vorstellen, wie es für dich sein muss. Ich hatte solche Schuldgefühle!«

»Warum das?«

»Weil ich neidisch war, als es hieß, sie sei fortgelaufen. Ich habe mir irgendein aufregendes Leben ausgemalt, in das sie geflohen sein könnte. Ich hörte Gerüchte, sie sei mit einem Mann durchgebrannt. Waren sie wahr?«

Milly schaute in Richtung der Sheldrakes. Es hatte nichts Verfängliches, dass sie sich mit Sarah unterhielt, einem anderen Hausmädchen, aber sie wollte offensichtlich nicht, dass jemand lauschte. Fürs Erste waren sie außer Hörweite.

»Ich weiß es nicht«, erwiderte Milly. »Rose hatte Geheimnisse, und sie hatten auch mit einem Mann zu tun. Daran ging kein Weg vorbei.«

Diese Wortwahl erschien Sarah seltsam.

»Inwiefern?«

Milly sah wieder zu der Familie ihres Dienstherrn. Anscheinend sorgte sie sich, sie habe schon zu viel verraten.

»Ich darf nichts mehr sagen. Es ist jetzt schon zu viel.«

»Du kannst mir vertrauen, Milly«, versicherte Sarah ihr.

»Das tue ich auch. Ich habe auch nicht dir zu viel gesagt.«

Sarah legte ihr die Hand auf die Schulter. Das arme Mädchen war gar nicht mehr es selbst.

»Unterrichte mich unbedingt über die Beerdigung«, sagte Sarah, damit Milly nicht vollends verstummte.

Dies belastete sie noch mehr, und sie schien wieder den Tränen nahe.

»Ich weiß nicht einmal, ob es überhaupt eine Beerdigung geben wird. Und das ist meine Schuld.«

»Wie kann das sein?«

»Ein Polizist kam und befragte uns. Ein Ire, McLevy. Ich wollte nur ehrlich sein, aber nach dem, was ich erzählt habe, glaubt er nun, Rose hätte sich umgebracht.«

»Aus welchem Grund sollte Rose sich denn etwas angetan haben?«

Millys Augen huschten wieder zur Seite. Die Sheldrakes hatten ihr Gespräch mit Reverend Grissom beendet und kamen auf die Tür zu.

»Sie war sich sicher, dass sie entlassen werden würde, und sie wusste nicht, was sie tun sollte.«

Sarah fasste Milly am Arm, damit sie nicht einfach fortging.

»Warum entlassen?«

Da Mr Sheldrake schon beinahe in Hörweite war, kamen Millys letzte Worte nur noch als Hauch.

»Sie war schwanger.«

Kapitel 25

Gerade hatte Sarah ihn aufgefordert, Abstand zu halten, als etwas auf der anderen Seite des Cowgate Ravens Blick auf sich zog. Zunächst war er sich nicht sicher, weil er die beiden nur kurz durch die Menge der Kirchgänger sah, aber als er sich hindurchdrängte und ihnen näher kam, war es eindeutig. Dort ging die Frau Richtung Grassmarket, die kürzlich so schlimm zugerichtet zu ihm gekommen war, begleitet von einem rotgesichtigen Mann mit finsterer Miene.

Beide trugen Sonntagskleider und waren wohl auf dem Heimweg von der Kirche. Sie hielt den Blick gesenkt, als wollte sie niemandem ins Auge schauen, während er mit gerecktem Kinn vorwärtsstapfte und den Blick schweifen ließ, als wollte er die gesamte Umgebung zur Rede stellen. Es war zwar Sonntagmorgen, doch der Samstagabend stand ihm immer noch in der Säufervisage mit aufgedunsener, rosafarbener Haut und Knollennase. Das war aber auch das einzig Weiche an ihm; der Rest wirkte wie eine gespannte Feder.

Als Raven es auf ihre Straßenseite geschafft hatte, waren sie schon vorbeigegangen. »Mr Gallagher!«, rief Raven ihm hinterher, um sicherzugehen, dass er wirklich den Richtigen hatte.

Der Mann drehte sich um, und sein Blick verriet gereizte Neugier, als er den Rufenden nicht einordnen konnte. Seine Frau dagegen wirkte furchtsam, da sie den Mann sofort erkannte, der auf sie zukam. Sie hatte offenbar eine Heidenangst davor, dass ihr Mann erfuhr, was Raven gefolgert hatte, oder auch nur, dass sie überhaupt beim Arzt gewesen war.

»Was wollen Sie?«, fragte er und musterte Raven. Es missfiel ihm sichtlich, einfach so von einem Jungspund auf der Straße aufgehalten zu werden, auch wenn Raven merkte, dass Gallaghers Blick auf seiner Narbe verweilte.

»Ich muss mit Ihnen sprechen.«

»Dann sprechen Sie!«

Mrs Gallagher hielt den Kopf weiter gesenkt. Raven meinte, sie zittern zu sehen.

»Es geht um eine delikate Angelegenheit, die wir nicht vor Ihrer hochverehrten Gattin besprechen sollten.«

Mr Gallagher wirkte verwirrt und abweisend – was auch immer Raven sagen mochte, konnte für ihn nicht von Bedeutung sein.

»Bitte, ich bin mir sicher, dass Sie großen Nutzen aus dem ziehen werden, was ich Ihnen sagen möchte. Wenn Sie sich nur eben mit mir ein paar Schritte zur Seite begeben würden.«

Raven führte ihn in eine schmale Gasse zwischen zwei Gebäuden, wo die Gespräche der Kirchgänger kaum noch zu hören waren.

»Und?«, sagte Gallagher ungeduldig. »Raus damit!«

»Ich bin der Arzt Ihrer Frau. Sie wird von einem chronischen Leiden geplagt, über das wir einmal sprechen sollten.«

Seine Augen wurden noch schmaler. »Was für ein Leiden soll das sein?«

»Seien Sie doch so freundlich, mich nicht für einen Dummkopf zu halten. Sie versuchte, den Ursprung ihrer Verletzungen zu verbergen, da sie sicher weitere fürchtete. Aber ich verstand nur zu gut, was ich vor mir hatte.«

Gallagher schien wütend über Ravens Impertinenz. »Sie passt eben nicht auf. Sie lässt sich ablenken. Da arbeitet man als Mann den ganzen Tag und kommt nach Hause, und das letzte Mehl ist hin. Was geht's Sie denn an, wie ein Mann seinen Haushalt führt und seine Frau maßregelt?«

»Ach, sprechen Sie hier von demselben Maß, das Sie auch halten, wenn sich die Frage nach dem nächsten Whisky stellt, obwohl Sie eigentlich schon das Geld versoffen haben, das Ihre Frau zum Leben braucht?«

»Was meinst du, mit wem du hier redest, Junge?«

»Ich handle nur im Interesse meiner Patientin.«

»Nein, du steckst deine Nase in Sachen, die dich nichts angehen. Also pass lieber auf, dass sie da auch heil wieder rauskommt.«

Raven sah, dass Gallagher die rechte Faust ballte. Dazu hatte es nicht viel gebraucht. Er kannte Männer wie diesen nur zu gut.

Raven hob beschwichtigend die Hände. »Sicher, Mr Gallagher. Es ist Ihre Sache, wie Sie Ihre Frau maßregeln. So wie es meine Sache ist, wie ich ihr Leiden kuriere. Und da ich dieses Leiden nun als den Haufen Dreck erkannt habe, der vor mir steht, verschreibe ich ein Gegenmittel. Ich werde Ihre Frau bitten, regelmäßig in meine Sprechstunde zu kommen, und wenn ich erneut Anzeichen sehe, dass Sie Hand an sie gelegt haben, finde ich Sie und zahle es Ihnen dreifach heim. Auf diese Weise regeln Sie Ihre Angelegenheit und ich die meine.«

In Gallagher kochte die Wut, aber er regte sich nicht. Noch nicht.

»Mit diesen Händen mache ich, was ich will, Junge, so wie ich dich zu Brei schlage, wenn du mir noch mal dumm kommst.« Gallagher ballte wieder die Faust. Er war auf dem besten Weg, aber etwas hielt ihn zurück: die Tatsache, dass Raven keine Angst hatte.

»Warum warten? Ich stehe direkt vor Ihnen. Kommen Sie schon, dass Sie eine Frau schlagen können, wissen wir bereits. Nun zeigen Sie doch mal, ob Sie sich auch bei einem Mann trauen.«

»Nicht am Sonntag.«

Raven ließ die Hände seitlich hängen, sodass er ungeschützt war. »Das heißt, heute darf Ihre Frau ungestraft die Scones verbrennen lassen?«

Das war zu viel, und Gallaghers Wut überwand seine Feigheit. Mit aller Kraft schleuderte er die Faust auf Ravens Gesicht zu. Aber Raven war schnell; schnell genug für so einen Säufer. Er zog den Kopf flink zur Seite, und Gallagher traf mit voller Wucht die Mauer.

Gallagher sank auf die Knie und gab ein kehliges Stöhnen von sich, als er voller Schrecken die gebrochenen, blutigen, zerschundenen Finger ansah. Zu Brei hatte er nur seine eigene Hand geschlagen.

Raven stellte sich über ihn und packte ihn am Kinn, dass er hochschaute.

»Und vergiss nicht, dass ich das hier getan habe, ohne dich auch nur anzurühren. Rühre sie noch einmal an, und das wird sich ändern.«

Kapitel 26

Sarah sah sich nach Raven um, konnte ihn aber nicht in der Menschenmenge finden, die nach Grissoms Gottesdienst vor dem Saal auf der Straße stand. Die Sheldrakes hatten ihre Angestellten zusammengesammelt und waren schon auf dem Weg Richtung Blair Street. Milly ging mit gesenktem Blick an ihr vorbei und schaute sich nicht um.

Sarah machte ihn ausfindig, als er aus einer Gasse auf der anderen Straßenseite trat. Seine Miene bildete einen düsteren Kontrast zu den Gesichtern der Kirchgänger. Diese schauten wie Leute, die glauben, gerade mit dem Herrn Zwiesprache gehalten zu haben, während Raven nach unheiligeren Angelegenheiten aussah.

Sarah fühlte sich in ihrem ersten Eindruck bestätigt, dass Raven etwas Ruheloses und einigermaßen Ungestümes an sich hatte. Sie vermutete, dass beide Wesenszüge bei der Sache zum Tragen gekommen waren, die zu seiner Gesichtsverletzung geführt hatte, aber sie bezweifelte, dass er ihr die

Wahrheit darüber sagen würde. Hinter seinen braunen Augen wallte ein Nebel düsterer Geheimnisse.

Sie musste jedoch zugeben, dass dort zweifellos auch etwas Wärmeres lag, wobei in der Queen Street wohl jeder warmherzig wirkte, sobald er einmal neben Dr. James Duncan gestanden hatte – oder Dr. James Matthews Duncan, worauf er nun bestand. Dieser war ebenfalls ruhelos und ungestüm, allerdings ausschließlich vom Ehrgeiz getrieben, sich einen Namen zu machen, weshalb er es auch nicht hatte dulden können, dass sein bisheriger Name verwechselbar gewesen war.

Raven dagegen verausgabte sich um einer Frau willen, die tot war und ihm nicht mehr danken konnte. Vielleicht wollte er dafür büßen, dass er ihr nicht genug geholfen hatte, um sie am Leben zu halten. Sarah wusste, dass sie bei solchen Beweggründen vorsichtig sein musste, so nobel sie auch klangen. Es hieß, der Weg zur Hölle sei gepflastert mit guten Vorsätzen, und sie fürchtete, Ravens Rücksichtslosigkeit mochte sie gleich mit dorthin nehmen, wenn sie nicht Vorsicht walten ließ.

»Haben Sie mit ihr gesprochen?«, fragte er.

»Rose war schwanger«, sagte Sarah. »Sie hatte Angst, entlassen zu werden, wenn es herauskam. So hat Milly es McLevy erzählt, und jetzt glaubt er, sie wäre ins Wasser gegangen.«

Raven brauchte einen Augenblick, um das aufzunehmen.

»Ich hege den Verdacht, dass auch Evie schwanger war.«

»Wie kommen Sie darauf?«, fragte Sarah, bevor sie verstand, was die Frage andeutete.

»Von mir hat es nicht sein können«, antwortete er gefasst. »Ich habe Ihnen doch gesagt, dass ich sie nicht mehr gebrauchte.«

»Woher wollen Sie dann …?«

»Ich weiß es nicht. Es passt einfach. Anders als die Vorstellung, Rose wäre selbst ins Wasser gegangen. Das würde die Verrenkungen nicht erklären, die denen von Evie ähnelten.«

»Sie sagten, Sie vermuten, beide seien vergiftet worden. Ist es nicht ebenso möglich, dass sie sich mit Gift selbst töteten?«

Raven überlegte. »Theoretisch schon. Aber beide mit dem gleichen Gift? Und dann noch mit einem, das ihnen anscheinend extreme Schmerzen bereitete? Warum sollte man sich freiwillig einen solch schrecklichen Tod antun?«

»Vielleicht wurde ihnen vorgegaukelt, es würde sie sanft entschlafen lassen wie Opium.«

»Ich kann nicht glauben, dass Evie sich umgebracht hat. Warum hätte sie so dringend Geld gebraucht, wenn sie ihrem Leben ein Ende setzen wollte?«

»Auch bei Rose kann ich es mir nicht vorstellen, aber wer weiß schon, wozu die äußerste Verzweiflung eine Frau treiben mag? Schwanger und ohne Mittel, sich und das Kind zu ernähren, wenn sie erst entlassen ist.«

»Professor Ziegler am Maternity Hospital sagte, er wisse von jungen Frauen, die sich umbrachten«, gab Raven verlegen zu. »In manchen Fällen ertrugen sie es nicht, dass die Familie von ihren Umständen erfuhr. Es scheint aber wie ein allerletzter Ausweg.«

»Welchen anderen Ausweg sollte ein Mädchen wie Rose haben?«

Ravens Blick verriet, dass sie die Antwort bereits wusste; wie sie auch verstand, dass davon nicht in Hörweite Fremder gesprochen werden durfte.

Sie gingen schneller und erlangten einen gewissen Abstand von den Kirchgängern.

»Verzweifelte Frauen erkunden erst alle anderen Möglichkeiten, bevor sie Selbstmord in Erwägung ziehen«, sagte er. »Neulich wurde in der Gosse unweit vom Royal Exchange ein Säuglingsbein gefunden. Ich vermute, das arme Ding wurde von seiner Mutter getötet.«

Sarah hörte nicht zum ersten Mal von so etwas.

»Die Mutter muss ihre Umstände erfolgreich geheim gehalten haben«, sagte sie. »Ich bezweifle, dass dies Rose möglich gewesen wäre. Sie wäre sicher entlassen worden, lange bevor ihr solch eine Schreckenstat offengestanden hätte.«

»Es gibt auch andere verzweifelte Maßnahmen«, sagte Raven. Obwohl niemand mehr in der Nähe war, sprach er leise. Es war eine Einladung zur Mitverschwörung.

»Allerdings«, erwiderte Sarah.

»Hätten sie aber diesen Weg eingeschlagen, wäre es für sie womöglich genauso ausgegangen. Mein Freund Henry hat kürzlich zwei Fälle erlebt, in denen junge Frauen infolge von Abtreibungsversuchen starben.«

Sarah versuchte, sich Roses Angst und Hoffnungslosigkeit vorzustellen und was sie selbst in einer solchen Situation getan hätte. Sie nahm an, dass sie jede nur denkbare Möglichkeit in Erwägung ziehen würde. Da hatte sie einen Einfall.

»Was, wenn sie ein Gift eingenommen haben, nicht um sich zu töten, sondern in dem Glauben, dass es die Last austreiben würde, die sie trugen?«

Raven wandte sich um. Sie sah gleich, dass ihm das durchaus denkbar erschien.

»Frauen haben schon allerlei Gebräue zu sich genommen, weil sie hofften, dadurch verfrühte Wehen einzuleiten«, stimmte er ihr zu. »Bisher waren sie stets ohne Wirkung oder allein schädlich für die Mutter.«

»Gleichwohl könnte man sicher eine Menge Geld für eine Pille oder einen Trank verlangen, wenn die Käuferin an das Versprechen glaubt, so könne sie sich ihrer Last entledigen. Könnte dies der Grund sein, aus dem Evie das Geld brauchte?«

»Evie war kein leichtgläubiges Huhn! Aber Verzweiflung ist oft die Mutter falschen Vertrauens. Sie mögen also recht haben.«

Raven hob den Blick in den grauen Himmel, als lägen hinter der Wolkendecke Antworten versteckt.

»Ich wünschte nur, wir wüssten, welche Art von Gift sie wohl genommen hat.«

Kapitel 27

Raven wachte im Dunkeln auf, und aus schläfriger Verwirrtheit wurde plötzlich erschrockene Wachsamkeit, als er am Fußende eine Gestalt mit einer Lampe sah. In diesem Schreckmoment und bei dem schwachen Licht dauerte es eine Weile, bis er den Eindringling als Jarvis, den Butler, erkannt hatte.

»Was zum Teufel machen Sie da?«

»Ich wecke Sie, Mr Raven.«

»Warum spuken Sie dann hier herum wie ein elendes Phantom? Warum haben Sie mich nicht gerufen?«

»Ich habe dreimal Ihren Namen gerufen und davor bereits eine Weile an Ihrer Tür geklopft, jedoch vergeblich. Mein nächster Schritt wäre der gewesen, einen Becher Wasser über Ihnen auszuschütten, aber glücklicherweise war dies nicht vonnöten.«

Wie immer war Jarvis' Stimme ruhig und unerbittlich, er beantwortete Fragen mit Geduld und vermittelte dennoch den Eindruck, dass es eigentlich unter seiner Würde war, mit

Raven zu sprechen. Raven hoffte, dass er zumindest Sarahs Abneigung langsam abmildern konnte, aber Jarvis' Verachtung mochte wohl von Dauer sein.

»Wie spät ist es?«

»Es ist Viertel nach vier. Dr. Simpson wurde zu einem dringenden Fall gerufen, und er wünscht, dass Sie sich ankleiden und ihn sogleich begleiten.«

»Wissen Sie, wohin es geht?«, fragte Raven und rechnete damit, dass ihm eine Kutschfahrt wenigstens die Zeit lassen würde, aufzuwachen und wieder zu klarem Verstande zu kommen.

»In die Nähe, wie ich höre. Zum Albyn Place.«

»Keine zweihundert Meter«, merkte Raven an. »Dann sollte die Patientin wenigstens imstande sein, Dr. Simpson angemessen dafür zu entschädigen, dass er zu dieser Stunde kommt.«

Jarvis gab einen spöttischen Laut von sich. Im Zwielicht war sein Gesichtsausdruck nicht so recht zu erkennen, aber Raven konnte ihn sich gut vorstellen.

»Was ist denn?«

»Sie studieren vielleicht beim Professor, aber ihn selbst haben Sie gewiss noch lange nicht verstanden.«

»Ich verstehe, dass er oftmals Geld von den Armen ablehnt, aber solche Nachsichtigkeit muss er doch nicht auch bei den Reichen walten lassen.«

»Mr Raven, wir haben nun keine Zeit, dieses Thema weiter auszuführen, aber vielleicht reicht es schon, wenn ich Ihnen erkläre, dass ich Dr. Simpson bereits dabei beobachtet habe, wie er eine Fünfpfundnote aufgerollt und in ein klapperndes Fenster geklemmt hat.«

Raven und Jarvis kamen gerade am Fuß der Treppe an, als Simpson ein Stockwerk höher mit seiner Tasche in der Hand aus dem Büro trat. Jarvis hielt Hut und Mantel bereit, um ihm mit geübten Bewegungen Letzteren über die Schultern zu legen und ihm Ersteren aufzusetzen, bevor er die Tür öffnete.

Die Kälte schlug Raven ins Gesicht wie der Becher Wasser, den Jarvis angedroht hatte, und er sah neidisch auf den Robbenfellmantel des Professors, als sie beide die Queen Street in westlicher Richtung entlangeilten.

»Ein früher Beginn für einen Montagmorgen, aber zweifellos ein aufregender«, sagte Simpson mit einem Krächzen in der Stimme, das verriet, dass auch er erst kurz zuvor aus dem Schlaf gerissen worden war.

»Sie waren erst spät im Bett, nicht wahr?«, fragte Raven, der wusste, dass Simpson noch unterwegs gewesen war, als er selbst sich zurückgezogen hatte.

»Ich war zum Dinner bei Professor Gregory. Wir haben uns noch lang unterhalten.«

»Sind Sie in der letzten Zeit noch einmal McLevy über den Weg gelaufen? Ich frage mich, was die Obduktion von Rose Campbell ergeben hat.«

»Ich habe nichts gehört, nein. Worin genau besteht Ihr Interesse?«

»Ich bin immer noch neugierig, was die Verrenkungen des Körpers ausgelöst haben mag. Wäre es nicht möglich, dass sie auf ein Gift hindeuten?«

»Das weiß ich nicht«, erwiderte Simpson. »Wenn Sie sich für Gifte interessieren, dann ist Christison Ihr Mann.«

Ravens Puls beschleunigte sich. Vielleicht hatte es sich gelohnt, dass er aus dem Bett in die Dunkelheit gezerrt worden war. »Professor Christison? Würden Sie mich mit ihm bekannt machen?«

»Mit seinem Werk, sicher! Ich habe seine Abhandlung in meinem Büro. Wenn Sie sich dem widmen, können Sie eine Menge lernen.«

»Vielen Dank«, sagte Raven, meinte es aber nicht.

Simpson hegte keine Neugier am Schicksal von Rose Campbell, vielleicht bis auf eine physiologische Erklärung dessen, was mit ihrer Leiche geschehen war. Das größere Drama um sie schien für den Mann unsichtbar. Vielleicht sah er solche Dinge nur abstrakt und konnte sich so von den Schrecken und Tragödien seines Arbeitsalltags distanzieren.

Raven dachte an Jarvis' Geschichte von Simpson, der eine Banknote unter ein klapperndes Fenster stopfte. Geld bedeutete ihm nichts. Er bewohnte ein Reich der Bücher und der Theorie.

Wäre Mrs Gallagher Simpsons Patientin gewesen statt Ravens, hätte er ihre Verletzungen versorgt, wäre aber nicht darauf gekommen, wie man deren Ursache beheben könnte. Wenn er gefährlichere Stadtteile aufsuchte, wich die Menge vor ihm nach beiden Seiten auseinander. Jeder kannte seinen Namen, sah zu ihm auf, wollte ihm Gutes. Er war wie ein Gott, der nicht dieselben Sphären bewohnte wie die Sterblichen, und auch wenn er ihnen half, blieb er von ihrem Leid unberührt.

»Und nun wollen wir einmal prüfen, wie es zu dieser unchristlichen Stunde um Ihre geistigen Fähigkeiten bestellt ist«, sagte Simpson, als sie sich dem Albyn Place näherten. »Die Patientin, die wir gleich behandeln werden, ist eine junge Frau im achten Schwangerschaftsmonat, die plötzlich schwer, aber ohne Schmerzen zu bluten begann. Diagnose?«

Raven wühlte in seinem müden Hirn nach der Antwort. Einige Möglichkeiten boten sich ihm an, aber er verwarf jene, die die große Eile zu dieser Stunde nicht erfordert hätten.

»Placenta praevia«, sagte er.

Simpson nickte weise, als sich vor ihnen eine Tür öffnete.

Ein Hausmädchen trat hervor und begrüßte sie. Sie war verstört, beinahe hysterisch. Sie brabbelte unverständlich, stolperte über ihre zusammenhanglosen Worte und zeigte auf die Stufen im Haus. Raven verstand nur den Namen: Mrs Considine. Die Hand des Mädchens war rot verschmiert, und eine tiefpurpurne Spur zog sich von der Taille ihres Rockes bis zum Saum.

Simpson stieg die Treppe mit Zweistufenschritten hinauf. Raven folgte etwas langsamer, denn auf ihm lastete die Erinnerung an das, was kaum zwei Wochen zuvor an einer anderen Adresse der New Town durch seine Hand geschehen war. Die Schuld war ihm in jeder Sekunde bewusst, dass infolge seiner Taten jemand zu Tode gekommen war, doch gleichzeitig verzehrte ihn die Frage, wie es hatte passieren können. War ihm ein Fehler unterlaufen? War der Äther an sich gefährlich?

Er hatte versucht, das Thema ganz allgemein mit Dr. Simpson zu besprechen, um sein Gewissen zu beruhigen.

»Hatten Sie eigentlich jemals Bedenken bezüglich der Sicherheit von Äther, nachdem eine geringe Anzahl von Todesfällen mit seiner Verabreichung in Verbindung gebracht wurde?«, hatte er eines Morgens nach dem Frühstück gefragt.

»Zu den Todesfällen, auf die Sie anspielen, kam es jeweils zwei oder drei Tage nach einer schweren Operation, und man sollte sie nicht der Inhalation des Äthers selbst anlasten. Viele der angeblichen Versagensfälle und Rückschläge, die man dem Stoff zuschreibt, gehen meiner Überzeugung nach auf eine fehlerhafte Anwendung zurück«, sagte Simpson. Eine Antwort, die Raven kaum Trost bot. »Eine erfolgreiche Ätherisierung bedarf einer vollen, narkotisierenden Dosis durch Anreicherung der Einatmungsluft im höchsten Maß, das der Patient ertragen kann, und der Chirurg sollte das Messer niemals ansetzen, bevor der Patient nicht vollständig und zweifelsfrei bewusstlos ist.«

Raven dachte an Mrs Grasebys anfänglichen Widerwillen, den Äther einzuatmen, und an ihre plötzliche Bewegung, als Beattie sie behandelte.

»Sind bei Ihnen selbst jemals Schwierigkeiten aufgetreten?«, fragte er.

»In den letzten neun Monaten habe ich den Äther bei fast jeder Geburt eingesetzt, stets ohne unerwünschte Folgen. Ich habe keine Zweifel, dass sich diese Praxis in wenigen Jahren allgemein durchgesetzt haben wird, ganz egal, was die kleinen Theologen der Kirche dazu sagen.«

Simpson hatte gelacht und Ravens wachsendes Missbehagen nicht bemerkt.

Aber was war eine ausreichende Dosis? Wie konnte man so etwas messen? Was war der Unterschied zwischen Simpsons erster Anwendung von Äther und Ravens unbeaufsichtigter Anwendung bei Mrs Graseby? Raven wollte es scheinen, als wäre es ebenso sehr eine Kunst wie eine Wissenschaft und dass seine eigenen Bemühungen sicher nicht so weit von der korrekten Handhabung abgewichen waren, dass sie den Tod hatten verursachen können. Und doch hatte er keine andere Erklärung für das, was vorgefallen war. Und ohne die konnte er nur sich selbst die Schuld zuweisen.

Sie fanden die Patientin in einem Schlafzimmer im zweiten Stock, die Tür sperrangelweit offen. Auf jeder freien Oberfläche standen Lampen und Kerzen, das Flackern ließ scheinbar überall ein dunkel-feuchtes Schimmern erkennen, ein blutiges Spektakel, das Raven dankbar machte, dass er noch nicht gefrühstückt hatte. Mrs Considine befand sich in Rückenlage auf dem Himmelbett, ihre Nachtkleider bildeten eine rot durchweichte Masse um die Knie. Blut war überall auf dem Bett, auf dem Teppich und auf jedem Möbelstück, das die Patientin oder ihr Hausmädchen berührt hatten.

Mrs Considine schien ohnmächtig geworden zu sein, was in Ravens Augen ein Segen war, denn so musste er keinen Äther verabreichen.

Als Raven die Zimmertür schloss, hatte Simpson auch schon den Mantel abgelegt und die Ärmel hochgekrempelt. Er führte eine schnelle Untersuchung durch, um die Ursache der Blutung festzustellen.

»Eine Dosis Mutterkorn vorbereiten, Mr Raven«, sagte er, ohne aufzuschauen. »Und Beeilung! Ich muss die Frau umgehend von dem Kind entbinden. Nur so können wir die Blutung stillen.«

Der Doktor brüllte die Anweisungen beinahe. Raven hatte ihn noch nie die Stimme erheben hören, was fast so verstörend war wie all das Blut. Seine vorherige Diagnose erwies sich als korrekt: Eine tief sitzende Plazenta befand sich am inneren Muttermund. Raven erinnerte sich wortwörtlich an die Beschreibung aus dem Lehrbuch, vor allem wegen der Zeilen: Unter diesen Umständen ist eine katastrophale Blutung unausweichlich, infolge deren eine von drei Müttern stirbt.

Mit unsicherer Hand tat Raven, was ihm aufgetragen worden war. Er maß gerade noch die nötige Dosis ab, als Simpson bereits den Hintern des Kindes zum Vorschein brachte und es schließlich entband. Unerwarteterweise lebte es sogar. Die widerspenstige Plazenta wurde gelöst, das Mutterkorn verabreicht und Druck auf den schlaffen, leeren Uterus ausgeübt.

Die Blutung wurde zu einem Tröpfeln, und die Patientin regte sich ein wenig, aber Raven konnte noch keine Erleichterung spüren, solange Caroline Graseby ihm noch so frisch in Erinnerung war. Auch sie hatte erste Anzeichen einer Erholung gezeigt, um Stunden später doch zugrunde zu gehen, während er unruhig auf Neuigkeiten gewartet hatte.

Eine kleine Armee von Hausmädchen, bewehrt mit warmem Wasser und Handtüchern, marschierte an. Das Kind wurde eingewickelt und in eine Ecke gelegt, während der gröbste Schmutz beseitigt wurde.

Mrs Considine versuchte, sich aufzusetzen, schaffte es aber nicht und sank erschöpft zurück in die Kissen. Sie warf einen müden, aber liebevollen Blick auf das Neugeborene, und erst da hatte Raven das Gefühl, wieder frei atmen zu können.

Doch kurz darauf griff Mrs Considine sich vorn ans Nachthemd, und die Angst trat ihr ins Gesicht. Raven wollte ihr helfen, indem er das Kleid am Hals lockerte. Sie rang nach Atem, die Augen vor Panik aufgerissen. Es war, als wäre nicht genug Luft im Zimmer.

Raven sah den Professor an, der auf der anderen Seite des Betts stand und ungewohnt beklommen wirkte.

»Dr. Simpson, was sollen wir tun?«, fragte er.

Simpson schluckte, und als er schließlich antwortete, war seine Stimme leise und hohl.

»Sprechen Sie mit ihr.«

Vier Worte, die ihm verrieten, dass es hoffnungslos war.

Raven hielt ihr die Hände und mühte sich, ihr trostvolle Dinge zu sagen. Seine eigene Stimme klang fern, als würde er sich selbst von außen beobachten. Mrs Considine starrte ihn an, die aufgerissenen Augen und das angsterfüllte Gesicht erinnerten ihn an Evie, als er sie gefunden hatte. Er wünschte sich inständig, dass sie weiteratmete, dass sie eben noch genug Blut behalten hatte, um zu überleben.

Ihr Atem wurde langsamer und hörte auf.

Raven sah Simpson an und hoffte auf ein paar weise Worte, irgendeinen tröstlichen Gedanken, der dem Geschehenen Sinn geben konnte. Stattdessen wandte Simpson sich ab, ging zu einem Stuhl in der Ecke und verteilte dabei achtlos Blut über einen immer weiteren Bereich. Der Professor ließ sich schwer nieder und senkte den Kopf in die Hände.

Eine unheimliche Stille legte sich über den Raum, in der nur ein verstörendes Tropfen zu hören war. Dann begann das Kind zu schreien.

Kapitel 28

Die Queen Street Nummer 52 befand sich in einem seltsamen Schwebezustand. Raven saß am Fenster im Salon, und Professor Christisons Abhandlung über die Gifte lag ihm schwer auf dem Schoß, während George Keith und James Duncan sich zu beiden Seiten des Kamins niedergelassen hatten und ebenfalls über Schriften und Büchern brüteten. Das Haus war beunruhigend still für diese Zeit am Morgen, denn nichts lief ab wie üblich. Den zweiten Tag in Folge war die Morgensprechstunde abgesagt worden, und keiner wusste so recht, womit er sich beschäftigen sollte.

Das Frühstück wurde serviert, ohne dass Dr. Simpson kam, um das Tischgebet zu sprechen, was wohl bedeutete, dass das Personal ihn nicht erwartete. Als er am vorigen Morgen vom Albyn Place zurückgekehrt war, hatte er sich ins Bett gelegt und war seitdem nicht mehr aus dem Schlafzimmer herausgekommen. Mrs Simpson hatte sich kurz zu ihnen ins Esszimmer gesetzt, sich aber schon nach wenigen

Bissen Toast wieder zurückgezogen, ohne ein Wort zu sprechen.

Bis auf das Knistern des Feuers und den gelegentlichen Ruf des Papageis war es still. Trotz Fehlens jeglicher Ablenkung machte Raven keine Fortschritte bei der Suche nach einer möglichen Ursache für die Todesqualen, die Evie und Rose durchlitten hatten.

Raven bemerkte, dass Duncan das Buch vor sich geschlossen hatte und gedankenvoll in seine Richtung sah. Das verhieß selten Gutes.

»Sie versuchen sich am Christison, was?«, sagte er. »Zweifellos ein exzellentes Werk, aber als Ärzte sollten wir achtgeben, das Kind nicht mit dem Bade auszuschütten.«

Normalerweise hätte Raven ihn nicht ermutigt, seine Gedanken weiter auszuführen, aber gerade ließ er sich nur zu gern von seiner erfolglosen Suche ablenken.

»Was meinen Sie damit?«

»Man könnte argumentieren, dass jedes Gift an sich nur eine Überdosis ist. Denn gewiss hat jeder der bei Christison genannten Stoffe Eigenschaften, die im rechten Maße heilsam sind oder die eine gewisse Wirkung zeigen, die wir uns zum Wohle des Patienten zunutze machen können.«

»Sicher, bloß gestaltet sich die Feststellung der Beziehung von Dosis und Wirkung oft schwierig. Das sage ich als jemand, der beinahe jeden Abend nach dem Essen einer ganzen Reihe übler Dämpfe ausgesetzt ist.«

»Andererseits könnten solche Versuche Ihnen wenigstens eine Fußnote in der Geschichte der Medizin sichern«, erwiderte Duncan.

Darüber grinste Keith, woraufhin Duncan lächelte. Raven ging stark davon aus, dass Letzterer missverstand, über wen sich Ersterer so amüsierte.

Raven war weniger nach Scherzen zumute; er betrachtete

dieses fortlaufende Versuchsmodell als bevorstehende Katastrophe. Simpson ließ jeden Professor und Drogisten, den er kannte, nach Substanzen Ausschau halten, die womöglich eine anästhetische Wirkung zeigen könnten. Wann immer einem von ihnen eine solche Substanz unterkam, ließ er eine Probe in die Queen Street bringen, wo sie nach dem Abendessen von allen anwesenden Medizinern ausprobiert wurde. Professor Miller, der Chirurg, der nebenan in der Hausnummer 51 wohnte, hatte es sich angewöhnt, an den meisten Morgen auf seinem Weg zur Infirmary vorbeizuschauen und sich zu vergewissern, dass sie alle die Nacht überlebt hatten. Bisher hatte keiner der Stoffe etwas Dramatischeres hervorgerufen als Schwindel, Übelkeit und entsetzliche Kopfschmerzen, aber Raven glaubte, dass dies weniger mit besonnenen Entscheidungen als mit bloßem Glück zusammenhing. Der Gedanke lag nicht fern, dass Professor Miller eines Tages zu spät kommen und die ganze Versammlung tot vorfinden würde.

»Ich möchte lieber nicht zu posthumen Ehren kommen, bevor ich überhaupt vollständig ausgebildeter Arzt bin«, sagte Raven.

»Ach, seien Sie doch nicht so melodramatisch! Wobei Sie recht haben, dass die Versuche eine große Herausforderung bleiben, zumal sich heutzutage lautstarker Widerspruch gegen den Einsatz von Tieren als Versuchsobjekt regt. Wie sonst sollen wir tödliche Dosen feststellen, und wie sonst sollen wir Wirkungen ermitteln, wenn wir das Tier hinterher nicht sezieren können?«

»Ich bin der Meinung, dass jeder, der sich gegen Giftversuche an Hunden ausspricht, sich selbst als Versuchsperson anbieten sollte«, sagte Raven. Das meinte er nicht ernst, aber es amüsierte ihn, dass Duncan dies wohl nicht verstehen würde.

»In der Tat. Die Schwierigkeit ist allerdings, dass die Physiologie des Hundes der unseren nicht ähnlich genug ist, um präzise Schlüsse zuzulassen. Ich wünschte, wir könnten auf eine ebensolche Fülle an entbehrlichen Versuchspersonen zurückgreifen.«

»Wie wäre es mit Strafgefangenen?«, schlug Keith vor.

Raven warf ihm einen Blick zu und sah das verschmitzte Schimmern in seinen Augen. Um Gottes willen, bring ihn nicht auf Ideen, dachte er.

Zu spät.

»Ganz recht«, überlegte Duncan. »Auf diese Weise könnten Mörder und Diebe etwas zum Wohle der Allgemeinheit beitragen.«

»Warum nicht auch Dirnen?«, fragte Raven, seine Stimme streitlustiger und energischer, als er es vorgehabt hatte.

Duncan reagierte mit einem seltsamen Blick, als wöge er ab, was sich wohl hinter diesem Einwurf verbarg. Die ungewohnte Stille des Hauses betonte die folgende Anspannung noch, bis Keith das Thema wechselte.

»Einige Gifte zeigen bei keiner Dosis eine nützliche Wirkung, schaden aber immer, und doch werden sie weiter verschrieben. Quecksilber, um Gottes willen! Neben Mundgeschwüren und Zahn- wie Haarausfall verursacht es nur einen erhöhten Speichelfluss, was schlichte Geister als Selbstreinigung des Körpers zur Wiederherstellung des Gleichgewichts der Säfte deuten. Solches Denken ist doch mittelalterlich!«

»Aus solchen Gründen floriert auch das Geschäft der Homöopathen«, erwiderte Raven. »Allzu viele allopathische Arzneien sind toxisch, also besteht der Vorteil der Homöopathie allein darin, dass sie einen über den natürlichen Verlauf der Krankheit hinaus nicht noch kränker macht.«

»Und wie du noch erfahren wirst, Will, fordern die Patienten nun mal Pillen, und viele Ärzte geben sie ihnen allzu gern, solange sie damit Geld verdienen können. Gierige Scharlatane bedienen sich ebenso sehr der Polypharmazie wie der Homöopathie: Ärzte verkaufen komplexe Arzneikombinationen und zusätzlich noch weitere, die die Nebenwirkungen Ersterer abmildern sollen. Manchmal glaube ich, ich rede gegen eine Wand, wenn ich meinen Patienten erkläre, dass der sicherste Weg zur Gesundheit in guter Ernährung und regelmäßiger Bewegung besteht. Aber sie meinen, sie wären nicht auf ihre Kosten gekommen, wenn ich sie ohne Rezept fortschicke, und je komplexer die Arznei, desto fähiger der Arzt, lautet wohl die herrschende Meinung.«

»Nichtsdestoweniger haben wir die Wirksamkeit einiger wahrlich außerordentlicher Mittel bewiesen, also gibt es zweifellos weitere zu entdecken«, hielt Duncan dagegen. »Und damit meine ich keine nebulösen Mittelchen wie Gregory's Powder. Wer weiß, welche Leiden ein natürliches Derivat oder lediglich das richtige Präparat lindern oder gar heilen könnte? Dies herauszufinden habe ich mir zum Lebenszweck gemacht.«

»Doch bis Sie das eben erwähnte Problem der Versuchsdurchführung gelöst haben, sind Sie zum Scheitern verurteilt«, sagte Raven.

Duncan stand auf und beäugte Raven eine Weile wie eine Eule eine Feldmaus.

»Wir werden sehen«, sagte er leise und verließ den Raum.

Raven wandte sich wieder dem Christison zu, doch die Unterbrechung war seiner Konzentration nicht zuträglich gewesen. Er mühte sich noch durch einige Seiten, bevor er einen abgrundtiefen Seufzer ausstieß. Hätte er den Namen eines Giftes gekannt und seine katalogisierten Wirkungen erfahren wollen, wäre es recht einfach gewesen, aber er versuchte genau das Gegenteil.

Keith legte seine Zeitschrift ab und schaute zu Raven hinüber.

»Ist bei dir alles beim Rechten, Will? Du wirkst ausgesprochen unruhig.«

»Ich glaube, die Stimmung des Hauses greift auf mich über.«

Keith nickte, lehnte sich zurück und überlegte einen Augenblick.

»Die Fälle, die du mit dem Professor behandelst, werden mehrheitlich schwierige sein. Darauf musst du gefasst sein.«

Raven lächelte schmal und dachte sich, dass er seit Beginn seiner Famulatur vor allem deshalb so wenige regelrecht verlaufende Entbindungen gesehen hatte, weil er den Professor nicht zu dessen aristokratischeren Patientinnen begleiten durfte. Die gestörten Geburten der Armen – die blieben ihm.

»Etwas Ablenkung würde dir guttun«, fuhr Keith fort. »Eine nichtmedizinische Beschäftigung, die dich an die frische Luft bringt und dir eine neue Perspektive eröffnet.«

Keith tat so, als würde er in Gedanken verschiedene Möglichkeiten durchgehen, aber Raven ahnte, dass er schon eine bestimmte im Sinn hatte. Außerdem vermutete er, dass Keith dabei ein Eigeninteresse verfolgte.

»Wenn mich das von dem Christison erlöst, bin ich offen für Vorschläge.«

»Hast du schon einmal von der Photographie gehört?«

Raven horchte auf. Das war die bemerkenswerte Technik, bei der reflektiertes Licht auf vorbehandeltes Papier gebannt wurde, sodass exaktere Abbilder entstanden, als sie die Hand des besten Malers erschaffen konnte.

»Ich habe davon gehört, aber ich gebe zu, dass ich noch nie ein Beispiel gesehen habe. Kennst du jemanden, der im Besitz einer Kamera ist?«

»Ich kenne zwei der renommiertesten Vertreter dieser

Kunst. Vielleicht erinnerst du dich an meinen Freund David Hill – er war vor ein paar Tagen hier zu Besuch.«

Raven nickte. Er erinnerte sich vage daran, dass Keith dem Professor einen Bekannten vorgestellt hatte, aber er hatte keine Einzelheiten mitbekommen, da er hinausmusste, um für Dr. Duncan einige Chemikalien zu besorgen.

»Er und sein Partner Robert Adamson haben ihr Studio auf dem Calton Hill, wo sie ein neues Verfahren anwenden, die Kalotypie. Sie haben Dr. Simpson gebeten, für ein Portrait Modell zu sitzen, aber ich bezweifle, dass sie ihn dazu bringen können, lange genug still zu sitzen. Dieser Mann kommt niemals zur Ruhe.«

Raven musste schmunzeln bei dem Gedanken, wie der Professor versuchen würde, eine Pose länger als dreißig Sekunden zu halten.

»Du dagegen wärst ideal. Sie suchen immer nach interessanten Gesichtern. Würdest du für sie posieren?«

Raven gefiel die Vorstellung nicht, dass er ein »interessantes« Gesicht hatte. Unter Medizinern war dieses Attribut selten als Kompliment gemeint. Er fragte sich, ob Keith seine Züge im Allgemeinen oder seine Narbe meinte, die immer noch ungewollte Aufmerksamkeit auf sich zog, auch wenn sie allmählich verheilte.

»Als Modell?«

Keith nickte. »Ich treffe mich heute mit Mr Hill. Ich werde vorschlagen, dass wir gleich morgen Vormittag kommen. Es muss sein, wenn die Sonne am hellsten scheint.«

»Es wäre mir eine Ehre«, sagte Raven.

Keith lächelte seltsam; zufrieden, aber auch berechnend.

»Am Samstag warst du mit dem Hausmädchen unterwegs, Sarah, nicht wahr?«

Raven fühlte sich entlarvt. Bis auf seinen Bericht beim Professor über Reverend Grissoms rednerisches Talent, Demut in Selbstherrlichkeit zu verwandeln, hatte er mit keinen weiteren Folgen dieses Ausflugs gerechnet.

»Warum?«

»Wenn du dich gut mit ihr verstehst, könntest du sie fragen, ob sie nicht mitkommen möchte. Sie arbeiten immer gern mit Frauen. Und ich glaube, sie würde ein ausgezeichnetes Modell abgeben.«

Raven verstand, dass dies der Hintergedanke war, den er geahnt hatte. Bestimmt hatte Hill Sarah bei seinem Besuch gesehen, und sein wahres Interesse galt ihr. Keith nutzte Raven unter einem Vorwand aus, um sie zu den Photographen zu bringen.

Es war ihm gleich. Er ließ sich lieber von Keith und Hill ausnutzen als von Duncan, und wenn er dabei unter dem Schleier des Verzagens hervorkommen konnte, der über dem Haus lag, dann wollte er die Gelegenheit ergreifen.

Kapitel 29

Sarah trat hinaus in den beißend kalten Wind, war aber erleichtert, überhaupt nach draußen zu kommen. Schon als sie die Haustür öffnete, war ihr, als hätte sie den Deckel eines kochenden Kessels hochgehoben und den Druck abgelassen, der sich darin aufgebaut hatte.

Dr. Simpson neigte dazu, sich von Zeit zu Zeit in sein Zimmer zurückzuziehen, wenn seine Kraftreserven und sein Eifer von all den Dingen aufgebraucht waren, denen er sich täglich gegenübersah. Wie sie hörte, war ein Fall schlecht ausgegangen, und er machte sich Vorwürfe. In dem guten Jahr, das sie schon in der Queen Street arbeitete, hatte sie erfahren, dass Simpson das Glück seiner Erfolge bereitwillig teilte, während er sich seine Misserfolge allzu sehr zu Herzen nahm.

Deshalb hatte Sarah die Gelegenheit beim Schopfe ergriffen, als dieser Ausflug vorgeschlagen wurde, ungeachtet Mrs Lyndsays Bedenken.

»Das ist ja unerhört!«, hatte diese gesagt, als ihr fein ausgeprägtes Anstandsempfinden in dieser Weise herausgefordert worden war. »Ein Hausmädchen soll die Herren des Hauses auf einem Spaziergang durch die Stadt begleiten? Das wird kein gutes Ende nehmen, lass dir das gesagt sein!«

Sie hätte es sicher ganz verboten, hätte Dr. Keith nicht Sarahs Anwesenheit erbeten und Mrs Lyndsays Einverständnis eingeholt, bevor er ihr das Vorhaben erklärte. Die Köchin war ohnehin schon verärgert, weil Sarahs Entbindung von ihren Pflichten bei der Sprechstunde, die sie verfügt hatte, auf Dr. Keiths Forderung hin beendet worden war; also wusste Sarah, dass sie für diese Angelegenheit später mit zusätzlichen Aufgaben und Mrs Lyndsays ausdrücklicher Missbilligung bestraft werden würde. Nichtsdestoweniger war sie entschlossen, ihren Ausflug zu genießen.

Sarah erhoffte sich von dem Spaziergang die Möglichkeit für einen Austausch neuer Erkenntnisse in der Angelegenheit um Evie und Rose. Sie hatte versucht, sich durch Christisons Abhandlung über die Gifte zu arbeiten (Raven hatte aufgegeben und ihr das Buch überlassen), aber es war ein überaus gewichtiger Band, und ihre Zeit war begrenzt. Sie fand das Buch faszinierend, aber bisher hatte es keine Antworten auf ihre spezielle Fragestellung gegeben. Sie wünschte, sie könnte den ganzen Tag darin lesen. Welcher Segen war das Schicksal eines Studenten, dachte sie.

Raven war ungewohnt still, als wäre die allgegenwärtige Melancholie im Haus ansteckend. Zwar war er oft mürrisch, aber üblicherweise hatte er etwas zu sagen, selbst wenn es unangemessen war; oder *vor allem*, wenn es unangemessen war. Die Hände in den Taschen ging er schweigend neben ihr her und schoss mit dem Fuß lose Steine über das Pflaster.

»Wie hat er Sie denn hierzu überredet?«, fragte Sarah. Sie nickte in Richtung von George Keith, der voranschritt und begeistert vom klaren Himmel und dessen Bedeutung für das Vorhaben dieses Morgens schwärmte.

»Er fand, mir täte etwas Abwechslung gut.«

»Stimmt das?«

»Wahrscheinlich schon. Ich habe so langsam das Gefühl, dass ich kein Land mehr sehe, dass ich Teil eines Berufsstandes werde, der für immer auf verlorenem Posten kämpft.«

Sarah wurde wütend über diese eitle Perspektive – er stellte sich gerade in den Mittelpunkt eines riesigen Dramas. Er bewies den allzu männlichen Charakterzug, zu glauben, dass sich die Welt um einen drehte – weil sie es meistens auch tat.

»Das scheint mir eine recht überhebliche Deutung der Lage«, sagte sie und wollte den Ärger aus ihrer Stimme halten, auch wenn er schon deutlich aus den Worten sprach.

»Was wissen Sie schon davon?«

»Sie vergessen, dass manche nur allzu gern Ihre Probleme hätten. Einen Beruf lernen würden«, fügte sie spitz hinzu.

Raven wirkte ungewohnt verlegen. Also verstand er, anders als manche Männer, wenigstens ihren Standpunkt.

»Doch selbst das macht es nicht einfacher, sich jeden Tag Leid und Tod gegenüberzusehen.«

Sarah betrachtete sein Gesicht, die dunklen Ringe um die Augen, die immer noch violette Narbe auf der Wange, und sie spürte ihre Wut abklingen.

»Meine Großmutter erzählte mir einmal von einem König, der einen einzigen Gedanken suchte, der ihn aufheitern konnte, wenn er verzagte, der ihn aber in frohen Zeiten wiederum zur Vorsicht gemahnte.«

Raven hob den Kopf und wirkte neugierig, wenn auch nicht sonderlich hoffnungsfroh.

»Ein Weiser verriet dem König nur vier Worte: ›Auch dies geht vorbei.‹ Dr. Simpson wird seinen Rückzug nicht mehr lang aufrechterhalten, und es war im Haus auch schon schlimmer.«

»Inwiefern?«

»Sie haben sicher gemerkt, dass Mrs Simpson Trauer trägt?«

»Ich ging nicht davon aus, dass Schwarz die neue Mode ist.«

»Im Februar haben sie ihre Tochter verloren. Mary Catherine. Kurz vor ihrem zweiten Geburtstag. Auch ihre erste Tochter hatten sie schon verloren, Maggie, im Alter von vier.«

»Woran sind sie gestorben?«

In anderer Gesellschaft hätte sie das als herzlose, nicht eben einfühlsame Frage gewertet, aber sie war Mediziner nun gewohnt und von daher nicht überrascht. Eigentlich wäre es sogar seltsam gewesen, hätte er sich nicht weiter erkundigt.

»Maggie war vor meiner Zeit«, antwortete sie. »Mary Catherine starb an Scharlach. Es war schrecklich. Sie rief immer wieder nach Wasser, konnte es aber nicht trinken.«

»Das tut mir leid«, sagte er. »Es ist schwer anzusehen, wenn ein Kind stirbt.«

»Bei jedem Menschen ist es schwer, das Sterben mit anzusehen, oder nicht?«

Raven wirkte nachdenklich. »Manche Tode sind erträglicher als andere.«

»Das können Sie wohl besser beurteilen als ich, auch wenn ich selbst schon einige gesehen habe.«

»Tatsächlich?« Sein Ton war skeptisch.

Sarah blieb stehen.

»Meine Mutter starb im Kindbett, und mein Vater folgte ihr bald darauf. An gebrochenem Herzen, sagte der Arzt. So kam ich an die Anstellung. Ich hatte niemanden mehr, und unser Pastor kannte Dr. Simpson.«

Raven hatte den Anstand, zerknirscht zu wirken.

»Es tut mir leid, wenn ich gefühllos schien. Das ist eine Berufskrankheit.«

Sie gingen ein paar Schritte schweigend weiter, während George Keith vorausschritt und das Tempo vorgab. Trotz der Kälte war es ein schöner Tag, denn der Wind hatte den Nebel fortgeblasen, und die Sonne schien am blauen Himmel. Als sie den Calton Hill hinaufstiegen, sank Edinburgh zu allen Seiten in die Tiefe. Richtung Norden konnte Sarah ganz bis zum Forth und darüber hinaus sehen, auf dem Wasser zog sich eine Prozession von Segeln nach Leith und von dort fort. Von hier oben fiel auch die Geometrie der New Town deutlich ins Auge, präzise und einheitlich angelegt, ganz anders als die anderen Stadtteile um sie herum. Sie verhieß Ordnung und Eleganz, aber auch Härte und starre Regeln.

Als Raven wieder sprach, klang er etwas heiterer.

»Miss Grindlay scheint von der allgemeinen Niedergeschlagenheit kaum ergriffen, nicht wahr?«

Tatsächlich war Mina seit bald einer Woche bei außerordentlich guter Laune.

»Woran mag das liegen?«, fragte er.

»Ich vermute, das haben wir Ihrem Bekannten Dr. Beattie zu verdanken.«

»Beattie?«

Sie war sich nicht sicher, aber Raven wirkte seltsam befangen, als sie den Namen sagte. Sie hatte angenommen, dass sie Freunde waren, aber sie wusste, wie sehr Mediziner dazu neigten, sich zu zerstreiten.

»Ja. Die beiden sehen sich in der letzten Zeit häufig.«

Raven nickte. »Jetzt, wo Sie es erwähnen, ich hatte schon manchmal gemeint, sein Eau de Cologne zu riechen, wenn ich von meinen Pflichten zurückkehrte.«

»Sie wirken gar nicht so überrascht, wie ich es erwartet hatte«, gestand sie.

»Warum sollte ich?«

»Mir schien Mina nicht die Art Frau, die Beatties Aufmerksamkeit erregen könnte. Sie ist älter als er, und ich glaube nicht, dass es ihm an der Gunst jüngerer Frauen mangelt.«

Raven lachte. »Sind Sie etwa eifersüchtig?«

»Machen Sie sich nicht lächerlich! Welches Interesse sollte ich an so einem Mann haben?«

»Dasselbe wie wohl viele andere auch. Wie Sie sagen, es mangelt ihm nicht an der Gunst jüngerer Frauen.«

»Jetzt sind Sie aber eifersüchtig!«, erwiderte Sarah.

Das überhörte Raven. »Beattie ist älter, als er scheint, und er hat mir berichtet, dass ihm solch oberflächliche Aufmerksamkeit banal und ermüdend erscheint. Ich hatte den Eindruck, dass er an Mina wohl etwas gefunden hat, was diesen anderen Frauen fehlt.«

»Ja«, sagte sie, »den Namen ihres Schwagers und die Verbindungen, die damit einhergehen.«

Raven schien von solcher Forschheit schockiert, und sie sorgte sich, sie könnte eine Grenze überschritten haben.

»Das sage ich nur, weil ich es nicht ertragen könnte, wenn Miss Grindlay hinters Licht geführt würde.«

»Diese Gefahr ist nicht von der Hand zu weisen«, gab Raven zu. »Aber auch wenn Mina einen Ehemann sucht, scheint sie mir in solchen Dingen nicht naiv. Was die beiden ineinander sehen, mag nicht das sein, was wir von außen vermuten. Möglicherweise ist Mina sich der Vorzüge einer Verbindung mit Dr. Simpson bewusst, aber auch das schließt eine wahre Gemeinschaft nicht aus.«

Sarah schaute finster. »Bei Ihnen hört es sich an wie eine reine Geschäftsbeziehung. Sicher leuchtet es ein, aber es klingt vollkommen leidenschaftslos.«

»In einer Ehe gibt es Schlimmeres als Leidenschaftslosigkeit«, erwiderte Raven.

»Wie meinen Sie das?«

Sie sah an seinen Augen, dass er es nicht weiter ausführen wollte.

»Sagen wir nur, während Sie Ihren Vater zu früh verloren haben, verlor ich den meinen nicht früh genug.«

Als sie eilig am Royal Observatory vorbeigingen, um Dr. Keith einzuholen, stolperte Sarah auf einem losen Pflasterstein. Raven fasste sie am Arm, damit sie nicht fiel, und ließ auch danach nicht los. Sein Griff war kraftvoll, und sie merkte, dass er sie nicht weiter störte.

»Interessieren Sie sich für die Photographie?«, fragte er.

»Ich kann nicht behaupten, dass ich viel darüber weiß, aber Dr. Keith war so freundlich, mir seine Daguerreotypien zu zeigen. Von seinen Reisen nach Palästina und Syrien.«

»Welches Glück Sie haben«, sagte Raven und lächelte zum ersten Mal an diesem Tag.

Kapitel 30

Als sie am Rock House ankamen, war Raven schon besserer Dinge, denn der Spaziergang hatte die von Keith versprochene Wirkung gezeigt. Er musste zugeben, dass auch die Gelegenheit zum Gespräch mit Sarah gutgetan hatte. Vielleicht lag es hauptsächlich an dem Kontrast zu ihren eher unglücklichen ersten Begegnungen, aber einfach nur ohne Groll mit ihr zu reden bereitete ihm schon einige Freude. Er hatte sogar zum ersten Mal seit Tagen gelächelt, und zu seiner Freude hatte ihm das weder Schmerzen noch ein Spannen der linken Gesichtshälfte bereitet.

Rock House war ein zweistöckiges Gebäude, vor dem ein Hof lag, den ein kleiner Springbrunnen mit griechischer Vase als Kernstück zierte. Es war nur einen Steinwurf von der Princes Street entfernt, schien aber von einem Waldkokon umfangen, der es vor dem Lärm und dem rauchdurchsetzten Dunst der Stadt schützte. Deshalb war es umso überraschender, dass Keith mehrmals klopfen musste, bevor jemand zur Tür kam.

»Sie sind sicher im Garten«, sagte er, während sie warteten. »Sie photographieren in der Regel draußen.« Er zeigte gen Himmel. »Wegen des Lichts.«

Als sich die Tür schließlich öffnete, wurden sie von einer Frau begrüßt. Sie trug eine Schürze, aber keine Haube. Auf dem einen Handrücken war ein schwarzer Fleck zu sehen, als sie sich eine grau melierte Locke hinter das Ohr schob.

»Guten Tag, Miss Mann! Wir werden erwartet.«

»Selbstverständlich, Dr. Keith. Kommen Sie herein. Wir sind alle hinten.«

Sie wandte sich um und führte sie durch das Haus in den Garten. Raven folgte Keith, sodass Sarah die Tür schließen musste.

»Miss Mann ist die unentbehrliche Assistentin von Mr Hill und Mr Adamson«, erklärte Keith, als sie im Gänsemarsch den schmalen Flur entlanggingen.

Sie traten in den Garten, in dem es aussah, als hätte das Haus die meisten seiner Möbel geradezu ausgestoßen. Hier standen Stühle, ein Tisch, Wandbehänge und ein Vogelkäfig so angeordnet, als bildeten sie die Ecke eines voll ausgestatteten Salons. Zwei Männer manövrierten gerade ihre Kamera in Position. In diese Aufgabe waren sie so vertieft, dass sie zunächst gar nicht die Ankunft ihrer Gäste bemerkten. Miss Mann räusperte sich laut, und die beiden sahen auf.

»Ah, George. Du hast uns ein paar bereitwillige Modelle mitgebracht, wie ich sehe«, sagte der eine, als wäre es nicht genau so vereinbart gewesen. Er hatte lebhafte Gesichtszüge, und eine prächtige Mähne umwallte seinen Kopf. Er schritt begeistert auf sie zu und schüttelte ihnen die Hände, auch Sarah, die überrascht wirkte.

»David Octavius Hill, zu Ihren Diensten. Und das hier«, sagte er und wedelte in Richtung des anderen Mannes, »ist mein guter Freund und Kollege Mr Robert Adamson.«

Mr Adamson war der Jüngere der beiden; er war schmal und wirkte gebrechlich. Er nickte nur und wandte sich wieder seiner Arbeit zu.

»Mr Adamson ist das Technikgenie dieser Partnerschaft«, fuhr Hill fort. »Er hat die Methode zur Erstellung einer Kalotypie zur Perfektion gebracht. Ich verstehe den Prozess nicht, auch wenn er wieder und wieder vor meiner Nase abläuft, und ich werde es wohl auch nie. Ich für meinen Teil arrangiere die Teilnahme unserer Modelle. Gemeinsam schaffen wir Kunst.«

Das schien Raven eine allzu vollmundige Behauptung, bis er einige ihrer Werke zu sehen bekam. Besonders eine Abbildung des Scott Monument vor seiner Fertigstellung beeindruckte ihn. Die Schärfe und die erkennbaren Details waren außerordentlich, ein eingefrorener Augenblick.

»Für die Aufnahme mussten wir mit der Kamera auf das Dach der Royal Institution steigen«, erklärte Hill.

Die übrigen Abzüge des Albums zeigten hauptsächlich griesgrämige Männer in dunklen Anzügen. Bevor Raven nach diesen einheitlich strengen Modellen fragen konnte, klingelte es an der Tür, und Mr Hill eilte nach vorn.

Er kehrte mit einer weiteren Besucherin zurück, einer großen Frau, die ihn um einen Kopf überragte.

»Das hier ist Miss Rigby«, erklärte er. »Autorin, Kunstmäzenin und eine große Unterstützerin unserer Bemühungen.«

»Und gelegentliches Modell«, ergänzte Miss Rigby, wobei sie ihren Hut ablegte. »Zumindest, wenn Sie Ihre Aufmerksamkeit ausnahmsweise einmal von den feisten Märtyrern der Free Kirk abwenden können«, sagte sie und deutete auf die Abzüge, die Raven sich gerade anschaute. »Mr Hill hat einen außerordentlichen Zeitaufwand betrieben, um die Bilder all dieser Pastoren für sein großes Gemälde des Schismas zusammenzutragen. Aber, unter uns, ich rechne nicht damit, dass es jemals fertig wird. Glücklicherweise lässt er heutzutage in seinem Schaffen etwas mehr Vielfalt zu.«

Sie betrachtete Raven mit einer Eindringlichkeit, die ihn beunruhigte, als würde sie ihn genau in Augenschein nehmen. Instinktiv sah er sich nach Sarah um, auch wenn er nicht sagen konnte, welche Hilfe er sich von ihr erhoffte. Sie war ohnehin zwischenzeitlich ans andere Ende des Gartens gegangen, wo sie Mr Adamson und Miss Mann bei ihren verschiedenen Justierungen der Kamera zusah.

»Ich bin mir sicher, dass Sie die Photographien von Newhaven weitaus interessanter finden werden«, sagte Miss Rigby, während Raven weiter durch das Album blätterte, das einen fortlaufenden Katalog finster blickender Kirchenmänner zeigte.

Plötzlich hielt er inne, als er das Gesicht sah, das ihm von der gerade aufgeschlagenen Seite entgegenstarrte.

»Den hier kenne ich«, sagte er. »Reverend Malachy Grissom.«

»Sie sind doch nicht etwa in seiner Gemeinde, oder?«

Wie sie die Frage stellte, hätte eine Bejahung sicher für Unmut gesorgt.

»Nein, auch wenn ich ihn schon einmal habe predigen hören. Er hat unkeuschen Frauen die Schuld an männlicher Wollust zugeschoben und ist über die Dirnen hergezogen.«

Miss Rigby grinste. »Über sie hergezogen. Den Ausdruck dafür kannte ich noch gar nicht.«

Raven schaute zu ihr hoch. »Es tut mir leid, ich verstehe nicht.«

Miss Rigby war außerordentlich groß und dünn, das Haar trug sie straff zu seitlichen Knoten geflochten. Sie sprach selbstbewusst und offen, was überraschte, da sie zweifellos eine Dame und doch dazu bereit war, über jedes erdenkliche Thema mit einem Mann zu reden, dem sie gerade erst vorgestellt worden war. Plötzlich hatte Raven ein Bild von ihr im Kopf, wie sie den elenden Reverend Grissom hochhob und über dem Knie entzweibrach.

»Wie ich höre, weiß Reverend Grissom, wovon er spricht. Hinter scharf vorgetragenen Anprangerungen verbirgt sich oft eine geheime Schande«, fuhr sie fort, vollkommen ungeniert, was die Richtung betraf, in die sie das Gespräch lenkte.

Raven konnte sich nicht vorstellen, dass sie leicht zu beschämen war. Auf jeden Fall gefiel ihm ein Gespräch wie dieses weitaus besser als der übliche Austausch von Höflichkeiten, den man in einer solchen Situation gemeinhin durchzustehen hatte.

»Wollen Sie sagen, er hat Umgang mit Dirnen?«

»Keinen Umgang, Mr Raven. Er benutzt sie. Missbraucht sie.«

Die Worte kamen ihr so leicht über die Lippen, als wären sie eine bloße Feststellung, doch in seinen Ohren hallten sie wider wie Donner.

Raven war voller Bewunderung für diese Frau und hatte gleichzeitig eine Heidenangst vor ihr. Sie wurde vor ihm scheinbar noch größer, oder vielleicht glaubte er, selbst zu schrumpfen, als er sich fragte, was sie wohl von ihm dächte, wenn sie wüsste, dass er Evie auf diese Weise benutzt hatte.

»Aber wie kann ein Mann von seinem Stand erwarten, mit solchem Verhalten davonzukommen?«

»Es ist der Niedergang manch eines Hochmütigen, alle anderen für dumm zu halten. Er frequentiert Etablissements an Orten, wo er sich unbekannt wähnt, doch sollte der gute Reverend wohl lieber etwas weiter reisen als nach Leith und Newhaven. Er vergisst, dass auch Dirnen manchmal in die Kirche gehen.«

Das Gespräch wurde unterbrochen, als Mr Hill beschloss,

dass Raven sich nun für sein Portrait in Stellung bringen sollte.

Er wurde auf einen Sessel neben einem Vogelkäfig gesetzt und sein Gesicht aus allen Blickwinkeln begutachtet. Seine Arme wurden mehrfach neu arrangiert, bevor Hill zufrieden war.

Miss Mann reichte Mr Adamson einen Holzkasten, der hinten an die Kamera geschoben wurde. Adamson verbarg den Kopf unter einem Tuch und nahm eine Kappe von der Vorderseite der Apparatur, während Miss Mann mit einer Taschenuhr die Sekunden vorzählte.

Raven glaubte, er hätte vollkommen stillgehalten, aber dann sah er, dass Adamson den Kopf schüttelte.

»Sie haben den Arm bewegt«, erklärte Hill mit Bedauern.

»Die Belichtung erfordert eine ganze Minute«, warf Miss Mann ihm mit einem Seufzen vor. »Ich gehe neues Papier holen.«

Raven wurde ein zweites Mal in Pose gebracht, diesmal mit einer Kiste, auf der er den Arm ablegen konnte, die wegen ihrer schwarzen Farbe auf dem Bild nicht sichtbar sein würde. Wieder glaubte er, er sei die ganze Minute über vollkommen still geblieben, aber weder Hill noch Adamson wirkten zufrieden.

»Kinder bringen wir meistens in Schlafpose«, murmelte Miss Mann. »Vielleicht sollten wir das einmal versuchen.«

Dieser Vorschlag stellte sich als vorwurfsvoller Scherz heraus, und Raven wurde der Rolle als Modell enthoben. Eine kurze Weile später wärmte er sich mit einer Tasse Tee auf, während Hill Sarah in Pose brachte. Sie saß auf einem Stuhl, den Kopf zur Seite gedreht und elegant auf eine Hand gestützt. Sie hatte einen violetten Schal um die Schultern gelegt, und ihr Haar war locker im Nacken gebunden. Hill trat zurück und begutachtete sie von allen Seiten, bevor er verkündete, dass er zufrieden sei. Er bat sie inständig, stillzuhalten, so gut es ihr möglich sei, wobei er Raven einen Blick zuwarf.

Sarah zeigte keine solchen Schwierigkeiten wie er, und sie blieb vollkommen bewegungslos sitzen, als wäre sie mit offenen Augen in Trance gefallen.

Damit war sie nicht allein. Raven konnte den Blick nicht von ihrem Gesicht abwenden, von der Blässe ihrer Haut und dem goldenen Schimmer ihrer Haare. Eine große Ruhe legte sich über ihn, als hätte sich der Frieden ihrer Regungslosigkeit auf ihn übertragen.

»Sie wirken ja vollkommen gebannt«, bemerkte Hill im Vorbeigehen leise. »Zu schade, dass Sie die Pose vorhin nicht auch so ruhig halten konnten.«

Kapitel 31

Sarah sah zu, wie Miss Mann die Platte vorsichtig von der Kamera abnahm und trug wie ein Neugeborenes. Mit dem Blick war sie strikt bei der Sache, aber dennoch bemerkte sie Sarahs Aufmerksamkeit.

»Sie waren ein exzellentes Modell, Miss Fisher. Mit dieser Haltung könnten Sie auch für einen Maler posieren.«

Das war ein angenehmer Gedanke, aber Sarah konnte sich nicht vorstellen, jemals so viel Zeit zu haben.

»Mich würde sehr interessieren, wie es nun weitergeht«, sagte sie. »Das kalotypische Verfahren basiert auf chemischen Vorgängen, nicht wahr?«

Miss Mann schaute sie so entgeistert an, dass Sarah fürchtete, sie hätte etwas Falsches gesagt.

»Ist das nicht richtig?«

»Doch, Sie haben ganz recht. Ich hatte nur nicht damit gerechnet. Die meisten unserer Modelle glauben eher, es handle sich um das Werk von Feen und Engeln. Aber genug von den Kirchenmännern. Interessieren Sie sich für die Chemie?«

»Ich habe Professor Gregorys Buch gelesen, hatte aber bisher keine Gelegenheit, selbst Experimente durchzuführen.«

Miss Mann freute sich anscheinend über diese Antwort, was Sarah wiederum schmeichelte.

»Möchten Sie mitkommen? Ich kann Ihnen das Verfahren gern zeigen.«

Sie gingen gemeinsam zum Haus, wobei Miss Mann die Platte weiterhin gut festhielt.

»Sie haben Mr Hills Anweisungen sehr gut umgesetzt«, sagte sie.

»Ich bin Hausmädchen. Ich bin es gewohnt zu tun, was mir aufgetragen wird.«

»Sie würden sich wundern! Den dienstbarsten Menschen kann es schwerfallen, Instruktionen zu befolgen, während manch Mächtiger absolut fügsam wird, wenn es um ein Portrait geht. Einmal habe ich den König von Sachsen photographiert, und wären Sie an jenem Tage dabei gewesen, hätten Sie vielleicht geglaubt, ich sei die Monarchin und er der Untertan.«

»Sie haben einen König photographiert?«

»Ja. Er kam unangekündigt zum Rock House, nachdem der Ruf von Mr Hill und Mr Adamson bis zu ihm vorgedrungen war. Unglücklicherweise war keiner der Herren zugegen. Ich erklärte ihm, ich könnte die Prozedur auch selbst durchführen, und er nahm dankend an.«

Sarah staunte. Sie dachte an den lüsternen Knilch, der keine Meile von hier hinter dem Drogerietresen Pillen drehte. Offensichtlich gab es Kunden, die nicht glaubten, dass »nur ein Mann infrage kommt«.

»Und war er mit dem Ergebnis zufrieden?«

»Ganz verzaubert war er. Er sagte, es werde einen Ehrenplatz in seinem Palast bekommen. Da aber der Name Jessie

Mann weniger berühmt ist als Hill and Adamson, gehe ich davon aus, dass nicht meiner daruntersteht, sondern der der Herren.«

»Das ist ungerecht«, sagte Sarah.

Miss Mann antwortete nicht, denn was gab es dazu zu sagen?

Sie führte Sarah in eine Kammer, in der die Fenster mit Zeitungspapier verhängt waren.

»Zur Vorbereitung des Kalotypie-Papiers benötigen wir relative Dunkelheit«, erklärte sie.

Aus Gewohnheit wollte Sarah die Tür schließen.

»Lassen Sie sie eben noch offen, sonst kann ich Ihnen nichts zeigen.«

»Natürlich.«

Miss Mann deutete auf einen Tisch voller Flaschen und flacher Tabletts. »Zunächst wird ein Blatt hochwertigen Papiers in einer Silbernitratlösung und dann in einer Jodlösung gewaschen. Ist es getrocknet, wird dieses jodierte Papier in eine Mischung aus Gallussäure und Silbernitrat getaucht und das Ergebnis dann in den Rahmen gelegt, der hinten an die Kamera geschoben wird.«

Miss Mann hob die rechte Hand, die schwarz befleckt war. »Es ist eine düstere Kunst«, sagte sie. »Das Silbernitrat verfärbt die Haut.«

»Wie haben Sie eigentlich zu Mr Hill und Mr Adamson gefunden?«, fragte Sarah, während Miss Mann ein Blatt vorbereitetes Kalotypie-Papier an den Rahmen heftete.

»Mein Bruder Alexander ist ein Freund Mr Hills«, erwiderte sie. »Ich unterstütze die Free Church und helfe ihm mit den Photographien für das Gemälde über das Schisma. Seine Interessen haben sich mittlerweile natürlich ausgeweitet, also frage ich mich manchmal, ob es noch jemals zu dem Gemälde kommen wird.«

»Was genau wird das Gemälde denn zeigen?«

»Es wird eine Darstellung der Zusammenkunft in der Tanfield Hall, nachdem zweihundert Pastoren und Kirchenälteste geschlossen die General Assembly verlassen hatten. Mr Hill möchte jeden Anwesenden abbilden, weshalb er die Gesichter der Einzelnen per Kalotypie festhält, um schließlich mit den Photographien als Vorlage zu malen.«

Sarah dachte an ihre Großmutter, die neben Heilkräutern auch weise Worte zu verteilen hatte. Wo es Männer gibt, gibt es Streit, sagte sie einmal. Schickt man zehn von ihnen in einen Raum, kommen zwei Fünfergruppen wieder heraus.

Sarah sah zu, wie Miss Mann sorgfältig die nächste Platte vorbereitete.

»Sie haben sicher ein außerordentliches Wissen der Chemie, dass Sie zu all dem hier fähig sind.«

»Nur insoweit es für den photographischen Prozess relevant ist. Mr Adamson ist ein geduldiger Lehrer. Warum fragen Sie?«

Sarah hielt einen Moment inne. Sie kam sich seltsam unehrlich vor, während sie darüber sprach, auch wenn sie genau genommen nicht log.

»Eine Bekannte von mir starb kürzlich, und als sie entdeckt wurde, war ihre Leiche verrenkt, als hätte sie irgendeine Art von Anfall erlitten. Es könnte sein, dass sie ein Gift eingenommen hatte, aber solange ich nicht herausfinde, welches, werde ich niemals wissen, ob für ihren Tod ein Missgeschick verantwortlich war oder …«

Sarah ließ die andere Möglichkeit unausgesprochen.

Miss Mann legte das gerahmte Blatt ab. »Das tut mir sehr leid.« Sie legte Sarah die schwarzgefleckte Hand auf den Arm und sprach leise weiter: »Ist es möglich, dass Ihre Freundin sich etwas antun wollte? Also, hätte sie Grund dazu gehabt?«

»Sie war tatsächlich in großen Schwierigkeiten. Aber es ergibt doch keinen Sinn, dass sie ein Mittel wählen sollte, dessen Wirkung so überaus schmerzhaft ist.«

»Ihre Beschreibung erinnert mich an etwas«, sagte Miss Mann. »Eine Verwandte von mir litt an einer Nervenlähmung. Sie bekam ein Tonikum, das eine Weile half, aber sie steigerte die Dosis immer weiter. Es führte zu immer stärkeren Krämpfen und brachte sie schließlich um. Auch ihr Körper blieb nach dem Tod noch lange in einer verrenkten Haltung. Dies gestaltete es unmöglich, sie richtig aufzubahren, was den Trauernden zusätzliches Leid bescherte. Man sorgte sich zudem, wie man sie überhaupt in den Sarg bekommen sollte.«

»Wissen Sie denn, was in dem Tonikum war?«, fragte Sarah.

»Ja. Es enthielt Strychnin.«

Kapitel 32

Als sie wieder den Calton Hill hinab Richtung Princes Street gingen, wirkten die Straßen geschäftiger. Der Wind trug ein Pfeifen herüber, und in mittlerer Entfernung sah Sarah vom neuen Bahnhof an der North Bridge Dampf aufsteigen. Sie würde wohl noch lang brauchen, bis sie sich an Wolken gewöhnt hatte, die nicht über ihr schwebten, sondern von unten her aufstiegen. Bisher war sie nur ein einziges Mal mit der Eisenbahn gefahren, und sie hatte es laut und unheimlich gefunden.

Dr. Keith war nicht bei ihnen, da er im Rock House verblieb, um mit seinen Freunden zu Mittag zu essen. Sarah hatte erklärt, dass sie in die Queen Street zu ihren Pflichten zurückkehren musste. Sie hatte erwartet, den Heimweg allein anzutreten, aber Raven hatte gesagt, dass auch er noch etwas zu erledigen habe. In Anbetracht von Dr. Simpsons fortdauernder Zurückgezogenheit wusste Sarah nicht, ob dies stimmte, aber sie erlaubte sich eine gewisse Freude darüber, dass Raven sie lieber begleitete, als ein zweifellos üppiges Mahl mit den Herren Hill und Adamson sowie der außergewöhnlichen Miss Mann und der beeindruckenden Miss Rigby einzunehmen.

Doch als sie ihr Gespräch begannen, wurde ihr klar, dass sein Hauptgrund wohl die Ungeduld gewesen war, ihr Miss Rigbys Enthüllung mitzuteilen.

»Reverend Grissom geht zu den Dirnen?«, fragte Sarah. Sie sprach leise, damit weder andere Fußgänger noch Anwohner hinter offenen Fenstern mithörten. »Das muss ein Missverständnis sein.«

»Sie versicherte mir beharrlich, dass er unter den Damen der Nacht in Newhaven und Leith wohlbekannt sei. Ist das denn so schwer zu glauben?«

Sarah merkte, dass ein inneres Pflichtgefühl sie dazu trieb, daran zu zweifeln, und sie fragte sich, warum dies geschah. Warum genau sollte das Wort oder der Ruf eines Pastors über jeden Zweifel erhaben sein? Auch wenn es möglich war, dass Miss Rigby sich irrte oder aus Groll gesprochen hatte (große Ehrfurcht hatte sie den »feisten Märtyrern«, wie sie sie nannte, nicht entgegengebracht), aber Sarah konnte sich nicht vorstellen, dass diese Frau solch ernste Anschuldigungen erhob, wenn sie nicht fest von deren Richtigkeit überzeugt war.

»Ihnen fällt es sicher leichter, so etwas zu glauben«, erwiderte sie, woraufhin sich seine Wangen röteten.

»Ich bezweifle doch sehr, dass ich der einzige Student war, der solches tat, wie auch Grissom nicht der einzige Pastor sein dürfte. Und da er in Verbindung mit dem Haushalt der Sheldrakes steht, muss ich mich doch fragen, wo er seinen Samen sonst noch vergossen haben mag.«

Sarahs Stimme war kaum mehr als ein Flüstern: »Wollen Sie damit sagen …?«

Sie hielt inne, da sie nicht einmal bereit war, es auszusprechen.

»Als wir ihn predigen hörten, schob er den Frauen die Schuld für die Verlockungen zu, denen Männer anheimfallen. Miss Rigby deutete an, er habe sich diesen Verlockungen schon häufig hingegeben. Grissom ist der Pastor der Sheldrakes. Rose besuchte sicher seine Gottesdienste, und er selbst war zweifellos auch ein gelegentlicher Gast im Hause Sheldrake, da der Herr des Hauses ein großzügiger Spender seiner neuen Gemeinde ist.«

Sarah hatte Grissom als scheußlichen, selbstverliebten Gnom wahrgenommen. Sie konnte sich durchaus vorstellen, dass er Huren ausnutzte, um seine Lust zu befriedigen, aber Hausmädchen waren doch etwas ganz anderes.

»Warum sollte Rose jemals etwas mit ihm zu tun haben wollen?«, fragte sie.

»Er ist ein wichtiger Mann. Status, Einfluss und Respekt mögen auf eine Frau anziehend wirken, die selbst nichts dergleichen hat. Und sollte sie von ihm schwanger gewesen sein, hätte ihn das in Schwierigkeiten bringen können.«

Sarah fröstelte, als könnte es schreckliche Folgen haben, dass sie diese Anschuldigungen auch nur in Erwägung zog. Reverend Grissom der Scheinheiligkeit zu bezichtigen war das eine, aber Mord war ein ungleich schwererer Vorwurf.

»Wir suchen nach einer gemeinsamen Todesursache von Rose und Evie«, erinnerte sie ihn. »Mein Gespräch mit Miss Mann veranlasst mich zu der Annahme, dass für die Krämpfe möglicherweise Strychnin verantwortlich war. Sie kannte eine Frau, die sich daran vergiftete und deren Leiche ähnliche Verrenkungen aufwies. Zwischen Grissom und Evie hingegen gibt es keine Verbindung.«

»Wäre es unbillig anzunehmen, dass ihn seine Gelüste neben Newhaven auch auf das Canongate führten?«

»Ich kann wohl gelten lassen, dass er selbstgefällig glaubte, außerhalb der Stadt würde ihn niemand erkennen, aber er würde doch nicht zu den Huren ein paar Hundert Meter von seiner Kirche entfernt gehen.«

»Vielleicht wähnt sich so ein Mann vor jedem Verdacht gefeit. Wird er erwischt, wie er aus dem Freudenhaus kommt, kann er behaupten, er sei nicht wegen der Körper der Mädchen dort, sondern weil er ihre Seelen retten wolle. Niemand würde dem Wort einer Dirne gegen das eines Pastors Glauben schenken.«

Das sah Sarah ein, aber darin lag auch der Grund, dass Grissom nichts von Rose zu befürchten gehabt hätte.

»Ebenso wenig würden sie auf das Wort eines Hausmädchens geben, das behauptet, sie sei schwanger von einem Kirchenmann.«

»Wenn Grissom nicht befürchtete, ihr Dienstherr könnte ihr doch glauben. Warum sollte sie über etwas so Schändliches lügen?«

Sarah konnte sich einen verächtlichen Blick nicht verkneifen. »Als Hausmädchen kann ich sagen, dass ich das für außerordentlich unwahrscheinlich halte. Die Familie würde den Skandal niemals in Erwägung ziehen. Ein schwangeres Hausmädchen wäre schon Schande genug, aber einen hochverehrten Pastor zu beschuldigen wäre untragbar. Nein, diese Theorie halte ich für vollkommen unglaubwürdig, Mr Raven. Außerdem haben Sie immer noch keinerlei Grund vorgetragen, warum er Evie etwas hätte antun sollen.«

Sarah sah ihn an und erwartete eine Reaktion, aber er blickte die Leith Street entlang.

»Können Sie sich erinnern, ihn jemals im Umfeld von Evies Wohnung gesehen zu haben?«, fuhr sie fort.

»Als wir ihn in der Kirche sahen, kam er mir einigermaßen bekannt vor, aber nein, ich wüsste nicht, dass ich ihn jemals an dem Ende des Canongate gesehen hätte. Und gewiss nicht an dem Abend, als ich Evie tot auffand. Eine ihrer Freundinnen berichtete, ihr einziger Besuch an dem Abend sei eine Frau gewesen.«

»Wer war diese Freundin?«

Raven antwortete nicht. Stattdessen legte er Sarah einen Arm um die Taille und zog sie in die Dunkelheit einer schmalen Gasse. Innerhalb einer Sekunde hatte er sie von der hellen Straße gerissen, und sie fand sich in einer engen, klammen Ecke an die Wand gedrängt wieder, wo keine Sonne hinschien.

»Was in Gottes Namen machen Sie da?«, wollte sie fragen, aber Raven hatte ihr schon die Hand auf den Mund gedrückt. Sie griff mit der einen Hand seinen Arm und stemmte sich mit der anderen gegen seine Brust, aber er war stark und geschickt. Körperlich hatte sie ihm nichts entgegenzusetzen.

Aus Schock und Wut wurde bald Angst, als sie sich fragte, welche Schrecken ihr angetan werden würden. War das der wahre Grund, aus dem er das Rock House mit ihr zusammen verlassen hatte? Sie wand sich, aber Ravens Griff wurde nur fester. Verzweifelt sah sie ihm in die Augen, die wahnhaft mit immer weiteren Pupillen zurückstarrten. Dann löste er die eine Hand und legte den Zeigefinger an die Lippen. Mit den Augen deutete er auf den Eingang der Gasse.

Sarah hörte, wie sich Männerstimmen näherten, die eine grollend und rau, die andere grell und näselnd. Sie sah kurz zwei Burschen vorübergehen: einen nagetierhaften, der umso kleiner wirkte, als neben ihm eine monströse Kreatur hermarschierte. Sarah erhaschte nur einen winzigen Blick, als der Mann zügig vorbeihumpelte. Er war hässlich und verwachsen, von irgendeinem grässlichen Leiden entstellt, das manche seiner Körperteile unverhältnismäßig hatte wachsen lassen.

Als die Stimmen verklangen, sah sie wieder Raven an, der

immer noch angespannt wirkte und sich wohl sorgte, die beiden könnten umkehren.

Sie begriff, dass dies die Leute waren, nach denen Raven Ausschau gehalten hatte. Im selben Moment wurde ihr auch klar, dass er bei ihnen Schulden hatte, und es war ihr etwas peinlich, dass sie darauf nicht schon früher gekommen war.

Evie hatte ihn in ihrer Not um Geld gebeten. Raven hatte es sich von diesen Leuten geliehen, ohne dass er die Mittel hatte, es bald zurückzuzahlen. Er hatte sich in Gefahr begeben, um ihr zu helfen.

Sie wagte kaum zu atmen, und ihr Blick wurde von der Narbe unter Ravens wachsendem Bart angezogen. Sie erinnerte sich an sein übel zugerichtetes Gesicht, als er zum ersten Mal in die Queen Street gekommen war, den tiefen Schnitt in der Wange, zusammengehalten von Katgut, und die Blutergüsse auf seinem Körper. Die Männer, die das getan hatten, waren nur Meter entfernt, noch in Hörweite. Sie stand vollkommen still, blieb absolut leise, wagte keinen Ton von sich zu geben, bevor sie sich nicht sicher waren, dass die Gefahr tatsächlich vorüber war.

Noch lange, nachdem die Schritte und Stimmen verklungen waren, blieben Raven und sie reglos stehen, die Gesichter nur Zentimeter auseinander, und trauten sich kaum zu atmen. Aus Ravens entschlossenem Blick wurde ein anderer, und ihre Augen trafen sich. Die Hand immer noch auf seiner Brust fühlte Sarah sein Herz pochen und glaubte, dass auch er das ihre hören musste.

Sie bemerkte, wie sich an ungewohnten Orten Neues regte. Sie wollte seine Lippen auf ihren spüren, wollte ihn an sich ziehen.

Doch Raven trat zurück. Er schlich ans Ende der Gasse und spähte auf die Straße. Der Moment war vorüber. Nun, da der Bann gebrochen war, überrollte sie eine Woge der Erleichterung, dass nichts geschehen war. Und doch bebte sie von Kopf bis Fuß, als sie wieder ins Licht trat, und nicht vor Angst.

Kapitel 33

Reif bedeckte die Pflastersteine, als Raven Simpson die Princes Street entlang begleitete, während ein trüber Himmel Schnee verhieß. Zur Glätte kam noch die Gefahr durch Glen, den Hund, der entschlossen schien, Raven in seine Leine einzuwickeln, während er vor seinem Herrchen zickzack lief.

Sie waren spät dran, oder zumindest wurde es immer wahrscheinlicher, und besonders unerfreulich war dabei, dass Raven ihrem Ziel lieber ferngeblieben wäre. Er war von seiner Assistenz bei den Vorlesungen dieses Nachmittags entbunden worden, da Professor Syme chirurgische Eingriffe durchführte und Simpson fand, dass Raven die Gelegenheit nutzen sollte, ihnen beizuwohnen. Da er bereits unter Syme studiert hatte, war kein Mangel an solchen Gelegenheiten gewesen, und er hatte nicht den Wunsch, eine weitere wahrzunehmen, jedoch wusste er, dass er den Willen des Professors in solchen Dingen nicht infrage stellen durfte.

Sie gingen zu Fuß, anstatt die Geschwindigkeit und Annehmlichkeit des Broughams zu genießen, weil George Keith seit Simpsons Rückkehr aus seiner Depression mit typischem Eifer auf diesen eingewirkt hatte, was die Vorzüge einer schlichten Ernährung, frischer Luft und von Bewegung anging. Simpson hatte geduldig und aufmerksam zugehört, bevor er beschlossen hatte, dass zwei von drei reichen mussten. »Ich bin mit George in vieler Hinsicht einer Meinung«, hatte er Raven erklärt, »aber ich bin nicht überzeugt, dass die Vorzüge kulinarischer Askese deren Auswirkungen auf die Seele aufwiegen. Ich bin der Meinung, dass wir leben sollten, um zu essen, nicht andersherum.«

So sieht man es wohl eher, wenn man die Kochkünste von Mrs Lyndsay gewohnt ist und nicht die von Ma Cherry, dachte Raven.

Simpson marschierte die meiste Zeit mit flottem Schritt, und zu Ravens Erleichterung schien seine Respekt einflößende Energie vollkommen wiederhergestellt. Allerdings wurden sie am zügigen Vorankommen dadurch gehindert, dass Simpson anscheinend jeden kannte. Bei den meisten Leuten reichten ein Nicken und ein Gruß aus, bei anderen hingegen waren ausführliche Höflichkeiten vonnöten, vor allem, da Simpson sich so lange zurückgezogen und nun viel aufzuholen hatte.

Als sie bei Kennington and Jenner's vorbeikamen, blieb der Professor wieder stehen; er und ein anderer Fußgänger hatten einander erblickt, worüber beide ebenso erstaunt wie erfreut waren.

»Ich hätte Sie kaum erkannt, Sir«, sagte Simpson. »Sie haben sich seit Studentenzeiten erheblich verändert.«

»Das nehme ich mal als Kompliment«, erwiderte der andere.

»Will Raven, das hier ist Mr David Waldie«, sagte Simpson

voller Wärme, und sie gaben einander die Hand. Die von Waldie war mit vornehmen Lederhandschuhen vor der Kälte geschützt. Er war ein schmaler Mann, wie der Professor etwa Mitte dreißig und blickte durch seine Brillengläser, als läge Raven unter einem Mikroskop.

»Wohnen Sie denn derzeit in Edinburgh?«, fragte Simpson. »Ich hatte geglaubt, Sie seien schon vor Langem fortgezogen.«

»Ich besuche Verwandte. Derzeit lebe ich in Liverpool und arbeite als Chemiker bei der Liverpool Apothecaries Company.«

»Ich kenne die Stadt gut«, erwiderte der Professor. »Meine Frau stammt von dort.«

Da er nun wusste, dass Waldie als Chemiker arbeitete, brachte Simpson das Gespräch bald auf sein großes Ziel, und er erläuterte seine Arbeit mit Äther und seine Suche nach einem besseren Verfahren.

»Haben Sie bei Ihrer Arbeit als Chemiker jemals einen Stoff entdeckt, der vergleichbare Eigenschaften haben könnte?«

Simpson war wahrhaft unermüdlich bei der Suche nach seinem Heiligen Gral, aber Raven fürchtete, dass seine Bemühungen letzten Endes so fruchtlos bleiben würden wie die jedes anderen Ritters vor ihm. So langsam glaubte er, dass Äther mitnichten die erste Stufe in einer Reihe immer weiter verbesserter Anästhetika sein würde, sondern dass dieser sich als Ausnahmeerscheinung entpuppen würde, als Trugbild, das Wasser in der Wüste verhieß.

»Es gäbe da einen Stoff namens Formylperchlorid«, sagte Waldie.

»Der Name ist mir nicht vertraut. Worum handelt es sich?«

»Um einen Bestandteil von Chloräthersirup, einem in

Liverpool beliebten Mittel zur Behandlung von Asthma und zur Linderung chronischen Hustens. Zwar wurde schon mehrfach erfolglos versucht, die Dämpfe dieses Sirups als Anästhetikum einzusetzen, dennoch glaube ich, dass der Stoff Potenzial hat.«

Simpson wirkte hoch gespannt, auch Glen spürte das Interesse seines Herrchens und sah Waldie aufmerksam an, als könnte er ihm jeden Moment ein Stück Fleisch zuwerfen.

»Warum das?«

»Der mangelnde Erfolg des Sirups ist kaum überraschend, da dessen Perchloridanteil nur gering ist – im Grunde dürften die Patienten nichts als Alkoholdämpfe eingeatmet haben. Ich habe aber eine Herstellungsmethode entwickelt, die eine reine Form des Stoffes hervorbringt, welche dann in Spiritus aufgelöst wird. In dieser Aufbereitung könnte er Ihnen durchaus weiterhelfen. Sobald ich wieder zurück in Liverpool bin, lasse ich Ihnen gern eine Probe schicken.«

»Das wäre zu freundlich.«

Wieder etwas Neues zu schnuppern nach dem Abendessen, dachte Raven.

»Ein schicksalhaftes Treffen?«, fragte er, als sie weitergingen.

»Ach, das weiß man nie«, erwiderte Simpson und hörte sich nicht mehr ganz so begeistert an wie während des Gesprächs. »Ich muss jeder Spur nachgehen, aber wenn ich mich recht an Waldie erinnere, jagt er womöglich sein Labor in die Luft, ehe er wirklich einen großen Fortschritt vollbringt.«

Sie schafften es bis zur West Register Street, bevor Simpson einen anderen Bekannten traf, diesmal Professor Alison. Nun war es für Raven an der Zeit, sich zu entschuldigen. »Ich muss mich verabschieden und allein weitergehen, Sir. Professor Syme hasst Unpünktlichkeit.«

Wie er überhaupt fast alles hasst, dachte Raven und eilte auf die North Bridge zu.

Raven lief schneller, damit er nicht zu spät kam, auch wenn er wusste, dass er dadurch möglicherweise auffiel. Es war bezeichnend, dass er größere Angst vor Symes Zorn hatte als davor, dass Flints Männer ihn ausfindig machten.

Er musste wieder daran denken, wie er sie auf dem Rückweg vom Rock House gesehen hatte. Seitdem waren seine Gedanken noch oft dorthin zurückgekehrt, wenn auch nur wegen der Lage, in die ihn sein Ausweichmanöver gebracht hatte. Dieses kurze Kribbeln zwischen ihm und Sarah, ein flüchtiger Eindruck betörender Möglichkeiten. Seine Instinkte warnten ihn, dass beim Wiesel und Gargantua geringere Gefahren lauerten. Nichtsdestoweniger kehrte er im Kopf immer wieder zu diesem Moment zurück, und er fragte sich, ob es bei ihr wohl auch so war.

Als Raven am Universitätshof vorbeiging, fiel ihm der unverkennbare Geruch von Orangen auf – oder von Bergamotte, wie Beattie ihn korrigiert hatte –, und einen Augenblick später schloss der Mann persönlich zu ihm auf. Von Osten wehte ein kalter Wind, vor dem Ravens verschlissene Jacke wenig Schutz bot. Sein Begleiter dagegen trug einen wallenden Mantel, mit dem er aussah, als würde er über das Pflaster schweben. Größer wirkte er ebenfalls, während Raven im Gegensatz dazu scheinbar schrumpfte.

Zwar hatte Beattie seit dem Tod von Mrs Graseby noch einige Male der Queen Street einen Besuch abgestattet, doch war Raven nie mit ihm allein gewesen, weshalb er keine Gelegenheit gehabt hatte, mit ihm darüber oder über anderes zu sprechen. Diese Entfremdung stimmte ihn traurig. Er hatte den Eindruck gehabt, dass sie beide sich am Anfang einer wertvollen Freundschaft befanden, aber nun wusste er, dass dieses Unglück auf ewig zwischen ihnen stehen würde – außer wenn es sich dabei wieder um eine Lektion handelte, die er noch lernen musste: dass solche schrecklichen Rückschläge zum Beruf gehörten. Deshalb vergeudete er keine Zeit und kam ohne Umschweife auf das Thema zu sprechen.

»Ich wollte schon lang einmal fragen: Gab es nach den Geschehnissen in der Danube Street irgendeine Art von Ermittlung?«

Beattie schien bedrückt, als er antwortete: »Sie starb während der ärztlichen Behandlung, also konnte ich die Formalitäten selbst erledigen. Doch lag der Äthergeruch dort noch lange Zeit in der Luft, was das Personal neugierig werden ließ. Es war aber niemand kundig genug, um die richtigen Fragen zu stellen, allerdings bleibt die Sorge, wem sie davon erzählt haben mögen.«

Das war zwar nicht der Stoff, aus dem Ravens größte Ängste gemacht waren, beruhigend war es aber ebenso wenig.

»Ich bin mir sicher, dass ich nicht überdosiert habe. Es muss bei ihr zu einer unvorhergesehenen Reaktion gekommen sein.«

»Möglich. Aber zweifellos starb meine Patientin infolge der Inhalation deines Anästhetikums, auch wenn wir wohl niemals erfahren werden, warum genau. Aus diesem Grunde trage ich dafür Sorge, dass dir kein Vorwurf gemacht wird.«

»Ich stehe in deiner Schuld, John. Falls es jemals eine Gelegenheit gibt, sie zu begleichen, lass es mich wissen.«

Beattie nickte ernst. »Das werde ich tun. Ansonsten weißt du sicher von meinem Interesse für Miss Grindlay. Sollte sich also Dr. Simpson oder irgendjemand anders aus dem Haushalt nach meinem Charakter erkundigen, kann ich mir deiner Generosität sicher gewiss sein, nicht wahr?«

Raven hielt inne, bevor er die Zusicherung machte, um die Beattie ihn ersuchte. Er erinnerte sich an sein Gespräch mit Sarah. Er stand zwar in Beatties Schuld, hegte aber auch eine instinktive Loyalität dem Haushalt gegenüber, der ihn aufgenommen hatte.

»Wenn du mir versichern kannst, dass deine Gefühle für Miss Grindlay wahr sind und nur ihr allein gelten.«

Beattie blieb stehen und starrte ihn mit einer explosiven Mischung aus Schock, Entsetzen, Gekränktheit und Empörung an. Solche Wut hatte Raven in seinem Gesicht noch nie gesehen, das für gewöhnlich vollkommen beherrscht und konzentriert wirkte.

»Ich wollte dir nicht zu nahe treten«, versuchte er sich zu erklären. »Aber ich …«

»Solch eine geringe Meinung hast du von Miss Grindlay, dass du nicht glauben kannst, dass ich mich zu ihr hingezogen fühle?«

»Ganz im Gegenteil. Wir alle in der Queen Street betrachten uns als Minas Hüter, also würde der Haushalt es mir niemals vergeben, sollte ich Avancen unterstützen, die sich …«, er suchte nach dem richtigen Ausdruck, »als unaufrichtig entpuppen.«

Beattie öffnete den Mund für eine scharfe Erwiderung, schien es sich dann aber anders zu überlegen. Die gewohnte Beherrschung legte sich wieder über sein Gesicht wie eine Maske, die den Zorn verdeckte.

»Weißt du noch, wie ich dir erzählte, dass wahres Leid einem neue Sichtweisen eröffnet?«

»Sicher«, antwortete Raven kleinlaut.

»Das trifft nicht nur auf die Medizin zu. Ich war einst verlobt, mit einer jungen Frau, die die Welt erstrahlen ließ wie die Morgensonne. Bei ihr hättest du keine Schwierigkeiten gehabt, dir meine Absichten als ehrlich vorzustellen. Sie war die Liebe meines Lebens, wie sie auch die jedes anderen gewesen wäre. Aber sie starb am Tage vor unserer Hochzeit. Ihr Pferd warf sie ab.«

Raven kam sich vor, als wäre er halb so groß wie Beattie. Das Leben dieses Mannes war nicht nur beim Tode seiner Eltern entzweigerissen worden, sondern noch ein weiteres Mal, und nun stellte Raven seine Absichten infrage.

»Es tut mir überaus leid. Wie war ihr Name?«

Beattie benötigte eine Weile, bis er antwortete, als müsste er darüber nachdenken. Sicher wappnete er sich für den Schmerz, den die Aussprache ihres Namens verursachen würde.

»Julia. Ihr Name war Julia. Nach ihrem Tode konnte ich mir keine Zukunft mehr mit einer anderen vorstellen. In jeder Frau, die je wieder ein Interesse an mir zeigte, sah ich etwas von ihr, und das schmerzte nur. Mina ist die erste Frau, die ich als sie selbst wahrnehme, weil ich in ihr nicht nach Julia suche.«

Raven und Beattie setzten ihren Marsch fort vorbei am Hauptgebäude der Infirmary in Richtung der neuen Chirurgie in den High School Yards, wo sie sich einer großen Gruppe von Herren anschlossen, die auf den Operationssaal zusteuerten. Anscheinend kam jeder zweite Arzt der Stadt zuschauen. Das freute Syme sicher.

»Es dürfte heute voll werden«, sagte eine so wohlbekannte wie ungeliebte Stimme. »Neuartige Operationen ziehen stets zahlreiche Zuschauer an.«

Als Raven sich umdrehte, sah er, wie James Duncan sich zu ihnen gesellte. Großartig.

»Haben Sie Syme schon einmal operieren sehen?«, fragte Duncan.

»Sicher«, erwiderte Beattie.

Raven schwieg. Er hatte Syme schon oft operieren sehen,

wollte es aber keinem der beiden mitteilen, weil er sich sorgte, wohin das Gespräch führen könnte.

»Man könnte durchaus sagen, dass er der beste Chirurg des Landes ist«, verkündete Duncan.

Raven hegte keinen Zweifel, dass Syme selbst ihm da beipflichten würde.

»Wussten Sie, dass er in Schottland der Erste war, der eine Amputation am Hüftgelenk durchführte?«

»Sicher«, erwiderte Raven und gab sich Mühe, nicht gereizt zu klingen. Es gefiel ihm nicht, dass Duncan ihn als unwissend dastehen lassen wollte. Als könnte man in Edinburgh Medizin studieren und nicht davon gehört haben. »Der Patient starb allerdings«, fügte er hinzu.

»Erst mehrere Wochen nach der Operation, das ist doch nicht weiter von Interesse.«

»Für den Patienten war es sicher von Interesse. Auch glaube ich nicht, dass Dr. Simpson in Bezug auf die Vorrangstellung Symes Ihrer Meinung sein dürfte.«

»Wahrscheinlich nicht«, gab Duncan zu. »Wie ich höre, hegen sie eine gewisse gegenseitige Abneigung. Es heißt, es sei einmal auf der Treppe vor dem Zimmer eines Patienten beinahe zu einem Handgemenge zwischen ihnen gekommen.«

»Warum das?«, fragte Beattie, dessen Miene sich vor genussvoller Neugier aufhellte.

»Ich glaube, Syme hatte im Artikel einer Fachzeitschrift Dr. Simpsons Handhabung eines Falles kritisiert.«

»Verstehe«, log Raven. Beinahe alle bekannten Mediziner verhielten sich von Zeit zu Zeit so. Kritik an Kollegen auf den Seiten einer Zeitschrift wurde üblicherweise nicht als Grund für eine Prügelei betrachtet, also musste noch mehr dahinterstecken.

Die Ränge des Operationssaales waren tatsächlich schon

gut gefüllt, als sie eintraten. Sie fanden noch hinten Sitzplätze, wo der Blick auf den Operationstisch von einer wogenden See aus Kopfbedeckungen behindert war, ein Umstand, über den Raven sich nicht beschweren wollte. Dann rief im leisen Gemurmel der Menge jemand: »Hüte ab!«, und in einer scheinbar synchronen Bewegung wurde die Sicht freigegeben. Duncan beugte sich gespannt vor, während Beattie sich zurücklehnte und die Arme verschränkte, als säßen sie im Theater. Raven dagegen fühlte sich steif und bang in Anbetracht dessen, was bevorstand.

Einige Minuten später öffnete sich die Tür am Ende des Saales, und alle Gespräche erstarben. Als Erstes trat der Instrumentengehilfe ein, ein kleiner Mann mit großer Schürze, der noch ein letztes Mal den reich bestückten Tisch unter dem Fenster überprüfte. Dann schlug wieder die Tür auf, und Syme schritt herein, gefolgt von Henry, seinem Hauschirurgen.

Raven war immer etwas überrascht vom bescheidenen Äußeren des Professors. Dieser Gigant der chirurgischen Praxis war ein kleiner, schmaler Mann mit einem ernsten Gesicht, das selten lächelte. Er war recht grau – Augen, Haare und Kleider –, seine Stimme war dumpf und ohne große Kraft. Er hatte weder die Energie und Ausstrahlung, die man Liston nachsagte, noch das rhetorische Talent von Knox. Professor Syme hatte etwas ganz und gar Klägliches an sich, und Raven hätte wohl an den vielen Geschichten über seine Schimpftiraden gezweifelt, hätte er sie nicht zum Teil selbst erlebt. Dennoch hieß es, bei seinen engen Mitarbeitern genieße er unerschütterliche Loyalität. Vielleicht verbarg sich unter der griesgrämigen Oberfläche ein großmütiger, warmherziger Mensch, aber dafür hatte Raven bisher keine Anzeichen gesehen, wohl aber solche, die es widerlegten.

In der kurzen Zeit, die Raven bei Syme Chirurgie studiert

hatte, hatte dieser offene Verachtung für ihn gezeigt, die wohl hauptsächlich auf einem einzigen Unglücksfall in genau diesem Operationssaal beruhte. Er geschah an einem warmen Augustnachmittag, kurz nachdem Raven an die Universität gekommen war. Der Saal war so voll gewesen wie heute und dazu noch brütend warm, und schon vor Beginn der Operation war Raven etwas unwohl gewesen. Er wusste noch, dass seine Nase und sein Hals vom Fäulnisgeruch der kranken Gliedmaßen des Patienten erfüllt gewesen waren, als würde er daran ersticken, und als er dann das Messer auf dem Knochen gehört hatte wie auch die entsetzlichen Schreie des Patienten, war ihm übel geworden. Er hatte versucht, aus dem Saal zu eilen, aber die Zuschauer verfolgten das Spektakel so gebannt, dass sie ihm nicht rechtzeitig aus dem Weg wichen. Also erbrach er sich, kurz bevor er die Tür erreichte, direkt in Symes Blickfeld, wodurch er sich in den scharfen, erbarmungslosen Augen des Professors der Chirurgie disqualifizierte. Danach hatte Syme ihn als Prügelknaben auserkoren und ihn vor Ravens Kommilitonen regelmäßig als abschreckendes Beispiel bloßgestellt.

Vor allem erinnerte er sich an das Gelächter von Symes Chirurgiegehilfen. Raven erkannte heute einige von ihnen wieder, denen Katgut aus den Taschen hing, sodass sie es dem Chirurgen bei Bedarf sogleich reichen konnten. Aber vorher wurden die Männer für eine rohere Arbeit gebraucht.

Syme setzte sich auf einen einfachen Stuhl links des Operationstisches, nickte den versammelten Würdenträgern in der ersten Reihe zu und ließ dann den ersten Fall hereinbringen.

»Man sagt, er vergeude kein Wort und keinen Tropfen Blut«, flüsterte Duncan voller Bewunderung.

Die vier Gehilfen trugen auf einem Weidenkorb einen Patienten herein; er war in ein grobes rotes Laken gehüllt, dessen Falten sein Gesicht verbargen. Als er den Kopf hob, entpuppte er sich zu Ravens Schrecken als der Mann, den er wegen der Schläge gegen seine Frau zur Rede gestellt hatte.

Gallagher schaute sich ängstlich um und blickte in die Ansammlung von Fremden, die sich zu seiner Operation eingefunden hatten. Zunächst wollte er das Laken nicht loslassen, sondern klammerte sich mit der gesunden Hand daran fest, woraufhin eine kleine Gelächterwelle durch das Publikum wogte. Diese verlief sich alsbald unter dem tadelnden Blick des immer noch sitzenden Professors, und es wurde still.

Auch Raven konnte der Situation nichts Heiteres abgewinnen. Der Frohsinn auf der Galerie erinnerte ihn an Simpsons Worte zum Hang mancher Mediziner, über Leid zu scherzen: Sie lachen über Narben, denn sie kennen keine Wunden.

Ravens Hand wanderte unwillkürlich zur Wange. Die Wunde kannte er, aber jetzt spürte er etwas Tieferes: Schuld und Scham.

Syme erhob sich und wandte sich mit dem Rücken zum Patienten an den Saal.

»Dieser Mann leidet an einer fauligen Entzündung der rechten Hand«, sagte er und schlug das Laken zurück, um den Blick auf den stark geschwollenen und schauderhaft verfärbten Körperteil freizugeben. Der Geruch von verdorbenem Fleisch, der die chirurgischen Abteilungen des Krankenhauses beherrschte, zog bis in die letzte Reihe. Wer diesen noch nicht gewohnt war, zückte hastig sein Taschentuch, um den olfaktorischen Angriff nach Kräften abzuwehren. Für Raven stank es aufgrund seines Anteils an der Sache umso schlimmer.

»Es besteht kein Zweifel«, fuhr der Professor fort, »dass eine Amputation vonnöten ist.«

Gallagher gestikulierte mit der gesunden Hand. »Ich flehe

Sie an, Sir, gibt es denn keine andere Möglichkeit? Ich bin Tischler, und ohne meine Hand landen meine Frau und ich im Armenhaus.«

»Amputiere ich nicht, landen Sie im Grab, was wird dann aus Ihrer armen Frau?«

Gallaghers einzige Regung war ein Blick voller Furcht und Verwirrung. Er hatte allerdings recht. Er würde seine Lebensgrundlage verlieren: Das hatte er schon in dem Moment, als Raven ihn dazu gebracht hatte, gegen die Wand zu schlagen. Mit seinem eitlen Handeln hatte Raven Mrs Gallagher ins Verderben geschickt; er hatte sich von der Lust treiben lassen, ihren Mann zu bestrafen, anstatt ihr wahre Hilfe anzubieten.

Syme fuhr fort und beschrieb dem Publikum die Prozedur, ungeachtet der Angst des Patienten, der grob aus seinem Korb befördert wurde. Mehr als einmal hatte Raven gesehen, wie Patienten in Gallaghers Lage gebrüllt und geschluchzt und sich gegen die kräftigen Gehilfen gewehrt hatten, während sie zum Operationssaal geschleift wurden, als wäre es der Galgen. Gallagher aber sagte nichts, als einer der Männer seinen kranken Arm emporhielt.

»Der Unterarm sollte amputiert und zwei gleich große Hautlappen von vorn und von hinten geschaffen werden«, sagte Syme und führte vor, wo er Einschnitte vornehmen wollte. »Der Arm sollte in mittlerer Stellung zwischen Pronation und Supination gehalten werden, um die Muskeln gleichmäßig zu entspannen und die Operation zu erleichtern. Die Hand kann auch am Handgelenk entfernt werden, aber der resultierende größere Stumpf vereinfacht erfahrungsgemäß weder die Anpassung einer künstlichen Hand noch erhöht er deren Nutzbarkeit, und selbst wenn die große verbleibende Gelenkoberfläche nicht zwingend die Heilung verzögert, hinterlässt sie doch stets eine Deformation.«

Raven staunte über den Mangel an Sensibilität des Professors. Zweifellos hatte der Patient Glück, dass solch ein namhafter Chirurg seine Operation durchführen und ihm das Leben retten würde, aber es war doch geradezu Folter, in seiner Hörweite die bevorstehende Verstümmelung zu beschreiben. Raven musste an seine Schulzeit denken, in der ein besonders bösartiger Lehrer der Mathematik gern zum Riemen griff, wenn die Noten eines Schülers zu wünschen übrig ließen. Raven war zwar ein fleißiger, eifriger Schüler gewesen, aber auch er versagte natürlich von Zeit zu Zeit und handelte sich Prügel ein. Mehr als der Schmerz war ihm das Ritual in Erinnerung geblieben, das mit diesem einherging. Der Lehrer hatte den gefürchteten Riemen hervorgeholt und auf Ravens Tisch gelegt, sodass er ihn die gesamte Stunde vor sich hatte, bevor er am Ende damit geschlagen wurde. Bis heute hegte Raven Mordgelüste gegen diesen Mann.

Während der Professor sprach, war der Patient an den Tisch gebunden worden, und die vier Chirurgiegehilfen hatten sich um ihn herum postiert, um für weitere Fixierung zu sorgen, so sie vonnöten war. In dem Augenblick fiel Raven Henrys Bericht ein, dass Syme den Äther als unzuverlässig und nicht zweckdienlich betrachtete. Diese Operation würde ohne ihn durchgeführt werden.

Eine plötzliche Übelkeit erfasste Raven, seine Schuld wurde mit dem Wissen der bevorstehenden Schrecken multipliziert. Man konnte nicht vorhersagen, welche Patienten ihr Schicksal stumm erlitten und welche dagegen ankämpften; manchmal fanden die scheinbar gebrechlichsten Gestalten zu außerordentlicher Kraft und suchten den jeweiligen Körperteil just in dem Moment fortzuziehen, wenn das Messer des Chirurgen sich zum ersten Schnitt senkte. Gallagher schien von der fügsameren Sorte, er weinte leise und winselte auf, als dem Professor das Messer angereicht wurde.

Ein Gehilfe packte den Arm des Patienten knapp über dem Ellenbogen und hielt ihn fest. Syme begann sofort und schnitt mit vollkommener Gewissheit und Präzision durch das Fleisch, nicht im Geringsten abgelenkt von Gallaghers Schreien. Raven war so beeindruckt wie entsetzt, denn er selbst spürte die Qual eines jeden Jammerlautes, und hätte er das Messer geführt, hätten die Schreie seine Hand sicher zögern lassen. Er verstand nicht, wie Chirurgen so arbeiten konnten, ohne den Schmerz zu spüren, den sie bereiteten, ihre Schnelligkeit die einzige Gnade. Vor allem diese Gedanken hatten Raven zu der Einsicht geführt, dass er hier keine Zukunft hatte und sich lieber einen anderen Bereich suchen sollte.

Der Professor arbeitete still und bedeutete dem Instrumentengehilfen, was gebraucht wurde. Raven spürte, wie ihm der Schweiß den Rücken hinablief, und er merkte, dass er den Atem anhielt. Beattie und Duncan schauten neben ihm mit distanzierter Faszination zu und wurden offensichtlich nicht von solchen dem Mitleiden geschuldeten Regungen geplagt. Ebenso gut hätten sie Mrs Lyndsay zuschauen können, wie sie einen Schinken anschnitt.

Bereits nach Minuten wurde die faulige Hand in eine mit Sägespänen gefüllte Kiste am Ende des Tisches geworfen, durchtrennte Adern, aus denen das Blut schoss, wurden schnell abgebunden, die Haut über der Wunde vernäht und der Stumpf verbunden.

Ein animalisches Klagen ging von Gallagher aus, und sein Blick huschte ungläubig zwischen der Kiste und dem Stumpf, wo die Hand gewesen war, hin und her.

Einer der Gehilfen wischte eilig das Blut fort, das sich auf dem Operationstisch gesammelt hatte. Ein anderer streute frische Sägespäne auf den Boden und bedeckte den Großteil der Blutspritzer und Gewebefetzen, als wollte er jeden Hinweis auf das Geschehene beseitigen.

Nun verstand Raven, warum Simpson geradezu darauf bestanden hatte, dass er zuschauen ging, warum sein Mentor so ruhelos in der Suche nach seinem Heiligen Gral war und warum er selbst sich nie wieder beschweren würde, wenn er an seltsamen Flüssigkeiten schnüffeln sollte.

Es musste eine bessere Möglichkeit geben.

Kapitel 34

Regen spritzte vom Pflaster hoch, als der Brougham vor dem Royal Exchange zum Stehen kam. Wie George Keith erklärt hatte, führte Simpson nicht etwas so Konventionelles wie ein Terminbuch, sondern behauptete stattdessen, er bewahre alle Angaben von Belang stets zuverlässig im Kopf auf. Folglich kannte Raven ihr Ziel selten vorher und wusste auch meist nicht, worum es bei dem jeweils anstehenden Fall ging.

Er wusste nur, dass am Morgen während der Sprechstunde ein Bote zum Haus gekommen war; daraufhin hatten sie zunächst eine Adresse in Canonmills angefahren, wo Simpson eine Zangengeburt durchgeführt hatte. Es war eine für die Frau unnötig belastende Angelegenheit gewesen, da auch dieser Haushalt von den Flugschriften des Reverend Grissom verseucht war, weshalb kein Äther angewendet werden durfte. Auf der folgenden Fahrt war Raven mit seiner schwelenden Wut beschäftigt gewesen, sodass er vergaß zu fragen, was als Nächstes auf Simpsons gedanklicher Liste stand.

Er sah hoch zu den schmutzigen Fenstern weit über dem Pflaster und fragte sich, welche Anblicke und Gerüche wohl in dem heruntergekommenen Bau lauerten. Im Erdgeschoss befand sich eine Herberge, an der er schon oft vorbeigekommen war, aber aus der Unvertrautheit des Gebäudes schloss er, dass sich sein Blick nur selten über die Ebene der Straße hob. Wer in der Old Town zu lang in die Luft schaute, machte es den Taschendieben zu einfach.

Simpson blickte hinaus in den peitschenden Regen und grüßte einen Mann, der ihnen aus einem Eingang winkte. Raven erkannte ihn schnell als McLevy, den Polizisten, begleitet von einem seiner stämmigen Gehilfen.

Mit eigentümlichem Blick wandte Simpson sich kurz Raven zu. »Wir sind hier, um bei einer polizeilichen Ermittlung zu helfen«, erklärte er. Die Vorstellung erschien ihm wohl seltsam, aber er führte nicht aus, warum das so war. »Es ist immer nützlich, wenn die Polizei einem einen Gefallen schuldig ist«, fügte er hinzu.

Raven fragte sich, ob Simpson eine Regenpause abwartete, sah dann aber, dass McLevy auf die Kutsche zukam. Er stieg ein, und das Wasser troff ihm selbst nach diesen wenigen Metern von der Hutkrempe.

Simpson stellte sie einander vor. Die meisten Männer von Rang gingen davon aus, dass sie den Lehrling nun ignorieren konnten, aber McLevy musterte Raven ausgiebig.

»Darf ich Sie eben einmal nach Ihrer Meinung fragen, bevor wir fortfahren?«, sagte McLevy. Obwohl er Raven direkt ansah, brauchte der eine Weile, bis er verstand, dass tatsächlich er gemeint war und nicht der Professor.

»Selbstverständlich«, erwiderte Raven.

»Vielleicht haben Sie schon gehört, dass ein Lumpensammler unweit von hier ein Kinderbein in einem Abflussrohr gefunden hat?«

Natürlich. Das war in der Nähe des Royal Exchange gewesen.

»Das habe ich in der Tat. Wie auch allerlei grausige Erklärungen. Von teufelsanbetenden Kindsopfern bis zu kannibalistischen irischen Einwanderern.«

»Und wovon gehen Sie selbst aus, Mr Raven?«

»Es dürfte sich um einen prosaischeren Grund handeln. Ein ungewolltes Kind, das in einem Zustand verzweifelter Panik hastig entsorgt wird. Die Handlung einer Person, die von Sinnen ist.«

»Ja«, sagte McLevy und nickte, wobei weiteres Wasser von seinem Hut rann. »Das Bein wurde in einem Hauptrohr gefunden, in das die Rohre aller Gebäude in der Umgebung führen, so wie das von Mr Whites Herberge, in der auch allerlei Weibsvolk wohnt. In unmittelbarer Nähe leben außerdem Frauen höheren Standes, weshalb ich mit meinen Ermittlungen sehr behutsam sein musste; vielleicht zu behutsam, was den bisher ausgebliebenen Erfolg erklären dürfte. Schon eine Befragung in dieser Sache kommt einem Anwurf gleich, der den Namen einer Frau für immer beschmutzt.«

Raven wusste, dass diese Behutsamkeit nur Frauen zugutekam, denen ein gewisser Grad an Ehrbarkeit zugestanden wurde. Er konnte sich nicht vorstellen, dass der Polizist in Evies Gegend auch so leise auftrat. Ebenso wenig gefiel Raven die Art, in der McLevy von »Weibsvolk« redete. Es klang, als spräche er von etwas völlig Fremdem; exotisch und interessant, das wohl, aber doch nicht auf der gleichen Stufe wie man selbst. Im Zweifel darunter.

Er fragte sich, wie McLevy sich wohl gegen Miss Rigby schlagen würde. Auch sie war alles andere als gewöhnlich, stand aber gewiss nicht eine Stufe tiefer als irgendjemand anders.

»Meine Ermittlungen haben bisher wenig Früchte getragen, aber mir kam kürzlich zu Ohren, Mr White, der Herbergsvater, dränge sich angeblich zuweilen den jungen Frauen in seiner Anstellung auf. Teile des Personals erhalten an Lohnes statt gratis Kost und Logis, was zu Verwicklungen führen kann.«

Aufdrängen.

Verwicklungen.

Diese Euphemismen erschienen Raven obszön.

McLevy geleitete sie aus der Kutsche und in die Herberge. Sie versammelten sich am Fuß der Treppe, die zu den Zimmern führte; zu ihrer Rechten befand sich neben der Küche ein Gemeinschaftsbereich, in dem mehrere junge Frauen ihren Pflichten nachkamen.

White war ein unpassender Name für einen derart rotgesichtigen Burschen. Er wirkte wenig froh, McLevy zu sehen, was er aber alsbald mit schmieriger Unterwürfigkeit zu überspielen suchte.

»Wie kann ich Ihnen heute weiterhelfen, Mr McLevy? Konnten Sie denn die unerfreuliche Angelegenheit aufklären, die Sie letztes Mal hierherführte?«

»Genau die bringt mich heute wieder her, Sir. Ich muss noch einmal mit den weiblichen Angestellten sprechen.«

Whites Augen wurden schmaler. »Wie ich Ihnen bereits versicherte, wäre es mir nicht entgangen, hätte sich eine von ihnen in solchen Umständen befunden. Das hätte ich nicht geduldet, schließlich hat mein Haus seinen guten Ruf hochzuhalten.«

Während White sprach, ließ McLevy den Blick über die jungen Frauen gleiten, bis er schließlich eine von ihnen durchdringend anstarrte. Sie kehrte vor der Hintertür und hielt den Kopf etwas zu betont gesenkt.

»Die dort«, sagte McLevy. »Ich kann mich nicht erinnern, sie letztes Mal gesehen zu haben.«

Raven hatte eine Vermutung, aber er war weiterhin unsicher, worin Simpsons Rolle bei alledem bestehen sollte.

»Wie lautet ihr Name?«

»Mary Brennan«, erwiderte White.

Die Nennung des Namens allein ließ das Mädchen erschrecken. Blass vor Angst schaute es den Herbergsvater an. Raven war sich nicht sicher, ob es mehr Angst vor Letzterem oder vor McLevy hatte.

»Wir werden allein mit ihr reden.«

White seufzte und ließ die anderen Mädchen den Gemeinschaftsraum verlassen.

»Ich sagte, wir werden allein mit Mary reden«, wiederholte McLevy unnachgiebig, den Blick auf White gerichtet.

Der Herbergsvater zog sich widerstrebend zurück und warf Mary noch einen Blick zu, bevor er die Tür schloss. Raven glaubte, dass dieser McLevy nicht entgangen war.

Mary Brennan stand vor den vieren und umklammerte ihren Besen, als würde sie ohne ihn hinstürzen. Sie zitterte.

»Wir ermitteln wegen des Fundes eines Kinderbeines, in Lumpen gewickelt und den Abfluss hinuntergespült. Wissen Sie etwas davon?«

Ihr Blick huschte vom einen zum anderen, als suchte sie einen Verbündeten.

»Nein, Sir«, erwiderte sie mit schwacher Stimme. Aber auch Entschlossenheit schwang mit, das Bewusstsein der Folgen, sollte sie nachgeben.

»Wissen Sie, wer dieser Herr ist?«, fragte McLevy.

»Nein, Sir.«

»Er heißt Professor James Young Simpson. Sagt Ihnen der Name etwas, Mary?«

Offensichtlich nicht, aber sie wirkte umso besorgter, da sie die Bedeutung der Gegenwart dieses ehrbaren Herrn nicht verstand.

»Er ist einer der führenden Mediziner der Stadt, ein Spezialist für die Versorgung Schwangerer, der sie auch während der Geburt unterstützt.«

Nun wandte McLevy sich dem Professor zu.

»Dr. Simpson, wenn Sie eine junge Frau wie Mary hier untersuchen, könnten Sie dann feststellen, ob sie kürzlich ein Kind zur Welt gebracht hat?«

»Mit absoluter Gewissheit und ohne Zweifel«, erwiderte Simpson.

Mehr brauchte es nicht. Das Mädchen sank auf die Knie, brach in Tränen aus und redete sich scheinbar erleichtert ein Geständnis von der Seele.

»Gott, vergib mir, ich gestehe, dass ich das Kind geboren habe, aber es war tot, als es zur Welt kam. Rasend vor Kummer und Schmerz habe ich es in Stücke geschnitten und in den Abfluss gestopft, damit niemand von meiner Schande erfuhr.«

»Wusste jemand von Ihren Umständen?«

»Nein, Sir. Ich hielt sie geheim, da ich fürchtete, auf die Straße gesetzt zu werden. Mr White sagt, er führt ein ehrbares Haus.«

Dabei schaute sie zur Tür. Dort lauerte eine größere Bedrohung als alles, dem sie sich hier im Raum gegenübersah.

»Wessen Kind war es?«, fragte McLevy, Ravens Meinung nach überflüssigerweise.

Sie ließ den Kopf hängen, dass ihr Haar beinahe über den Boden wischte.

»Ein schlechter Mann hat mich verführt«, antwortete sie, ohne aufzuschauen.

McLevy bohrte nach, aber sie benannte ihn nicht.

Das war auch nicht nötig.

McLevys Gehilfe half ihr auf. Ihr Blick war leer, wie in Trance, dann brachte eine große Furcht Bewegung in ihre

Züge. »Werde ich hängen?«, fragte sie McLevy voller Schrecken.

»Nicht, wenn Sie uns die Wahrheit gesagt haben und das Kind tatsächlich tot zur Welt kam. Dann kommen Sie nur eine kurze Weile in Haft.«

Simpson schüttelte traurig den Kopf, als sie fortgeführt wurde.

»Es ist tragisch, dass diese junge Frau noch eine Strafe über die hinaus erhalten soll, die sie bereits erfahren hat«, sagte er.

»Und das Unrecht wird noch größer, wenn die Angelegenheit für den Herbergsvater ohne Folgen bleibt«, fügte Raven hinzu und konnte seine Verbitterung kaum verbergen.

»Ich werde ein ernstes Wort mit ihm reden«, versicherte McLevy ihm. »Dann weiß er, dass ich ihn im Auge habe, aber was sonst kann ich tun?«

Raven fiel einiges ein, was er gern getan hätte, dann musste er an das Schicksal von Mrs Gallagher denken, der infolge seines Rachedurstes wahrscheinlich das Armenhaus bevorstand.

McLevy dankte Simpson für seine Hilfe, die sich weitgehend auf seine erhabene Gegenwart beschränkt hatte, aber Raven zog den Hut vor dem gerissenen Polizisten, der gewusst hatte, dass diese allein ausreichen würde.

»Sehr gern geschehen, wie immer«, erwiderte Simpson.

»Falls ich Ihnen jemals behilflich sein kann, lassen Sie es mich wissen.«

»Natürlich. Aber in der Zwischenzeit hegt, glaube ich, Mr Raven ein Interesse an einem anderen Ihrer Fälle.«

Raven sah ihn überrascht an und fragte sich, wie auffällig sein Interesse gewesen war.

»Um welchen Fall handelt es sich?«

»Rose Campbell«, antwortete Raven. »Sie war ein Hausmädchen bei Mr Sheldrake, dem Zahnarzt. Ihre Leiche wurde in Leith aus dem Wasser gezogen.«

»Ach ja. Dr. Renfrew, unser Polizeichirurg, führte eine vollständige Untersuchung der Leiche durch. Er kam zu dem Schluss, dass sie ertrunken sei.«

»Er hat also keinen Hinweis auf ein Gift gefunden?«

»Warum sollte er?«

»Wegen der schmerzvollen Verrenkung der Leiche. Meines Wissens kann die das Symptom einer Strychninvergiftung sein.«

Raven merkte, dass Simpson ihn genau beobachtete, aber er musste nachbohren, solange er McLevy vor sich hatte.

»Wie ich schon sagte«, fuhr McLevy fort, »wurde kein Hinweis auf eine Vergiftung gefunden. Wenn die Leichen Ertrunkener aus dem Wasser gezogen werden, sind ihre Gliedmaßen oft verrenkt, was auf den Todeskampf zurückzuführen ist, und eine solche Haltung kann infolge der Totenstarre bestehen bleiben.«

Das mag ja sein, dachte Raven. Bloß ist Evie nicht ertrunken.

»Es war ein Unfalltod«, fuhr McLevy mit einer Endgültigkeit fort, die jegliche weitere Fragen als überflüssig hinstellte. Dies ignorierte Raven.

»Hatten Sie nicht ursprünglich selbst gemutmaßt, sie könnte sich umgebracht haben?«

McLevy sah ihn mit überraschtem Misstrauen an.

»In der Tat, denn ich wurde unterrichtet, dass sie schwanger sei, im fünften oder sechsten Monat. Aber das Seltsamste an der Sache war: Als die Untersuchung der Leiche durchgeführt wurde, trug sie schließlich doch kein Kind in sich.«

Raven taumelte, als hätten sich um ihn herum die Wände bewegt. »Sind Sie sicher?«

McLevy grinste. »Offen gesagt ist Dr. Renfrew nicht der

brillanteste Mediziner, der mir je begegnet ist, nicht mal in seinen seltenen nüchternen Momenten, aber ich bin zuversichtlich, dass in einem solchen Fall selbst er keine Fehldiagnose stellt.«

Raven war in seiner Verwirrung wie benommen, und um ihn drehte sich alles, als der Brougham losfuhr, während der Regen auf das Dach trommelte.

»Sie haben nicht die Antwort bekommen, die Sie sich erhofften«, stellte Simpson fest.

Das war milde ausgedrückt. Sein fester Glaube an eine Verbindung zwischen Rose und Evie schien nun haltlos. Er hatte keinen richtigen Beweis, dass auch nur eine von ihnen vergiftet worden war, da McLevy eine überzeugende Erklärung für den Zustand von Roses Leiche geliefert hatte – die Totenstarre hatte eingesetzt, als sie noch im Wasser gelegen hatte. Nun kam noch dazu, dass Rose nicht schwanger gewesen war, und er musste sich eingestehen, dass der Gedanke reine Spekulation gewesen war, Evie sei in anderen Umständen gewesen.

»Ich möchte Sie nicht mit der Frage bedrängen, warum Ihnen Miss Campbells Tod so naheging, aber ich werde Sie etwas lehren, was Ihnen in Ihrem Alltag als Arzt behilflich sein kann.«

Erpicht auf den Trost, den eine solche Weisheit bringen mochte, schaute Raven auf.

»Denken Sie immer daran, dass der Patient der ist, den die Krankheit plagt.«

Ravens Gesicht verriet, dass er nicht verstand.

»Man lässt sich leicht von Verantwortlichkeiten belasten, man wird so besessen von einem Problem, dass man die Perspektive verliert. Beweise können einander scheinbar widersprechen, unwahrscheinliche Zufälle können vorkommen, und ein überanstrengter Kopf kann dann die falschen Schlüsse ziehen. Denken Sie an Ihre kluge Einschätzung, als McLevy Sie nach Ihrer Erklärung des Kindsbeines fragte. Ihre Distanz war Ihnen nützlich. Manche stellen allzu gern sensationelle Hypothesen auf und werden unerklärlich blind für das Offensichtliche, das direkt vor ihren Augen liegt.«

Kapitel 35

Der Regen ließ nach, als die Kutsche mit ihnen den Mound hinab und wieder nach Norden in die New Town fuhr. Simpson beschäftigte sich mit einem Buch, während Raven über das nachdachte, was der Professor ihm gesagt hatte. Er fragte sich, ob er eine große Missetat eines imaginären Schurken ersonnen hatte, um seine eigene Schuld in Bezug auf Evie zu ertragen. Er befürchtete, dass er in dem Bedürfnis, sich nach ihrem Tod für sie einzusetzen, eine Fantasie konstruiert, diese mit Elementen aus seiner Umgebung gespickt hatte und gegen Windmühlen ankämpfte wie Don Quijote. Schlimmer noch, er hatte Sarah mit hineingezogen.

Der Brougham wurde langsamer, nachdem er in eine Straße eingebogen war, die Raven auf unangenehmste Weise vertraut war. Mit grausamer Unausweichlichkeit ließ der Kutscher seine Pferde vor einem vornehmen Hause halten, das Raven nicht mehr anschauen konnte, ohne dass sich ihm vor Schuld der Magen umdrehte.

Das Haus der Grasebys.

Raven rang um Haltung, denn er sorgte sich ohnehin schon, wie klar Simpson alles sah, was in seinem Kopf vorging. Als die Kutsche stillstand, schaute der Professor von seinem Buch auf. Sein Blick war zunächst neugierig, was oft der Fall war, wenn er wohl den Punkt auf seiner gedanklichen Liste suchte, der ihn hergeführt hatte. Dann verfinsterten sich seine Züge.

»Hier müssen wir uns trennen, fürchte ich, Mr Raven. Ich wurde in einer delikaten Sache zu dieser Adresse gerufen, unter der Bedingung, dass ich den Grund meines Besuches streng vertraulich behandle und mit niemandem bespreche.«

Raven wurde vor Angst beinahe übel. Es war, wie Beattie es befürchtet hatte. Nach Mrs Grasebys Tod hatte jemand den Äthergeruch bemerkt, und daraufhin war der Mann gerufen worden, den man als den stadtweit größten Experten auf diesem Gebiet ansah. Wenigstens ersparte die Vertraulichkeit der Sache es ihm, gleich mit ins Haus spazieren zu müssen, wo er sofort erkannt werden würde.

Dennoch blieb es nur eine Frage der Zeit.

»Soll ich hier warten?«, fragte er.

»Nein, Sie müssten bitte eine Besorgung für mich erledigen. Erinnern Sie sich an mein Treffen mit Waldie, der uns von einem Sirup mit Formylperchlorid erzählte und versprach, mir etwas davon zu schicken?«

»Ich weiß noch, dass Sie sagten, eher würde er sein Labor in die Luft sprengen als etwas von Bedeutung entdecken.«

»Und wie zum Beweis, dass manch wahres Wort im Scherz gesprochen wird, wurde seine Probe wegen eines Feuers in der Apothecaries Hall Liverpools niemals abgeschickt. Es bleibt unklar, ob Waldie persönlich dafür verantwortlich war, aber sein Vorschlag fasziniert mich doch, und da er sein Versprechen nun eine Weile nicht wird einlösen können, ließ ich bei Duncan and Flockhart's eine gewisse Menge zu Versuchszwecken herstellen. Die müsste abgeholt werden.«

»Sehr wohl, Sir.«

Raven schlüpfte aus der Kutsche und eilte mit gesenktem Kopf fort, auch wenn der Regen aufgehört hatte. Er wollte nicht von einer Hausangestellten zu einem Zeitpunkt gesehen werden, da sie alle wieder des Abends gedachten, als ihre Herrin verstarb.

Raven war dankbar für den Spaziergang an der frischen Luft, nachdem er sich in der Kutsche eingeengt gefühlt hatte wie in einer Zelle, seit Simpson ihm erklärt hatte, warum er dort war. Aber seine Beine schienen ihm schwer. Simpsons Nachforschungen würden zweifellos zu Beattie führen, und Beattie hatte keinen Grund, ihn zu decken. Während er die George Street entlangging, war er sich bewusst, dass in diesem Augenblick der Mechanismus in Gang gesetzt wurde, der seiner Medizinerlaufbahn möglicherweise schon bald ein Ende bereiten würde.

Als er sich der Drogerie näherte, stieg ihm eine Vielfalt an Arzneigerüchen in die Nase. Durch das Glas in der Tür konnte er einen jungen Gehilfen auf dem Marmortresen Pillen drehen und den wohlgekleideten, bebrillten Mr Flockhart eine klare Flüssigkeit in eine Reihe von Glasfläschchen füllen sehen. All seine Sinne schienen geschärft, als wollten sie diesen Besuch voll auskosten, da er womöglich Ravens letzter war.

Dieser Laden hatte ihn schon immer fasziniert, noch mehr als jede Bäckerei oder Confiserie seiner Jugend. In den Vitrinen standen säuberlich aufgereihte Seifen, Zahnpulver, Balsame und Einreibemittel, während in den Regalen Hunderte von Flaschen und Gläsern in einem bunten Farbenspiel funkelten. Der Boden war stets gefegt und gebohnert, weder Schmutz noch Unordnung wurden geduldet. Die größte Anziehungskraft übte dieser Ort aber auf Raven aus, weil hier Arzneien hergestellt wurden. Hier mahlten, mischten, brauten und verdünnten sie, erzeugten Pillen, Tinkturen und Tränke aus Wurzeln, Kräutern, Mineralien und diversen anderen Substanzen. Hier experimentierten sie und entwickelten Mittel gegen allerlei Leiden. Hier geschah der Fortschritt.

Er wollte schon immer Teil davon sein und hatte jeden Besuch genossen, selbst wenn es sich um einen Botengang für Dr. Duncan handelte. Mit der Zeit hatte er den Laden als Teil seiner Welt betrachtet, als Teil seiner Zukunft, aber nun fürchtete er, dass ihm all das genommen werden würde.

Flockhart schaute von seiner Arbeit auf.

»Mr Raven. Sie möchten sicher das hier abholen«, sagte er mit übertriebener Betonung und nahm eine Flasche in die Hand, die zu seiner Linken auf dem Tresen gestanden hatte. Sie enthielt eine so zähe Flüssigkeit, dass man einen Löffel hätte hineinstellen können.

»Ja, Sir. Für Dr. Simpson. Er hat Sie sicher gebeten, eine von Mr Waldie aus Liverpool empfohlene Rezeptur zu reproduzieren.«

Flockhart seufzte streng. »Das haben wir auch getan. Was zu einer kleinen Explosion führte, die die Wände und die Decke versengte und bleibende Schäden an den Augen hätte hinterlassen können, hätten wir nicht Brillen getragen. Kann ich davon ausgehen, dass wir die Kosten für den neuen Anstrich auf Dr. Simpsons Rechnung setzen dürfen?«

Raven antwortete nicht, da er sich unsicher war, ob er dazu die Befugnis hatte und ob Flockhart nicht vielleicht scherzte. Er nahm die Flasche an sich und ging.

Als er in der Queen Street ankam, begab er sich geradewegs ins Esszimmer, wo er die Flasche für das Experiment nach dem Abendessen bereitstellen wollte. Allerdings traf er dort James Duncan an, der vor den offenen Türen der Anrichte stand und alle bisherigen Proben sowie ein Dutzend anderer Fläschchen darauf aufgereiht hatte.

»Ich versuche, Ordnung in dieses Durcheinander zu bringen und einige Dinge zu entsorgen«, sagte er. Sein Ton verriet Verärgerung über Ravens Unterbrechung oder auch nur seine bloße Anwesenheit. »Was haben Sie denn da?«

»Etwas, was Dr. Simpson bei Duncan and Flockhart's angefordert hat. Ich nehme an, dass er es nach dem Abendessen ausprobieren möchte.«

»Lassen Sie mich einmal sehen.«

Duncan nahm die Flasche, neigte sie und betrachtete die zähe Flüssigkeit abschätzig. Er zog den Korken heraus und hielt sich die Öffnung unter die Nase, die er rümpfte, wenn auch nicht aus Reflex. Er inhalierte tiefer, schüttelte den Kopf und gab Raven die Flasche zurück.

»Höchstwahrscheinlich ohne Nutzen«, sagte er voraus.

Auch Raven schnüffelte daran. Er bildete sich einen Anflug von Schwindel ein, der aber ebenso davon herrühren mochte, dass er so eilig unterwegs gewesen war.

»Vielleicht, wenn es wärmer und damit flüchtiger geworden ist«, schlug Raven vor, da die Flasche sich draußen abgekühlt hatte. »Bis nach dem Abendessen dürfte die Zimmertemperatur ihren Teil getan haben.«

»*Peut-être*«, erwiderte Duncan in wenig hoffnungsvollem Ton. Er hatte die lästige Angewohnheit, hin und wieder ins Französische zu wechseln, was sicher alle daran erinnern sollte, dass er vor Kurzem von seinen illustren Studien in Paris zurückgekehrt war.

Raven wollte die Probe nicht vorschnell aufgeben, aber dann fiel ihm Dr. Simpsons Mahnung ein, in wissenschaftlichen Dingen nicht zu viel von sich selbst einzubringen. Er schrieb diesem Stoff Bedeutung zu, weil er in Liverpool möglicherweise ein Feuer und später im Labor der Drogerie eine

Explosion ausgelöst hatte, ganz zu schweigen von der Strecke, die er selbst beim Abholen hatte laufen müssen.

»Ich setze größere Hoffnungen in dieses Mittel hier«, sagte Duncan und hielt eine andere Flasche empor. Er zog den Korken heraus und hielt sie Raven unter die Nase. Der Geruch war scharf und stechend, und Raven wich zurück. Sofort wurde ihm schwummrig. Raven verstand Duncans Zuversicht, aber er ahnte jetzt schon, welche Kopfschmerzen ihn am nächsten Morgen erwarten würden.

Duncan beobachtete ihn mit wölfischem Grinsen.

»Was ist das für ein Zeug?«

»Ich habe Professor Gregory eine Rezeptur vorgeschlagen.«

»Sie haben das Mittel selbst entwickelt?«, fragte Raven. Das würde Duncans große Hoffnungen erklären.

»So ist es. Allerdings ist dies nur eine Vorabdestillation. Er versicherte mir, heute Abend eine gefilterte Menge zu haben. Da Sie schon einmal hier sind, können Sie sie ja holen gehen.«

»Ich muss zu Dr. Simpson zurückkehren«, protestierte Raven. »Seine Hausbesuche sind noch nicht abgeschlossen.«

»Haben Sie nicht später Pflichten im Maternity Hospital?«

»Doch.«

»Dann können Sie ja danach gehen. Professor Gregory arbeitet stets bis spät in seinem Labor. Ich vermute sogar, dass er dort auch schläft.«

Streng genommen war es nicht wahr, dass Raven zu Dr. Simpson zurückkehren musste, da der Professor ihn nicht ausdrücklich dazu aufgefordert hatte. Vielmehr verspürte Raven den heftigen Drang, sich bei ihm zu melden, getrieben von einer Kombination aus Schuld und Sorge und dem daraus folgenden Wunsch, diese Unsicherheit möge zügig enden. Sollte er zur Rechenschaft gezogen werden, wollte er, dass dies lieber früher als später geschah, wenn auch nicht so sehr, dass er die Angelegenheit durch ein Geständnis selbst abschließen wollte. Solange noch Hoffnung bestand, dass seine Rolle beim Tode Mrs Grasebys niemals öffentlich wurde, würde er sich daran festklammern, auch wenn es mit der Zeit immer qualvoller wurde.

Er machte sich auf den Weg Richtung Danube Street und schritt entschlossen die Gloucester Lane entlang nach Norden. Es war nicht sicher, dass Simpson immer noch im Haus der Grasebys war, aber es war nur gut eine Stunde vergangen, seit sie sich getrennt hatten. An der Kreuzung mit der Doune Terrace erspähte er einen Brougham samt zwei Pferden, der in kaum fünfzig Metern Entfernung stand. Er sah Simpson aussteigen und über das Pflaster auf die Tür eines Reihenhauses zueilen.

Raven hastete ihm entgegen, aber Angus, der Kutscher, trat ihm in den Weg.

»Der Professor darf nicht gestört werden«, sagte er.

»Was, auch hier?«, fragte Raven.

»Auch hier«, bestätigte der Kutscher mit ernstem Nicken.

Raven warf einen Blick auf das Haus, dessen Tür sich nun hinter Simpson schloss. Vielleicht war es Einbildung, aber er meinte, eine gewisse Unruhe bei Angus zu spüren, eine Besorgnis darüber, dass Raven so unerwartet dazugekommen war.

Raven wollte sich gerade der Kutsche zuwenden, als er durch das Fenster des großen Vorderzimmers Bewegungen erspähte. Er sah eine elegant gekleidete junge Frau aufstehen und Simpson begrüßen, als er hereinkam. Sie umarmten einander herzlich und tauschten Worte aus, die Raven nicht hören konnte.

Der Professor bückte sich und verschwand kurz aus dem Blickfeld, aber als er wieder aufstand, hielt er ein Kind – ein Baby von vielleicht achtzehn Monaten in einem rosafarbenen Kleidchen. Simpson drückte das Kind an sich, während die Frau zuschaute und liebevoll lächelte.

Es schien kein Krankenbesuch zu sein, erst recht kein Notfall.

»In welcher Sache ist Dr. Simpson hier?«, fragte Raven. Er rechnete nicht mit einer offenen Antwort auf die Frage, wollte aber auf die Zwischentöne horchen, wenn Angus ihr auswich.

»Ich weiß lediglich, dass es sich um eine Privatangelegenheit handelt und dass ich nicht nach Einzelheiten fragen sollte. Sie sollten es besser ebenso handhaben, wenn Sie nicht möchten, dass Dr. Simpson von Ihrer Neugier erfährt.«

»Darf ich in der Kutsche warten?«

Angus winkte ihn herein. Raven dachte über diese Loyalität nach: Welche Geheimnisse mochte Angus kennen; von welchen weiteren Geheimnissen wusste er nicht einmal, dass er sie kannte?

Seine Gedanken wandten sich wieder der angespannten Unterhaltung zwischen Mina und Jessie zu, die er mitgehört hatte: »Er zahlt einer anderen Frau zwölf Pfund im Jahr. Stellt sich da nicht die naheliegende Frage: Warum?«

»Aus Wohltätigkeit. Einen solchen Edelmut wird doch sicher niemand in den Schmutz ziehen.«

»Meiner Erfahrung nach tun die Leute aber genau das, wenn die Moralität einer Handlung infrage gestellt werden kann.«

Raven erinnerte sich an Simpsons Rat von diesem Morgen, was sensationelle Hypothesen anging. Nichtsdestoweniger war diese Frau auf keinerlei Wohltätigkeit angewiesen, aber Simpson besuchte sie allein, im Bewusstsein, dass Raven anderswo beschäftigt war, während der Kutscher seine Privatsphäre schützte. Hatte Mina versucht, Jessie zu zeigen, was eigentlich unmittelbar vor ihren Augen geschah?

Simpson blieb nicht lang, vielleicht eine halbe Stunde. Er kam wieder nach draußen zur Kutsche und wirkte überrascht, als er Raven dort auf ihn warten sah. Falls es ihm Sorge bereitete, verbarg er dies schnell. Dennoch folgte ein Moment der Stille, als sie beide saßen, eine verlegene Pause, während deren nur zu deutlich war, dass Ravens Anwesenheit so unwillkommen wie unerwartet war.

»Ich war auf dem Weg zurück zur Danube Street, als ich Ihre Kutsche sah«, erklärte Raven. Er schluckte, damit seine Stimme bei den nächsten Worten gefasst blieb. »Wie war Ihr Besuch dort? Ich achte natürlich dessen vertrauliche Natur, aber verlief alles zu Ihrer Zufriedenheit?«

In Simpsons Gesicht zeigte sich Bedauern wie aufziehende Wolken. Er seufzte laut. »Eine schlimme Angelegenheit«, sagte er und blickte aus dem Fenster. Dann wandte er sich Raven zu. »Und eine, die noch nicht zu meiner Zufriedenheit abgeschlossen ist.«

Kapitel 36

Sarah schob die Tür mit dem Ellenbogen auf und balancierte ein Teetablett auf dem Arm. Sie stieg vorsichtig über das Durcheinander auf dem Boden und versuchte, weder auf Stoffreste zu treten noch gegen die Näherin zu stoßen, die Mina zu Füßen lag und den Saum ihres neuen Kleides anpasste. Auf dem Tablett stand nur eine Tasse, da Miss Tweedie, die Näherin, als Person so niederen Ranges angesehen wurde, dass ihr keine Erfrischung zustand.

Sarah stellte das Tablett auf einen kleinen Tisch in der Ecke.

»Darf ich einschenken, Ma'am?«

»Gleich, Sarah. Ich glaube, wir sind hier bald fertig.«

Mina wirbelte zu Sarah herum, wobei sie völlig außer Acht ließ, dass Miss Tweedie immer noch den Saum absteckte.

»Und, wie findest du es?«

Sarah verschränkte die Arme und spielte die kritische Betrachterin. Aus Erfahrung wusste sie, dass sie nicht zu schnell antworten durfte. Das Kleid war aus zwetschgenfarbenem Seidensatin, der Ausschnitt breit, die Taille schmal, mit ausgestelltem Rock.

»Es ist wunderschön, Miss Grindlay.«

Das stimmte auch, allerdings sah Mina dieser Tage stets gut aus, was immer sie trug, da sie vor Glück strahlte.

»Wie du weißt, Sarah, benötigte ich dringend ein neues Abendkleid.«

Den Anfang des letzten Wortes betonte sie etwas, falls Sarah vergessen hatte, dass Mina nun regelmäßig zu Abendveranstaltungen ausgeführt wurde.

»Einfarbig ist derzeit die Mode«, meldete sich Miss Tweedie, die nun kniete und durch zwei Nadeln sprach, die sie sich zwischen die Lippen geklemmt hatte. »Ohne Zierapplikationen.« Beim Aufstehen ächzte sie etwas. »Jetzt nehmen wir es ihnen erst einmal wieder ab, und ich führe die besprochenen Anpassungen durch.«

Sarah half der Näherin dabei, Mina aus dem Kleid zu befreien und sie wieder in ihr altes zu stecken.

»Wann wird es denn fertig sein?«, fragte Mina. »Ich sehe mich in naher Zukunft an viele wichtige Termine gebunden.«

Das Wort gebunden betonte sie auch wieder besonders, wie Sarah merkte, wenn auch nicht so sehr, dass dessen Bedeutung auch für Miss Tweedie offensichtlich war.

»Ende der Woche, würde ich sagen«, erwiderte Miss Tweedie und sammelte ihre Nadeln ein.

»Es wird Dr. Beattie sicher gefallen«, sagte Sarah und gab Mina damit einen Anlass, von ihm zu sprechen, auch wenn sie den nur selten nötig hatte.

»Ja, das glaube ich auch.«

»Ist er Ihr Verlobter?«, fragte Miss Tweedie, als sie das Kleid aufhob.

»Es ist noch nicht offiziell«, antwortete Mina, was heißen sollte, dass es das aber bald sein würde.

Unwillkürlich zog sich Sarahs Brust zusammen. So glücklich sie für Mina war, hegte sie doch immer noch ein instinktives Misstrauen bezüglich Beatties Absichten. Vielleicht gründete dieses nur in ihrer natürlichen Sorge, Mina könnte verletzt werden. Mina war eine kluge, durchsetzungsfähige Frau, aber wenn es einen Bereich gab, in dem sie für Täuschung – und, vielleicht noch gefährlicher, Selbsttäuschung – anfällig war, dann bei der Suche nach einem Ehemann.

Als Sarah Raven gegenüber zum ersten Mal ihre Bedenken erwähnt hatte, hatte er ihr davon berichtet, dass Beattie sein Desinteresse an belanglosen Tändeleien beteuere. Das klang schön und gut, passte aber nicht so recht dazu, wie oft Beatties Blick auf ihr verweilte, während sie arbeitete. Männer redeten sich gern ein, als Frau merke man nicht, dass sie starren – oder wohin sie starren.

Andererseits hieß schauen nicht immer begehren, und sie musste zugeben, dass es sie gerührt hatte, als Raven ihr von Beatties Verlobter erzählt hatte, die er am Tag vor der Hochzeit verloren hatte. Das war wahrlich tragisch, wie aus einem Roman. Dennoch wusste sie nicht, warum dieser Verlust bedeuten sollte, dass seine Gefühle für Mina so wahr waren, wie er ihr versicherte. Nur dass sie ihn nicht an die Frau erinnerte, die er verloren hatte, erschien Sarah kaum ein solides Fundament, auf dem wahre Gefühle aufbauen konnten. Eigentlich wirkte das doch eher wie das genaue Gegenteil: wie ein Bollwerk gegen wahre Gefühle.

»Glauben Sie, dass es bald eine Ankündigung gibt?«, fragte Sarah.

Sie wusste, dass die Frage als impertinent aufgefasst werden konnte, rechnete aber damit, dass Mina es ihr in ihrer mitteilungsfreudigen Laune nachsehen würde.

»Davon gehe ich aus.«

Mina stieg die Röte ins Gesicht.

»Wie wunderbar«, sagte Miss Tweedie entzückt.

»Ja«, stimmte Mina ihr zu. »Ich glaubte schon fast, es würde niemals dazu kommen.«

Das Letzte sagte sie leiser, als spräche sie mit sich selbst.

»Ist es denn solch eine Katastrophe, unverheiratet zu bleiben?«, fragte Sarah.

Sie wusste, dass Mina in Beattie verliebt war; sie war sich allerdings weniger sicher, ob er diese Gefühle ehrlich erwiderte. Sarah dachte an Rose Campbell, die vielleicht ganz ähnlich von einer mächtigen Leidenschaft erfasst worden war, die keinerlei Raum für Zweifel ließ. Und wohin hatte das geführt?

Mina sah sie an, als hätte sie den Verstand verloren.

»Als alte Jungfer auf den Großmut meiner Verwandten angewiesen sein? Was für ein Leben wäre das?«

»Kann denn eine Frau keine Ziele über eine Ehe hinaus haben?«, erwiderte Sarah.

»›Ziele‹? Was in Gottes Namen meinst du bloß?«

Sarah dachte an Miss Mann und Miss Rigby wie auch an Minas Liebe zum geschriebenen Wort. Sie kannte niemanden, der mehr über Romane und Lyrik wusste. Es schien ihr eine Schande, dass es keine Möglichkeit gab, dieses Wissen zu nutzen.

»Irgendeine Form von Beruf. Ich meine, wünschten Sie denn nicht, Sie hätten eine sinnvolle Möglichkeit, Ihren Intellekt und Ihr Wissen einzusetzen?«

»Sarah, die gottgegebene Rolle der Frau ist die der Gattin und Mutter. Jeder Beruf wäre nur ein unzureichender Ersatz. Und welcher Beruf sollte überhaupt einer Dame angemessen sein? Gouvernante? Bei dem Gedanken allein wird mir ganz anders.«

Mina wandte sich wieder dem Spiegel zu und steckte eine lockere Strähne zurück an ihren Platz.

Sarah schenkte den Tee ein und dachte darüber nach, wie eng Minas Vorstellung von der Rolle einer Frau war, wie einschränkend. Warum konnte eine Frau nicht nach mehr streben? Warum durfte sie nicht? Warum durfte Raven tun, was immer er wollte? Sie waren höchstwahrscheinlich von ähnlicher Herkunft und todsicher von ähnlichem Intellekt, und doch standen ihm Möglichkeiten offen, die ihr verwehrt blieben, und dieses Privilegium schien er nicht immer zu schätzen.

Sarah bückte sich nach einer verlorenen Nadel. Dabei streifte ihre Hand das neue Kleid. Sie fragte sich, ob sie jemals ein Kleidungsstück aus so feinem Stoff tragen würde. Es konnte doch nicht ihr Schicksal sein, für immer das Hausmädchen zu bleiben, verdammt zur Dienstbarkeit für den Rest ihres Lebens. Doch wie sollte sie dem entkommen? Wenn ein wohlhabender Mann ihr verspräche, sie von alledem fortzuholen, würde sie die Gelegenheit dann nicht ergreifen? Oder wäre das lediglich der Tausch der einen Form von Dienstbarkeit gegen die andere, wenn auch bequemere mit weniger Frostbeulen?

War es möglich, einen Mann kennenzulernen, der ihre Ambitionen respektierte, sich zu bilden und einer nützlichen Tätigkeit nachzugehen? Gab es solch einen Mann überhaupt? Falls ja, ging sie nicht davon aus, dass sie ihn schon einmal getroffen hatte.

Sie dachte auch an Mrs Lyndsays Ermahnungen wegen derartiger Hoffnungen. Sollte sie dankbar sein für das, was sie hatte, ihre gottgegebene Stellung in der Gesellschaft hinnehmen und den Ärger vermeiden, der ihr unausweichlich blühte, wenn sie versuchte, etwas zu ändern?

Die verlorene Nadel reichte sie Miss Tweedie, die das neue

Kleid in braunes Papier wickelte, sich verabschiedete und das Zimmer verließ.

Sarah beschloss, das Gespräch zurück auf Beattie zu lenken, was mit Sicherheit Minas gute Laune wiederherstellen würde.

»Ist es nicht ein Segen, dass Sie beide einander gefunden haben?«

»Wahrhaftig. Mich schaudert bei dem Gedanken, wie launisch das Schicksal sein kann.«

»Sie beide verdienen alles Glück der Welt. Es wird einem ganz warm ums Herz, wenn man bedenkt, dass Dr. Beattie solch einen schweren Schicksalsschlag hat überwinden können.«

Mina schaute sie fragend an. »Welchen Schicksalsschlag?«

Sarah erstarrte, als ihr klar wurde, dass Beattie Mina nichts von seiner vorherigen Verlobung erzählt hatte. Sie verfluchte ihre Dummheit – auf einmal fielen ihr all die Gründe ein, derenthalben er ihr diese verheimlicht haben mochte. Merkwürdig war allerdings, dass er sich Raven anvertraut hatte, aber das spielte gerade keine Rolle.

»Dass er so jung seine Eltern verloren hat«, sagte sie, um ihren Fehltritt zu kaschieren.

»Ja. Er hat es nicht immer leicht gehabt. Aber ich bin mir sicher, dass sich sein Schicksal nun zum Besseren wendet.«

Als Sarah die Treppe hinabstieg, dachte sie an Mina in ihrem neuen Kleid. Sie strahlte das Glück aus, bewundert zu werden, geschätzt, über ihresgleichen erhoben. Wäre Liebe ein Trank, der sich auf Flaschen ziehen ließe, könnte er als Heilmittel für manches Salongebrechen dienen.

Sie versuchte, ihre Zweifel bezüglich Beattie zu besänftigen. In vieler Hinsicht passten die beiden gut zueinander, und vielleicht liebte er Mina tatsächlich auf eine Weise, wie er nach dem Verlust seiner ersten Verlobten keine andere lieben konnte.

Anders als Raven konnte Sarah hinnehmen, dass ihre Instinkte nicht unfehlbar waren. Vollkommen falsch lag sie damit allerdings selten.

Kapitel 37

Das Mädchen auf dem Tisch vor Raven war dem Anschein nach höchstens vierzehn Jahre alt und rasend vor Angst.

»Lynsey Clegg. Lebt schon seit Monaten auf der Straße«, hatte Mrs Stevenson ihm vorher erklärt. »Wurde von ihrem Vater vor die Tür gesetzt, als er erfuhr, dass sie schwanger ist, und es würde mich nicht überraschen, wenn er für diesen Umstand selbst verantwortlich wäre.«

Ihre Gründe für diese Annahme legte Mrs Stevenson nicht dar. Allerdings neigte sie nicht zu haltlosen Anschuldigungen, und Raven wusste mittlerweile, dass sie es sich zur Aufgabe machte, so viel wie möglich über die Frauen zu erfahren, die sie unter ihrem Dach aufnahm.

Lynsey war klein, sie maß unter einem Meter vierzig und war schmächtig von Gestalt, was jahrelange Unterernährung verriet. Sie hatte keine Möglichkeit gehabt, ihre Umstände allzu lang geheim zu halten.

»Das Kind befindet sich in Steißlage«, bemerkte Ziegler

leise. »Ich rechne mit Schwierigkeiten, den Kopf herauszubekommen.«

Er gab acht, dass das Mädchen nicht mithörte, aber Raven vermutete, dass sie ohnehin nichts aufgenommen hätte. Sie war beinahe hysterisch vor Furcht und Schmerzen.

»Dafür ist sie nicht gebaut. Ihr Becken ist viel zu schmal. Sie ist doch noch ein Kind.«

»Äther?«, sagte Raven. Das Wort kam hervor, bevor er es überdenken konnte.

Ziegler nickte bloß.

Der Kontrast war wie immer erstaunlich. Innerhalb von Minuten hatte das Mädchen den Übergang von Höllenqualen zum gnädigen Schlaf gefunden, und die brutalen Manöver, die Ziegler notgedrungen an ihr durchführte, blieben ihrem Bewusstsein erspart. Trotz allem musste Raven an Mrs Graseby denken. Er wusste nach wie vor nicht, was geschehen war, was ihre negative Reaktion ausgelöst hatte und warum diese tödlich geendet hatte, nachdem die Patientin sich zunächst scheinbar erholte. Andererseits war genau diese Unwissenheit der Grund, warum er den Äther nicht ohne Aufsicht hätte verabreichen dürfen.

Ziegler entband ein kleines Mädchen und übergab es einer Schwester, damit er die Plazenta hervorholen konnte. Raven hoffte, dass das Kind älter als vierzehn Jahre sein würde, bevor es selbst gebar. Langsam erwachte die Mutter aus ihrem letzten Schlaf vor einem neuen Leben.

Die Schwester hielt ihr das inzwischen gewickelte Kind entgegen, aber das Mädchen hatte anscheinend schlichtweg Angst vor ihm.

In dem Augenblick wurden sie von Mrs Stevenson unterbrochen, die den Korridor entlang auf sie zueilte und rief: »Dr. Ziegler! Sie werden dringend gebraucht. Sie auch, Mr Raven.«

Im Vorraum des Milton House lag nahe der Tür eine junge Frau auf einer Pritsche und krümmte sich, während neben ihr ein kräftiger Kerl stand und sich nervös an seinem Hut festhielt.

»Er hat sie hergetragen«, erklärte Mrs Stevenson.

»Sie wollten einen Arzt rufen«, sagte der Mann, »aber ich habe gesagt, ich bringe sie her, das geht schneller. Das war ja nur ein Stück die Straße runter.«

»Wer ist sie?«, fragte Ziegler.

»Sie heißt Kitty. Mehr weiß ich nicht.«

Er roch nach Ziegelstaub und hatte die rauen Hände eines Arbeiters.

»Und wer sind Sie?«

Der Mann hielt inne und dachte nach, bevor er seinen Namen verriet. »Mitchell, Sir. Donald Mitchell.«

Ziegler untersuchte die Frau, soweit sie es zuließ. Sie wand sich vor Schmerz, schwitzte und redete wirr. Er stellte ihr einige Fragen, aber sie schien ihrer Sinne nicht Herr zu sein. Ziegler wandte sich wieder dem Mann zu, der sie gebracht hatte.

»Was können Sie uns sagen? Was haben Sie gesehen? Was wissen Sie von ihr?«

Wieder zögerte er mit der Antwort. Raven nahm an, dass er wusste, warum.

»Waren Sie bei ihr, Sir?«, sagte er überdeutlich, damit der Mann ihn nicht missverstehen konnte.

Er sah Raven voller Überraschung an, der Überraschung von einem, der sich hatte erwischen lassen.

»Ich war bei einer anderen«, gestand er. »Im selben Stockwerk. Wir hörten sie schreien, als wäre der Leibhaftige über sie hergefallen. Ich hab die Tür eingetreten, weil ich glaubte, sie würde angegriffen, aber dann fanden wir sie so, und wie gesagt, ich hab sie dann lieber direkt hergebracht.«

Dem stand Ravens eigenes Verhalten gegenüber, wie er sich fortgeschlichen hatte, damit er nicht gesehen wurde. Er bildete sich ein, dass es anders gewesen wäre, wäre Evie nicht bereits tot gewesen, aber er bezweifelte nicht, dass Mitchell in vieler Hinsicht ein stärkerer Mann war als er.

Sie rollten Kitty in ein Zimmer mit besserem Licht, was zu dieser Uhrzeit aber nicht viel bedeutete. Gerade wurde sie anscheinend ohnmächtig, sodass Ziegler die Gelegenheit zur Untersuchung nutzte.

»Sie ist schwanger. Nach dem Zeitpunkt der ersten spürbaren Kindsbewegungen.«

Die Ruhe hielt nicht vor. Sobald sie die Augen wieder öffnete, krümmte und wand sie sich auf dem Bett, als wäre der Teufel nicht nur über sie hergefallen, sondern ganz in sie gefahren. Raven sah, wie sie sich verrenkte, und war sich sicher, dass er gerade dem beiwohnte, was auch Evie durchgemacht hatte, bevor er an dem Abend zu ihr gekommen war.

»Haben Sie einen Trank oder eine Pille genommen?«, fragte er. »Wollten Sie sich von dem befreien, was in Ihnen wächst?«

Sie fixierte ihn lang genug, dass er den Eindruck hatte, sie habe die Frage wohl gehört, aber sie gab kein Wort der Erwiderung von sich.

»Falls ja, würde sie es Ihnen nicht sagen«, erklärte Mrs Stevenson. »Aus Furcht.«

»Wir sind allein hier, um Ihnen zu helfen, Kitty«, versicherte er. »Bitte, wenn Sie etwas genommen haben, lassen Sie es uns wissen.«

In dem Moment wurden die Krämpfe schlimmer, als hätten Ravens Worte den Dämon erzürnt, der sich ihrer bemächtigt hatte. Ihre Gliedmaßen wurden steif, den Kopf warf sie in den Nacken.

Ziegler versuchte, ihr Laudanum zu verabreichen, aber

ihr Kiefer blieb fest zugesperrt. Die Krämpfe setzten sich unvermindert fort, und es war eindeutig, dass Raven und Ziegler hier machtlos waren.

»Wir können nichts mehr tun«, sagte Ziegler leise. »Gehen Sie nach Hause, Raven. Ruhen Sie sich gut aus, denn morgen beginnt all das von Neuem.«

»Ich möchte gern bleiben«, erwiderte Raven. »Wenn wir auch nichts ausrichten können, so kann ich wenigstens das für sie tun.«

Ziegler sah ihn eine Weile neugierig an, aber dann nickte er.

Raven blieb die nächsten Stunden bei ihr sitzen und sah zu, wie die Krämpfe sie erbarmungslos quälten und sich ihr Körper hin- und herwarf, als wollte sie ihm entfliehen. Auch wenn sie Raven kaum wahrzunehmen schien, wollte er sie diese Marter nicht allein durchstehen lassen, wie Evie es hatte müssen.

Selbst das Ende war kein sanftes Entschwinden, sondern ein letzter, brutaler Ruck.

Raven blieb noch, weil er fürchtete, dass sich ihre Pein fortsetzen würde. Nach einer Weile fühlte er nach dem Puls und fand keinen.

»Ist sie gegangen?«, fragte Ziegler, der an der Tür erschienen war. Auf Ravens Beharren hin hatte er sie allein gelassen, aber Raven fragte sich, ob er sich überhaupt weiter entfernt hatte.

»Ja, so ist es. Ich werde Mitchell benachrichtigen.«

Ziegler blickte mitleidig. »Der ist schon vor einiger Zeit gegangen. Es war schon Barmherzigkeit genug, dass er sie gebracht hat.«

»Hat er Ihnen noch etwas gesagt? Zumindest, von wo er sie gebracht hat?«

»Nein. Er hat nicht lang gewartet. Ich glaube nicht, dass er sie kannte.«

»Haben wir denn irgendeine Möglichkeit herauszufinden, wer sie war?«

»Nicht, wenn niemand die sterblichen Überreste abholen kommt.«

Raven dachte an Evie, die in einem beschmutzten Tuch die Treppe hinuntergeschleppt und auf einen Karren gewuchtet worden war.

Keine Beerdigung, keine Trauergäste, kein Grabstein.

»Ich wusste nicht einmal ihren Nachnamen«, sagte er.

»Den hat Mitchell uns nicht genannt.«

Aber Raven sprach nicht von Kitty.

Kapitel 38

Zu später Stunde verließ Raven das Maternity Hospital, und stechender Hunger holte seine Aufmerksamkeit wieder zu den Dingen des Alltags. Bis er zurück in die Queen Street kam, war das Abendessen zweifellos beendet, aber Mrs Lyndsay würde ihm sicher etwas anbieten können. Vielleicht hatte Sarah ihm sogar eine Portion beiseitegestellt. Er wusste allerdings nicht, was er ihr von den widersprüchlichen Entdeckungen des Tages berichten konnte.

Und auch wenn das Essen vorüber war, würde er zu seinem Bedauern sicher noch rechtzeitig für die Versuche danach ankommen. Sein kurzer Kontakt mit dem Teufelszeug, das Duncan erdacht hatte, hatte ihn überzeugt, dass all seine bisherigen Kopfschmerzen neben den Nachwirkungen am kommenden Morgen verblassen würden.

Da fiel ihm ein, wie er dies verhindern konnte. Duncan hatte ihn nur an einer vorläufigen Destillation schnüffeln lassen und Raven aufgetragen, eine verbesserte Probe abzuholen. Wahrscheinlich war selbst Professor Gregory um diese Zeit nach Hause gegangen, aber Raven wollte trotzdem einmal beim College vorbeigehen. Ob er ihn antraf oder nicht, auf jeden Fall hatte Raven eine Erklärung dafür, dass sich seine Rückkehr verzögerte, bis die Versuche abgeschlossen waren und sich alle zu Pfeife und Whisky in den Salon zurückgezogen hatten.

Professor Gregorys Labor lag in einer abgelegenen Ecke des Universitätsgebäudes, was wahrscheinlich mit der explosiven Natur seiner Arbeit zu tun hatte. Es war nicht leicht zu finden, Raven musste ein Labyrinth von Gängen und Treppen durchqueren, wobei er an den immer stärkeren Gerüchen merkte, dass er seinem Ziel näher kam.

Das Labor war das ganze Gegenteil der blank geputzten Räumlichkeiten von Duncan and Flockhart's, nämlich eine unangenehm enge und ständig vollgestellte Kammer mit deckenhohen Regalen ringsum an den Wänden, der Boden eine in stetem Wandel begriffene Gefahrenzone aus Schachteln, Kisten und fortgeworfener Ausrüstung. Die Bücherregale beherbergten eine umfangreiche Sammlung an alten, teilweise verstaubten Bänden, die wahrscheinlich teils nicht mehr bewegt worden waren, seit nicht etwa Gregory sie einsortiert hatte, sondern sein Vorgänger.

In der Mitte des Raumes stand ein großer Holztisch voller Flecken und Brandspuren. Eine gebeugte Gestalt hielt einen Kolben über einen Spiritusbrenner. Die violette Flamme züngelte am Glas und brachte die Flüssigkeit im Kolben heftig zum Brodeln, als wäre sie wütend über diese Behandlung. Raven wartete an der Tür, um den Vorgang nicht zu stören, aber der Professor winkte ihn herbei, ohne aufzuschauen, bevor er sich eine lange, schwarze Strähne aus der Stirn strich.

William Gregory war ein schmaler Mann, der älter wirkte,

als er war. Er hinkte, das Ergebnis einer Krankheit als Kind, von der er sich nie ganz erholt hatte, aber er sprühte vor Energie, wenn sein Eifer geweckt war – gemeinhin von seiner Arbeit. Nach seinem Vater James Gregory war das Gregory's Powder benannt, die meistverschriebene Arznei der Edinburgh Pharmacopoeia. Diesen Standard hatte James Duncan sich für seinen eigenen Erfolg als Maßstab genommen.

Simpson zufolge war Gregory senior ein von Natur aus streitlustiger Mann gewesen, der Fehden mit Einzelpersonen wie auch Institutionen ausgefochten hatte. Er trug stets einen Spazierstock, mit dem er nach einer Meinungsverschiedenheit den damaligen Professor der Geburtshilfe James Hamilton schlug. Daraus folgte ein Gerichtstermin, bei dem Gregory zu einer Zahlung von hundert Pfund Schmerzensgeld an Hamilton verpflichtet wurde, welche er dahingehend kommentierte, dass er »die Summe liebend gern doppelt für die Gelegenheit zahlen würde, den kleinen Geburtshelfer noch einmal zu verdreschen«.

William Gregory dagegen war für seine Ruhe und Selbstbeherrschung bekannt und hatte ausschließlich die akademische Brillanz seines Vaters geerbt. Simpson hatte Raven erzählt, er habe früh in seiner Laufbahn einen Herstellungsprozess für hochreines Morphin entwickelt. Allerdings hatte Simpson es sich auch nicht nehmen lassen, Raven darüber aufzuklären, dass Gregory ein Anhänger der Phrenologie und des Hypnotismus sei und angeblich seine Frau erst nach phrenologischer Untersuchung geheiratet habe.

Raven näherte sich und wich dabei einem Dreibeinhocker aus, auf dem eine Retorte mit langem Hals nur darauf wartete, umgestoßen zu werden und in tausend Teile zu zerspringen. Daneben lag ein Stapel ledergebundener Bücher und dem Anschein nach eine Kiste mit zwei toten Kaninchen. Raven fragte sich, ob sie auf Bestellung so geliefert worden waren, doch wollte er nicht weiter darüber nachdenken, welchem Zweck sie wohl dienen sollten.

Gregory nahm den Kolben aus der Flamme, hielt ihn hoch und schwenkte den Inhalt im schummrigen Licht einer Gaslampe, woraufhin sein Gesicht einen missmutigen Ausdruck annahm; also war er wohl nicht zufrieden mit dem Ergebnis.

Raven betrachtete das Chaos aus Flaschen, Gläsern und Ampullen rund um den Professor. Vor allem zogen mehrere Gläser mit einem hellroten Pulver, das er nicht erkannte, seinen Blick an.

»Mr Raven«, sagte Gregory. »Sie sind sicher auf Geheiß Dr. Duncans hier, nicht wahr?«

»So ist es.«

»Er lässt euch ja fleißig für sich laufen. Die erste Destillation hat ein junges Mädchen abgeholt. Hat mich ausgiebig ins Verhör genommen. Wüssten Sie vielleicht, wer das war?«

Raven musste grinsen. »Sie ist Dr. Simpsons Hausmädchen.«

»Tatsächlich?«, erwiderte Gregory. »Sein Hausmädchen. Wenn meine Studenten nur halb so neugierig wären. Oder so kundig. So, wo habe ich denn …«

Gregory wandte sich der Reihe an Glasbehältnissen vor sich zu, griff nach dem Fläschchen, auf das Duncan wartete, aber dann richtete sich seine Aufmerksamkeit plötzlich auf das rote Pulver.

»Das hatte ich vergessen, als das Mädchen hier war. Dies hier müssen Sie Dr. Simpson als Geschenk mitbringen. Professor João Parreira von der Universität Coimbra in Portugal schickte es mir. Wir lernten uns im Sommer in Paris kennen.«

»Ist er Chemiker?«

»Ja, ein hochgeschätzter, aber hierbei handelt es sich nicht um eine chemische Verbindung. Es ist ein Pulver aus gemahlenen Paprika – einer kräftigen Sorte, die ursprünglich aus Afrika stammt, wie ich meine. Sie nennen sie peri-peri.«

»Und welche Wirkung hat das Pulver?«

Gregory strahlte vor Begeisterung.

»Es verleiht jedem Essen einen überaus belebenden Geschmack. Geradezu ein Zaubermittel, glauben Sie mir! Es kann den fadesten Alltagseintopf in eine wahre Gaumenfreude verwandeln.«

Da Ravens Maßstab für schlechtes Essen auf seiner Zeit bei Ma Cherry beruhte, schaute er etwas skeptisch auf das Glas, das Gregory ihm entgegenhielt.

»Probieren Sie ruhig«, sagte er und schraubte den Deckel ab. »Nehmen Sie nur eine kleine Prise.«

Raven tauchte drei Finger in das Glas, beförderte etwa einen Teelöffel des Pulvers heraus und schob es sich zügig zwischen die Lippen.

Gregorys Ermahnung – »Nicht so viel!« – erreichte seine Ohren in dem Moment, als das Pulver im Mund seine Brandwirkung entfaltete. Die Zunge schien in Flammen zu stehen, und Tränen schossen ihm in die Augen. Er spuckte es aus, aber das Brennen ließ nicht nach.

»Wasser«, keuchte er, woraufhin der sichtlich belustigte Gregory ihm einen Becher entgegenstreckte. Raven goss ihn sich in den Rachen, aber dies steigerte die Intensität des Brennens anscheinend nur, als hätte er Wasser auf brennendes Öl gegossen.

Er musste zugeben, dass es trotz allem einen interessant rauchigen Geschmack gab, auch wenn der womöglich von seinem eigenen verbrannten Fleisch herrührte.

Auch Gregorys Augen waren feucht, aber nur vom Vergnügen über Ravens Leid.

»Ich kann mich also darauf verlassen, dass Sie Dr. Simpsons Köchin erklären, wie sparsam man das Pulver einsetzen sollte.«

Raven war skeptisch, ob Mrs Lyndsay es überhaupt jemals benutzen würde. Sie war eine ausgezeichnete Köchin, aber Sarah zufolge sehr in ihren Gewohnheiten festgefahren. Nichtsdestoweniger freute Raven sich darauf, Jarvis und Duncan kosten zu lassen. Er würde ihnen je einen großzügig gehäuften Löffel empfehlen.

Er schraubte den Deckel fest und schob sich das Glas in die Jackentasche, sodass er die Hände für das Fläschchen frei hatte, nach dem Gregory nun griff.

»Ich glaubte, ich könnte den Destillationsprozess verfeinern, aber in Wahrheit ist das Ergebnis mehr oder weniger identisch mit dem des ersten Versuches. Allerdings hatte ich durchaus Bedenken wegen der von Duncan geforderten Ausgangsstoffe. Die Kombination erschien mir potenziell todbringend, aber von dieser Möglichkeit wirkte er recht unbekümmert.«

Ja, das klang nach Duncan, dachte Raven. Er konnte sich nicht vorstellen, dass jener viele Tränen vergösse, würde eines seiner Experimente jemanden umbringen. Das sähe er wahrscheinlich als notwendiges Opfer auf dem Altar des Fortschrittes. Bei dem Gedanken nahm er sich vor, trotz seines knurrenden Magens nur langsam nach Hause zu gehen.

»Andererseits könnte er da auch etwas auf der Spur sein«, fügte Gregory hinzu. »Ich wollte die Rezeptur nicht gleich an mir selbst versuchen, also habe ich mir vorhin mit Versuchstieren beholfen. Sie zeigten bald keinerlei Reaktionen mehr, auch nicht auf Schmerzreize. Ich wollte gerade wieder nach ihnen sehen, aber dann kamen Sie herein.«

»Was für Tiere?«, fragte Raven.

»Kaninchen.«

»Haben Sie viele hier, mit denen Sie experimentieren?«

»Nein, nur die beiden dort.«

Raven spürte in sich etwas hart werden wie Quecksilber bei Kälte. Er fasste in die Kiste und legte auf jedes Kaninchen eine Hand, falls er ihren Zustand falsch eingeschätzt hatte.

Dem war nicht so.

»Diese Kaninchen sind tot. Wie viel haben Sie ihnen gegeben?«

»Nur eine Minimaldosis des Dampfes. Einen einzelnen Tropfen auf dem Tuch.«

Einen einzelnen Tropfen.

Raven hastete aus dem Labor, rannte Treppen hinab und Flure entlang. Der üblichen Vorgehensweise entsprechend saßen Simpson und die anderen nun wohl um den Esstisch versammelt, träufelten immer größere Mengen auf das Tuch und schnüffelten länger und länger daran, bis der Stoff Wirkung zeigte oder als nutzlos aussortiert wurde. Er musste zurück in die Queen Street, doch vielleicht war es schon zu spät.

Raven schoss aus dem College hinaus auf die verregnete Nicholson Street und spähte nach einem Hansom Cab. Ihm fehlte zwar das Geld für die Fahrt, aber er würde es sich vom Professor leihen, und falls er zu spät kam, war die Bezahlung noch die geringste seiner Sorgen.

Die Straßen waren so gut wie leer – einige begossene Seelen strebten heimwärts, doch weit und breit war keine Kutsche zu sehen. Er erinnerte sich an Gäste in der Queen Street, die sich beschwert hatten, in Edinburgh finde man niemals eine Droschke, erst recht nicht bei Regen. Auch war der Abend schon fortgeschritten – die meisten ehrbaren Leute saßen nun beim Verdauungsschnaps oder machten sich fürs Bett fertig. Nur noch Trinker waren unterwegs. Einer wankte ihm in den Weg, wurde plötzlich wütend und sah in Raven einen Feind. Er stieß einen Fluch aus und forderte Raven zum

Kampf heraus. Der trat einen Schritt zur Seite und wich ihm aus.

Dann sah er weiter vorn eine Kutsche, die sich der Kreuzung mit der Infirmary Street näherte. Der Herr darin hatte sicher vom Professor gehört. Zweifellos würde er helfen, wenn er hörte, dass jener in Gefahr war.

Raven rannte darauf zu, wedelte mit den Armen und flehte den Kutscher an anzuhalten. Raven hörte von drinnen eine eindringliche Stimme, der Kutscher trieb seine Pferde an und ließ die Peitsche in Ravens Richtung knallen, um ihn fortzujagen. Das überraschte ihn wenig. Er musste wie ein Verrückter wirken, der sie überfallen wollte.

Er konnte nur weiterrennen. Und auch wenn es in den Muskeln schmerzte und in der Lunge brannte, wollte er nicht nachlassen, bis er in der Queen Street war.

Beim Laufen kalkulierte er den direktesten Weg, während seine Schritte von den Gebäuden widerhallten. Zu diesem Rhythmus gesellte sich bald ein Pochen in der Brust, und er war froh, als es auf dem Weg die Cockburn Street hinab wieder nachließ, wo er bei geringerem Einsatz der Beine und der Lunge eine höhere Geschwindigkeit halten konnte. Als er Schwung aufnahm, kam er auf etwas ins Rutschen – er schaute nicht nach, worauf – und stürzte beinahe. Das war knapp gewesen – hätte er sich den Fuß verstaucht, wäre sein Rettungslauf sofort vorbei gewesen.

Er fing sich, wurde wieder schneller und hielt den Blick auf Wegplatten und Pflastersteine gerichtet, um etwaige Gefahren im Zwielicht abzuschätzen. Gleich darauf spürte er einen Aufprall, der jeden Knochen erbeben ließ, und er biss sich beinahe die Zunge durch, als die Zähne aufeinanderschlugen. Ihm war, als wäre er gegen eine Wand gerannt, doch war eine solche selten warm und in Stoff gehüllt. Er prallte ab, stürzte zu Boden und spürte am Oberschenkel, wie das Glas in seiner Tasche zwischen ihm und dem harten Stein brach. Als er in seiner Verwirrung aufschaute, sah er im Schimmer einer Straßenlaterne zwei grausig vertraute Gesichter über sich.

Er war mit dem Wiesel und Gargantua zusammengestoßen.

Kapitel 39

Raven spürte Gargantuas Pranken an den Schultern, als der ihn packte und hochhob wie einen Kadaver im Schlachthaus.

»Mr Raven«, sagte das Wiesel mit bösartigem Vergnügen. »Was für eine zauberhafte Überraschung, Sie anzutreffen. Wissen Sie zufällig, wie spät es ist?«

Theatralisch zog er die Taschenuhr von Ravens Vater hervor und ließ sie von der Kette baumeln.

»Höchste Zeit zu bezahlen – bar oder anders. Ein Auge hatten wir vereinbart, nicht wahr?«

Das Wiesel steckte die Uhr wieder in die Tasche und zückte dasselbe Messer, mit dem es beim letzten Mal Ravens Gesicht aufgeschlitzt hatte.

Raven schreckte davor zurück, aber gegen Gargantuas Hände war kein Ankommen.

Ihm war übel vor Angst. Er konnte kaum an etwas anderes denken als an den Schmerz, der ihm nun bevorstand, aber zugleich kalkulierte er auch die weiteren Folgen. Würde er mit einem Auge weiterarbeiten können? Das war eine müßige Frage, wie ihm sogleich bewusst wurde. Da er nun hier festgehalten und verstümmelt wurde, war seine Mission gescheitert. War Simpson tot, hatte er ohnehin keine Famulatur mehr. Alles war hin, weil er Evie hatte helfen wollen.

Und noch nicht einmal das war ihm gelungen. Möglicherweise hatte er sich sogar genau das Geld geliehen, mit dem sie ihren Tod erkauft hatte.

Vor Angst überschlugen sich seine Gedanken, und er ließ die Ereignisse des Abends Revue passieren, als würde er sie alle zugleich erleben. Jeder Anblick, jeder Geruch, jeder Eindruck und jedes Gefühl blitzten vor ihm auf, und von alledem blieb eins zurück.

Ravens Schultern waren fixiert, aber er hatte die Hände frei und konnte den Ellenbogen anwinkeln.

»Nein, ich habe es«, sagte er. »Ich habe Mr Flints Geld dabei. Bitte, ich flehe Sie an. Ich habe soeben ein geliebtes Erbstück veräußert und habe die Summe hier in der Tasche.«

Er schob die Finger vorsichtig hinein, gab auf die Scherben acht und holte eine Menge des roten Pulvers hervor. Dann schloss er die Augen und warf es nach hinten in Gargantuas Gesicht.

Der ließ sofort los, wandte sich ab, krümmte sich zusammen und fuhr sich mit den Händen an die Augen. Gleichzeitig nahm Raven eine zweite Handvoll, hob sie in der Handfläche vor den Mund und blies, sodass eine rote Wolke Auge, Nase und Mund des Wiesels umfing.

Das Wiesel stürzte zu Boden, seine Schreie hallten von den Mauern wider, während auch Gargantua sich weiter krümmte, ächzte und keuchte, er sei mit heißen Kohlen geblendet worden.

Raven beugte sich über das Wiesel und holte sich schnell

die gestohlene Taschenuhr zurück. Ließe sich doch nur die verlorene Zeit ebenso schnell zurückgewinnen.

Raven lief weiter, sprintete in der Dunkelheit den Grashang des Mound hinab, die Augen auf die Lichter der Princes Street voraus gerichtet. Sein Herz flatterte vor Furcht und Anstrengung, aber ihm war, als durchströmte ihn ein analgetischer Trank, der die Schmerzen in Beinen und Brust linderte.

Diese Wirkung ließ nach, als er die Frederick Street hinabraste, aber nun hatte er wieder die Schwerkraft auf seiner Seite. An der letzten Ecke rannte er beinahe einen Herrn um, der gerade aus seiner Kutsche stieg, doch dann hatte er endlich die Haustür der Nummer 52 vor sich. Er wagte kaum, sich auszumalen, was ihn dahinter erwartete.

Raven stürmte in den Flur, an dem erschrockenen Jarvis vorbei, und seine Oberschenkel ächzten vor Anstrengung. Er keuchte so heftig, dass er fürchtete, er könne nicht mehr sprechen, aber als er die Tür zum Esszimmer aufstieß, sah er, dass es keine Rolle mehr spielte.

Er war zu spät.

Im Zimmer herrschte Chaos. Die Spitzentischdecke hing schief, mehrere Trinkgläser lagen zerschmettert auf dem Holzboden, und einige der Stühle waren umgestürzt. Zwischen diesen Trümmern lagen unter dem Mahagonitisch die leblosen Körper dreier Männer: Simpson, Keith und einer, den er nicht kannte. Ein vierter, James Duncan, saß vornübergekippt am Tisch, und vor ihm stand eine einzelne offene Flasche neben einem gefalteten Tuch.

Raven verfluchte ihn. In seinem verdammten Streben nach einem Platz in den Geschichtsbüchern hatte er sie alle umgebracht.

Kapitel 40

Sarah trat mit einem Tablett in den Salon, darauf eine Teekanne, drei Tassen und einen Teller Gebäck. Sie glaubte zwar nicht, dass nach dem reichen Mahl tatsächlich noch jemand Hunger hatte, aber sie merkte, dass Agnes Petries Augen den Küchlein aufmerksam von der Tür zum Tisch folgten. Mina behauptete oft, sie hätte »ein zweites Fach für Süßes«, um zu rechtfertigen, wie sie nach dem Essen noch über solches Gebäck herfiel, doch Sarah war aufgefallen, dass Mina sich zuletzt etwas maßvoller verhielt – genauer, seit Dr. Beattie Interesse an ihr zeigte.

Die Damen hatten sich nach oben in den Salon zurückgezogen, während die Herren am Esstisch blieben, um der liebsten Abendbeschäftigung des Professors zu frönen – dem Experimentieren mit neuen Stoffen auf der Suche nach einem besseren Narkosemittel als dem Äther.

Zu den Doctores Simpson, Keith und Duncan gesellte sich heute ein Laie, Captain James Petrie, der sich aber als »Mann von kühnem Geiste« bezeichnete und deshalb nicht zauderte, sich für die Pionierarbeit der anwesenden Ärzte einzusetzen.

Captain Petrie war Mrs Simpsons und Minas Schwager, der Witwer ihrer verstorbenen Schwester. Er war eine wortgewaltige Persönlichkeit, ein Mann, der nicht so recht in die häuslich-vornehme Gesellschaft der Queen Street passen wollte. Mit dem Personal ging er jedoch freundlich und höflich um. Während Sarah bediente, hatte er sie gebeten, Mrs Lyndsay seine Komplimente für das ausgezeichnete Essen auszurichten, was sich später allerdings als Vorwand für seinen Monolog über »das einzige Mahl, das ich mir erlaube, noch vorzüglicher zu nennen« herausstellte.

Er sprach ausgiebig von seinen Taten bei der Verteidigung britischer Interessen im Krieg von 1812, so auch vom Marsch seiner Kompanie auf Washington nach der siegreichen Schlacht bei Bladensburg im Jahr 1814. »Wir nahmen die Stadt mit solch kühner Raschheit, dass James Madisons Abendessen noch warm auf dem Tisch stand, als wir sein Haus stürmten und in Brand setzten. Ich besorgte mir einen ledergebundenen Lyrikband aus der Bibliothek und setzte mich kurz an den verlassenen Esstisch, bevor er den Flammen anheimfiel, denn es ist eine Sünde, gutes Essen zu verschwenden.«

Sarah war überaus beeindruckt von dieser Geschichte, und Captain Petrie erschien ihr galant und lebendig; gewiss weitaus weniger angestaubt als viele der graugesichtigen Mediziner, die schon zum Dinner in der Queen Street gewesen waren. Erst als die Damen die Treppe hinaufstiegen, hörte sie Mrs Simpson zu Mina sagen: »Wie viele Male haben wir uns diese Geschichte wohl schon von ihm anhören müssen?«

»Fast so viele Male, wie es Soldaten gibt, die behaupten, von jenem Mahl gekostet zu haben«, erwiderte Mina. »Damals muss reichlich aufgetischt worden sein.«

Dies wurde natürlich außer Hörweite von Agnes Petrie gesagt, der Tochter des Captain und Mrs Simpsons Nichte. Agnes war ein vollleibiges, recht quirliges Geschöpf und Sarahs Einschätzung nach nicht unbedingt mit einem Übermaß an Intelligenz gesegnet. Wenigstens verkümmerte hier kein großer weiblicher Geist, weil er nicht genutzt werden durfte. Ebenso wenig hatte sie die Umgangsformen ihres Vaters geerbt, weshalb sie auf das Personal recht verwöhnt und selbstsüchtig wirkte.

Sarah schenkte gerade den Tee ein, als das ganze Haus bebte, da die Vordertür aufgestoßen und gegen die Wand geschlagen wurde. Darauf folgte eine Art Donnergrollen, die wummernden Stöße von jemandem, der mit solcher Hast und Schwere den Flur entlangrannte, dass sie es durch die Dielen unter ihren Füßen spürte.

»Was um Himmels willen ist das?«, fragte Mrs Simpson.

Sarah eilte los, um nachzuschauen, und auch die Damen erhoben sich hinter ihr. Sie lehnte sich über die Balustrade und sah Jarvis mit erzürntem Gesicht an der Wand stehen.

»Was ist geschehen?«

»Mr Raven kam eben hindurchgefegt, als wäre ihm der Leibhaftige auf den Fersen«, erwiderte er.

Sarah eilte hinunter ins Speisezimmer. Sie fand Raven über Dr. Simpson gebeugt, der mit dem Gesicht nach unten auf dem Boden lag, daneben lagen ebenso reglos Dr. Keith und Captain Petrie. Raven drehte Dr. Simpson auf den Rücken und legte ihm das Ohr auf die Brust.

»Er atmet«, verkündete er unter heftigem Keuchen mit tiefster Beklemmung in der Stimme. Er war klatschnass, das Haar klebte ihm am Gesicht, das vor Anstrengung tiefrot war.

»Sie sind gerannt.«

»Ich bin von Gregorys Labor herübergeeilt«, erklärte Raven, der immer noch schwer atmete. »Die von Duncan bestellte Rezeptur ist giftig. Sie hat zwei Kaninchen bewusstlos gemacht und wenig später getötet. Ich befürchte, dass sie hier womöglich dasselbe anrichtet.«

Sarah sah eine Flasche vor dem zusammengesackten Dr. Duncan stehen, dessen Arme ausgestreckt lagen, als wollte er danach greifen. Sie erkannte die Handschrift auf dem Etikett.

»Aber diese Flasche stammt nicht von Professor Gregory. Sie kommt von Duncan and Flockhart's. ›Formylperchlorid‹«, las sie vor.

Sie reichte Raven das Gefäß, der ungeduldig die Hand ausstreckte. Mit verwirrtem Blick las er das Etikett, und in dem Moment öffneten sich Dr. Simpsons Augen.

Sarah erinnerte sich an eine Begebenheit früher am Tag, als sie sich gerade daranmachen wollte, das Speisezimmer vorzubereiten und den Tisch zum Abendessen zu decken. Auf der Anrichte hatte ein gutes Dutzend Flaschen unordentlich beieinandergestanden, während andere dem Anschein nach aussortiert auf dem Boden lagen. Als sie Erstere hatte aufräumen wollen, war ihr eine umgekippt, fortgerollt und in den Spalt zwischen dem Möbel und der Wand gefallen.

Ihr fehlte die Kraft, die Anrichte allein zu verrücken, und in dem Augenblick war auch Dr. Duncan hereingekommen und hatte sie für ihren Eifer gescholten. Deshalb hatte sie ihm lieber verschwiegen, dass ihr eine seiner Flaschen entglitten war.

Dr. Simpson versuchte sich aufzusetzen, legte sich aber wieder hin, blinzelte mehrmals und besah sich seine Umgebung, als ergäbe ihr Anblick keinen Sinn. Sarah ging ihm ein Kopfkissen holen, als Mrs Simpson und Mina zur Tür hereinkamen.

»Gütiger Himmel, was ist denn hier passiert?«, fragte Mina.

Mrs Simpson verdrehte die Augen. Offensichtlich war es nicht das erste Mal, dass sie so etwas sah.

Der Professor richtete den Blick auf seine Frau und stützte sich auf den Ellenbogen. Er betrachtete die besorgten Gesichter, die sich über ihm zusammendrängten, und grinste.

»Dieser Stoff wirkt weitaus kräftiger und besser als Äther«, sagte er.

Als Nächstes regte sich Dr. Keith, aber bei ihm gab es kein so sanftes Erwachen. Stattdessen schlug er um sich, trat gegen den Tisch, als wollte er auch die wenigen Dinge umstoßen, die dort noch aufrecht standen. Dies begleitete ein lautes Schnarchen von Dr. Duncan.

So vergingen einige Minuten, bis auch Dr. Duncan langsam erwachte und George Keith mit seinem halb bewussten Gewaltausbruch ein Ende fand und sich auf die Knie erhob. Er fasste den Tisch, sodass über der Kante nur seine Augen zu sehen waren, und starrte mit ziellosem Blick und einem verstörend leeren Gesichtsausdruck, als hätte sein menschlicher Geist ihn verlassen. Aus irgendeinem Grunde war dieser schreckliche Blick auf Mina gerichtet, die gebannt und voller Grauen zurückstarrte. Und so drohte sie in Ohnmacht zu fallen, während die anderen gerade wieder das Bewusstsein erlangten. Man richtete ihr einen umgeworfenen Stuhl auf und ließ Sarah ein Glas Wasser und einen Fächer holen.

Mit Unterstützung seiner Frau stand Dr. Simpson auf.

»Waldie hatte recht«, sagte er mit freudiger Stimme. »Das war von all unseren Versuchen mit Abstand der vielversprechendste.« Er sah sich eifrig um. »Wo ist denn die Flasche? Ist noch etwas übrig?«

Der triefnasse Raven streckte ihm die Flasche entgegen, aber Mrs Simpson winkte ab.

»Ich würde sagen, wir hatten alle genug Aufregung für einen Abend.«

Aber der Professor gab nicht nach. »Das ist doch erst der Anfang. Womöglich haben wir gefunden, wonach wir suchten. Wer möchte es noch ausprobieren?«

Als Erste fand Mina Worte. Aber keine positiven. »Ich für meinen Teil stehe für dieses Spektakel nicht zur Verfügung. Dr. Keiths Blick von eben wird mich bis zum Ende meiner Tage heimsuchen.«

»Ach, Mina. Das ist vielleicht deine Gelegenheit, Geschichte zu schreiben.«

Dr. Simpson nahm die Flasche von Raven an, entkorkte sie und wedelte damit in Minas Richtung. Die stand besorgt auf und trat einen Schritt zurück. Nun jagte der Professor sie um den Tisch, während sie Protestschreie ausstieß.

Die Jagd war aber nur von kurzer Dauer, da Dr. Simpson in Gelächter ausbrach und aufgeben musste. Raven rettete die Flasche, damit sich ihr Inhalt nicht versehentlich auf den Teppich ergoss.

»Ich will es ausprobieren«, sagte eine Stimme, die sich als die von Agnes Petries herausstellte. Sie hatte an der Tür gestanden und trat nun in den Raum. »Ach, gebt mir doch bitte etwas davon!«

Dr. Simpson warf ihrem Vater einen Blick zu, woraufhin dieser nickte. Sarah vermutete, dass er allzu wenigen Wünschen seiner Tochter jemals widersprochen hatte.

Agnes quetschte sich auf einen der Stühle und begann, über der Untertasse zu inhalieren, auf die man ihr von der Flüssigkeit geträufelt hatte. Schon nach Sekunden flatterten ihre Lider, und sie erklärte sich für leichter als Luft, was in Anbetracht ihrer Körperfülle umso erstaunlicher wirkte. Dann rief sie: »Ich bin ein Engel, ich bin ein Engel«, bevor sie ganz und gar nicht engelsgleich zu Boden glitt. Dort blieb sie bei friedlicher Bewusstlosigkeit fünf Minuten lang liegen.

Dr. Simpson beachtete die besorgten Blicke seiner Frau

nicht weiter und beschloss, das Mittel selbst noch einmal zu versuchen. Dr. Duncan nahm ebenfalls wieder teil, und Dr. Keith zückte seine Taschenuhr, um die Wirkungsdauer zu messen.

»Formylperchlorid«, sagte Keith, während er sich Notizen machte. »Irgendwie schlechter auszusprechen als ›Äther‹. Können wir nicht einen Kurznamen nehmen?«

Dr. Simpson hielt inne, als er das Glas an die Nase hob. »Ich glaube, Waldie sagte, man nenne es auch ›Chloroform‹.«

Kapitel 41

Sarah sah, wie Raven sich still aus dem Speisezimmer zurückzog, und nahm an, dass es außer ihr niemand bemerkte. Alle anderen waren ganz auf die Versuche konzentriert, wobei Mrs Simpson und Mina eher argwöhnisch als interessiert wirkten.

Raven hatte den letzten Maßnahmen wortlos beigewohnt und das Angebot ausgeschlagen, an den weiteren Versuchsrunden teilzunehmen. Er wirkte ausgelaugt. Bei seiner Ankunft hatte er ausgesehen, als wäre er direkt aus einem Fluss gestiegen, und eine Weile war es, als würde er mit der Zeit nur noch nasser. Nach seinen dem Schein nach gewaltigen Anstrengungen hatte er in der Wärme des Zimmers noch stärker geschwitzt. Es hatte eine halbe Stunde gedauert, bis sein Gesicht wieder die gewohnte Farbe angenommen hatte.

Keiner der Menschen, zu deren Rettung er sich verausgabt hatte, war sich seiner Leistung überhaupt bewusst. Dass sie infolge von Sarahs vorherigem Missgeschick nicht in echter

Gefahr geschwebt hatten, wollte sie ihm nicht gleich verraten, auch wenn er es irgendwann doch erfahren musste.

Da es allmählich spät wurde und ihre Dienste in Anbetracht dieser neuen Ablenkung überflüssig schienen, folgte sie ihm kurz darauf und stieg hinter ihm die Treppe hinauf. Er hörte sie, wartete kurz vor seinem Zimmer und wandte sich um.

»Möchten Sie etwas zu essen, Mr Raven?«, fragte sie. »Sie haben ja das Dinner verpasst.«

Er lächelte entkräftet. »Das wäre fabelhaft.«

Seine Stimme bebte leicht. Sie verstand, dass ihm kalt war und er noch weiter auskühlen würde.

»Sie müssen sofort aus diesen Kleidern heraus. Sonst erkälten Sie sich. Kommen Sie«, sagte sie und folgte ihm in sein Zimmer, wo sie eine Gaslampe entzündete. Sie wandte sich ihm zu, um ihm aus der Jacke zu helfen, die doppelt so schwer schien wie gewöhnlich.

»Dazu bin ich durchaus selbst in der …«, begann er, bevor er sich ihrer Hilfe ergab, da ihm Kraft und Wille zum Widerstand fehlten.

»Sie sollten sich wirklich einen anständigen Mantel besorgen, Mr Raven. Bevor der Winter richtig eisig wird.«

»Ich weiß.«

Sie hob ihm das nasse Kleidungsstück von den Schultern, und ihr Blick fiel auf sein Haar, das ihm am Gesicht klebte.

»Sie sind ganz vom College hergelaufen?«

»Ja, aber das war nicht das Schlimmste an diesem Abend. Im Maternity Hospital habe ich eine junge Frau unter Qualen sterben sehen. Und ich bin mir sicher, dass sie auf die gleiche Weise starb wie Evie – von Krämpfen geschüttelt und ebenfalls schwanger.«

»›Von Krämpfen geschüttelt‹, so wie Miss Mann ein Opfer von Strychnin beschrieb?«

»Exakt. Verwirrend ist nur, dass ich früher am Tag auch McLevy traf und er sagte, an Rose Campbells Leiche habe sich keine Spur eines Giftes feststellen lassen. Und dazu kommt, dass sie bei der Untersuchung auch nicht schwanger war.«

Sarah verstand Ravens Verwirrung. Allerdings ergab einer der Gesichtspunkte durchaus Sinn.

»Ich habe in Christisons Abhandlung vom Strychnin gelesen. Für jeden Missetäter von Nutzen ist, dass es keinen Nachweis dafür gibt. Es ließe sich daher bei einer Leichenschau nicht feststellen. Also bleibt es weiterhin möglich, dass Strychnin für Roses Tod verantwortlich war.«

»Sicher, doch für eine Schwangerschaft gibt es durchaus einen unwiderlegbaren Nachweis, aber McLevy beharrte darauf, dass kein Kind gefunden worden sei.«

Das ergab tatsächlich keinen Sinn, das musste Sarah ihm zugestehen.

»Da kann Milly sich nicht geirrt haben«, protestierte sie. »Genau aus diesem Grunde fürchtete Rose doch, entlassen zu werden.«

»McLevy versicherte mir das Gegenteil, und sie können nicht beide recht haben.«

Just als Raven das aussprach, fiel Sarah ein, warum es doch so sein konnte.

»Vielleicht war sie ja nicht mehr schwanger, als sie ins Wasser fiel. Was, wenn sie sich bereits ihrer Last entledigt hatte? Strychnin löst Krämpfe aus. Könnte es in einer Arznei enthalten gewesen sein, die vorzeitige Wehen auslöst, in Roses Fall erfolgreich, bloß dass sie später an den Folgen des Mittels starb?«

Ravens Augen weiteten sich. »Es ist meine Vermutung, dass das Mädchen, das heute Abend starb, etwas eingenommen hatte, um sich ihres Kindes zu entledigen. Vielleicht hatte auch Evie das getan, aber in diesen beiden Fällen brachte das Mittel sie um, bevor es die beabsichtigte Wirkung zeigte.«

»Wer war das Mädchen? Könnte sie eine Verbindung zu Reverend Grissom haben?«

Raven blickte reuevoll. »Ich weiß nichts von ihr. Nicht einmal ihren ganzen Namen, nur dass man sie als Kitty kannte. Ebenso weiß ich nicht, wo sie wohnte, nur dass es so nahebei war, dass ein Mann sie zum Krankenhaus tragen konnte. Aber dieser Radius schließt wohl tausend Wohnungen in der Old Town ein.«

Seine Stimme bebte wieder, und er zitterte. Selbst sein Hemd war durchnässt. Ohne zu fragen, begann sie, es aufzuknöpfen.

Sarah hatte Raven bereits bei seiner Ankunft nackt gesehen, als er dringend ein Bad gebraucht hatte. Nun fühlte es sich anders an, da sie etwas über ihn wusste. Sie erinnerte sich an ihre Worte – Sie haben also nichts, was ich nicht schon einmal gesehen hätte –, und auch wenn sie ihn nun schon in diesem Zustand kannte, wollten ihre Augen diesmal verweilen.

Ihre Hand streifte seine Brust, während sie ihm den nassen Stoff von der Haut löste. Sie spürte in sich etwas aufwallen, dessen Dringlichkeit sie verunsicherte.

Als sie den letzten Knopf öffnete, spürte sie, wie sich in der Nähe ihrer Berührung etwas regte, und mit einiger Verspätung verstand sie endlich, was gemeint war, wenn man sagte, jemand »steht unter dem Nabel stramm«.

Raven schreckte vor ihr zurück, wohl weil er nicht vor sich selbst zurückschrecken konnte.

Auch Sarah nahm einen Schritt Abstand und schaute zu Boden.

»Sie sind sicher sehr hungrig«, sagte sie leise. »Ich gehe besser in die Küche und hole Ihnen etwas zu essen.«

Er sagte nichts, als sie ging. Vor seiner Tür wartete sie einen Augenblick, weil ihr so schwindlig war, dass sie Sorge hatte, sie könnte auf der Treppe stolpern.

In der Küche legte sie etwas Pastete, eine Scheibe Schinken und ein Stück Brot auf einen Teller. Den nahm sie in die linke Hand, griff mit der rechten eine Flasche Ale und machte sich wieder auf den Weg zur Treppe.

Als sie im obersten Stock ankam, fand sie Raven schlafend vor, und keinerlei chemische Verbindung war vonnöten gewesen, um diese Wirkung herbeizuführen.

Kapitel 42

Sarah betrat Kennington and Jenner's an der Princes Street und war sogleich dankbar, aus der Kälte zu kommen. Die Haut ihrer schwieligen Hände war rissig und wund, nachdem sie am Vortag die Bett- und Tischwäsche gereinigt hatte. Im Winter stand es immer schlecht um ihre Hände. Die Kälte machte alles schlimmer.

Das Geschäft war warm und einladend, sie war immer gern dort und malte sich aus, was sie sich kaufen würde, wenn sie nur das Geld hätte. Es war stets hell erleuchtet, entweder vom Tageslicht, das durch die Schaufenster hereinströmte, oder von dem großen Gaskronleuchter, der von der Decke hing. Stoffballen in jeder erdenklichen Farbe waren auf den Regalen gestapelt, und kleinere Stoffmuster lagen auf den Tresen ausgebreitet.

Der Laden war von zwei Tuchhändlergehilfen gegründet worden, die infolge einer unerlaubten Abwesenheit zum Zwecke eines Besuchs der Rennbahn in Musselburgh arbeitslos geworden waren. Sie hatten ihr eigenes Geschäft mit dem

Anspruch eröffnet, den Damen von Edinburgh die feinsten Seiden und Leinen anzubieten, die es bis dahin nur in London gegeben hatte. Bisher war ihr Vorhaben von Erfolg gekrönt, und sie hatten bereits das Nachbargebäude angekauft, um ihren Textilhandel auszuweiten.

Diese Geschichte gefiel Sarah; gewöhnliche Menschen, die sich ihren eigenen Weg durchs Leben bahnten. Das gab ihr Hoffnung. Wenigstens hatte sie ihr die gegeben. Nun aber würde Kennington and Jenner's sie immer an ihre letzte Begegnung mit Rose Campbell erinnern, einer Frau, die in der Blüte ihrer Jugend umgekommen war; alles, was sie jemals hätte werden können, war hin. Auch musste sie für immer an Rose in ihren letzten Tagen denken, ein Schatten ihrer selbst – von einem Leben in Dienstbarkeit zerrieben, ein matter Abglanz des Mädchens, dessen Selbstvertrauen und Energie Sarah einst eingeschüchtert hatten.

Sie betrachtete die Stoffe, die wie immer kunstvoll präsentiert wurden. Heute war teure Ware meterweise in einer Vielfalt an leuchtenden Farben hoch an einer Wand befestigt, von wo sie herunter auf einen Tresen wallte wie ein Wasserfall. Früher hatte sie sich hier oft Tagträumen von den schönen Dingen hingegeben. Nun schienen sie ihr wie ein Affront, und das nicht nur, weil sie aufgrund ihrer Situation niemals solchen Luxus besitzen würde. Sie erinnerten Sarah vielmehr daran, dass nicht nur die Frauen von niederem Stande niemals ihre Möglichkeiten ausschöpfen konnten. Selbst die feinen Damen durften sich kein höheres Ziel stecken als das der Ehe und Mutterschaft und wurden ermutigt, sich für Tand zu begeistern, mit dem sie sich schmücken konnten, um den Männern besser zu gefallen.

Am liebsten hätte Sarah kehrtgemacht und den Laden verlassen, da sie nun nichts Gutes mehr mit ihm verband, doch sie war nicht Herrin ihrer eigenen Zeit, und wohin sie geschickt wurde, musste sie gehen. Mina hatte sie beauftragt, etwas schwarzen Samt abzuholen, der in der Vorwoche bestellt worden war und zum passenden Cape für ihr neues Abendkleid verarbeitet werden sollte.

Sie ging auf den Haupttresen zu, doch dann stieg ihr ein vertrauter Geruch von Zitrusfrüchten und Sandelholz in die Nase, der allerdings nicht so recht in dieses Damenbekleidungsgeschäft passte. Sie verband den Duft nämlich mit einem gewissen Mann, und dort stand er tatsächlich am Tresen und unterhielt sich mit der Verkäuferin.

Sarah blieb hinter einer Säule stehen und wollte lieber nicht gesehen und womöglich erkannt werden. Zwar erschien Beattie ihr nicht gerade als jemand, der am Personal mehr wahrnahm als das Paar Hände, das ihn bediente, aber nachdem sie Mina so oft begleitet hatte, war sie wohl das Hausmädchen, das er noch am ehesten von allen erkennen würde. Seine Aufmerksamkeit galt allerdings dem Tresen, also erlaubte sie sich einen Blick um die Säule, die so nah stand, dass Sarah das Gespräch mithören konnte.

Beattie begutachtete ein Paar Handschuhe.

»Das sind unsere besten, Sir. Glacéleder. Aber wir hätten auch welche in Seide und Baumwolle da, wenn Sie wünschen.«

»Es muss schon Glacéleder sein. Seide und Baumwolle sind doch etwas vulgär, finden Sie nicht?«

Sarah sah, wie die Verkäuferin eifrig nickte und geschmeichelt von Beatties ungezwungenem Charme strahlte.

Sarah schaute sich wieder ihre eigenen Hände an, die sich in der Wärme des Ladens von weiß zu rot verfärbten. Sie wusste, dass sie sich beruhigt fühlen sollte von dem, was sie dort beobachtete. Durch den Kauf teurer Geschenke bekundeten Männer nun einmal ihre Zuneigung, und Mina würde sich sehr freuen. Doch Sarah hatte nach wie vor kein gutes

Gefühl. Wenn man auf dem Papier das Für und Wider abwägte, schien er absolut geeignet, aber sie wurde den Gedanken nicht los, dass hinter dem Schein nicht alles so war, wie es wirkte.

Wann immer sie Bedenken anmeldete, wie wenig sie alle von ihm wussten, hatte Mina Ausflüchte parat. Es gebe nun einmal nicht viel über seinen Hintergrund zu wissen, da seine Eltern beide tot seien. Beatties Vater war Händler gewesen, sein unglücklich früher Tod wurde viel beklagt. Seine Mutter kam von der Morningside vor den Toren Edinburghs. Sie wurde überlebt von ihrem Bruder, einem gewissen Charles Latimer, der immer noch auf dem Familiensitz wohnhaft war, den er in Canaan Lands geerbt hatte. Er war ein gebrechlicher Mann, der kaum noch das Anwesen verließ; doch da große Gärten mit Blick in die Landschaft dazugehörten, war seine Gefangenschaft alles in allem angenehm. »Der Onkel hat ein großes Gewächshaus«, hatte Mina berichtet, »er züchtet dort exotische Früchte und Blumen. Mir wurden Orchideen und Ananas versprochen.«

Doch derlei Schätze waren bisher nicht eingetroffen, wie Sarah aufgefallen war.

Mr Latimers Zuhause klang sehr nach Millbank, wo Professor Syme lebte, eine halbe Stunde zu Fuß von der Princes Street und doch weitab des Rauches und der Unruhe der Stadt (und vor allem weitab seiner Patienten). Dessen Haus hatte weitläufige Gärten und einen wunderschönen Blick auf den Blackford Hill. Das wusste Sarah, weil eine Verwandte von Mrs Lyndsay dort arbeitete.

Mrs Lyndsay zog oft Vergleiche, wie Millbank und wie das Haus in der Queen Street geführt wurde, um Sarah eine gewisse Dankbarkeit für ihren Arbeitsplatz einzuimpfen. Mrs Lyndsay wusste von Sarahs Ruhelosigkeit, wusste, dass sie mehr wollte. Mrs Lyndsay zufolge würde Sarah mit dieser

Undankbarkeit möglicherweise eines Tages Gottes Zorn auf sich ziehen, der sie zur Strafe in deutlich schlechtere Umstände versetzen würde.

Sarah machte sich wenig Sorgen über eine solche Vergeltung des Schicksals, dafür umso mehr über Minas Erwähnung der Schulden, die Beattie derzeit anhäufte, während er versuchte, sich als Arzt in Edinburgh einen Namen zu machen.

»Schau nicht so erschrocken«, hatte Mina gesagt. »So ist es am Anfang oft. Auch Dr. Simpson hatte beträchtliche Schulden, als er meine Schwester heiratete.«

Mag sein, hatte Sarah gedacht, aber Beattie ist kein Simpson.

Sarah beobachtete ihn, während die Verkäuferin ihm seine Erwerbung einpackte. Da er sich unbeobachtet wähnte, ließ er den Blick ausgiebig auf dem Hintern des Mädchens ruhen, als es sich bückte und Papier und Schnur aus einer Schublade emporholte. Sarah hatte ihn nie Mina in dieser Weise anschauen sehen, und doch kaufte er ihr Handschuhe, also sollte sie vielleicht froh sein, dass es nicht andersherum war.

Als die Verkäuferin ihm die Rechnung vorlegte, ließ Beattie sie anschreiben. Dann nahm er das Päckchen und ging ohne Hast zur Tür, während der Geruch nach seinem Eau de Cologne noch lange blieb.

Kapitel 43

Raven bezweifelte, dass es schon einmal eine überfülltere Zusammenkunft der Medico-Chirurgical Society gegeben hatte. Die Neuigkeit vom Chloroform hatte sich bereits unter den Medizinern der Stadt verbreitet, aber auch die Kunde, dass sowohl Simpson als auch Syme anwesend sein würden, spielte sicher eine Rolle. Die Aussicht auf ein Streitgespräch der beiden lockte stets die Mengen an.

Auch wenn dies die erste offizielle Verkündung seiner Entdeckung war, machte Simpson keinen Hehl aus dem neuen Anästhetikum und hatte es bereits vier Tage nach den Versuchen in der Queen Street bei einer Geburt eingesetzt. Er wurde zu einer Mrs Jane Carstairs in die Albany Street gerufen, der Frau eines Arztes, der kürzlich vom Indian Medical Service in den Ruhestand getreten war. Man erwartete eine schwere Geburt, da bei einer vorigen Schwangerschaft die Wehen drei Tage gedauert hatten und der Schädel des Kindes hatte zertrümmert werden müssen, um es herauszubekommen. (Raven musste sich oft in Erinnerung rufen, dass es auch recht viele Kinder lebendig und vollkommen unversehrt auf die Welt schafften.)

Simpson überzeugte Mrs Carstairs, es mit dem Chloroform zu versuchen, als ihre Schmerzen heftig wurden.

»Ich habe es selbst ausprobiert«, versicherte Simpson ihr. »Es ist durchaus angenehm.«

Er gab einen halben Teelöffel der Flüssigkeit auf ein Taschentuch, das er zu einem Trichter rollte und ihr über Mund und Nase hielt. Sie verlor sich schnell in einem anscheinend friedlichen Schlaf, und gute fünfundzwanzig Minuten später wurde das Kind ohne Schwierigkeiten geboren.

Das Schreien des Kindes konnte die schlafende Mutter nicht wecken, und Raven musste voller Angst an Caroline Graseby denken. Seine Hände wurden feucht, der Mund trocken, und er richtete ein stilles Gebet an einen Gott, der wahrscheinlich keine Neigung hegte, ihm zu helfen. Ihn zu bestrafen wohl schon eher.

Die Plazenta folgte, und das Kind wurde von einer Schwester in ein anderes Zimmer verbracht, bevor die Mutter erwachte. Was sie zu Ravens tiefer Erleichterung schließlich tat. Als sie wieder bei vollem Bewusstsein war, drückte sie ihre Dankbarkeit für den erholsamen Schlaf aus. »Ich fühle mich nun wieder bei Kräften und in einer besseren Lage, um die bevorstehende Qual durchzustehen«, sagte sie, was für Raven nicht nach einer allzu hoffnungsfrohen Sicht auf die Mutterschaft klang. Dann bemerkte er, dass sich ein Ausdruck der Sorge auf ihr Gesicht legte.

»Ich befürchte, dass der Schlaf den Wehen Einhalt geboten hat.«

Simpson lächelte und tätschelte ihr die Hand. »Ihre Qualen sind vorüber«, sagte er.

Er rief die Schwester aus dem Nebenzimmer, die zum Erstaunen der Mutter mit dem frisch gebadeten und gewickelten Kind hereinkam.

»Ich kann es nicht glauben«, sagte die Mutter. »Es ist ein Wunder. Sie ist da, und ich habe kaum gelitten.«

»Vielleicht sollten Sie das Mädchen Anaesthesia nennen«, schlug Simpson vor.

Bei dieser Bemerkung gelangte sie allerdings doch an die Grenzen ihrer Dankbarkeit.

Der Präsident der Gesellschaft, Professor William Pulteney Alison, rief die Zusammenkunft zur Ordnung, und die Gäste begaben sich auf ihre Plätze. Raven sah Henry in der Menge und winkte seinen Freund schnell heran, damit er sich zu ihm setzte. Auch Beattie hatte er bereits gesehen, aber der hatte ihn im Getümmel nicht bemerkt.

»Ist diese neue Entdeckung denn tatsächlich besser als Äther?«, fragte Henry, als er sich setzte.

»So viel besser, dass womöglich selbst Syme sich von ihrem Nutzen überzeugen lassen könnte.«

Henry wirkte skeptisch, was Raven erwartet hatte. Das Thema setzte ihm schon seit Langem zu. »Dann möge er auch die anderen Dominosteine zu Fall bringen«, erwiderte er. »Es gibt immer noch Chirurgen, die glauben, der Schmerz des Patienten stelle einen nützlichen Anhaltspunkt zur Einschätzung ihrer Arbeit dar. Meiner Meinung nach demonstriert das lediglich deren Mangel an anatomischen Kenntnissen und handwerklichem Können.«

»Simpson erhält regelmäßig wutentbrannte Briefe.«

»Ja, du erzähltest mir von Reverend Grissom und seinen Flugschriften. Der Urfluch und so weiter.«

»Die Kirchenmänner schreiben ihm eigentlich weniger. Die lauteste Korrespondenz erhält er von anderen Entbindungsärzten. Barnes, Lee und Gream in London; Meigs in Philadelphia.«

»Und was haben sie einzuwenden?«

»Gott, die Natur und unziemliche Sprache.«

Henry sah ihn schief an. »Nun erkläre doch schon.«

»Die Schmerzen der Geburt seien von der Natur vorgesehen, eine Manifestation der Lebenskraft, eine Verfügung des Allmächtigen, und deshalb sei eine schmerzlose Geburt unnatürlich und falsch. Weiterhin heißt es, manche Frauen verfielen während der Anästhesie in eine obszöne und widerwärtige Sprache – Worte, die sie nicht einmal selbst hätten hören dürfen –, was natürlich bedeuten soll, dass es falsch wäre, jemals Anästhetika einzusetzen.«

Henry lachte. »Ich kann mir nicht vorstellen, dass auch nur eine Frau aus meinem Umfeld da Einwände hätte. Was sagt Simpson denn dazu?«

»Dass dieselbe Logik auch das Tragen von Kleidung als unnatürlich verbieten würde sowie den Einsatz verdauungsfördernder Mittel oder die Nutzung der Kutsche, mit der wir uns die Ermüdung durch das Gehen ersparen.«

Dr. Simpson stand auf und ging zum Podium. Stille legte sich über den vollen Saal.

»Ich möchte die Aufmerksamkeit der Mitglieder der Gesellschaft auf ein inhalierbares Anästhetikum lenken, das ich entdeckt habe«, begann er.

Simpson umriss die Ereignisse, die zu dem erfolgreichen Versuch mit Chloroform geführt hatten, und er betonte die zahlreichen Vorteile, die es gegenüber Äther hatte: die vergleichsweise geringe benötigte Dosis; eine schnellere und länger anhaltende Wirkung; den angenehmeren Geruch und dass keine spezielle Ausrüstung zur Verabreichung vonnöten war. Nachdem er seinen Vortrag beendet hatte, wurde in der Menge viel geredet, und manche fragten, ob sie das Mittel selbst einmal versuchen könnten. Eine Flasche kam hervor, und das Chloroform wurde großzügig auf mehrere Taschentücher geträufelt, die dann herumgereicht wurden. Eines landete in Henrys Hand, und er hielt es sich an die Nase.

»Lass es nicht an deine Haut kommen«, warnte Raven ihn und wies auf eine wunde Stelle unter seiner Nase. »Direkter Kontakt verursacht eine Reizung, ähnlich einer Verätzung. Das habe ich am eigenen Leib erfahren.«

Henry inhalierte, aber auf dem Taschentuch befand sich nur noch ausreichend von dem Stoff, um ein angenehmes Rauschgefühl auszulösen. Diese Wirkung war dennoch genug, dass Henry sich lieber wieder setzte, woraufhin zwischen Raven und Beattie eine freie Sichtachse entstand. Dieser durchschritt den Raum, um das Mittel selbst schnüffeln zu können. Auch James Duncan kam herbei, der sicher von seiner Rolle bei der Entdeckung des neuen Anästhetikums erzählen wollte.

»Darf ich?«, fragte Beattie, dessen Hand bereits die Flasche umfasste.

»Aber natürlich«, erwiderte Raven und schaute zu, wie der andere eine unvernünftige Menge auf das Taschentuch gab.

Er überlegte, die beiden vor dem direkten Hautkontakt zu warnen, schwieg dann aber, da ein bitterer Instinkt es Duncan heimzahlen wollte. Überraschender war sein Gleichmut gegenüber der Aussicht, dass Beattie sich das ansonsten makellose Gesicht versehren würde. Raven wusste nicht so recht, woher dieses unschöne Gefühl stammte; vielleicht beruhte es auf einer fortwährenden Wut über seine Narbe oder auch auf einer latenten Abneigung, weil Beattie ihn in den Graseby-Vorfall hineingezogen hatte. (So nannte er die Angelegenheit insgeheim – der Graseby-Vorfall. Selbst in Gedanken konnte er ihn nicht als das bezeichnen, was er war: ein Todesfall, für den er persönlich verantwortlich war.)

Da Beattie das Taschentuch allzu sehr getränkt hatte, erreichten ihn die Dämpfe aber schon, bevor er es sich ans Gesicht hätte drücken können. Er legte sich auf eine Bank, während um ihn herum andere stolperten und stürzten. Beattie schlief friedlich einige Minuten lang, während Raven seine täuschend jugendlichen Züge studierte und sich fragte, wie alt er wohl wirklich war und welche Ereignisse ihn geformt hatten. Ebenso fragte er sich, warum ihr gemeinsames Unglück Beattie sichtlich so viel weniger zusetzte. Ohne Frage lag die Hauptschuld bei Raven, da er etwas versucht hatte, wofür ihm die Erfahrung fehlte, doch Beattie schien ohne jede Reue, während die Geschehnisse jenen Tages Raven noch immer unablässig marterten. War Beattie davon wirklich so unberührt, wie er wirkte? War eine solche Distanziertheit bei einem Arzt eine begrüßenswerte Eigenschaft? Eine Notwendigkeit zur Selbsterhaltung? Das mochte sein.

Raven wusste, dass es nicht richtig war, nach allem, was Beattie für ihn getan hatte, aber wieder stach ihn der Neid auf diesen Mann – auf alles, was er hatte und was er haben würde. Zweifellos würde er bald Mina ehelichen, was ihm sofort einen bedeutenden Vorteil in seinem Feld verschaffen würde, wie Sarah angemerkt hatte. So ging es: Ein Arzt aus reichem Hause trat auf den Plan, baute auf seiner Verbindung zum großen Dr. Simpson auf und versammelte so eine Liste reicher Patienten. Raven dagegen würde das Haus durchlaufen und wieder fort sein, von einem anderen Famulus ersetzt und prompt vergessen.

Henry stand auf und betrachtete die Vielzahl schlafender Doctores um ihn herum mit einiger Belustigung. »Ich hoffe, dass ich eines Abends auch einmal in die Queen Street kommen und an den dortigen Experimenten teilnehmen darf«, sagte er.

»Das ist ein gefährlicher Wunsch«, erwiderte Raven und dachte an die reglosen Körper unter dem Tisch des Speisezimmers.

»Warum das?«

»Dort herrscht zuweilen ein Mangel an Vorsicht, der mich beunruhigt. Ich hege keinen Wunsch, mich auf dem Altar des wissenschaftlichen Fortschrittes zu opfern.«

Duncan ereiferte sich: »Kühnheit und ein gewisser Mangel an Vorsicht sind für den wissenschaftlichen Fortschritt unabdingbar.«

»Ich bin nicht überzeugt, dass man dafür Leben aufs Spiel setzen sollte«, erwiderte Raven.

»Wir sollten gewiss danach streben, unsere Methoden wissenschaftlicher werden zu lassen«, vermittelte Henry. »Mithilfe statistisch begleiteter Versuche könnten wir die Kurpfuscher, Scharlatane und Schwindler ein für alle Mal vom Feld jagen.«

»Dabei braucht es dennoch immer Raum für ein gewisses Maß an Improvisation, Einfallsreichtum und Raffinesse«, argumentierte Duncan. »Der Fortschritt sollte nicht von den Zaghaften aufgehalten werden.«

Raven sah ihn an und fragte sich, ob diese Aussage allgemeiner Natur war oder auf eine bestimmte Begebenheit abzielte.

»Für Simpson ist die Medizin mehr als reine Wissenschaft«, konterte er. »Sie bedarf ebenso der Einfühlung, Sorge und Menschlichkeit.«

»Meiner Überzeugung nach sind beide Elemente vonnöten«, sagte Henry. »Wissenschaftliche Prinzipien im Einklang mit der Kreativität. Wissenschaft und Kunst.«

Ist die Medizin eine Kunst, dann ist sie oft eine dunkle, dachte Raven, doch diese Beobachtung behielt er lieber für sich.

Kapitel 44

John Beattie saß Dr. Simpson in dessen Büro mit ungewöhnlich ernstem Gesicht gegenüber. Sarah hatte eine Kanne Tee gebracht und zögerte nun das Einschenken heraus, um das Thema der Besprechung in Erfahrung zu bringen, da die Stimmung auf etwas von großer Bedeutung hinwies.

Sie hatte schon oft gemerkt, dass der Teedurst dieses Hauses ihr ungehinderten Zutritt zu wichtigen Gesprächen verschaffte – alle waren ihre Anwesenheit so gewohnt, dass es manchmal schien, als wäre sie unsichtbar. Doch unendlich viel Zeit konnte sie sich auch nicht lassen, ohne dass der Bann gebrochen wurde, und Sarah musste gehen, als Dr. Simpson verheißungsvoll sagte: »Sie werden natürlich ihrem Vater in Liverpool schreiben müssen, aber ehrlich gesagt wüsste ich keinen Grund für einen Einwand.«

Sarah musste sich ein Keuchen verkneifen, als sie den Raum verließ. Das konnte nur eins bedeuten. Sie blieb vor der Tür stehen und lauschte.

»Und Mr Latimer?«, fragte Dr. Simpson. »Ist er einverstanden?«

»Mein Onkel ist derzeit stark geschwächt, und sein Arzt hat ihm Aufregung jeder Art verboten. Ein Besuch kommt also nicht infrage, aber ein behutsam formulierter Brief ist unterwegs. Ich erwarte eine baldige Antwort. Ich hege keinen Zweifel, dass er sein vollstes Einverständnis bekunden wird. Die Neuigkeiten dürften seinem Befinden nur zuträglich sein.«

Sarahs Freude für Mina war nur von kurzer Dauer und wich dem Misstrauen. Wie günstig, dass der Alte keinen Besuch empfangen konnte. Sie störte sich auch daran, dass diese Besprechung ohne Minas Anwesenheit stattfand. Es war, als wäre sie das unbeseelte Objekt einer Geschäftsvereinbarung, eine Lieferung Walfischtran oder Anteile an einem Kohlebergwerk – Gewinne konnten nicht garantiert werden, aber die Aussichten standen gut.

Sarah horchte so aufmerksam, dass sie nicht merkte, wie jemand von hinten herankam, sodass sie zusammenzuckte, als er sich räusperte.

»Was machen Sie denn da, Miss Fisher?«, fragte Raven sichtlich belustigt, doch da er dies dankenswert leise tat, war klar, dass er es schon genau wusste.

Sarah warf ihm einen bösen Blick zu und legte den Finger an die Lippen. Sie wollte sich wieder der Tür zuwenden, aber nun waren Schritte auf der Treppe zu hören, und sie konnte nicht weiterlauschen.

Sie zog Raven in ein anderes Zimmer, damit sie nicht gesehen wurden. Sie standen still da, ihre Hände an seinem Revers, während die Person auf der Treppe vorüberging. Sarah war sich seiner Nähe überdeutlich bewusst. Sein Atem klang ihr laut in den Ohren, und sie spürte seine Wärme. Er roch sauber, nach Seife, und seinen Kleidern hatten eine richtige

Wäsche und die Ausbesserungen gutgetan. Seit er in der Queen Street war, hatte sich sein Äußeres allgemein zum Guten verändert. Sein Gesicht war nicht mehr so ausgemergelt, das regelmäßige Essen hatte die hohlen Wangen ausgefüllt. Ihr kam das Bild in den Kopf, wie er an seinem ersten Tage dort nackt in der Wanne gesessen hatte, und Sarah spürte, wie ihr bei der Erinnerung die Röte in die Wangen stieg. Zum Glück konnte er das nicht sehen – da das Zimmer unbelegt war, waren die Lampen nicht entzündet worden.

Sie bemerkte, dass sie sich an ihm festhielt, und sie ließ verlegen los.

»Würden Sie mir nun vielleicht erzählen, was da so spannend ist?«, fragte Raven.

»Beattie. Er hat um Minas Hand angehalten.«

»Nun, wir wussten doch, dass es dazu kommen würde.«

Ein resigniertes Bedauern schwang in seiner Stimme mit.

»Es gefällt mir nicht«, sagte sie.

»Es spielt kaum eine Rolle, ob es uns gefällt oder nicht.«

»Ich habe Bedenken. Der Mann verströmt Falschheit. Das spüre ich.«

»Sind Sie immer noch misstrauisch, weil er Mina nicht von seiner Julia erzählt hat? Das ist doch nun wirklich eine verständliche Auslassung. Welche Frau würde sich wünschen, dass der Geist einer anderen in ihrer Ehe herumspukt?«

Sarahs Ärger kochte hoch. »Er hat ihr die Handschuhe nicht gegeben«, sagte sie.

»Welche Handschuhe? Wovon reden Sie?«

Sarah schnaufte über ihre eigene Ungeduld. Sie wollte ihm die Lage verdeutlichen, hatte ihn aber nur weiter verwirrt.

»Ich habe ihn Damenhandschuhe kaufen sehen und geglaubt, sie wären ein Geschenk für Mina, aber er hat sie ihr nicht gegeben.«

»Vielleicht hat er das zu einem späteren Zeitpunkt vor.«

»Vielleicht will er sie auch einer anderen schenken. Die Orchideen gab es auch nicht. Und nicht eine Ananas.«

»Sarah, Sie reden wirr.«

»Er hat ihr Geschenke aus dem Gewächshaus seines Onkels versprochen, und auch die hat er nie überbracht.«

»Was genau vermuten Sie denn?«

Sarah hatte keine Antwort für ihn parat. Irgendetwas an Beattie beunruhigte sie, aber sie konnte es nicht in Worte fassen.

»Und überhaupt, was könnten Sie deswegen ausrichten?«, fragte er.

Rückblickend betrachtet hätte Sarah es dabei belassen können, aber die Unterstellung, sie sei machtlos, entzündete unter ihr ein Feuer.

Warum es umso heißer brannte, da diese von Raven kam, war eine Frage, mit der sie sich nicht beschäftigen wollte.

Kapitel 45

Das Endergebnis einer jeglichen Reihung von Ereignissen hängt von zahlreichen Einzelheiten ab: Es gibt stets eine Vielheit von Knotenpunkten, Kreuzungen in einem fragilen Zufallssystem, in dem die geringste Abweichung alles entscheiden kann. Das Schicksal des Chloroforms und das Mysterium um Evies Tod waren in genau solch einem System verwoben, und jedes für sich hätte durch die geringste Laune des Schicksals auf einen Pfad umgeleitet werden können, der in eine Sackgasse führte.

Beispielsweise war Professor Miller ebenso begeistert über die Entdeckung seines Nachbarn in der Queen Street wie dieser selbst, und jener wollte allzu gern unter den Ersten sein, die das neue Mittel bei einem chirurgischen Eingriff einsetzten. Am Tage nach der Behandlung von Mrs Carstairs war ein Bote zur Nummer 52 gekommen und hatte Simpson zur Verabreichung von Chloroform bei der Operation eines eingeklemmten Bruches angefordert. Allerdings war der Doktor nicht im Hause und sein Aufenthaltsort unbekannt, weshalb Raven wieder einmal das Fehlen eines Terminbuches beklagte und sich fragte, ob Simpsons Weigerung, eines zu führen, eine absichtliche Taktik war, um seine geheimeren Termine zu verschleiern. Mehrere Studenten und auch Raven wurden losgeschickt, ihn zu suchen, aber es war zwecklos. Sarah schlug sogar vor, Raven könnte ihn vertreten. Diesen Vorschlag lehnte er empört ab, aber insgeheim freute es ihn, dass sie ihm solches zutraute.

Professor Miller musste daraufhin ohne Anästhesie ans Werk gehen, da die Operation nicht warten konnte. Beim ersten Schnitt verlor der Patient das Bewusstsein und ließ sich nicht wiederbeleben. Er verstarb während des Eingriffes. Wäre Chloroform verabreicht worden, hätte man diesem die Schuld zugeschoben. Hätte Raven es verabreicht, hätte es ihn ebenfalls getroffen.

Dr. Simpson erklärte, es sei ein Glücksfall gewesen, dass man ihn bei dieser Gelegenheit nicht gefunden habe. Ein so früher Reputationsschaden des Chloroforms wäre womöglich nie wiedergutzumachen gewesen. Raven ließ sich zu der Bemerkung hinreißen, dies genüge doch nicht als Grund, kein Terminbuch zu führen.

Doch auch ohne ein solches kam es kurz nach dieser Begebenheit zu einem Treffen, für das Raven dem Zufall danken konnte, denn ebenso gut hätte es niemals stattfinden können.

Es geschah im Chaos der Morgensprechstunde, die mit dem immer kälteren Wetter stetig voller wurde. Raven trat aus seinem Behandlungszimmer, um den nächsten Patienten hereinzubitten, und sah sich auf einmal Mitchell gegenüber, dem kräftigen Gesellen, der die unglückliche Kitty auf dem Arm ins Krankenhaus getragen, zur Aufklärung ihres Falles aber nichts weiter beigetragen hatte. Hätte Raven sich nur ein bisschen länger mit seinem vorigen Patienten befassen müssen oder hätte George Keith den seinen nur zehn Sekunden früher entlassen, wäre Mitchell in der Queen Street ein und aus gegangen, ohne dass Raven ihn zu Gesicht bekommen hätte.

Es war eine aufreibende – wenn auch spannende – Zeit gewesen, seit sich ihre Wege gekreuzt hatten, schließlich war es derselbe Abend gewesen, an dem Simpson auch die Wirkung des Chloroforms entdeckt hatte. Kittys Tod ging Raven nicht aus dem Kopf, aber die Gelegenheiten zu weiteren Ermittlungen waren begrenzt. Zum einen fehlte ihm die freie Zeit, aber wichtiger war wohl, dass er sich nur ungern außerhalb von Simpsons Kutsche durch die Old Town bewegte. Er wusste, dass Flints Männer nun mit doppeltem Eifer hinter ihm her waren und zwei von ihnen auf Rache sannen. Die Sorge schien ihm berechtigt, dass Flint womöglich an ihm ein Exempel statuieren wollte.

Raven hatte zufällig Peggy getroffen, die wie Evie bei Mrs Peake gewohnt hatte. Er hatte sie gefragt, ob sie von einem Mädchen namens Kitty gehört habe, war aber fortgeschickt worden, als er weiter ausführte, dass sie dem gleichen Berufsstand angehörten. »Wir kennen uns nicht alle untereinander«, hatte sie ihn gescholten. »Wir sind nicht alle Freundinnen oder irgendeine geheime Schwesternschaft der Dirnen.«

Mitchell stand mit der Mütze in der Hand vor ihm wie beim letzten Mal. Als er aufschaute, verriet sein Gesicht, dass er Raven erkannte, sich aber anscheinend nicht gleich erinnerte, woher.

Raven führte ihn ins Behandlungszimmer und ließ ihn sein Leiden darlegen, auf das sein Humpeln bereits hinwies.

Mitchell krempelte ein Hosenbein hoch und zeigte Raven eine lange Risswunde, die leicht geschwollen war und eiterte. »Ich hab mir das Bein vor einer guten Woche an einem gesplitterten Brett aufgerissen. Ich dachte, es bräuchte nur etwas Zeit zum Heilen, aber aus der Kruste wurde dann das hier.«

Raven dachte sofort an die Salbe, die Sarah ihm für sein Gesicht gegeben hatte, als er in die Queen Street gekommen war. Zunächst verriet er aber noch nichts davon.

»Mr Mitchell, ich arbeite auch am Maternity Hospital. Sie waren doch der Herr, der neulich freundlicherweise eine leidende Frau zu uns trug, nicht wahr? Kitty, sagten Sie, war ihr Name.«

Er wirkte misstrauisch. »Ja. Wie ich höre, ging es nicht gut aus.«

»Nein, leider konnten wir ihr nicht helfen. Ich muss aber wissen, wer sie war, wo sie wohnte. Können Sie mir verraten, von wo Sie sie hergetragen haben? Oder den Namen des Mädchens, bei dem Sie waren, damit ich einmal mit ihm sprechen kann?«

Mitchell lehnte sich zurück und verschränkte die Arme. Damit hatte Raven gerechnet. Eine Gnadentat aus dem Augenblick heraus war das eine, vom eigenen Umgang mit den Dirnen zu sprechen etwas ganz anderes.

»Ich bin mir nicht sicher, dass ich mich an die Einzelheiten des Abends noch gut erinnere«, sagte Mitchell, »und ich will es eigentlich auch gar nicht unbedingt.«

Raven nickte vorgeblich verständnisvoll. »Zu schade. Leider bin ich mir ebenso wenig sicher, ob ich mich noch an die Rezeptur der Salbe erinnere, mit der Ihre Wunde gewiss heilen würde.«

Einige Stunden später stand Raven in einem heruntergekommenen Haus an der Calton Road und sah sich einer Frau gegenüber, vor der Mitchell ihn gewarnt hatte. Raven war vor seiner Arbeit im Maternity Hospital hierhergekommen, da er das Wiesel und Gargantua bei Tageslicht sicher früher erspähen konnte und sich des Weiteren erhoffte, dass sie ihn nicht in voller Sicht einer belebten Durchgangsstraße überfallen würden.

Die Wirtin des Bordells, das Mitchell ihm genannt hatte, war eine korpulente und einschüchternd hässliche Frau namens Miss Nadia. Raven konnte sich nicht vorstellen, dass sie selbst jemals ihr Geld auf dem Rücken verdient hatte, wobei sie wohl für ihren derzeitigen Posten perfekt geeignet war, da einem Freier, der es an ihr vorbei geschafft hatte, jedes Mädchen des Etablissements wie eine wahre Venus erscheinen musste.

»Ich möchte zu einer Frau namens Mairi«, erklärte er. »Man sagte mir, sie arbeite hier.«

Miss Nadia lächelte kühl. »Das tut sie. Ich kann nachschauen, ob sie frei ist, aber vorher müsste ich sehen, wie es um deinen Geldbeutel bestellt ist.«

Hätte man Ravens Geldbeutel abgehorcht, wäre wohl nur noch ein Todesröcheln zu hören gewesen. Zwar hatte seine Mutter ihm das regelmäßige Taschengeld geschickt, das sein geiziger Onkel ihm zugestand, aber das war nun schon fast drei Wochen her. Wie er Männer wie Beattie oder seine vornehmen Kommilitonen beneidete, aus deren Familienreichtümern ihnen der Unterhalt gezahlt wurde, während sie ihren Beruf erlernten. Sein Onkel könnte noch viel mehr geben, und seine Mutter würde keinen Aufwand scheuen, es Raven zu sichern, falls er fragte, aber er wollte sie nicht noch weiter vor ihrem Bruder erniedrigt wissen. Sobald er wirklich Geld verdiente, würde sie Malcolm um keinen Penny mehr bitten müssen. Zunächst musste er aber auf eine andere Währung zurückgreifen.

»Ich bin Arzt am Milton House. Kürzlich behandelte ich

dort ein Mädchen namens Kitty, das vor ihrem Tode hier arbeitete.«

»Besonders gut hast du sie wohl nicht behandelt, was? Ist nicht vom Milton House zurückgekommen. Willst du jetzt in Naturalien für die Behandlung bezahlt werden? So läuft das nämlich nicht.«

Raven fixierte sie mit demselben Blick, den er auch Mr Gallagher gezeigt hatte. Bei seinen Zusammentreffen mit Effie Peake hatte er gelernt, dass es am besten war, keine Schwäche zu zeigen. Solche Frauen arbeiteten mit gefälschten Gefühlen, und an einem solchen Ort wurde Ehrlichkeit nicht belohnt.

»Die Polizei hegt ein wachsendes Interesse an der Ursache von Kittys Leiden. Wenn Sie also nicht wünschen, dass statt meiner Wenigkeit James McLevy und seine Männer bei Ihnen klopfen, würde ich Ihnen empfehlen, mir einen Gefallen zu tun.«

Miss Nadia dachte kurz darüber nach, winkte ihn dann hinter sich her und führte ihn zu einem Zimmer im zweiten Stock. Mairi war groß, was umso mehr auffiel, da sie unterernährt war. Der Olivton ihrer Haut deutete eine exotischere Herkunft an als in dieser Gegend üblich, auch wenn er wahrscheinlich nur auf einen Vater zurückging, der vor gut zwanzig Jahren einmal Landgang von seinem spanischen oder italienischen Schiff hatte.

»Gib ihm, was er will«, forderte Nadia. »Soll heißen, beantworte seine Fragen. Alles andere kostet das Übliche.«

Raven schloss die Tür. Mairi saß mit ängstlichem Blick auf dem Bett, da sie wohl spürte, dass die Umstände ungewöhnlich waren.

»Ich habe Kitty im Milton House behandelt«, erklärte er. »Ihr Freier brachte sie zu uns. Wir konnten sie nicht retten, also habe ich bis zum Ende an ihrer Seite gesessen.«

Sie biss sich auf die Lippe; unmittelbare Traurigkeit sprach aus ihrem Gesicht. »Danke«, sagte sie.

»Ich möchte wissen, was ihre Qualen verursachte. Sie war schwanger, nicht wahr?«

Ihr Blick verriet, dass sie das und noch mehr wusste.

»Ich glaube, dass sie Maßnahmen ergriffen hat, um das Kind loszuwerden, und ich glaube, auch Sie haben Kenntnis davon.«

»Davon weiß ich nichts«, antwortete sie etwas zu schnell.

»Dann reden wir darüber, was Sie meiner Einschätzung nach wissen. Falls Sie schwanger würden, hätten Sie eine Vorstellung, wer Ihnen aushelfen könnte, oder? Mit wem hat Kitty gesprochen?«

Mairi sagte nichts, aber ihre Augen weiteten sich, und es war eindeutig, dass es ein ganz spezielles Nichts gab, das sie nicht sagte.

»Haben Sie keine Angst. Ich möchte niemanden in Schwierigkeiten bringen. Aber ich bin Mediziner, und ich muss wissen, wie es dazu kam. Kitty war nicht die Erste, die auf diese Weise starb, und ich will dafür sorgen, dass ein solches Schicksal nicht noch mehr Frauen trifft.«

Sie schluckte und sah sich um, als sorgte sie sich, dass jemand lauschte.

»Es gibt eine französische Hebamme«, sagte sie leise. »War Königinnen und Gräfinnen zu Diensten, meinte Kitty. Sie hat eine besondere Ausbildung. Weiß, wie man Sachen macht, die Ärzte verweigern, wenn Sie wissen, was ich meine.«

»Sicher. Kennen Sie ihren Namen?«

Mairi flüsterte: »Kitty nannte sie Madame Anchou. Sagte, sie trägt ein Cape aus feinstem Stoff und spricht mit starkem Akzent.«

»Wie ist Kitty mit dieser Frau in Kontakt getreten?«

»Sie hat Räume in einem Gasthaus. Man muss mit dem Wirt sprechen. Er richtet das Treffen ein.«

»Für einen Anteil natürlich.«

Mairi nickte. »Es hat viel Geld gekostet, das weiß ich. Kitty hatte ein Medaillon von ihrer Mutter, das sie verpfänden musste. Hat ihr das Herz gebrochen, aber es ging nicht anders.«

»Was genau hat sie für das Geld bekommen?«

»Das ist es ja; bloß Pillen. Ich habe Kitty gesagt, sie hat sich ausnehmen lassen, wenn sie nur dafür das ganze Geld bezahlt hat, aber sie meinte, es gebe eine Vereinbarung. Madame Anchou hat ihr versichert, dass die Pillen den misslichen Umstand aus der Welt schaffen, Sie wissen schon, das Kind zu früh kommen lassen. Aber falls das nicht geschah, sollte Kitty wieder zu ihr kommen, und sie würde ihr ohne zusätzliche Gebühr ihre Dienste zur Verfügung stellen. Kitty dachte sich, sie nimmt lieber die Pillen und schaut, ob sie wirken, wenn sie sich so die Messer und Stricknadeln ersparen kann.«

Raven dachte an sein Gespräch mit Ziegler und Stevenson. Verzweifelte Frauen zahlten bereitwillig für ein »Geheimmittel«, erst recht, wenn es von einer Hebamme aus Paris verabreicht wurde, die am berühmten Hôtel Dieu ausgebildet worden war und vormals in den Diensten der französischen Aristokratie gestanden hatte. Aber wie Mrs Stevenson gemahnt hatte, bekamen sie für ihr Geld nicht immer nur harmlose Pillen.

»Und wo ist dieses Gasthaus, in dem sie arbeitet?«, fragte Raven.

»Unten in Leith. *The King's Wark* heißt es.«

Kapitel 46

Sarah saß an einem Tisch am Fenster, von wo sie einen freien Blick auf den Kai Richtung Süden bis Tolbooth Wynd hatte. Am Sonntagmorgen hätte sie noch von sich behaupten können, in ihrem Leben niemals in einem Pub gewesen zu sein, und nun saß sie schon zum zweiten Mal in drei Tagen in solch einem Etablissement.

Sie nippte an einem Glas Gin, das sie hauptsächlich für den Anschein erstanden hatte. Sie probierte das Getränk zum ersten Mal, und sie hatte schon beschlossen, dass es auch das letzte bleiben sollte, bis sie merkte, wie es ihre Furcht abmilderte. Sie wusste nicht, warum es irgendjemand zum Vergnügen trank, aber im Notfall musste man den Geschmack eben ertragen wie den jeder anderen Medizin.

»Nur so können wir diese Madame Anchou hervorlocken«, hatte Raven beteuert. »Ich selbst kann ja nicht gehen, aus welchem Grunde sollte ein Mann sie um ihre Dienste ersuchen?«

»Für die Geliebte.«

»Ja, aber der Wirt würde mich erkennen. Er ist mir gefolgt,

nachdem ich im *King's Wark* Fragen wegen Roses Leiche gestellt habe.«

Laut dem Schild über der Tür hieß der Wirt Spiers. Er sah aus, wie Raven ihn beschrieben hatte: kahl, groß und kräftig, eine einschüchternde Erscheinung, die die Trinker sicher im Zaume halten konnte. Er war unaufgefordert an ihren Tisch gekommen, als er sie dort allein sitzen sah. Er wusste sicher schon, weshalb sie dort war.

Sarah hatte sich nie irgendein dramatisches Talent eingebildet. Nur in der Schule hatten sie Szenen von Shakespeare spielen müssen, und dort hatte sie sich lediglich dadurch ausgezeichnet, dass sie stets ihre Verse wusste, die sie allerdings auch stundenlang auswendig gelernt hatte. Doch als Spiers auf sie zukam, war ihr bereits klar, dass sie kein schauspielerisches Talent brauchte, um ihn zu überzeugen. Sie sollte die Rolle des furchtsamen Hausmädchens spielen, und da bedurfte es keiner Täuschung.

»Sind Sie sich sicher, dass Sie im rechten Lokal sind, Miss?«, hatte er gefragt.

»Ich weiß nicht. Man sagte mir, Sie hätten einen Gast, eine Französin namens Madame Anchou. Ist sie da? Ich würde gern mit ihr sprechen, wenn das ginge.«

»Und worüber möchten Sie mit ihr sprechen?«

»Das ist eine persönliche Angelegenheit zwischen zwei Damen.«

»Madame Anchou ist nicht zugegen. Sie wohnt nicht hier, aber sie unterhält hier einen Raum für Konsultationen. Ich könnte Sie einander vorstellen.«

»Dafür wäre ich sehr dankbar.«

»Fürs Erste soll Ihre Dankbarkeit ausreichen, aber sollten Sie ihre Dienste wünschen …«, Spiers hielt inne und warf einen Blick auf ihren Rumpf, »… was naheliegt, wenn sie hierherkommen – dann kostet es Sie zwei Guineas.«

Auch wenn Raven sie vorgewarnt hatte, was die Kosten betraf, riss sie die Augen weit auf. Das waren mehr als zwei Monatsgehälter. Es war eine überaus grausame Erpressung Verzweifelter.

Spiers hatte ihre Regung bemerkt. »Wenn Sie den Preis nicht zahlen können, sollten Sie und Madame Anchou einander nicht die Zeit stehlen.«

»Ich kann … das Geld beschaffen.«

»Gut. Sicher sind ihre Dienste teuer, aber sie sind es auch wert. Sie wurde in Paris ausgebildet und hat für die französische Aristokratie gearbeitet.«

Dies war auch Sarah bereits zu Ohren gekommen. »Das sind ihre vorgeblichen Fähigkeiten«, hatte Raven gesagt. »Zu schade, dass sie nicht bei der Revolution dabei war, sie hätte gewiss die passende Salbe zur Hand gehabt, mit der Marie Antoinettes Kopf wieder angewachsen wäre. Doch all das wirft die Frage auf, was ihr widerfahren sein muss, dass sie nun hier bei uns ihrem Handwerk nachgeht.«

Spiers hatte ihr angeboten, sie einander gleich am nächsten Tag vorzustellen, aber Sarah wusste, dass ihre Pflichten am Montag ihr keine Zeit für einen solchen Ausflug ließen. Deshalb hatte sie versprochen, am Dienstag zurückzukehren, da sie dann nachmittags stets Botengänge zu erledigen hatte, sodass sie ohnehin außer Haus war. Glücklicherweise erforderte ihr Plan es nicht, in so kurzer Zeit tatsächlich zwei Guineas zu beschaffen.

Selbst dieser kleine Abstecher während eines Botengangs konnte sie ihre Stelle kosten. Das ging ihr im Kopf herum, seit Raven sie gebeten hatte, den Pub aufzusuchen, aber ablehnen war nicht infrage gekommen. Auch wenn sie vom Bauch bis in die Fingerspitzen zitterte, gaben ihr diese Nachforschungen ein Gefühl von Freiheit und Sinn, das alles übertraf, was sie beim Aushelfen in der Sprechstunde empfand.

Sarah spähte aus dem Fenster, ob sie Raven immer noch am Kai sah. Er hatte eine diskrete Warte gewählt, die für den Wirt nicht gut zu sehen, aber dennoch so nah war, dass Raven sich schnell dazugesellen konnte, wenn Madame Anchou sich an Sarahs Tisch niedergelassen hatte.

Ein zwölfter Blick auf die Uhr verriet ihr, dass die vereinbarte Zeit vorüber war. Spiers hatte sie vorgewarnt, dass sie nicht mit absoluter Pünktlichkeit rechnen dürfe, aber Sarah sorgte sich, ob sie ihre Botengänge würde vollständig erledigen können, bevor ihre Pflichten bei der Vorbereitung des Abendessens begannen.

Doch während sie auf den ewig wechselnden Verkehr am Kai blickte, sah sie plötzlich eine auffällige Gestalt von Süden nahen. Sie trug einen wallenden schwarzen Umhang mit weiter Kapuze, und auch wenn sie den Kopf gesenkt hielt, hatte ihr Gang etwas Aufrechtes, Stolzes an sich. Sarah war sich sicher, dass sie es war, denn genau so hatte es in den Berichten geheißen, die Raven ihr aus zweiter Hand weitergegeben hatte. Sie war groß und elegant und glitt durch die Menge, als wäre sie kein Teil von ihr.

Sarah leerte ihren Gin und verzog das Gesicht. Sie konnte etwas zur Beruhigung brauchen, da sie sich bereits von dieser Frau eingeschüchtert fühlte, bevor sie auch nur den Pub erreicht hatte. Sarah spürte das Brennen der Flüssigkeit bis in den Magen.

Sie blickte wieder den Kai entlang und hoffte, das Gesicht unter der Kapuze zu erspähen, aber Madame Anchou war nicht mehr in Sicht. Sie beobachtete die verschiedenen Menschenansammlungen und erwartete, dass die verhüllte Gestalt wieder auftauchte, aber sie blieb verschwunden.

Stattdessen sah Sarah Raven am Fenster vorbeirennen, wie er eilig die Verfolgung aufnahm.

Kapitel 47

Wie immer in Leith fand Raven sich inmitten von eifriger Bewegung wieder; selbst über ihm, wo die Möwen zwischen den Wolken kreisten, die ein Paketdampfer gen Himmel schickte. Vor lauter Segeln konnte Raven kaum das Wasser sehen, und am Ufer herrschte lebhaftes Gedränge, alles war in geschäftigem Treiben vereint. Innerhalb weniger Minuten vernahm Raven ein halbes Dutzend Sprachen und bemerkte eine Vielfalt an verschiedenen Gesichtszügen, Hautfarben und Kleidungsstilen an den Männern, die Kisten, Ballen und Koffer schleppten.

Gerüche von Kaffee und Gewürzen hingen in der Luft. Raven atmete sie dankbar ein, denn am Kai roch es nicht immer so gut. Simpson hatte ihm von einer weitaus weniger wohlriechenden Fracht erzählt, die einst hier entladen worden war. Sie ergingen sich gemeinsam in einer Geschichte, die Professor Syme schlecht dastehen ließ. In der Zeit vor dem Anatomy Act, als die Leichen zur Sezierung knapp waren, hatte Syme welche aus Dublin und London angekauft, um sie über den Hafen von Leith nach Edinburgh bringen zu lassen. Im Sommer 1826 waren Symes Kisten aufgrund des Gestanks geöffnet und ihr ungenehmigter Inhalt entdeckt worden, was für einen Skandal sorgte. »Symes Fracht war als ›verderbliche Ware‹ ausgezeichnet«, hatte Simpson ihm erzählt und vor Lachen nach Luft gejapst.

Raven glaubte, eine gute Position gewählt zu haben. An dieser Stelle würde er weitgehend unsichtbar bleiben, sollte der Wirt aus dem Fenster schauen, doch er selbst hatte einen freien Blick nördlich und südlich am Kai entlang, schließlich wusste er nicht, aus welcher Richtung Madame Anchou sich nähern würde. Wie er Sarah erklärt hatte, fürchtete er, Spiers könnte ihn sehen, misstrauisch werden und die Hebamme warnen. Unausgesprochen schloss dies mit ein, dass der Wirt Raven ebenso gut direkt angehen könnte oder, Gott bewahre, Sarah.

Um die Gefahr für sie zu mindern, hatte er Sarah angewiesen, nur im Gastraum selbst mit der Hebamme zu sprechen und sie nicht in ihre Privaträume zu begleiten. Sie sollte sich über die Dienste der Frau kundig machen, dann aber zugeben, dass sie das Geld noch nicht hatte. Dies würde Raven die Gelegenheit verschaffen, Madame Anchou zu folgen und sie auf neutralem Boden zu stellen oder womöglich herauszufinden, wo sie wohnte, sodass er den rechten Moment mit Bedacht wählen konnte.

Er hatte allerdings nicht damit gerechnet, dass sie ihn zuerst sehen könnte.

Um sich der Kälte zu erwehren, trat er von einem Bein aufs andere. Der Tag war besonders kühl, und vom Wasser her wehte ein schneidender Wind. Sarah hatte recht – er brauchte dringend einen schwereren Mantel.

Er hörte mit dem Getrippel auf und stand still, als die gesuchte Person in der Menge auftauchte und die Anhöhe vom

Tolbooth Wynd herabschritt. Sobald er die Kapuze sah, war er sich sicher, dass es sich um die Frau handelte, die ihm beschrieben worden war. Der schwarze Stoff wippte mit jedem Schritt vor und zurück, sodass Raven stets nur Ausschnitte ihres Gesichts sah, nie das ganze. Weiterhin wurde seine Sicht erschwert von den Leuten, die ihren Weg querten, wobei sie immer wieder völlig verschwand. Er meinte, sie hätte ihn angesehen, aber da ihre Augen im Schatten verborgen lagen, konnte er sich nicht sicher sein. Sie näherte sich jedoch stetig, also würde er bald einen klaren Blick auf sie erhaschen.

Wieder verschwand sie hinter einem Hafenarbeiter, der einen Wagen schob, und als er sie wiederfand, hatte sie kehrtgemacht und lief nun davon. Raven sah, wie sich die Menge vor ihr teilte, als sie zurück in die Richtung eilte, aus der sie gekommen war.

Sie hatte gemerkt, dass die Luft nicht rein war.

Er rannte los und winkte Sarah durch das Fenster zu, ihm zu folgen. Das Treffen fiel aus. Sie mussten sie jetzt erwischen, sonst würden sie sie womöglich nie mehr finden.

Raven schlängelte sich zwischen den Menschen am Kai hindurch und holte zügig auf. Er war immer schon schnell gewesen, und in Herrenkleidern lief es sich besser. Aus ebendiesem Grunde würde er auch Sarah hinter sich lassen, aber am wichtigsten war, dass die Hebamme nicht davonkam.

Er verlor sie nun nicht mehr so leicht aus dem Blick, da er sah, wo ihr die Leute aus dem Weg traten. Doch als sie die erste Seitenstraße erreichte, bog sie scharf ab und war aus seinem Blickfeld verschwunden. Raven wurde noch schneller, und zu seiner Erleichterung sah er sie wieder, als er die Ecke erreichte. Nun eilten sie beide eine schmalere, aber auch deutlich ruhigere Straße entlang.

Madame Anchou sah sich um, als sie seine Schritte hörte,

dann wandte sie sich kurz drei Dockarbeitern zu, die gerade aus einer Tür kamen. Raven war außer Hörweite, aber als sie auf ihn zeigte, war es ein Leichtes, den Kern des Gesprächs zu erfassen.

Sie setzte ihre Flucht fort, während die drei Arbeiter auf Raven zumarschierten, wobei einer einen schweren Knüppel trug. Mit einem dieser Männer hätte er es wohl aufnehmen oder ihm wenigstens ausweichen können, aber niemals mit allen dreien zugleich. So musste er sich zu seiner eigenen Sicherheit abwenden und sah wegen dieses Rückzuges nicht, wohin die Hebamme verschwand. Um die Verfolgung fortzuführen, hätte er zurück- und dann durch eine Parallelstraße laufen müssen, was Madame Anchou genügend Zeit gegeben hätte, zu verschwinden oder sich zumindest zu verstecken.

Als er wieder an den Kai kam, sah er Sarah auf sich zulaufen.

»Sie ist entkommen«, gestand er. »Sie hat ein paar Docker geschickt, um mich abzufangen. Hat ihnen sicher gesagt, ich wolle ihr an die Wäsche.«

»Aber warum ist sie davongelaufen?«, fragte Sarah.

»Ich vermute, dass sie mich erkannt hat, dass sie ahnte, was ich wollte.«

»Und deshalb fürchtete sie, dass Sie auch sie wiedererkennen würden. Doch woher?«

»Das weiß ich nicht. Ich kenne keine Französinnen.«

»Vielleicht ist sie ja gar keine Französin«, erwiderte Sarah, »sondern bloß eine Frau, die sich für etwas ausgibt, das sie nicht ist.«

Raven erkannte auf einmal, dass Madame Anchous Exotik einen Teil ihrer Anziehungskraft für etwaige Patientinnen ausmachte. Womöglich war jene tatsächlich ebenso falsch wie die Arzneien, die sie verkaufte.

Raven wartete, bis die drei Docker vorübergegangen waren, dann schlüpfte er wieder in die Seitenstraße. Sarah und er kamen an die nächste Straße, die parallel zum Kai verlief, aber nirgends war ein Zeichen von ihr zu sehen. Er wusste, dass es aussichtslos war.

»Sie könnte überall sein«, räumte er ein.

»Irgendwann muss sie doch wieder ins *King's Wark* zurückkehren«, versicherte Sarah ihm.

Aber sie hatten keinen Anhaltspunkt, wann das sein mochte, und ebenso wenig die Möglichkeit, dort Wache zu halten. Dennoch hatten sie allen Grund, den Pub noch einmal aufzusuchen.

»Wir haben einige Fragen, die wir Mr Spiers stellen sollten«, sagte er.

»Und was, wenn er entschlossen ist, sie nicht zu beantworten? Wenn er auch vor Gewalt nicht zurückschreckt?«

Damit rechnete Raven, aber nun hatte er ein Druckmittel. »Er hat Sie gesehen. Ich werde ihm sagen, dass Sie auf mich warten, und sollte ich nicht zurückkehren oder mir etwas zustoßen, gehen Sie direkt zu McLevy und erzählen ihm alles, was Sie wissen.«

»Viel wissen wir nicht.«

»Nichtsdestoweniger wird ihn schon unser vermeintliches Wissen zurückhalten.«

Sie kehrten zurück zum *King's Wark*, doch näherten sie sich diesmal von der Rückseite, nachdem sie um den Block gegangen waren.

Ravens Plan, Sarah vor dem Wirt zu verbergen, wurde sofort vereitelt, als sie Spiers auf den Hinterhof des Pubs treten sahen. Er beugte sich vor, als wollte er auf sie zustürzen, doch als Raven schon das Gewicht verlagerte und einen Arm ausstreckte, um Sarah zu warnen, sah er, dass der Wirt in Wahrheit stolperte. Er kippte gegen einen Stapel Bierfässer und stützte sich dort ab. Als er sich umdrehte, bemerkte Raven einen dunkelroten Fleck mitten auf seinem schmutzigen Hemd.

Spiers erblickte sie beide und streckte eine flehende Hand aus, bevor er auf die Knie sank.

Sie eilten zu ihm.

»Hat mich abgestochen«, sagte er und hielt sich die Seite. »Die Franzosenschlampe. So schnell. Hab das Messer nicht mal gesehen.«

»Warum?«

»Weiß nicht. Hat sie mir nicht erklärt.«

Raven half Spiers, sich an das Fass zu lehnen. Der rote Fleck wurde mit jeder Sekunde größer. Raven warf Sarah einen Blick zu. Spiers blutete heftig, und sie wussten beide, dass ihm nicht viel Zeit blieb.

»Was für eine Abmachung hatten Sie mit dieser Frau?«

»Ich belaste mich doch nicht selbst«, erwiderte Spiers und verzog vor Schmerz das Gesicht.

»Sie haben eine tiefe Wunde, Sir. Ohne Hilfe sind Sie innerhalb einer Stunde tot. Ich bin Arzt. Ich kann Sie am Leben erhalten, bis wir Sie zu Professor Syme bekommen, dem besten Wundarzt der Stadt. Aber nur, wenn Sie unsere Frage beantworten.«

»Verkauf mich nicht für dumm, Junge. Es gibt auf der Welt keinen Arzt, der mir noch helfen kann. Sie hat mich erledigt.«

»Dann sind Sie ihr keine Treue schuldig. Sprechen Sie, Mann!«

»Sie ist eine Hebamme aus Frankreich und hat bei mir Zimmer gemietet. Mehr weiß ich nicht.«

»Irgendetwas müssen Sie doch wissen. Sie führt in Ihrem Hause Abtreibungen durch und zahlt Ihnen einen Anteil. Wer ist sie wirklich? Was können Sie uns noch sagen?«

»Nichts. Sie sagte, wenn ich keine Fragen stelle, ist das ein Schutz für uns beide.«

»Nun, heute hat Ihnen Ihre Verschwiegenheit einen schlechten Dienst erwiesen. Was wissen Sie noch?«

Spiers dachte nach, sein Gesicht wurde verbitterter, während die Farbe daraus schwand.

»Sie hat einen Kompagnon«, sagte er und schluckte.

»Wen?«

»Ich kenne seinen Namen nicht und habe ihn nur einmal gesehen. Ich wollte in ihr Zimmer, als ich glaubte, sie wäre nicht da.«

»Wie sah er aus?«

»Ich habe ihn nur ein paar Sekunden gesehen und nur von hinten. Ich hatte die Tür kaum offen, da drängte er mich zurück und schlug sie wieder zu. Er stand an einem Tisch und hatte Instrumente und Tränke dort aufgestellt. Ein Mediziner wie Sie. Bloß älter.«

»Und was geschah mit Rose Campbell?«, fragte Sarah.

»Wem?«

»Sie war ein Hausmädchen. Jenes, das man aus dem Wasser gezogen hat.«

»Davon weiß ich nichts.«

»Sie sind mir gefolgt, nachdem ich Fragen über sie gestellt hatte«, erinnerte Raven ihn. »Machen Sie schon, legen Sie Ihre Beichte ab, sodass Sie dem Tod ohne Furcht gegenübertreten können.«

Spiers zuckte, das Blut sickerte zwischen den Fingern hindurch, wo er sie auf den getränkten Stoff presste. Er wirkte nun angsterfüllt.

»Sie kam her, bezahlte. Die Prozedur war erfolgreich, aber hinterher ging es ihr schlecht. Das geschah oft … und wir warfen sie raus, auch wenn sie kaum laufen konnten. Wir ließen sie ein paar Tage bleiben, und wenn es schien, dass sie nicht gesundeten, setzten wir sie vor die Tür, weil wir keine Leichen zu entsorgen und Todesfälle zu erklären haben wollten. Gott vergib mir«, sagte er mit stockender Stimme.

Sarah hatte auf einer Bank einen Holzkrug gefunden und zog nun den Stopfen aus einem Fass, um Ersteren zu füllen. Sie bot Spiers den Krug an, der dankbar trank.

»Ihre … Rose … die war auf dem Weg der Besserung. War ein paar Tage hier, aber es sah gut aus. Ich brachte ihr Wasser und zu essen. Dann weckten mich eines Nachts Schreie. Als ich ins Zimmer kam, war sie schon in den letzten Todeskrämpfen. Sie starb verrenkt und unter Qualen.«

Sarah ließ ihn wieder trinken, aber er hatte kaum noch die Kraft dazu. Das meiste Bier rann ihm am Kinn hinab, und als er wieder sprach, war seine Stimme trocken und leise.

»Ich hatte große Angst. Fürchtete, schreckliches Unheil würde über mich hereinbrechen, wenn herauskam, was wir hier taten. Ich musste sie loswerden, also trug ich sie zum Wasser und warf sie rein. Aber ich habe sie nicht umgebracht. Gott ist mein Zeuge, ich habe sie … nicht umgebracht …«

Bei diesen Worten wurde aus seiner Stimme ein klägliches Flüstern, und der Kopf fiel ihm auf die Brust.

»Er ist tot«, sagte Raven.

Sarah war aschfahl, aber nicht nur der Anblick des Toten setzte ihr zu.

»Was tun wir jetzt?«

»Fortgehen. Schnell.«

»Ihn hier zurücklassen? Sollten wir nicht die Polizei rufen?«

»Nur, wenn Sie wissen, wie Sie McLevy Ihre Rolle in dieser ganzen Angelegenheit erklären können.«

Nun verstummten jegliche moralische Bedenken, die Sarah bei diesem Vorgehen womöglich hatte. Sie blickten nach links und rechts zum Hinterhof hinaus, ob sie jemand gesehen hatte, dann entschwanden sie leise durch dieselbe schmale Straße, auf der sie gekommen waren.

»Warum hat Anchou ihn umgebracht?«, fragte Sarah, als sie zügig, aber ohne auffällige Eile auf das Getümmel am Kai zusteuerten.

»Das weiß ich nicht, aber ich fürchte, unsere Handlungen haben ihr Messer auf ihn niedergebracht. Sie wusste, dass wir ihr auf der Spur sind, und sie sorgte sich, Spiers könnte uns etwas über sie verraten.«

»Warum hat er es dann nicht getan? Er hat uns nichts von Bedeutung gesagt.«

»Vielleicht vermutete sie nur, er könnte etwas wissen, aber die Gefahr schien ihr dennoch zu groß.«

Plötzlich drückte Sarah Raven an die Wand, ihre Hände auf seiner Brust. Er spürte sein Herz gegen ihre Finger pochen, während er noch am ganzen Leib von der vorherigen Szene bebte.

»Was ist …?«, fing er an.

»Ich darf nicht gesehen werden«, sagte sie dringlich. »Ich sollte auf Besorgungsgängen in der Stadt sein. Man könnte mich auf die Straße setzen.«

»Wer soll Sie sehen?«

»Nicht hinschauen«, forderte sie. »Lassen Sie den Kopf unten.«

Aber da hatte er das Problem schon erspäht. In südlicher Richtung entlang des Kais ging der Mann, der sich heutzutage James Matthews Duncan nannte.

»Was macht er denn hier?«, fragte sich Raven laut.

»Ich weiß es nicht. Passen Sie bloß auf, dass er Sie nicht sieht.«

Wie um dies zu gewährleisten, zog sie seinen Kopf näher an den ihren. Sie war so nah, dass ihm der vertraute Duft frischer Wäsche in die Nase stieg. Seine Gedanken kehrten zurück zu dem Abend, als er durch den Regen nach Hause gelaufen war. Noch oft hatte er sich seitdem der Erinnerung an ihre Hände auf seinem Oberkörper überlassen, als sie ihm das Hemd geöffnet hatte.

Sie verblieben eine Weile so. Raven sah Duncan aus seinem Blickfeld verschwinden, sagte es aber nicht gleich, denn er wollte den Moment nicht zu früh beendet wissen. Schließlich musste es aber doch so kommen.

Sie lösten sich, und eine Verlegenheit blieb zwischen ihnen, als wüssten sie nicht, wie sie mit dem umgehen sollten, was gerade geschehen war. Glücklicherweise hatten sie viel zu besprechen.

»Sie haben mit Ihrer Vermutung zu Rose recht behalten«, sagte er. »Was Spiers uns gesagt hat, würde erklären, warum der Polizeichirurg sie nicht für schwanger befunden hat.«

»Und doch starb sie auf die gleiche Art wie Kitty und Ihre Evie. Hätte sie sich bereits erfolgreich des Kindes entledigt, warum hätte sie dann noch die gleichen Pillen schlucken sollen?«

Auch Raven hatte sich diese Frage bereits gestellt.

»Vielleicht hat sie sie nicht freiwillig genommen«, sagte er. »Möglicherweise hat sie etwas über Madame Anchou herausgefunden, was diese lieber unter Verschluss halten wollte.«

»Oder über ihren Kompagnon. Könnte es sein, dass in Wahrheit er die Prozedur durchführt, während sie die Frauen mit dem Glanz einer Ausbildung in Paris und den Diensten für die französische Aristokratie ködert?«

Das war eine kluge Annahme, die zu ihrem geheimnisvollen Nimbus passte, infolge dessen sie solch außerordentliche Summen fordern konnte.

»Dazu kommt noch, dass sie als Frau leichter das Vertrauen der Unglücklichen gewinnt«, ergänzte Raven. »Eine solche Übereinkunft würde es einem Arzt erlauben, sein finsteres Handwerk auszuüben, ohne sich durch Anpreisen seiner Dienste selbst in Gefahr zu bringen.«

Sie gingen südlich Richtung Stadt, und die Menge lichtete sich, als sie sich vom Wasser entfernten. Unwillkürlich hielt Raven weiter nach der schwarzen Kapuze Ausschau, während Sarahs Augen wohl immer noch nach Dr. Duncan suchten.

»In den letzten Monaten hat es mehrere Fälle gegeben, in denen junge Frauen nach Abtreibungen starben«, sagte Raven.

»Und die könnten alle das Werk von Madame Anchou und ihrem Kompagnon sein?«

»Spiers hat zugegeben, dass sie die Kranken auf die Straße setzten, damit sie nicht im Gasthaus starben. Und wenn Rose gezielt vergiftet wurde, kann es jeder von beiden gewesen sein. Als wir herkamen, suchten wir nach einer namenlosen Missetäterin, nun befinden wir uns auf der Spur von zweien: Madame Anchou, die möglicherweise nur vorgibt, Französin zu sein, und einem Arzt von ebenso wenig Gewissen wie Menschlichkeit.«

Kapitel 48

Sarah hielt respektvoll Abstand, während der Küster sich um den Burschen kümmerte, der kurz vor ihr zur St Cuthbert's Church gekommen war. Letzterer war ein junger Mann, der wirkte, als trüge er die Last der Welt auf den hängenden Schultern. Er wollte die Gebühr für das Gemeinde-Bahrtuch für die Beerdigung seiner Mutter zahlen, aber offenbar gab es ein Problem.

Der Küster beäugte das Häuflein Pennys, das der Jüngere ihm auf das Kassenbuch gelegt hatte. Er schob die Münzen mit dem Ende seines Stiftes auseinander, als wollte er sich die Finger nicht mit dem Tascheninhalt des Burschen beschmutzen. Er seufzte und blickte dann finster.

»Das reicht nicht. Ich schlage vor, Sie kommen mit der vorgeschriebenen Summe zurück, oder Ihre Mutter muss ohne das Bahrtuch der Gemeinde beerdigt werden.«

Dann lächelte er den Trauernden mit kühler Höflichkeit an und schickte ihn fort, als hätten sie eine Nichtigkeit ohne irdischen Belang besprochen. Der Bursche sagte nichts, das unnachgiebige Festhalten des Küsters an seiner kirchlichen Preisliste hatte ihn verstummen lassen. Das Bahrtuch lag offensichtlich außerhalb der Grenzen christlicher Barmherzigkeit. Er drehte sich um und schlurfte aus dem Küsterbüro hinaus ins Hauptschiff der Kirche.

Der Küster blickte ihm mit einem angedeuteten Kopfschütteln nach, als wäre die Armut anderer ein Affront, dann wandte er sich Sarah zu und schielte über die Gläser seiner Brille.

Und überhaupt, was könnten Sie in dieser Sache ausrichten?, hatte Raven gefragt, als sie ihm von ihren Bedenken Beattie betreffend berichtet hatte. Für ihn war das sicher eine rhetorische Frage gewesen. Sie würde sie ihm dennoch beantworten.

»Wie kann ich Ihnen helfen?«, fragte der Küster in einem Ton, der verhieß, dass er dies nicht im Geringsten vorhatte.

»Dr. James Young Simpson schickt mich«, antwortete Sarah in der Hoffnung, der Name könnte ihn bereitwilliger stimmen.

Anscheinend wirkte es, da der Küster sich etwas gerader hinstellte und sich die Brille hochschob. Seine Stimme wurde ölig, und der Anflug eines Lächelns erschien auf den schmalen Lippen.

»Wie kann ich dem Professor helfen?«

»Eine Frau ist im Maternity Hospital gestorben«, erklärte Sarah. »Ihr Kind lebt. Der Name der Frau ist bekannt, aber nicht der ihres nächsten Verwandten. Es muss jemand gefunden werden, der für das Kind sorgen kann, dass es getauft und angemessen aufgezogen wird. Der Professor bat, ich solle das hiesige Kirchenbuch konsultieren, ob die Frau verheiratet war, wer ihre Eltern sind und ob sie noch leben.«

Bei der Erwähnung der Taufe horchte der Küster kurz auf, aber beim Wort »verheiratet« schnaufte er. Es war wohlbekannt, dass viele der Frauen, die man im Maternity Hospital behandelte, nicht über einen Gatten verfügten. Er rümpfte die Nase, als hätte ihn ein unliebsamer Geruch heimgesucht.

»Es überrascht mich, dass Ihnen solch eine wichtige Aufgabe übertragen wurde. Hat der Professor denn keinen Famulus oder anderen geeigneten Mitarbeiter, der das besorgen könnte?«

»Doch, gewiss«, erwiderte sie. »Bloß sind sie aufgrund des jüngsten Fleckfieberausbruchs alle sehr beschäftigt.«

Er griff sogleich nach seinem Taschentuch und hielt es sich unter die Nase, als könnte die bloße Erwähnung der Krankheit sie herbeilocken. Er betrachtete Sarah eine Weile und wägte die Anfrage ab. Vielleicht hätte sie das Maternity Hospital nicht erwähnen sollen. Oder das Fleckfieber.

»Das Auffinden der von Ihnen ersuchten Auskünfte wird eine Weile brauchen«, sagte er schließlich. »Und ich muss darauf hinweisen, dass unsere Aufzeichnungen bei Weitem nicht vollständig sind – wer nicht bereit ist, das nötige Entgelt zu zahlen, verzichtet oft ganz auf die Eintragung.«

»Ich verstehe«, sagte Sarah. »Wie ich sehe, sind Sie ein viel beschäftigter Mann, und ich möchte Ihnen wirklich keine weiteren Mühen bescheren. Vielleicht könnten Sie mir gestatten, das Buch selbst zu konsultieren.«

Er schaute auf sein makelloses Verzeichnis und dann auf ihre Hände.

»Meine Hände sind sauber, Sir«, erwiderte sie. »Darauf besteht Dr. Simpson.«

Wieder schien die Erwähnung des Namens Wirkung zu zeigen.

»Sie werden mehrere Verzeichnisse durchsehen müssen. Das derzeitige reicht nur bis 1840 zurück.«

Ihre Suche brauchte tatsächlich einige Zeit und trug

keine Früchte. Während es im Küsterbüro dunkler wurde, versuchte sie, die Gedanken daran zu vertreiben, was Mrs Lyndsay bei ihrer Rückkehr sagen würde, welche Strafe sie ihr für die Verspätung auferlegen würde. Sarah musste sich eine geeignete Ausrede zurechtlegen, sonst würden ihre Aufgaben bei der Sprechstunde stark eingeschränkt werden.

Sarah hatte sich immer als ehrlichen Menschen betrachtet, und ihr war sehr unwohl dabei, dass sie derzeit allzu oft lügen musste. Sie fand, dass ihre Sorge um Mina die verschiedenen Unterfangen rechtfertigte, aber sie musste darauf achten, ihren Hang zur Täuschung aufzugeben, wenn alles erledigt war.

Doch während sie dies dachte, überlegte sie auch, wie sie sich im Vergleich zu dem Menschen sah, der sie nur wenige Wochen zuvor noch gewesen war. Jenes lammfromme Hausmädchen hätte niemals gewagt, irgendjemanden zu täuschen oder gar heimliche Ermittlungen im Reiche der Engelmacher und Mörder anzustellen. Es war behaglich und sicher, wenn man seinen Platz kannte und keine Fragen stellte. Doch sie war noch nie überzeugt gewesen, dass die Rolle der frommen Schicksalsergebenheit die ihre war.

Sarah durchsuchte die Aufzeichnungen akribisch, doch sie konnte keinen Eintrag für Charles Latimer oder Beatties Mutter finden. Zwar kam der Name »John Beattie« vor, doch die Daten passten nicht, sofern der fidele junge Arzt nicht in Wahrheit kurz vor seinem achtzigsten Geburtstag stand.

Sarah ließ sich auf dem Stuhl zurücksinken und wusste nicht, was dieses Fehlen jeglicher Einträge bedeutete. Es bewies nicht ansatzweise, dass Beattie ein Hochstapler war, wie sie zugeben musste. Lag sie womöglich vollkommen falsch? Beeinflussten ihre Gefühle ihr Urteilsvermögen, hatte sie einen voreingenommenen Blick auf die Dinge, weil ihr Minas Entscheidungen nicht gefielen?

Sie betrachtete den Stapel staubiger Verzeichnisse und fragte sich, ob sie bloß ihre Zeit verschwendete. Vielleicht in der Hoffnung, bei den Bemühungen dieses Nachmittags überhaupt zu einem Ergebnis zu gelangen, fiel ihr ein, dass Ravens Familie dort aufgeführt sein mochte. Wie er seinen Hintergrund darstellte, hatte ebenfalls wenig überzeugend geklungen.

Sarah sah nach dem Küster, aber er war verschwunden. Wie es schien, hatte er sich ausreichend versichert, dass sie nicht vorhatte, Einträge zu ändern, Seiten auszureißen oder das Papier einzuspeicheln.

Sie schätzte Ravens Alter auf etwa zwanzig Jahre, also nahm sie sich die Einträge der Jahre 1825 bis 1830 vor. Zwar fand sie keinen Geburtseintrag eines Wilberforce Raven, dafür aber den der Eheschließung einer Margaret Raven mit einem Andrew Cunningham im Jahre 1826. Der Nachname kam ihr bekannt vor, bloß wusste sie zunächst nicht, woher. Dann fiel es ihr ein: Es war der Name, der in manchen von Ravens Büchern eingetragen stand.

Sie ging die Geburten des folgenden Jahres durch und fand ihn: Thomas Wilberforce Cunningham.

Raven hatte seinen Namen geändert. Aber zu welchem Zweck? Sie überlegte, was sie noch über ihn wusste, was man ihr über seinen Hintergrund gesagt hatte. Seine Mutter lebte bei ihrem Bruder in St Andrews, Raven bekam regelmäßig Briefe von dort. Sarah wusste, dass sein Vater tot war, weshalb seine Mutter nach Fife hatte ziehen müssen.

Sarah fragte sich, wann sich dieses traurige Ereignis zugetragen hatte, ab welchem Alter Raven ohne Vater aufgewachsen war. Sie wandte sich wieder den Verzeichnissen zu und suchte nach Beerdigungen. Sie fing bei der Gegenwart an und arbeitete sich bis zu Ravens Geburt zurück. Es gab keinen Eintrag für die Beisetzung eines Andrew Cunningham.

Den Aufzeichnungen der Gemeinde der St Cuthbert's Church zufolge, die Edinburgh und sein weiteres Umland einbezogen, war Ravens Vater nicht tot.

Kapitel 49

A*itken's* war zum Bersten voll, und eine dichte Wolke aus Pfeifenrauch stieg ins Gebälk. Es war schon fast unangenehm warm, das Gedränge hob die Temperatur an und ließ die Fenster beschlagen, dass es tropfte. Als Raven vom Tresen zurückkam, brauchte er eine Weile, um Henry zu finden. Der hatte in der Ecke einen Tisch gefunden, wo er sich mit einem Mann unterhielt, den Raven nicht erkannte.

Er fragte sich wieder, warum er herbestellt worden war. Henry hatte ihn angesprochen, als er bei Simpsons Kutsche gewartet hatte, um diesen nach Hause zu begleiten. Raven hatte seinem Freund von der französischen Hebamme und ihrem medizinischen Komplizen erzählt, woraufhin Henry verriet, er wisse von etwas, das von Bedeutung sein könne.

»Was denn?«, hatte Raven nachgefragt, aber Henry hatte abgewinkt.

»Diese Erkenntnisse gebe ich nur mit einem Bierkrug in

der Hand weiter, denn wir haben allzu lange keinen mehr zusammen gehoben.«

Raven wusste nicht, ob er Henry gerade auf den Leim ging, denn er hätte lieber den Wert dieser Erkenntnisse erfahren, bevor er sie gegen die sichere Heimfahrt eintauschte.

Der Mann bei Henry sah jung, aber außerordentlich müde aus, mit den dunklen Ringen unter den Augen, die starken Schlafmangel verrieten. Also überraschte es Raven nicht, als Henry ihn als Arzt an der Royal Infirmary vorstellte.

»Das hier ist Fleming«, sagte er. »Christisons neuer Assistent, nachdem McKellar letzten Monat am Fieber verstorben ist.«

Raven setzte sich und trank einen großen Schluck Bier, wobei er unwillkürlich überschlug, welchen Anteil an Flints Schuld eine Runde hätte tilgen können. »›Der Gifthauch der Infektion‹«, sagte er und wischte sich den Schaum aus dem Bart.

»›Ein junges und frühes Opfer am Schreine der ärztlichen Pflicht‹«, erwiderte Henry schelmisch. Diese Phrase droschen die Medizinprofessoren immer wieder, wenn es zu einem solchen Vorfall kam, was Ravens Meinung nach viel zu oft geschah. Nicht zum ersten Mal war er erleichtert, dass seine derzeitigen Pflichten ihn nur selten in die Infirmary führten.

»Bei der Arbeit dort setzen wir unsere eigene Gesundheit aufs Spiel«, sagte Henrys schwermütiger Gefährte und starrte resigniert in sein Bier.

Raven fragte sich, warum Henry es für angemessen gehalten hatte, ihn mitzubringen.

»Welche neuen Erkenntnisse gibt es denn nun?«, fragte Raven, der keine Zeit verschwenden wollte. Seit seinem letzten Besuch bei *Aitken's* hatte er sich den Bart wachsen lassen, aber schließlich hatte er den nur aus dem Grunde gebraucht, dass er hier am Abend des Überfalles erkannt worden war. Zweifellos hatte Flint hier seine Augen.

»Es gab wieder eine«, sagte Henry.

»Wieder eine was?«

»Eine Tote. Eine junge Frau.« Henry nickte seinem müden Kollegen zu, der immer noch ins Bier starrte. »Fleming hatte mit dem Fall zu tun.« Er trat den jungen Mann unter dem Tisch, sodass der sich wieder aufrichtete.

»Ja«, sagte Fleming und rieb sich die Augen. »Schon bei der Aufnahme moribund. Nicht mehr aufgewacht.«

»Was war die Todesursache?«, fragte Raven.

»Peritonitis. Alle Anzeichen des Kindbettfiebers, aber keine eines Kindes.«

Raven wurde immer unruhiger. Er hatte Angst, dass Flints Männer ihn ausgerechnet in einer Situation erwischten, in der er ein vollkommen grundloses Risiko eingegangen war. Dieser Besuch, nur um vom nächsten Opfer des namenlosen Engelmachers zu erfahren, stellte zweifellos ein solches dar.

Als könnte er die Stimmung seines Freundes spüren, stieß Henry Fleming noch einmal an. »Sag ihm, was du mir gesagt hast.«

»Ach ja«, erwiderte der, als hätte sein schläfriges Hirn den Anstoß gebraucht. »Sie hatte einen seltsamen Geruch an sich. Auf den Kleidern, als sie gebracht wurde, es roch süßlich. Wie überreifes Obst. Und sie hatte ungewöhnliche Spuren um den Mund.«

»Schürfwunden?«

»Nein, solche nicht.«

»Dann Blutergüsse?«, fragte Raven ungeduldig.

»Nein, es sah aus wie …«

»Furchen, wie wenn sie geknebelt worden wäre?«

»Um Gottes willen, Raven, lass ihn sprechen!«

»Was dann? Warum hast du mich hergeschleift?«

»Es sah eher wie eine Verätzung aus«, sagte Fleming.

Raven verstand. »Chloroform.«

»Siehst du?«, sagte Henry mit triumphierender Geste. »Dein Gesuchter ist offensichtlich auf dem neuesten Stande der Wissenschaft.«

Über die Erkenntnis hinaus, wie schnell das neue Anästhetikum sich durchsetzte, wusste Raven nicht, wie ihm das bei seinem Unterfangen weiterhelfen sollte. Er tröstete sich mit einem Schluck Bier.

»Glücklich wirkst du ja nicht gerade«, bemerkte Henry.

»Warum sollte ich? Das bringt mich seiner Identität keinen Deut näher.«

Das verschlagene Grinsen des jungen Chirurgen verriet ihm, dass er etwas übersehen hatte.

»Nicht in diesem Augenblick«, sagte Henry. »Aber ich kann dir sagen, wo sie geschrieben steht.«

Kapitel 50

Sarah stand an der Princes Street und schaute durch ein Fenster in die Räume von Duncan and Flockhart's. Mit Bedacht wählte sie den richtigen Moment, und während sie auf ihre Gelegenheit wartete, bemühte sie sich um Fassung, denn zum ersten Mal im Leben würde sie nun ein Verbrechen begehen.

Sie wollte nichts stehlen, sondern sich nur etwas ausleihen, ohne zu fragen, aber dies wiederum zum Zwecke des späteren unerlaubten Betretens dieser Lokalität. Theoretisch handelte es sich dabei um einen Einbruch, aber auch bei diesem sollte nichts gestohlen werden als Informationen. Doch auch wenn alles unbeschädigt an seinem Platze bleiben würde, wollte sie das Unterfangen höchst ungern jemandem erklären müssen, am allerwenigsten McLevy. Womöglich reichte es aus, um sie ins Gefängnis zu schicken, ganz ohne Zweifel aber war ihr im Entdeckungsfalle die Entlassung sicher.

Duncan und Flockhart waren die wichtigsten Hersteller von Chloroform in Edinburgh. Jeder Arzt, der es einsetzte, besorgte es hier, wo der Kauf im Geschäftsbuch der Drogerie vermerkt wurde. Raven hatte gegenüber Mr Flockhart Neugier darauf vorgetäuscht, wie schnell sich das neue Mittel durchsetze, und ihn gebeten, einmal nach dessen Bestellern schauen zu dürfen, aber Flockhart hatte auf der Vertraulichkeit des Buches beharrt. Die Käufer von Drogen müssten sich der Diskretion ihres Lieferanten gewiss sein. Doch einer dieser Kunden war Madame Anchous mysteriöser Verschworener und möglicherweise auch der Mörder von Rose Campbell.

»Ich muss diese Liste sehen«, hatte Raven zu Sarah gesagt und seinen Ärger kaum beherrschen können. »Aber wie kann ich das, wenn das Buch sicher verschlossen im Laden liegt?«

»Jedes Schloss hat einen Schlüssel«, hatte Sarah geantwortet. »Man muss ihn nur beschaffen.«

»Ich wüsste nicht, wie ich ihn finden, geschweige denn unbemerkt an mich nehmen sollte.«

»Ein Schlüsselbund hängt an einem Haken an der Wand hinter dem Tresen, gleich rechts der Kasse. Er gehört dem Gehilfen Ingram. Ich habe ihn erzählen hören, dass er den Laden öffnet und vorbereitet, bevor die Herren Duncan und Flockhart morgens kommen.«

»Und wie soll ich die Schlüssel unbemerkt in die Finger bekommen?«

»Das sollen Sie gar nicht. Für so eine Aufgabe braucht es eine Person, die niemand weiter beachtet. Zum Beispiel ein Hausmädchen.«

Durch das Fenster sah sie, was sie erwartet hatte: Mr Flockhart war am Tresen beschäftigt und ließ sich von dem stolzen, dummen Jungen helfen, der ihr nur eine einzige Qualifikation für seine Anstellung hier voraus hatte, und die baumelte ihm zwischen den Beinen. Mr Duncan war wie üblich nicht zu sehen und arbeitete sicher hinten im Labor.

Mr Flockhart war der Geschwätzigere von beiden, weshalb er auch in der Regel das öffentliche Gesicht des Zusammenschlusses war.

Schließlich sah sie auch Mr Flockhart aus ihrem Blickfeld verschwinden, entweder ins Labor oder in einen der Lagerräume. Sie wusste aus Erfahrung, dass er Ingram gern die Kunden niederen Ranges abfertigen ließ, wie zum Beispiel Hausmädchen auf Besorgungsgängen. Kam jemand Wichtiges herein, holte der Bursche seinen Chef.

Ihr Moment war gekommen.

Als sie durch die Tür trat und die Glocke läutete, ging Sarah das Geräusch durch Mark und Bein. Sie bebte beinahe vor Anspannung. Sie spürte nicht nur den beschleunigten Puls und die Anspannung im Bauch; die Finger kribbelten, die Ellenbogen, die Knie. Alle ihre Sinne zeigten eine erhöhte Empfindlichkeit. Die Farben im Raum schienen kräftiger, die Gerüche ausgeprägter, die Geräusche schärfer.

Sie fragte sich, ob dafür das Bewusstsein verantwortlich war, was alles sie verlieren würde, falls man sie fasste. Dann dürfte sie nie wieder in diesen Laden. Sie würde aus dem Haushalt der Simpsons geworfen werden, und welche Zukunft stünde ihr dann noch offen? Sarah wurde wütend, wenn ihr jemand sagte, sie solle dankbar für ihre Anstellung als Hausmädchen sein, aber sie wusste, dass es auch schlimmere Schicksale gab. Nichtsdestoweniger war in dieser Stadt jemand zugange, der Hausmädchen und andere junge Frauen als rechtlos sah, und sie war fest entschlossen, diese Boshaftigkeit aufzudecken.

»Kann ich Ihnen helfen, junge Dame?«, fragte der Ladenschwengel.

Dafür hätte sie ihm am liebsten eine verpasst. Ihrer Schätzung nach war sie mindestens ein Jahr älter als er, vielleicht zwei.

»Ich hätte gerne einige Dinge für Dr. Simpson.«

»Dr. Simpson aus der Queen Street?«

Auch das ärgerte sie. Er prüfte, auf wessen Konto angeschrieben werden sollte, obwohl er sie mindestens zweimal die Woche sah. Entweder erkannte er sie wirklich nicht, oder er tat nur so, und sie hätte nicht sagen können, welches von beidem die größere Beleidigung wäre.

»Richtig.«

»Und was benötigt Dr. Simpson?«

Sarah rasselte eine kurze Liste herunter und ließ den Blick über die hohen Regale schweifen, während er alle leicht erreichbaren Waren für sie holte.

»Ach, und er wünschte auch noch etwas Kohlensäure.«

Ingram legte die Stirn in Falten und wandte sich den Schränken zu. Er fand nicht, wonach er suchte. Das lag daran, dass sie ihn um fixierte Luft gebeten hatte, das unsichtbare, farblose Gas, das er *Gregory's Outlines of Chemistry* zufolge gerade ausatmete, was er natürlich nicht wusste.

»Ich gehe eben mal Mr …«

»Es ist gleich da oben«, unterbrach ihn Sarah, kam hinter den Tresen und zeigte auf ein hohes Regal.

»Ich kann es nicht sehen.«

»Dann lassen Sie mich es holen«, sagte sie und griff nach der Leiter.

Ingram trat ihr in den Weg. »Das ist nicht erlaubt«, schalt er sie.

»Da kommt nur ein Mann infrage«, murmelte Sarah, trat von der Leiter weg, aber näher an die Kasse heran.

Während Ingram nach oben stieg, die volle Aufmerksamkeit auf jeder neuen Sprosse, hob Sarah den Schlüsselbund vom Haken und ließ ihn in ihre Tasche gleiten.

»Ich kann sie immer noch nicht sehen«, meldete er von oben.

»Entschuldigen Sie bitte. Soeben fällt mir ein, dass Dr. Simpson lediglich davon sprach. Er wollte gar nicht, dass ich welche kaufe, sonst hätte er mir ja eine Menge gesagt, nicht wahr?«

Ingram seufzte voller Ärger über diese dumme Frau.

Während er hinabstieg, ging Sarah schon zur Tür, als drängte sie eine Kraft aus dem Laden, bevor sie erwischt werden konnte. Sie spürte ihre Wangen heiß werden und musste sich beherrschen, um nicht loszurennen, als sie wieder draußen auf der Princes Street war.

Schon nach wenigen Metern hörte sie eine Stimme.

»Junge Frau! Stehen bleiben!«

Die Zeit schien stillzustehen, als der Leichtsinn ihres Tuns über ihr hereinbrach. Sie sah sich von McLevy abgeführt, den strengen Blick eines Richters, Ratten und Ketten in einer Gefängniszelle.

Als sie sich umwandte, um sich dieser düsteren Zukunft zu stellen, sah sie Ingram mit einer braunen Papiertüte auf sich zumarschieren.

»Sie haben die Waren vergessen, die Dr. Simpson tatsächlich bestellt hat«, sagte er mit überheblichem Spott. »Dafür wären Sie bei Ihrer Rückkehr aber gewaltig heruntergeputzt worden, nicht?«

»Danke«, erwiderte sie mit wahrer Erleichterung. »Das wäre ich wirklich.«

Ebenso, wie wohl ein Ladenschwengel heruntergeputzt wurde, der seine Schlüssel verlegt hatte.

Kapitel 51

In der Dunkelheit hinter dem Gebäude versuchte Raven es mit dem nächsten Schlüssel, jedoch ohne Erfolg. Auch wenn um diese Uhrzeit nicht viele Passanten zu erwarten waren, hatte er beschlossen, die Drogerie durch die Hintertür zu betreten, da diese abseits der Straße lag. Unglücklicherweise lag sie auch abseits jeglicher Beleuchtung. Sarah hatte versucht, eine Kerze zu entzünden, aber selbst hier hinten blies der Wind noch zu heftig und peitschte durch jede Lücke, die er fand.

Er hatte kalte Hände und zitterte, was beides nicht half.

»Sind Sie sicher, dass Sie die richtigen Schlüssel genommen haben?«, fragte er.

Sie sagte nichts, aber er konnte sich ihr Gesicht vorstellen. Erst auf dem Weg hierher, als in der Queen Street alle zu Bett gegangen waren, hatte sie ihm die Schlüssel übergeben. So hatte sie sichergestellt, dass er nicht ohne sie ging. Er wusste nicht, warum sie mitkommen wollte, aber er lernte langsam, dass es nutzlos war, ihr etwas ausreden zu wollen.

»Bei diesem Vorhaben sind wir ebenbürtig«, hatte sie ihm nur gesagt.

Raven versuchte es erneut mit dem ersten Schlüssel, und diesmal ließ er sich drehen. In seiner Nervosität hatte er ihn beim ersten Mal nicht richtig ins Schloss bekommen.

Die Tür öffnete sich mit einem unerträglichen Knarzen. Der heftige Wind verschluckte das Geräusch sicher sofort, aber in Ravens Ohren klang es wie ein Dämon, der ob ihres Verbrechens aufheulte.

Drinnen konnte Sarah endlich ihre Kerze entzünden. In deren spärlichem Licht schlichen sie ins Labor, wo Raven eine Öllampe fand. Als er die Flamme aufdrehte, sah er an einer Wand Dutzende von ledergebundenen Büchern zwischen Regalen voller Pulver und Flüssigkeiten. Flaschen, Bechergläser und Kolben reflektierten das Licht. Raven fielen die vielen Retorten auf, deren Rohre in alle Richtungen vorsprangen und einen Unfall geradezu herausforderten, was ihren Plan, spurlos davonzukommen, vereiteln würde.

Er hielt die Lampe an die Buchrücken. Keiner deutete auf das hin, was sie suchten.

»Ich habe Mr Flockhart schon oft auf dem Tresen ins Geschäftsbuch schreiben sehen«, erklärte Sarah. »Ich gehe davon aus, dass es dort in der Nähe aufbewahrt wird.«

Auf leisen Sohlen schlichen sie nach vorne in den Verkaufsraum, obwohl Raven sich fragte, warum er instinktiv so auf Geräuschvermeidung bedacht war. Von außen durch das Fenster fiele das Licht der Lampe sicher deutlich stärker auf als jeder Schritt.

Entsprechend drehte Raven die Flamme klein, und sie warteten, bis sich ihre Augen wieder an die Dunkelheit gewöhnt hatten, die lediglich durch den schwachen Schimmer der Straßenlaternen von der Princes Street abgemildert wurde.

Sarah ging ans Ende des langen Verkaufstresens und zog eine flache Schublade heraus. Dort lag tatsächlich das Geschäftsbuch.

»Nehmen wir es mit an einen Ort, an dem wir die Lampe aufdrehen können«, sagte Raven.

Sie zogen sich wieder ins Labor zurück und legten das Buch auf einen Tisch. Raven blätterte vorsichtig, während Sarah die Lampe nah an die Seiten hielt. Sie fanden schnell, was sie suchten. Die Chloroformverkäufe hatten erst im vorigen Monat begonnen.

Raven fuhr mit dem Finger die äußerste rechte Spalte hinunter, wo die verkaufte Ware angegeben war, und bei jeder Nennung des Wortes Chloroform folgte er der Zeile nach links zum Namen des Käufers.

Die ersten Nennungen waren keine Überraschung.

Simpson.

Simpson.

Simpson.

Dann tauchten auch andere Namen auf: Professor Miller, Professor Syme, Dr. Ziegler, Dr. Moir. Chirurgen, Ärzte der Geburtshilfe. Auch Dr. J. M. Duncan kam vor; er hatte offenbar auf dem zusätzlichen Buchstaben bestanden. Es waren hauptsächlich Namen, die Raven kannte, und er musste sich fragen, ob er sich wirklich vorstellen konnte, dass einer dieser Männer sein Engelmacher war.

Er sah einige ihm unbekannte Namen: ein Dr. John Mors, ein Dr. Edgar Klein. Er wollte Sarah schon ein Papier holen schicken, um sie zu notieren, als er beim nächsten Käufer aufschreckte. Sarahs Augen waren schneller als sein Finger, und sie sprach den Namen aus, als er ihn noch las.

»Adam Sheldrake. Roses Dienstherr.«

Raven staunte und kam sich wie ein Dummkopf vor. Er erinnerte sich an Simpsons Lektion vor dem Pub nahe dem

Royal Exchange: Manche stellen allzu gern sensationelle Hypothesen auf und werden unerklärlich blind für das Offensichtliche, das direkt vor ihren Augen liegt.

Es war schon die ganze Zeit vor seiner Nase gewesen. Sarah und er waren zur Kirche der Sheldrakes gekommen, um mit Milly zu sprechen, was sie zu Reverend Grissom geführt hatte. Sie waren gar nicht darauf gekommen, dass Sheldrake selbst der offensichtliche Verdächtige war.

»Kein üblicher Arzt, aber doch gewissermaßen ein Mediziner«, sagte Raven. »Ein Zahnarzt. Vielleicht der reichste der Stadt. Möglicherweise war er sogar selbst für Roses Umstände verantwortlich. Sie hatte Angst, entlassen zu werden, wenn er es herausfand.«

»Mina sprach einmal von einem Mann in Glasgow, der sein Hausmädchen ermordet haben soll, weil es von ihm schwanger war. Aber warum sollte ein reicher Zahnarzt seinen guten Ruf aufs Spiel setzen und Abtreibungen durchführen?«

»Vielleicht ist ja nicht die Zahnheilkunde sein einträglichstes Gebiet, und Sie vergessen, dass er seinen Ruf geschickt zu schützen weiß. Das öffentliche Gesicht der Unternehmung ist Madame Anchou, während er im Schatten bleibt. Außerdem sind seine Kundinnen junge Frauen niederen Standes, die ihn höchstwahrscheinlich nicht als Zahnarzt kennen.«

»Bis sich eine von ihnen als seine eigene Angestellte entpuppt.«

Raven wollte zu weiteren Spekulationen ansetzen, brachte aber kein Wort mehr hervor, denn in dem Moment hörten sie einen Schlüssel in der Vordertür. Er spähte den Flur entlang und sah hinter dem Glas den Umriss eines Mannes mit Zylinder.

Es war nach Mitternacht, aber Mr Flockhart war in sein Geschäft zurückgekehrt.

Kapitel 52

Sarah hatte sich in ihrem Leben noch nicht so schnell bewegt. Der Zustand erhöhter Aufmerksamkeit, den sie einige Stunden zuvor am selben Ort erfahren hatte, kehrte augenblicklich zurück und trieb sie zur Tat. In einem Sekundenbruchteil erkannte sie Mr Flockhart an der Tür und verstand sogleich in vollem Umfang, was das für ihre Situation bedeutete. Ebenso verstand sie, dass das Verderben, dem sie ins Auge gesehen hatte, als sie vorher die Stimme »Stehen bleiben!« hatte rufen hören, womöglich nicht aufgehoben, sondern nur aufgeschoben war.

Sie löschte die Lampe, während Raven das Buch vom Tisch nahm, und führte ihn schnell ins Lager. Wenn Mr Flockhart zu solcher Stunde kam, hatte er entweder etwas vergessen oder einen Einfall gehabt, und beides würde ihn wahrscheinlich ins Labor führen. Das Lager ging von dem Flur auf dem Weg zum Verkaufsraum ab. Es war nicht sicher, dass Mr Flockhart dort nicht auch hineinmusste, aber es war die aussichtsreichste Möglichkeit, um unentdeckt zu bleiben.

Sarah schob Raven hinein und zog die Tür so weit zu, dass sie eben nicht an den Rahmen schlug. Das wäre zu laut gewesen, denn schon näherten sich Schritte. Eigentlich war das Lager weniger ein Raum als ein Schrank mit winziger Grundfläche, die gerade ausreichte, dass eine Person allein die Regale zu drei Seiten erreichen konnte.

Sie standen aneinandergepresst da, um die Tür nicht aufzustoßen. Sarah spürte Ravens Wärme an der Brust, hatte seinen Geruch in der Nase, da sie beinahe sein Kinn berührte.

Sie hielt die Luft an, als sich die Schritte weiter näherten. Durch den Türspalt sah sie Schatten tanzen, den Lichtschein einer Lampe, während Mr Flockhart durch das Gebäude ging.

Sie hörte ein Husten, dann das Geräusch von Glas auf Holz, ein Kolben oder eine Flasche, die auf einen Tisch gestellt wurde. Lachen, beschwipstes Kichern. Mr Flockhart liebte die feine Gesellschaft, wie jeder wusste. Nun war er nach einem durchfeierten Abend noch einmal hergekommen, aber warum?

Kurz darauf näherten sich die Schritte erneut. Brauchte er etwas aus dem Lager?

Wieder flackerten die Schatten, und der tänzelnde Lichtschein passierte den Türspalt. Sarah spürte ihr Herz nah an Raven pochen, als die Schritte bei ihnen waren.

Dann wurden sie wieder leiser. Sie hörte, wie sich die Vordertür öffnete. Flockhart ging.

Sarah atmete weiter, dann wich die Erleichterung etwas Mächtigerem, als wäre nach durchstandener Furcht ein Damm in ihr gebrochen. Noch als der Klang des Türschlosses durch die Räume hallte, zog sie Raven näher an sich, sofern das überhaupt möglich war. In der Dunkelheit hob sie den Kopf und fand seine Lippen. Es war, als wäre dieser enge, kleine Raum die ganze Welt und die Welt von Licht erfüllt.

Kapitel 53

Raven löschte die Lampe und legte sich hin, auch wenn er wusste, dass er nicht schlafen konnte. Er würde wohl Tage brauchen, bis er die Ereignisse der letzten Stunde hinter sich gelassen hatte. Er konnte sich nicht einmal auf einen einzelnen Bestandteil des Ganzen konzentrieren, da alles in einem Sturm aus Tatsachen, Offenbarungen und Gefühlen umhergeschleudert wurde. Allerdings lag er nicht so lang allein im Dunkeln, wie er befürchtet hatte.

Kaum hatte er den Kopf auf das Kissen gesenkt, da hörte er, wie sich die Tür öffnete und zarte Füße über den Boden trippelten. Sarah stand mit einer Kerze vor ihm, in deren flackerndem Licht er sah, dass sie nur ein Nachthemd trug.

»Was tust du hier?«, flüsterte er. Er konnte nicht verbergen, wie gern er sie bei sich hatte, doch er sorgte sich über die Folgen, sollten sie entdeckt werden.

»Ich will dich nur noch eine Weile länger halten«, antwortete sie.

Sie glitt neben ihm unter die Decke, schlang die Arme um

ihn und zog ihn an sich. Sie hatten nur zwei dünne Schichten Stoff zwischen sich, als sie sich an ihn schmiegte.

Raven erinnerte sich an die jugendliche Aufregung, als er Evie zum ersten Mal unbekleidet gesehen hatte und danach geschehen war, was geschehen war. Aber dies hier war mächtiger, auch wenn sie nur still beieinanderlagen, regungslos, während die Dunkelheit sie umfing, als könnte sie die Welt bannen. Ein Rauschen klang in seinen Ohren, ein tröstliches Geräusch ohne Bedeutung. Vielleicht kam doch noch der Schlaf, wenn auch nicht, solange Sarah hier war. Sosehr er ihre Wärme genoss, würde es das Schicksal herausfordern, wenn sie beide so einschliefen.

Schließlich sprach Sarah leise, ein einzelnes Wort.

»Thomas?«

»Ja.«

Ravens Antwort kam unwillkürlich und zu schnell, um sie zurückzuhalten.

Er erlitt einen Schreckmoment, aber ohne Angst oder Bedrohung. Es hatte etwas von einer Intimität, beinahe wie die, die dieser vorausgegangen war.

»Woher weißt du es?«

»Aus dem Gemeinderegister. Ich wollte etwas über Beattie erfahren, über seinen familiären Hintergrund. Und ich muss gestehen, dass ich meiner Neugierde nachgab, als ich schon einmal dort war. Seit du ins Haus kamst, habe ich an dir Geheimnisse gerochen.«

»Und was riechst du an Beattie außer Orangen und Sandelholz?«

Sarah hielt inne.

»Geheime Ziele. Einen Mann, dessen wahre Absichten stets im Verborgenen bleiben.«

»Was hast du über ihn erfahren?«

»Es gibt keinen Beleg, dass Beatties Onkel oder seine Mutter jemals in Edinburgh gelebt haben. Ebenso wenig einen, dass sein Onkel derzeit hier lebt. Ich habe auch das Postregister konsultiert.«

»Hast du Mina davon erzählt?«

»Selbstverständlich nicht. Ich hätte Angst, sie könnte es der Botin übel nehmen. Sie hat Vertrauen zu ihm, was ja verständlich ist, und sie würde es als unverzeihliche Unverschämtheit werten, wenn ich ihr offenbarte, was ich herausgefunden habe, oder auch nur, dass ich überhaupt nachgeforscht habe. Dennoch lasse ich nicht zu, dass sie getäuscht wird und blind in eine Ehe stolpert, die nicht die ist, welche sie erwartet. Es mag immer noch eine vollkommen harmlose Erklärung geben, aber ich vermute, dass Dr. Beattie nicht der ist, für den er sich ausgibt, und ich erwarte Antworten von ihm.«

»Einem Hausmädchen wird er nicht Rede und Antwort stehen.«

»Das wird er, wenn das Hausmädchen andernfalls seinem Dienstherrn Dr. Simpson mitteilt, was es weiß. Ich bin hartnäckig, Mr Raven. Und auch von Ihnen will ich Antworten, mein Herr.«

Sie stieß ihn anklagend in die Brust.

»Glaub ja nicht, dass ich nicht merke, wenn du das Thema wechselst. Wie wurde aus Thomas Cunningham Will Raven?«

Raven hatte tatsächlich gehofft, sie würde es vergessen. Er konnte ihr die Genugtuung aber nicht verwehren und ebenso wenig eine Dosis Ehrlichkeit.

»Ich habe meinen Namen geändert, als ich mich an der Universität einschrieb«, sagte er. »Ich nahm den Nachnamen meiner Mutter an und den zweiten Vornamen, den sie mir gegeben hatte. Ich wollte ganz ihr Sohn sein und nicht mehr der meines Vaters.«

»Dr. Simpson erzählte, du seist auf Heriot's School für vaterlose Jungen gegangen. Doch die Gemeinde hat keinen Vermerk über den Tod deines Vaters.«

Raven lag eine Weile still da und überlegte, wie er es am besten erklären konnte.

»Dr. Simpson habe ich gesagt, mein Vater sei Anwalt in St Andrews gewesen. Das stimmte nicht. Mein Vater war ein Trinker und Schwerenöter, der zum Jähzorn neigte. Ein Weinhändler, dessen Geschäft zusammenbrach, weil er seine eigene Ware allzu sehr liebte, und der die Wut über sein Versagen an uns ausließ. Meine Mutter und ich lebten in andauernder Angst, in welcher Laune er nach Hause kommen würde. Eines Abends prügelte er meine Mutter so heftig, dass ich fürchtete, er würde sie umbringen. Danach ging er und verließ uns. Vielleicht spürte er Scham, als er sah, was er getan hatte, oder vielleicht suchte er auch nur, den Schulden seines ruinierten Geschäfts zu entfliehen.«

»Er ging und kam nicht wieder?«

»Tage vergingen, dann Wochen, dann Monate, bis klar wurde, dass er uns verlassen hatte. Der Bruder meiner Mutter, seines Zeichens Anwalt, hatte einen gewissen Einfluss bei George Heriot's School, und man hatte ein Nachsehen mit mir, da ich im Grunde tatsächlich vaterlos war. Er nahm auch meine Mutter bei sich auf, da ihr wegen der Schulden meines Vaters das Wasser bis zum Hals stand.«

»Du bist deinem Onkel sicher sehr dankbar für seine Großzügigkeit. Und doch habe ich dich nie von ihm sprechen hören.«

»Ich verachte diesen Mann. Seine vorgeschobene Großzügigkeit ist in Wahrheit ein billiger Handel, um meine Mutter zu beherrschen. Er war dagegen gewesen, dass sie meinen Vater heiratete, und nun ergreift er nur zu gern jede Gelegenheit, ihr zu zeigen, dass sich seine Sicht bestätigt hat, ihre hingegen sie in diese schmähliche Lage gebracht hat. Es ist, als würde jeder Penny von ihm sie weiter erniedrigen und ihn erheben. Deshalb habe ich mir zum Ziel gesetzt, es zu etwas zu bringen und ihr ihre Ehre zurückzukaufen.«

»Hast du jemals gehört, was aus deinem Vater wurde? Könnte er nicht eines Tages zurückkehren? Was würde deine Mutter dann tun?«

Auf diese drei Fragen konnte Raven nur eine Antwort geben.

»Wir haben keine Angst mehr«, sagte er.

Kapitel 54

Als Raven die Treppe hinunterging, entzündete Jarvis gerade die Lampen, da es am späten Nachmittag bereits dunkel wurde. Er sah Sarah über den Treppenabsatz im zweiten Stock hasten, einen turmhohen Stapel gewaschener Laken auf den Armen, sodass sie kaum sehen konnte, wohin sie trat. Raven fing sie ab, bevor sie über David und Walter stolperte, die vor ihr auf dem Teppich hockten und einen imaginären Krieg ausfochten.

»Warum die Eile?«, fragte er.

»Ich versuche, meine Pflichten schnell zu erledigen, damit ich auf den Besorgungsgängen vor dem Abendessen etwas mehr Zeit habe. Ich möchte einen Gang in eigener Sache unterbringen, während ich unterwegs bin.«

»Beattie, meinst du. Ich bin nicht sicher, ob du ihn zu Hause antreffen wirst«, sagte Raven. »Mir ist nicht bekannt, welche Sprechzeiten er hat.«

»Dann komme ich jeden Tag wieder, bis ich die Wahrheit von ihm habe.«

»Womit du dann bei der nächsten Schwierigkeit wärst – wie sagst du es Mina?«

»Damit befassen wir uns, wenn es so weit ist«, sagte sie und schob sich an ihm vorbei. »Ich muss jetzt arbeiten.«

Raven war voller Bewunderung für Sarahs Loyalität und Einfühlsamkeit. Er wusste, dass Mina für sie oft eine Herausforderung war und allzu hohe Ansprüche stellte, dennoch gab sie sich alle Mühe, diese Frau vor Unheil zu bewahren. Das Tragische daran war aber, dass Mina es ihr wohl nie vergeben würde, wenn Sarah Beattie als Hochstapler und Schurken enttarnte, der seine Verlobte ausnutzen wollte.

Nichtsdestoweniger war er erleichtert, dass Sarah nun mit dieser Sache beschäftigt war. Sie hatte oft auf einer Beteiligung an vorderster Front bei seinen Ermittlungen bestanden, aber seine heutige Mission führte ihn auf gefährliches Terrain und bedurfte eines Einzelkämpfers.

Seit ihrer Entdeckung bei Duncan and Flockhart's hatte Raven sich gefragt, wie er Nachforschungen zu Adam Sheldrake angehen sollte, und die grundlegende Antwort, zu der er gekommen war, lautete: sehr vorsichtig. Dieser Mann hatte einiges zu verlieren, und das machte ihn unter Umständen gefährlich. Möglicherweise hatte er schon Rose ermordet, weil sie ihn enttarnen wollte. Und selbst wenn nicht, dann hatte es sicher seine Verschworene getan, denn im Falle des Wirtes Spiers hatte Raven unmittelbar gesehen, wozu sie ohne jedes Zögern bereit war, um sich zu schützen.

Seit der Begegnung am Kai sorgte er sich, wie die Hebamme ihn so schnell hatte erkennen können. Er suchte sein Gedächtnis nach Gesichtern ab, kam aber nicht darauf, wo sie einander schon einmal gesehen haben mochten. Er glaubte immer fester daran, dass Madame Anchou nur ein Deckname für eine andere Frau war. Kannte Sheldrake ihre wahre Identität? Hatte Spiers sie gekannt? Sie hatte ihn ermordet, kaum dass er ihr zur Gefahr geworden war. Hatte sie befürchtet, er könnte ihren wahren Namen preisgeben?

Raven und Sarah hatten spekuliert, dass Rose vergiftet worden war, weil auch sie dieses verbotene Wissen erlangt hatte. Doch wenn Sheldrake heimlich als Engelmacher arbeitete, dann hatte der Zahnarzt auch eigene Gründe, sein Hausmädchen zum Schweigen zu bringen, als ihre Notlage sie zum *King's Wark* geführt hatte.

Vielleicht waren sie beide des Mordes fähig – einer so skrupellos und todbringend wie der andere.

Raven hatte Erkundigungen über die Adresse von Sheldrakes Praxis eingezogen. Er machte zwar auch Hausbesuche, aber jeden Tag hatte er eine lange Sprechstunde, in der die Patienten zu ihm kamen. Raven wollte ihm heimlich folgen und herausfinden, wohin er ging, wenn die Sprechstunde vorüber war, denn irgendwann musste er sich ja wieder mit seiner Verbündeten in der Ausübung des dunklen Handwerks treffen.

Die Praxis lag am Rande der New Town an der London Street, keine halbe Stunde zu Fuß von dem Pub in Leith. Die Sprechzeit endete in einer Stunde, also musste Raven sich ebenso beeilen wie Sarah.

Er öffnete die Haustür, und sogleich biss ihm der eiskalte Wind in die Wangen. Er schloss die Tür wieder und schaute neidisch zu Dr. Simpsons Mantel hinüber, der dort im Flur hing. Der Professor war zu Hause und den Abend über oben in seinem Büro beschäftigt. Er würde das Kleidungsstück in den nächsten Stunden sicher nicht vermissen.

Raven sah sich nach Jarvis um, der im Salon verschwunden war. Er warf sich den Mantel über die Schultern und spürte dessen angenehme Schwere. Er fühlte sich verwandelt, wie ein Ritter in seiner Rüstung, bereit, sich dem Feind zu stellen, auch wenn dieser nur das Wetter war. Könnte er doch nur den Status des Professors ebenso leicht anlegen wie dieses Stück Robbenfell.

Als er zur Tür hinaustrat und der Mantel flatterte wie ein Umhang, vereinten sich im Wirbel seiner Gedanken einige Fragmente zu einem fassbaren Ganzen.

Er sah die Gestalt im Umhang am Kai in Leith auf sich zukommen.

Jemand, der vorgab, jemand anderes zu sein.

Einer so skrupellos und todbringend wie der andere.

Eine französische Hebamme, die womöglich keine Französin war.

Eine durch ein einziges Kleidungsstück verwandelte Person.

»Eine solche Übereinkunft würde es einem Arzt erlauben, sein finsteres Handwerk auszuüben, ohne sich durch Anpreisen seiner Dienste selbst in Gefahr zu bringen.«

Sheldrake war nicht mit Madame Anchou verschworen. Sheldrake war Madame Anchou.

Jetzt sah er alles. Sheldrakes ohnehin feminines, mit Puder getarntes Gesicht, das unter den Schatten der Kapuze hervorspähte. Und wie viel leichter man seine eigene Stimme verschleiern konnte, wenn man mit einem fremden Akzent sprach oder sich einer fremden Sprache bediente. Es war die vollkommene Tarnung, um seinen Ruf zu schützen, während man einer illegalen, aber lukrativen Nebentätigkeit nachging.

Ravens Gedanken rasten, als er auf die Queen Street trat, weshalb er die drei Männer nicht bemerkte, die mit starrem Blick auf ihn zustapften. In diesem Augenblick der Offenbarung war er sich keiner Gefahr bewusst, bis es zu spät war.

Zwei packten ihn, einer von links, einer von rechts, und stopften ihn in Dr. Simpsons Kutsche, während der Dritte den protestierenden Kutscher vom Bock stieß und selbst nach den Zügeln griff.

Raven erkannte die Männer nicht, aber es brauchte nur einen Namen, damit er Bescheid wusste.

»Mr Flint bittet freundlich um Ihren Besuch, Sir.«

Kapitel 55

Sarah überkam das gewohnte Unbehagen, als sie nach Einbruch der Dunkelheit draußen war, zumal ihr Weg sie über die Grenzen der New Town hinausgeführt hatte. In ihrer wachsenden Furcht fragte sie sich, was sie sich eigentlich von alledem erhoffte. Gab es eine harmlose Erklärung für Beatties scheinbare Unehrlichkeit, würde sie zweifellos entlassen werden, wenn er sich bei Mina und Dr. Simpson über ihre unverschämten Anschuldigungen beschwerte. Aber dennoch: Solange sie eine solche Erklärung nicht hatte, konnte sie es nicht guten Gewissens zulassen, dass ihr Dienstherr derart getäuscht und Mina so übel mitgespielt wurde.

In dem schmalen Sträßchen am Shrub Hill gab es nur ein einzelnes Haus knapp dreißig Meter vom Leith Walk und der relativen Sicherheit seiner Straßenlaternen entfernt. Beatties Adresse war ein einsames Cottage; das Licht, das herausfiel, wies ihr den Weg. Raven hatte gesagt, dass er nicht unbedingt zu Hause sein würde, aber irgendjemand war zweifellos da. Sarah wusste nicht, ob Beattie ein Hausmädchen wie sie hatte. Falls dem so war und er tatsächlich unterwegs war, könnte Sarah vielleicht auf diskrete Weise etwas von ihr erfahren.

Mit großer Sorge um jedes Geräusch näherte sie sich auf leisen Sohlen der Vordertür. So weit sie in der Dunkelheit sehen konnte, war das Häuschen in gutem Zustand und wurde mit der gleichen Aufmerksamkeit umhegt, die Beattie auch seinem Äußeren zuteilwerden ließ.

Sie klingelte und hörte Schritte, die sie als männlich erkannte. Tatsächlich öffnete Beattie die Tür. Er wirkte höchst überrascht, sie dort zu sehen, und das nicht auf angenehme Weise.

»Es tut mir schrecklich leid, Sie zu Hause zu stören, Dr. Beattie, aber ich habe schwierige Neuigkeiten bezüglich Ihres Onkels Mr Latimer.«

Beattie wirkte bestürzt, aber es blieb offen, ob dies an seiner Sorge um das Wohlergehen seines Onkels lag oder an der Befürchtung, seine Täuschung sei entdeckt worden.

»Kommen Sie doch herein«, sagte er.

In seinem Ton lag eine gewisse Strenge, zugleich herrisch und doch eifrig. Er winkte sie hinter sich her ins Haus. In verschiedenen Räumen wie auch im Flur selbst brannten Lampen.

Es gab kein Anzeichen eines Hausmädchens, und Sarah fragte sich, ob ein solches größere Kosten verursachen würde als das nutzlose Abbrennen derartiger Mengen an Öl und Gas. Vielleicht war er mit Dingen beschäftigt, bei denen er von Raum zu Raum eilen musste, doch andererseits wäre es sicher einfacher, solche bei Tageslicht zu erledigen.

Er führte sie in die Stube, wo er sich die Zeit nahm, noch weitere Lampen zu entzünden. Ihr kam der argwöhnische Gedanke, ob er dies tat, damit er ihr besser auf die Brust starren konnte. Auf dem Weg den Flur entlang hatte sie durch die offene Tür in Beatties Büro gespäht, das der dort aufgebauten Ausrüstung nach zu urteilen als Labor diente.

Er wies ihr einen Stuhl zu. Beattie setzte sich ihr gegenüber, ein kniehoher Tisch zwischen ihnen. Sarah war es nicht gewohnt, an einem solchen zu sitzen, sondern vielmehr, darauf Tee zu servieren.

»So, welche Neuigkeiten haben Sie denn nun für mich?«

Sarah schluckte. Sie hoffte, dass er ihre offensichtliche Furcht so verstand, dass es ihr schwerfiel, die Unglücksnachricht zu überbringen.

»Das Haus Ihres Onkels befindet sich in Canaan Lands, nicht wahr? Auf der Morningside?«

Beattie hielt inne, bevor er etwas sagte. Sarah fiel auf, wie ungewöhnlich es war, dass er so vorsichtig reagierte, wenn die Antwort nur ja oder nein lauten konnte. Glaubte er, dass sie ihn auf die Probe stellte? Wahrscheinlich nicht. Männer wie er trauten den Angehörigen der niederen Stände weder die Kühnheit noch die Fantasie für solche Täuschungen zu.

»So ist es.«

»Miss Grindlay hat mir erzählt, wie Sie es beschrieben haben, mit schöner Aussicht und gepflegten Gärten und sogar einem großen Gewächshaus. Sie sagte, Ihre Mutter sei dort geboren und aufgewachsen, was es mir umso schwerer macht.«

Er durchbohrte sie mit den Augen, seine Miene war ungeduldig.

»Was ist damit? Kommen Sie zur Sache, Miss …?«

»Fisher«, erinnerte sie ihn, auch wenn sie nicht wusste, ob er ihren Nachnamen schon jemals gehört hatte. »Ich traf heute eine Freundin im Dienste einer Familie in Canaan Lands. Sie sprach von einem Haus, das sehr nach dem besagten klang, auch ein älterer Herr wohne dort allein. Canaan

Bank heißt es, sagte sie, glaube ich. Ist es das Ihres Onkels? Oder hat sie Canaan Lodge gesagt?«

»Was ist denn damit?«, forderte er mit wachsender Verärgerung eine Erklärung. Sarah merkte sich, dass er ihre Frage nicht beantwortete.

»Ein schreckliches Unglück! Sie kam darauf zu sprechen, weil es dort in der Nacht ein furchtbares Feuer gegeben hatte. Als sie erwachten, sahen sie den Rauch. Das Haus liegt in Ruinen. Ich hatte gehofft, Sie hätten davon bereits Kunde erhalten, sodass ich sie Ihnen nicht überbringen müsste, aber das scheint leider nicht der Fall.«

»Ich habe nichts gehört.«

Ihr fiel auf, dass er nicht nach dem Ergehen seines Onkels fragte.

»Das muss für Sie umso unerträglicher sein, da Sie das Haus erben sollten, nicht wahr? Auch wenn Miss Grindlay sagte, es befinde sich nicht mehr im allerbesten Zustand und genüge Ihren Ansprüchen nicht bis ins Letzte.«

Sie konnte hinter seinen Augen die Zahnräder wirbeln sehen. Raven hatte sie gewarnt, dass Beattie einem Hausmädchen nicht Rede und Antwort stehen würde, also hatte sie sich ihre Strategie entsprechend zurechtgelegt. Der Köder in ihrer Falle war eine Lüge, die sie Beattie anbot, mit deren Hilfe er sich aus einer vorherigen Betrügerei retten konnte, worauf er ohnehin schon hinarbeitete, wie sie glaubte. Die Geschichten vom baufälligen Zustand des Hauses und der Krankheit seines Onkels waren dazu gedacht gewesen, Mina auf die Nachricht vorzubereiten, dass es kein Haus mehr von dem Onkel zu erben gab, der sterben würde, bevor sie die Gelegenheit bekam, ihn kennenzulernen. Wenn sich herausstellte, dass in der Gegend tatsächlich ein ähnliches Haus abgebrannt war, in dem auch noch ein älterer Herr für sich allein gewohnt hatte, dann bot sich das als Lösung seines Problems an.

»In der Tat. Das sind erschütternde Neuigkeiten. Sie beschreiben das Haus, das ich so gut kenne. Canaan Bank ist verloren.«

Sarah verkniff sich ein Grinsen der Genugtuung. Mit der Benennung des Hauses hatte er sich festgelegt. Sie hatte ihn.

»Ich muss aber sagen, Dr. Beattie, es wundert mich, dass Sie nicht nach dem Ergehen Ihres Onkels fragen.«

Beattie ließ sich nichts anmerken. Seine Antwort kam ruhig und überlegt, wodurch sie ihn umso mehr verriet.

»Ich ging davon aus, ihm sei nichts zugestoßen, da Sie mir dies andernfalls sicher zuerst erzählt hätten.«

»Oder sorgen Sie sich vielleicht aus dem einfachen Grunde nicht um ihn, dass Sie keinen solchen Onkel haben? Es gab kein Haus namens Canaan Bank und ebenso wenig ein Feuer. Das habe ich mir ausgedacht – so wie Sie auch. Und ich möchte wissen, warum.«

Einen Moment schien Beattie eingefroren wie eine von Miss Manns Kalotypien. Er blinzelte einmal und antwortete dann, die Nase vor Abscheu gerümpft:

»Ich kann mir nicht vorstellen, was Sie zu diesem Spielchen getrieben hat, Miss Fisher, aber ich habe es in dem Moment als solches erkannt, als Sie hier hereinkamen. Ich habe lediglich mitgespielt, weil ich wissen wollte, wohin diese Unverschämtheit führen würde. Und die Antwort lautet: auf die Straße. Ich werde dafür sorgen, dass Sie unehrenhaft entlassen werden.«

Da Sarah schon einige Zeit mit dieser Bedrohung lebte, bereitete sie ihr nicht mehr solche Angst, wie Beattie es beabsichtigte. Sarah sah ihm kühn in die Augen.

»Ich vermute, Dr. Simpson dürfte die Sache anders sehen, außer Sie können besagten Onkel samt seinem Haus vorweisen. Ich habe das Gemeinderegister konsultiert, und dort gibt es keinen Eintrag zu einem Charles Latimer. Ich war auch auf dem Postamt und habe überprüft, dass ebenso wenig heute eine Person dieses Namens in der Stadt wohnt. Warum täuschen Sie Miss Grindlay, Dr. Beattie?«

Kapitel 56

Die Kutsche sprang und klapperte, denn sie fuhr schneller als jemals zuvor, schneller, als für sie vorgesehen war.

Raven hörte die Zügel wieder und wieder knallen, Flints Mann trieb die Pferde gnadenlos an und kümmerte sich nicht um die zunehmende Dunkelheit und den Nebel. Manch ein unvorsichtiger Fußgänger hatte Symes Dienste benötigt, nachdem er bei schlechter Sicht in den Weg einer Kutsche geraten war, aber bei dieser Geschwindigkeit würde der Unglückliche wahrscheinlich nicht lang genug überleben, um die zusätzlichen Qualen der Operation ertragen zu müssen.

An jeder Ecke drohte der Brougham umzukippen, aber dann kam es doch nie dazu; zu schade, dachte Raven, denn das hätte ihm vielleicht die Möglichkeit gegeben, aus dem Wrack zu kriechen und zu fliehen. Er schätzte den Schaden ab, den er nehmen würde, wenn er sich in voller Fahrt aus der Kutsche warf, aber seine Entführer hatten sich vorsorglich links und rechts neben ihn gesetzt, sodass er festklemmte.

Einer von ihnen trug eine Narbe von der Stirn bis zum Kinn wie von einem Schwerthieb. Der andere war von einem so großen Kropf gezeichnet, dass er aussah wie eine Kröte. Sie sagten wenig und Raven noch weniger.

Er verstand nun, wie dumm er gewesen war. Er hatte geglaubt, er müsste nur vor Gargantua und dem Wiesel auf der Hut sein, und hatte sich die volle Wachsamkeit für seine Ausflüge südlich der Princes Street aufgehoben, als wäre die New Town ein geschütztes Reich außerhalb von Flints Zugriff. Sie hatten ihm aufgelauert und ihn gepackt, sobald er aus der Tür der Queen Street 52 gekommen war. Sie hatten herumgefragt und ihn aufgespürt, und nun wurde er zu seinem Ende gefahren, ein Schicksal, das er lange herausgefordert hatte.

Du hast den Teufel in dir.

Er war leichtsinnig mit seinen Schulden umgegangen. Er fürchtete Männer wie Flint, aber das milderte nicht die Verachtung, die er für sie empfand, und manchmal obsiegte Letztere. Wenn er solchen Männern trotzte, befriedigte das einen widerborstigen, wütenden Zug in ihm. Deshalb hatte er nicht nur die Rückzahlung umgangen, sondern Flint beleidigt, indem er seinen Männern widerstanden und sie sogar verletzt hatte.

Wie zum Spott stand Dr. Simpsons Tasche auf der Bank gegenüber, Totem einer Zukunft, die er sich ausgemalt hatte, nun aber niemals erleben würde. Auf Anraten des Kutschers verblieb die Tasche zwischen den Fahrten hier, nachdem er allzu oft auf halber Strecke hatte umkehren müssen, weil Simpson sie in dem Bemühen, möglichst schnell zu einem dringenden Fall zu gelangen, vergessen hatte.

Im Zwielicht konnte Raven die Gebäude nicht so recht erkennen, aber sein Orientierungssinn verriet ihm, dass sie in Fountainbridge am Rande der Old Town waren. Bezeichnenderweise hielt die Kutsche nicht vor einem Gebäude, sondern dahinter, wo er nach draußen geschleift und von Narbengesicht und der Kröte flankiert auf einen Hinterhof geführt wurde.

Das Wiesel hatte wohl die Kutsche gehört und kam aus dem Haus gehuscht. Er betrachtete Raven mit einer hässlichen Mischung aus Wut und Verwirrung. Raven fragte sich, warum er so überrascht schien.

Dem Wiesel folgte eine verängstigte junge Frau, bei der sich ein blaues Auge abzuzeichnen begann; um die rechte Augenhöhle war die Haut rot und geschwollen mit leichten Bindehautblutungen. Sie sah entkräftet und blass aus, und ihre Kleider waren blutverschmiert. Raven konnte nur mutmaßen, welche Rolle sie hier spielte, und gleichzeitig fragte er sich, wo Gargantua wohl steckte.

Das Wiesel stapfte herüber und schlug Raven heftig in den Magen, wurde aber von der Kröte fortgeschoben.

»Was zum Teufel machst du da? Das ist Dr. Simpson, den Flint uns holen geschickt hat.«

»Nein, das ist er nicht«, erwiderte das Wiesel. »Das ist Will Raven, der Schnösel, der mich beinahe geblendet hat und Flint immer noch zwei Guineas schuldet.«

»Ich sage dir doch, das ist Simpson. Flint hat gesagt, er wohnt in der Queen Street 52 und ist an seinem schwarzen Robbenfellmantel zu erkennen. Wir haben ihn genau so gekleidet aus genau dem Haus kommen sehen.«

»Und ich sage euch, der hier hat vielleicht den richtigen Mantel an, aber Dr. Simpson ist er deshalb noch lange nicht.«

In dem Augenblick trat der Mann aus dem Haus, dem Raven das Geld schuldete: Callum Flint höchstpersönlich. Er sah noch so aus, wie Raven ihn in Erinnerung hatte: nicht der Größte, aber drahtig, schnell mit den Gedanken wie mit den

Gliedern. Der Körper eines Boxers und der Kopf eines Verschwörers.

Er schien nicht in allzu nachsichtiger Laune, da ungewöhnlicherweise seine Nase blutete und das Blut immer noch auf das bereits feuchte Hemd tropfte. Es hatte eine Auseinandersetzung gegeben. Raven hörte Schreie von drinnen, sicher wurde der Täter gerade ausgiebig bestraft.

»Was in Gottes Namen macht dieser kleine Scheißer hier?«, fragte er. »Wo ist Simpson?«

Das Wiesel grinste voller Genugtuung, als seine Kollegen ihren Fehler bestätigt sahen. Es war wie die Ouvertüre zu einer Symphonie der Rache, an der er sich gleich erfreuen durfte.

Flint wischte sich das Blut mit dem Ärmel ab. Er wirkte überreizt, ein Mann am Ende seiner Geduld. Ein Mann, der ein Ventil für seinen Missmut brauchte.

»Die haben aus Versehen diesen Lümmel angeschleppt«, sagte das Wiesel. »Er schuldet Ihnen zwei Guineas, und bei mir hat er eine Schuld anderer Art.«

Flint sah Raven mit leerem Blick an, als wären seine Gedanken anderswo.

»Hast du die zwei Guineas?«, fragte er.

Raven brachte vor Angst kein Wort heraus.

Wieder hörte er einen Schrei und deutete ihn als Vorgeschmack auf seine eigenen Qualen. Dann erkannte er ihn als Schrei einer Frau und verstand, was passierte.

»Mr Flint, Sie haben nach Dr. Simpson geschickt. Liegt Ihre Frau in den Wehen?«

»Aye«, sagte das junge Mädchen mit dem blauen Auge hastig in flehendem Ton. »Schon seit vierzehn Stunden. Sie ist blindwütig vor Schmerz. Schlägt nach denen, die ihr beistehen wollen.«

»Ich kann helfen.«

»Was weißt du schon von solchen Sachen?«, stieß Flint unwillig hervor.

»Ich bin Dr. Simpsons Assistent. Geburtshelfer.«

»Ich will den Professor, nicht seinen Studenten.«

»Aber ich bin hier und Dr. Simpson noch in der Queen Street.«

In dem Augenblick gellte ein weiterer Schrei aus dem Gebäude.

»Bringt ihn rein«, entschied Flint.

»Ich brauche die Tasche aus der Kutsche«, sagte Raven.

»Hol sie«, befahl Flint dem Narbengesicht. »Und pass auf, dass du nicht aus Versehen einen Hut oder einen Pferdeapfel anschleppst!«

Raven wurde ins Gebäude und dann in ein Zimmer im ersten Stock geführt, wo sich ihm ein Anblick bot, der ihn sogleich zurückversetzte in das Speisezimmer der Simpsons am Abend der Entdeckung des Chloroforms. Mehrere Möbelstücke waren umgeworfen, und ein Krug und ein Wasserbecken lagen in Scherben auf dem Boden. Es roch wie in einem Pub gegen Ende eines belebten Abends, eine üble Mischung aus schalen Alkoholdämpfen, diversen Körpergerüchen und dem eigentümlichen Aroma des Blutes.

Flints Frau wurde von mehreren Personen auf dem Bett festgehalten, darunter Stummel und Gargantua. Alle waren zerzaust und schwitzten beinahe so sehr wie die Patientin selbst. Gargantua sah Raven voller verwirrter Wut an, verließ aber nicht seinen Posten.

Am Bett stand auch eine Hebamme, die einen Bluterguss auf der Wange hatte. Sie betrachtete Raven mit fast ebensolcher Verachtung wie der Riese. Hebammen hegten wenig Zuneigung zu ihren männlichen Konkurrenten, und dass sie auch noch einem so jungen das Feld räumen sollte, verärgerte sie sicher umso mehr. Andererseits schien sie ebenso verzweifelt wie alle anderen im Zimmer. Hier lag eine Situation vor, die Raven wirklich nicht mehr verschlimmern konnte, befand er. Allerdings musste er sie verbessern, wenn er überleben wollte, das war seine einzige Chance.

»Sagen Sie mir, was passiert ist, und zwar zügig«, forderte er und suchte seine Furcht mit herrischem Gebaren zu verschleiern.

»Heute in den frühen Morgenstunden kam es zum Blasensprung, und ich verabreiche Mrs Flint seitdem regelmäßige Dosen Brandy und Wasser«, erklärte die Hebamme.

Die Frau wand sich und schlug um sich, wollte den Arm losreißen, den die Hebamme umklammerte.

»Allerdings wurde sie deliriös und immer ruheloser. Ich verabreichte mehrere Dosen Laudanum, die nicht anschlugen; ihr Delirium wurde nur schlimmer, und wie Sie sehen, wurde sie in ihren Qualen gewalttätig. Wenn Sie glauben, dass Sie sie bändigen können, wo wir alle gescheitert sind, möchte ich Ihnen nur allzu gern zuschauen.«

Damit ließ sie den Arm los, der jetzt nach Raven schlagen konnte, und trat vom Bett zurück.

Raven wühlte in Dr. Simpsons Tasche, wobei er im dämmrigen Gaslicht nur mühsam etwas erkennen konnte. Eine Schrecksekunde lang glaubte er, die Flasche sei nicht an ihrem Platz, aber dann fand er sie doch.

Raven gab gut zwanzig Tropfen Chloroform auf ein Taschentuch und rollte es zu einem Kegel, wie er es gelernt hatte. Mrs Flint bäumte sich auf, schrie und schlug nach ihm, als er sich näherte. Raven wehrte den Hieb mit dem Unterarm ab und hielt ihr das feuchte Taschentuch wenige Zentimeter vor das Gesicht, bevor er es so nah heranführte, dass es ihre Nase und ihren Mund bedeckte. Innerhalb von einer Minute beruhigte sich die Frau, und ihre Aufpasser konnten sie loslassen, auch wenn sie wachsam blieben.

»Er hat sie vergiftet!«, rief die Hebamme. »Mr Flint, dieser Mann hat Ihre Frau ermordet!«

»Das hier ist Chloroform, eine neue Arznei«, erwiderte Raven und sah Flint in die Augen. »Ihre Frau schläft und spürt keine Schmerzen, bis ich sie wieder erwecke.«

Da die Patientin nun ruhte, konnte Raven eine Untersuchung vornehmen, bei der er die Lage des Kindes feststellte, aufgrund deren es nicht voranging. In ihm zog sich alles zusammen. Sein erster Eindruck des Zimmers hatte ihn getäuscht – er konnte die Situation durchaus noch verschlimmern, wenn auch nur für sich selbst.

Bei der Untersuchung hatte er nicht den Kopf des Kindes im Geburtskanal ertastet, sondern einen Arm. Mutter und Kind konnten beide sterben. Er hatte das Chloroform verabreicht, und auch wenn es nicht die Todesursache sein würde, würde man es ihm anlasten, wenn sie nicht wieder aufwachte. Dafür würde die Hebamme sorgen.

Raven konnte sich keinen Gedanken daran erlauben, was dann passieren würde.

Er musste das Kind im Mutterleib drehen, bevor er eine Entbindung versuchen konnte, ein Manöver, das er noch nie selbst durchgeführt hatte. Wenn es ihm nicht gelang, wurde er mit Sicherheit umgebracht, und selbst im Falle eines Erfolges war sein Schicksal bei Weitem nicht sicher.

Raven schloss einen Moment die Augen und versetzte sich an einen anderen Ort. Der war nicht fern, vielleicht zwei Kilometer weit, ein Zimmer über dem Canongate: der erste Fall, bei dem er mit Dr. Simpson gewesen war.

Er holte sich die Skizze vor Augen, die der Professor auf einem wachsbesprenkelten Tisch in dem schwülheißen Zimmer gezeichnet hatte. Man kann sich das gesamte Kind als kegelförmig vorstellen, wobei die Füße die Kegelspitze bilden, also den schmalsten Teil. Auch der Schädel ist annähernd ein Kegel, und dessen schmalster Teil ist die Schädelbasis.

Raven holte tief Luft und ging ans Werk. Seine Hand glitt in den Uterus vor und fand ohne Schwierigkeiten das Knie des Kindes. Von dort kam er zu den Füßen, die er beide gefühlvoll, aber mit Kraft nach unten zog. Das Chloroform hatte die Muskeln der Mutter entspannt, und die Entbindung war rund fünf Minuten später abgeschlossen; ein Junge, lebendig geboren, auch wenn der Arm, der sich einige Zeit im Geburtskanal befunden hatte, fast schwarz war.

Die Plazenta folgte bald darauf, und es gab nur schwache Blutungen. Das Mädchen mit dem blauen Auge, Morag, schlug das Kind in Tücher.

Flint nahm es ihr ab und hielt seinen Sohn schützend in den Armen.

Seine Frau erwachte bald darauf, ihr Gesicht eine Studie in Orientierungslosigkeit und Verwirrung, als hätte man sie aus einem Traum geweckt. Flint bot ihr das Kind dar, das sie zunächst ungläubig anstarrte, bevor sie es an die Brust drückte.

»Ich glaubte mich im Todeskampf«, sagte sie. »Doch jetzt ist hier dieses wunderschöne kleine Ding. Wie kann das sein?«

»Das war der junge Doktor, Ma'am«, sagte Morag.

Gefolgt von Stummel und Gargantua brachte Flint Raven wieder auf den Hinterhof. Das Wiesel, die Kröte und Narbengesicht warteten dort gemeinsam mit dem Mann, der die Pferde so entsetzlich angetrieben hatte. Er war eine ausgemergelte, uralte Gestalt und sah aus, als hätten ihm von dem Gepolter die Knochen zerbröckeln sollen. Offensichtlich war er härter, als er aussah, innen wie außen.

Das Wiesel schärfte sein Messer an den Steinen des Hauses und starrte Raven dabei entschlossen an. Sie standen alle für den Befehl ihres Chefs bereit, den auch Raven gequält erwartete.

»Jetzt erinnere ich mich an dich«, sagte Flint. »Als du wegen des Geldes bei mir warst, hast du gesagt, du könntest es vielleicht nicht sofort zurückzahlen, doch du wärst ein Mann vielversprechender Aussichten. Das ist wahr, wie ich gesehen habe. Das Zeug da eben ist ja ein rechtes Wundermittel. Wie heißt es noch gleich?«

»Chloroform«, antwortete Raven.

»Und wo kann man diese bemerkenswerte Flüssigkeit wohl bekommen?«

»Bei Duncan and Flockhart's an der Princes Street.«

»Hmm«, sinnierte Flint. »Ein Geschäft wie dieses dürfte darüber Buch führen, wer dort welche Waren kauft. Gäbe es vielleicht eine andere Beschaffungsmöglichkeit? Möglicherweise durch einen Mittelsmann?«

Raven wusste, wo das hinführte, war aber nicht in einer Lage, in der er es ablehnen konnte.

»Möglicherweise.«

Das Wiesel schärfte weiter seine Klinge, wobei ihm die Ungeduld ins Gesicht geschrieben stand, da er wohl fürchtete, der Abend könnte nicht den erhofften Ausgang nehmen.

»Steck das verdammte Messer weg!«, befahl Flint, als störte ihn das Geräusch.

Das Wiesel gehorchte mit einem Seufzen.

»Mr Raven hier kann von nun an unbehelligt seinen Angelegenheiten nachgehen«, verkündete Flint der Lumpenversammlung. »Heute stehe ich in seiner Schuld.«

»Er gehört mir«, protestierte das Wiesel. »Hat mir fast das Augenlicht geraubt.«

»Sie sehen doch noch recht gut«, erwiderte Raven.

»Aye«, sagte Flint. »Wie ich höre, haben Sie diese beiden vor Kurzem eigenhändig bezwungen.«

»Hat mich mit Pulver geblendet«, grollte Gargantua.

»Ganz recht«, sagte Flint. »Sie scheinen mir ein Mann von Einfallsreichtum und Mumm. Ich frage mich, ob wir beide nicht zum Ausgleich Ihrer Schuld eine Übereinkunft treffen könnten.«

Flint sah Raven in die Augen. Raven wusste, dass er einen Handel mit dem Teufel einging, aber das war immer noch besser, als den Teufel im Nacken zu haben.

»Das wäre denkbar.«

»Und gibt es etwas, was ich Ihnen anbieten könnte als Zeichen meines Dankes?«

Raven wollte schon höflich ablehnen, um seinen Aufbruch nicht hinauszuzögern, als er sich bewusst wurde, dass dieser Mann die Abläufe in der Unterwelt Edinburghs stets im Blick und dazu noch zahlreiche zusätzliche Augenpaare in seinen Diensten hatte.

»Nur ein paar Auskünfte. Ich suche jemanden. Vielleicht könnten Sie es mir ausrichten lassen, wenn Sie oder Ihre Männer dieser Frau begegnen.«

»Wer ist diese Frau?«

»Eine französische Hebamme mit dem Namen …«

»Madame Anchou«, sagte die Kröte. »Verkauft Pillen und Tränke zu stolzen Preisen.«

»Aye«, sagte Narbengesicht und lachte leise. »Er hat bei ihr etwas gekauft, das ihm helfen sollte, strammzustehen, wenn du verstehst, was ich meine. Kriegt vom Bier schnell Ladehemmung.«

»Hat nicht mal funktioniert, das Zeug«, beschwerte sich die Kröte.

»Was hast du erwartet?«, fragte Narbengesicht. »Bei den

Weibern, die dich ranlassen, kann einem kein Zaubertrank Merlins zur Standhaftigkeit verhelfen.«

»Wo haben Sie sie gesehen?«, fragte Raven mit einer Dringlichkeit, die der Heiterkeit Einhalt gebot.

»In einem Pub nicht weit vom Canongate. Den Namen hatte ich von Mrs Peake, einer Puffmutter aus der Gegend.«

»Was wissen Sie noch von dieser Frau?«

»Nicht viel. Es war dunkel, und sie trug eine Kapuze. Ich weiß aber noch, dass sie so gerochen hat, so ein exotisches Parfüm. Hätte man glatt dran ersticken können.«

Raven bekam eine Gänsehaut, selbst unter Dr. Simpsons schicksalhaftem Mantel wurde ihm kalt.

»Wonach roch dieses Parfüm?«

»Nach Orangen.«

Kapitel 57

Beattie hatte einen dräuenden Blick bekommen. Sarah hatte erwartet, dass er ihr an dieser Stelle unter einer großspurigen Tirade über ihr vermeintliches Fehlverhalten und weiteren Drohungen hinsichtlich ihrer Kündigung die Tür weisen würde.

Stattdessen kam eine plötzliche Ruhe über ihn. Eine Wandlung vollzog sich.

Er lehnte sich zurück und zeigte ihr in einer versöhnlichen Geste die Handflächen.

»Miss Fisher, ich muss mich bei Ihnen entschuldigen. Sie haben recht. Es ist tatsächlich nicht alles, wie es scheint.« Er erhob sich, sein Gesichtsausdruck war freundlich. »Würden Sie mir eine Erklärung gestatten? Und als Zeichen meiner Reue möchte ich Ihnen einen Tee anbieten, den wir gemeinsam einnehmen, während Sie mich anhören.«

Wie aus Reflex stand auch Sarah auf. »Lassen Sie mich helfen, Sir.«

»Nein, bitte. Der Kessel auf dem Herd war ohnehin gerade fertig, und Sie haben mich oft genug bedient. Es ist nur recht und billig, dass ich mich einmal revanchiere.«

Sarah wusste, dass sie es nicht darauf anlegen sollte. Sie sah ihn aus dem Zimmer gehen und nutzte seine kurze Abwesenheit, um über den Flur zu schleichen und sich sein Labor einmal genauer anzusehen.

Auf Wandregalen sah sie anatomische Präparate in Gläsern, die im Gaslicht funkelten. Dort waren Exemplare aller Organe in klarer Flüssigkeit konserviert: Herzen, Lungen, Nieren, selbst ein Gehirn. Sarah konnte sich vorstellen, dass dieser Anblick so manchen unvorbereiteten Besucher verstören mochte, doch sie war die Marotten der Mediziner gewohnt, und eine solche Sammlung war nichts Besonderes für sie. Lediglich die Präparate selbst erschienen ihr ungewöhnlich, sie wusste nach diesem kurzen Blick nur nicht, warum. Sie bereiteten ihr ein vages Unbehagen, das aber nichts war im Gegensatz zu dem Schock, als sie das Paar Glacéhandschuhe auf dem Schreibtisch sah.

Sarah schlich rechtzeitig wieder in die Stube, bevor Beattie mit dem versprochenen Tee auf einem Tablett zurückkehrte. Er stellte es auf dem niedrigen Tisch ab, wobei klar wurde, dass er es nicht gewohnt war, Gäste zu bedienen. Die Tassen passten nämlich nicht zueinander, und der Tee war bereits eingeschenkt.

»Vielen Dank«, sagte sie. »Es ist eine ungewohnte Ehre, von einem Herrn bedient zu werden. Dürfte ich dann noch so kühn sein, Sie um ein Stück Gebäck zu bitten?«

Beattie schien verärgert über sich selbst, weil er dieses vergessen hatte.

»Selbstverständlich. Ich habe heute Morgen Scones gekauft, wenn Ihnen die recht wären.«

Er kehrte sogleich mit einem einzelnen Scone auf einem Teller zurück. Er hatte vergessen, Butter und ein Messer mitzubringen, aber sie gab sich mit dem Dargebotenen zufrieden.

»Wie sind Sie eigentlich in Dr. Simpsons Dienste gekommen?«, fragte er.

Sarah antwortete kurz und nippte an ihrer Tasse. Der Tee war zumutbar, aber nicht der beste.

»Es ist ein höchst ungewöhnlicher Haushalt, nicht wahr?«, fuhr Beattie fort. »Welch sonderbare Dinge Sie dort gesehen haben müssen.«

Für einen Mann, der üblicherweise nur von sich und seinen Ambitionen sprach, war das ein außerordentlicher Grad an Interesse für einen anderen Menschen und erst recht für ein Hausmädchen. Es war beinahe, als wartete er auf etwas. Vielleicht glaubte er, sie würde ihre eigenen Fragen vergessen, wenn er sie lange genug hinhielt. Aber da musste sie ihn enttäuschen.

»Dr. Beattie, Sie versprachen mir eine Erklärung. Ich möchte wissen, warum Sie Miss Grindlay und Dr. Simpson belogen haben, als Sie ihnen von diesem Onkel erzählten. Denn wenn Sie schon über so etwas zu lügen bereit sind, dann fragt man sich doch, wie Sie es allgemein mit der Wahrheit halten.«

Und damit leerte sie ihren Tee, um zu unterstreichen, dass die Nettigkeiten vorüber waren.

Beattie beobachtete, wie sie die Tasse wieder abstellte, und sie glaubte, eine erneute Wandlung zu bemerken. Er schien wieder mehr er selbst, selbstsicher und hochmütig.

»Ich fragte Sie nach Ihrer Anstellung, Miss Fisher, weil Sie sicher wissen, dass Gelegenheiten sich nicht immer von selbst bieten. Manchmal müssen sie herbeigeführt werden. Man kann Menschen ermutigen, an etwas zu glauben, sodass sie ein Vertrauen hineinsetzen. Ich wollte, dass Mina und Dr. Simpson Vertrauen in mich setzten.«

Er trank aus seiner Tasse.

»Sie haben recht. Ich habe keinen Onkel, und ebenso wenig werde ich ein Haus erben. Alles, was ich habe, verdanke ich mir selbst. Mein Hintergrund ist nicht von Belang. Vielmehr sind meine Aussichten und meine Zukunft von Bedeutung, und mir steht in der Tat eine große Zukunft bevor. Mina hat Glück, dass sie sie mit mir teilen darf.«

»An Mina sind Sie nur interessiert, weil eine Heirat Ihnen eine Verbindung zu Dr. Simpson eröffnen würde, nicht wahr?«

»Seien wir realistisch. Minas einzige Hoffnung auf einen Ehemann ist doch einer, der die Verbindung zu Dr. Simpson sucht. Sie hat das Glück, dass sie an mich geraten ist. In meinem Berufsfeld kann es nur mein Ehrgeiz mit meiner Gabe aufnehmen.«

Endlich zeigte er das wahre Gesicht, jenes, das sie erwartet hatte, und er wusste wohl, dass er sich wegen dieser Offenheit nicht zu sorgen brauchte. Nicht, wenn nur ein Hausmädchen vor ihm saß.

»Apropos Gabe, Dr. Beattie, ich sah Sie bei Kennington and Jenner's ein Paar Glacéhandschuhe kaufen. Ich nahm an, sie wären ein Geschenk für Miss Grindlay, und doch sah ich sie eben ausgepackt und getragen in Ihrem Büro. Haben Sie noch eine Frau?«

»Ich habe viele Frauen. Man darf doch wohl erwarten, dass Mina die Natur unserer Beziehung versteht. Aber ich gebe zu, dass jene Handschuhe einer gehören, die mir besonders am Herzen liegt.«

Er zeigte ein seltsames Lächeln, das Sarah beunruhigte.

»Sie haben also mein Büro durchschnüffelt«, fuhr er fort und stand noch einmal auf. »Vielleicht sollten Sie noch einmal mitkommen und schauen. Ich habe dort etwas, was ich Ihnen zeigen möchte.«

Beattie fasste sie am Arm, zog sie grob auf die Beine und

führte sie mit festem Griff aus der Stube. Er zerrte sie ins Büro und brachte sie an den Tisch, auf dem die Handschuhe lagen.

»Ich bin nicht der Einzige, der seine wahren Absichten verschleiert. Sie und der junge Raven stecken unter einer Decke, nicht wahr?«

Sarah schwieg. Sie suchte nach einem Fluchtweg, aber Beattie versperrte die Tür.

»Schauen Sie doch mal in den Schrank dort am Fenster.«

Sarah trat heran, das Herz schlug ihr bis zum Hals. Noch ehe sie die Tür öffnete, wusste sie, was sie darin finden würde.

Dort vor ihr im Schrank hing das Cape der französischen Hebamme.

»Haben Sie jetzt genug Antworten?«, fragte Beattie in allzu ruhigem Ton.

Sie starrte das Kleidungsstück an und ging in Gedanken alle Folgen dieser Enthüllung durch.

»Die Handschuhe waren für Sie. Sie sind Madame Anchou. Sie haben Rose Campbell umgebracht, weil sie es herausgefunden hatte.«

»Wie Sie hatte sie Dinge gesehen, die sie nicht hätte sehen dürfen. Wenigstens hatte sie mir nicht nachgeschnüffelt. Ich glaubte, sie schlafe, und sie sah, wie ich meine Tarnung anlegte.«

Sarah wandte sich ihm zu. »Warum erzählen Sie mir all das? Warum zeigen Sie mir das Cape?«

»Selbst ein Hausmädchen sollte doch Verstand genug haben, sich das zu beantworten.«

Sarah schluckte, ihr Mund war trocken, und die Stimme versagte ihr. »Wollen Sie mich umbringen, Dr. Beattie?«

»Nein, Miss Fisher, ich will Sie nicht umbringen. Ich habe Sie bereits vor zwei Minuten umgebracht, als Sie Ihren Tee tranken.«

Kapitel 58

Raven wurde von innen an die Tür gedrückt, als der Brougham wieder scharf um eine Ecke sauste. Er spürte, wie die Räder auf der einen Seite den Boden verließen, und sein Herz machte einen Satz, aber er widerstand dem Drang, den dürren Kutscher um eine Verringerung der Geschwindigkeit zu bitten. Ohne das Gewicht der zwei vorherigen Fahrgäste trieb er die Pferde noch schneller an als auf der Hinfahrt, und Raven nahm es ihm nicht übel.

Sarah hatte von Anfang an das richtige Gespür gehabt. Sie hatte gesagt, Beattie verströme Falschheit, doch diesen Gestank überdeckte er mit Bergamotte und Sandelholz. Nicht Sheldrake war die französische Hebamme, sondern Beattie, der Raven schon von Weitem erkannt hatte, als er am Kai wartete, Beattie, der Spiers ermordet hatte, weil er fürchtete, der Wirt könnte sein Geheimnis ausplaudern. Und Beattie, dem Sarah an diesem Abend gegenübergetreten war, allein und ohne zu ahnen, wie gefährlich er war.

All das hatte Raven in einem einzigen Augenblick gefolgert, als ihm das kräftige Parfüm beschrieben worden war. Er sah unter den Schleier, den Beattie sich übergeworfen hatte, und verstand nun, was er von Anfang an vor sich gehabt hatte. Beatties Ruhe im Angesicht großen Leides hatte nichts damit zu tun, dass er wahren Schmerz erfahren hatte. Sie bedeutete vielmehr, dass er selbst überhaupt nichts spürte. Die Patienten bedeuteten ihm nichts. Niemand bedeutete ihm etwas. Dieser Gleichmut, diese Gewissheit gründeten in einer Losgelöstheit von jedem menschlichen Gefühl.

Raven erinnerte sich daran, wie Beattie ihm von seiner Julia erzählt hatte, seiner einzigen wahren Liebe, die am Tag vor der Hochzeit gestorben war. Welche Verärgerung war dieser Offenbarung vorausgegangen, welche empörte Wut darüber, dass Raven seine Motive infrage gestellt hatte. Dann hatte Beattie sich gesammelt und mit einer überaus tragischen, zutiefst ergreifenden Geschichte gekontert, perfekt zugeschnitten auf die Zerstreuung von Ravens Zweifeln.

Raven erinnerte sich an die Pause, als er nach dem Namen der Verlobten gefragt hatte. Beattie hatte einen Moment gebraucht, bis ihm einer eingefallen war.

Plötzlich schien jedes ihrer Gespräche eine geheime Wahrheit zu offenbaren.

Es ist immer klug, so viel wie möglich über die Größen des eigenen Feldes in Erfahrung zu bringen, falls das Schicksal einen einmal an ihre Seite verschlägt.

Beattie hatte damit geprahlt, dass er Simpsons Hintergrund eingehend erforscht hatte. Hatte er von Anfang an von der unverheirateten Schwägerin gewusst, die einen Zugang zur Familie Simpson und ihrem Ansehen ermöglichte? War dies bereits Teil seines Plans, als er die blutverschmierte Bitte um Simpsons Beistand verfasst hatte?

Nun verstand Raven, mit welcher Könnerschaft Beattie seine Rolle spielte. Er konnte ernstes Interesse an Mina heucheln, wie er auch vorgeben konnte, Raven von den Folgen des Todes der Caroline Graseby zu schützen. Raven hatte sich nicht erklären können, warum sie am Äther gestorben sein sollte. Nun war ihm klar, dass höchstwahrscheinlich Beattie für ihren Tod verantwortlich war. Er hatte Caroline Graseby getötet wie so viele andere – manche vielleicht versehentlich, andere mit voller Absicht – nämlich jene, deren weitere Existenz ihn zu enttarnen drohte.

Raven war, ohne zu zögern, aus Flints Hof zum Brougham gerannt und hatte den Kutscher zu größter Eile getrieben, bis der ihn fragte, wo es denn hingehe. Da merkte Raven, dass er nicht einmal wusste, wo Beattie wohnte.

Er sprang aus der Kutsche, bevor sie vor der Nummer 52 ganz zum Stehen gekommen war, hastete über das Trottoir und stieß die Tür auf. Auf dem Flur fand er Jarvis mit Mrs Lyndsay. Ihr Kopf war hochrot, und das nicht nur von der Hitze des Herdes. Sie sah wütend aus.

»Wo ist Dr. Simpson?«, fragte Raven.

»Er ist mit Angus losgegangen, McLevy zu holen«, antwortete Jarvis. »Seine Kutsche wurde samt Pferden gestohlen – mit Ihnen darin, nicht wahr? Sie hielten ein Hansom Cab an und fuhren zur Polizei an der High Street. Und wo waren Sie? Warum tragen Sie Dr. Simpsons Mantel? Und wissen Sie, was aus Miss Fisher geworden ist? Sie ist nicht zu ihren Pflichten beim Abendessen zurückgekehrt.«

»Sie braucht auch gar nicht mehr zurückzukehren«, ergänzte Mrs Lyndsay. »Denn hier erwarten sie keine Aufgaben mehr. Sie ist unerlaubt abwesend, und das lasse ich ihr nicht mehr durchgehen. Das Mädchen kann sich als entlassen betrachten.«

Er nahm je drei Stufen auf einmal und eilte hinauf zu Dr. Simpsons Büro. Er wusste, dass Beattie und der Professor miteinander im Briefwechsel gestanden hatten, also musste dort Beatties Adresse zu finden sein. Er wusste ebenso, dass Minas Briefe Sarah als Quelle gedient hatten, aber bei Miss Grindlay hätte er zu weit ausholen müssen, bis sie genug wusste, um ihm diese Auskunft zu erteilen.

Simpsons Schreibtisch befand sich im üblichen Chaos, von so vielen Blättern bedeckt, dass er etwas vom spätherbstlichen Boden eines Waldes weißer Bäume hatte. Raven durchwühlte alles, trennte berufliche Notizen von Korrespondenz und ließ bereits Geprüftes fallen. Bald fand er, was er brauchte – einen Brief von Beattie, in dem er formell seine Absicht kundtat, Mina zu heiraten. Da stand die Adresse: Shrub Hill, gleich hinter den Grenzen der New Town.

Als Raven die Augen von dem Brief hob, bemerkte er Simpsons Patientenbuch, das daruntergelegen hatte. Es war bei einem Hausbesuch in der Fettes Row aufgeschlagen, der noch nicht lange zurücklag, der Entbindung der Tochter einer Mrs Fiona McDonald, bei der Chloroform zum Einsatz gekommen war. Simpson führte über all seine Besuche Buch, und dazu gehörte sicher auch der Fall in der Danube Street, bei dem er zur Vertraulichkeit verpflichtet gewesen war.

Raven wusste, dass die Zeit drängte, aber er musste es wissen, vor allem nach dem, was er über Beattie erfahren hatte. Hastig blätterte er die Seiten durch, bis er den Eintrag hatte, der nur Stunden vor der schicksalhaften Zusammenkunft im Zimmer unten geschrieben worden war.

Ihm drehte sich der Magen um, als er bestätigt sah, dass die Prozedur, bei der er assistiert hatte, in Wahrheit ein Abtreibungsversuch gewesen war. Doch das war noch nichts gegen sein Erstaunen, als er weiterlas. Caroline Graseby hatte mitnichten Schwierigkeiten gehabt, schwanger zu werden, ganz im Gegenteil. Sie war schwanger, aber die Daten einer längeren Geschäftsreise ihres Gatten nach Amerika schlossen diesen eindeutig als Vater aus. »Ungelegener Beweis eines Fehltrittes«, drückte Simpson es vorsichtig aus. In großer Angst vor den Folgen hatte Mrs Graseby nach einer Möglichkeit gesucht, ihre Umstände zu korrigieren.

Simpsons Notizen zufolge – die gnädigerweise Ravens Namen ausließen – war die Person, die die Prozedur durchführte, ein Dr. John Mors. Das war ein Deckname, der auch im Geschäftsbuch bei Duncan and Flockhart's gestanden hatte. Caroline Graseby hatte ihn Johnnie genannt, und Beattie hatte Raven instruiert, ihn dort nur John zu nennen. Er hatte behauptet, diese Ungezwungenheit beruhige Mrs Graseby, aber nun verstand Raven, dass keiner von beiden hatte erfahren sollen, dass der andere ihn mit einem anderen Nachnamen kannte.

Raven erinnerte sich daran, wie freundschaftlich Beattie und Mrs Graseby beieinandergesessen hatten und welchen Druck er auf sie ausgeübt hatte, die Prozedur über sich ergehen zu lassen. Plötzlich kam Raven der Gedanke, dass Beattie wahrscheinlich versucht hatte, sein eigenes Kind abzutreiben.

Doch der größte Schock kam noch. Simpson hatte all dies von der Patientin selbst erfahren können, denn Caroline Graseby war nicht tot.

Kapitel 59

Raven lief hinaus auf das Trottoir, wo er sah, dass sein greiser Kutscher verschwunden war. Vielleicht waren sie auf ihrer Fahrt an einem hübschen Friedhof vorbeigekommen, und er hatte sich auf den Weg gemacht, um dort einzuziehen. In der Hoffnung, Dr. Simpson mit Angus zurückeilen zu sehen, spähte er nach links und nach rechts. Er sah aber nichts als Dunkelheit und Nebel.

Da er weder eine Kutsche lenken noch ein Pferd reiten konnte, blieb ihm nur das Laufen. Mit einer Geschwindigkeit, die er glaubte, die ganze Strecke über halten zu können, machte er sich auf den Weg die Queen Street entlang nach Osten. Shrub Hill war beinahe so weit entfernt, wie er von Professor Gregorys Labor gerannt war, nachdem er die toten Kaninchen entdeckt hatte. Er fragte sich, ob er die Gefahr wieder so überschätzte wie an jenem Abend, nachdem Sarah das tödliche Fläschchen verloren hatte. Nur weil Sarah Fragen wegen Mina stellte, hatte Beattie keinen Grund zu der Annahme, sie ahne auch etwas von seinem größeren Geheimnis, also würde er sie vielleicht nur mit einer Ermahnung fortschicken, weil sie sein Wort angezweifelt hatte und dann auch noch so unverschämt gewesen war, diesen Zweifeln nachzugehen.

Schließlich ahnte Sarah wirklich nichts. Ansonsten wäre sie niemals zu ihm gegangen.

Doch beim Laufen kam Raven in den Sinn, warum Beattie doch misstrauisch sein mochte. Er hatte Raven am Kai vor dem *King's Wark* gesehen und begriffen, dass er in dieser Sache Nachforschungen anstellte. Beattie war geflohen und dann noch einmal zurückgekehrt, um Spiers zu töten. Hatte er auch Sarah gesehen und gefolgert, dass sie das Hausmädchen war, das Madame Anchous Dienste erbeten hatte, um sie hervorzulocken?

Raven lief durch den Hope Crescent und opferte das Licht der Laternen für die Möglichkeit, sich von hinten an Beatties Cottage anzupirschen. Er konnte nicht einfach an der Vordertür klopfen, da Beattie bereits wusste, dass er eine Bedrohung darstellte. Raven musste ihn überraschen.

Er schlich auf das Grundstück und wählte im spärlichen Schimmer eines nach hinten gelegenen Fensters sorgsam seinen Weg. Er sah keinen Schatten von drinnen, keine Bewegung und hörte auch keine Stimmen. Wie hätte er sich über einen lautstarken Streit gefreut!

Raven kam ans Haus, hockte sich unter die Fensterbank und richtete sich langsam auf, um hineinzuspähen. Jegliche Gedanken an List und Strategie schoss er in den Wind, kaum dass er Sarah auf dem Boden liegen sah.

Er rannte zur Hintertür, bereit, sie notfalls einzutreten. Sie war unverschlossen. Ohne Sorge um die Lautstärke stürmte er hinein, durch eine Küche, in der er einen Mörser samt Stößel neben einem Kessel stehen sah. Feines Pulver lag auf dem Marmorrand.

Schon vom Flur aus sah er Sarahs ausgestreckten Arm, wo sie im Büro lag. Wie von einer unsichtbaren Hand geschoben, drängte es ihn auf Sarah zu. Als er zum Durchgang kam, brachte ihn eine Explosion aus Licht und Schmerz ins Straucheln. Etwas Massives, Schweres traf ihn ins Gesicht, und die Wucht des Hiebes addierte sich mit seinem eigenen Schwung.

Er taumelte blind und benommen, die Beine drohten ihm einzuknicken. Raven erhaschte einen Blick auf Beattie, der einen Schürhaken oder Knüppel hielt. Weitere Hiebe prasselten gnadenlos auf ihn nieder, einer traf ihn ins Kreuz, einer in die Kniekehlen, wieder einer schlug ihm den Kopf nach unten. Er stürzte bäuchlings hin, wo er nach dem nächsten Schlag in die linke Seite kaum noch Luft bekam. Er war hilflos.

Beattie kniete sich auf seinen Rücken und band Raven die Hände mit einer Schnur zusammen. Beattie ging mit so viel Kraft und Geschick vor, dass Raven unmöglich der Erste sein konnte, den dieser Mann fesselte.

Er versuchte, den Kopf anzuheben, aber sogleich rann ihm Blut von der Schädelplatte ins rechte Auge. Mit dem linken sah er Sarah in kurzer Entfernung auf dem Teppich liegen. Sie war vollkommen reglos. Bei ihr hatte es keine Schnur mehr gebraucht.

Er hätte wohl geweint, doch dazu fehlte ihm die Luft.

Über ihr sah er Regal um Regal mit anatomischen Präparaten, die den Raum beherrschten. Selbst in seinem Zustand erschien ihm etwas an der Sammlung seltsam, doch es dauerte eine Weile, bis er verstand, was damit nicht stimmte.

Die Antwort lautete: nichts.

Die meisten Mediziner bewahrten Präparate kranker Organe neben denen gesunder auf, sodass ungewöhnliche Zustände und krankhafte Veränderungen anschaulich wurden,

Beatties Organe dagegen waren alle völlig gesund und normal.

»Du hast sie umgebracht«, sagte Raven, als er wieder bei Stimme war.

»Wen?«, fragte Beattie verärgert.

»So viele. Die Frauen, die deine Pillen nahmen. Du hast ihnen einen langsamen, schmerzhaften Tod beschert, und es hat dich nicht gekümmert. Die Frauen, an denen du Abtreibungen vollzogen hast, starben ebenso langsam. Auch die hast du getötet.«

Raven schaute durch das Zimmer, da er insgeheim immer noch hoffte, dass seine Annahme sich als falsch erwies und es eine Bewegung gab. Doch nichts regte sich.

»Und du hast Sarah umgebracht.«

»Ganz recht«, erwiderte Beattie, als handelte es sich nur um ein Detail.

Durch die Wut und Trauer bekam Raven kaum Worte heraus. »Herrgott, Mann! Die einzige Frau, die du nicht umgebracht hast, war Graseby, aber bei der hast du mir eingeredet, ich hätte es getan. Hast du gedacht, ich finde das niemals heraus?«

»Wie du schon vermutest, kümmerte es mich nicht. Aber ich wusste, dass es dich gefügig machen würde, wenn du es glaubtest, fast so kriecherisch, wie du deinem aufgeblasenen, selbstverliebten Musterknaben von einem Chef die Stiefel leckst.«

»Selbstverliebt? Du hast Sarah, Rose Campbell und Spiers umgebracht, nur um sie zum Schweigen zu bringen.«

»Diese Opfer waren bedauerlich, aber sie haben mich dazu gezwungen. Ich stehe an der Schwelle zu außerordentlichen Entdeckungen von unerhörtem Nutzen. Hätte ein Hausmädchen oder ein Gastwirt meiner Arbeit Einhalt geboten, wäre das eine Katastrophe gewesen.«

Beattie überprüfte Ravens Handfesseln und begann dann, ihm die Schnur auch um die Fußgelenke zu wickeln.

»Du dagegen bist kein großer Verlust. Du hättest keinen guten Arzt abgegeben, Raven. Du hast dich von deiner Sentimentalität behindern lassen – deiner Sentimentalität und deinem Mitgefühl. Um wahre Erfolge zu feiern, muss man Distanz zu den Patienten wahren, und ich sah keinen Beweis, dass du dazu fähig warst, weshalb du nie mehr als ein Pfleger hättest sein können.«

»Distanz wahren? Du missbrauchst sie als Versuchskaninchen. Du hast diese Frauen vergiftet. Hat es denn nicht gereicht, ihnen zu einem maßlosen Preis eine nutzlose Pille zu verkaufen? Musstest du ihnen einen grausamen Tod bereiten, damit sie nicht wiederkamen und ihr Geld zurückforderten?«

»Das war nicht meine Absicht. Wieder fehlt dir der Blick für das große Ganze. Es waren notwendige Opfer auf dem Wege des Fortschrittes. Ich suchte nach der richtigen Dosierung, um frühzeitige Wehen herbeizuführen, ohne die Mutter zu schädigen. Stell dir nur vor, welches Geschenk es sein wird, wenn ich ein Mittel so weit perfektioniere, dass es die sichere und wirksame Abstoßung der ungewollten Leibesfrucht ermöglicht. Endlich kann der ausufernden Vermehrung der Armen Einhalt geboten werden.«

Beattie richtete sich auf und stand über Raven, während er ihn belehrte. Er hatte schon immer den Klang seiner eigenen Stimme geliebt. Raven ließ ihn nur zu gern reden, denn seine einzige Hoffnung auf Rettung war die, dass Jarvis Simpson und McLevy benachrichtigen würde, die daraufhin herbeieilten.

»Ich verkaufte meine Arznei stets mit besten Absichten, Raven. Erzielten die Pillen nicht die gewünschte Wirkung, bot ich ersatzweise die Operation an. Viele nahmen verschiedene Zubereitungen meiner Droge und forderten später die Operation ein, nachdem das Medikament sie zwar nicht von ihrer Last befreit, sie aber ebenso wenig umgebracht hatte.«

»Damit du sie dann bei deinen ungeschickten Versuchen niedermetzeln konntest.«

»Wie soll man lernen, wenn nicht durch Übung? Es ist unerlässlich, eine Technik zu perfektionieren, bevor man sie den wohlhabenden Damen der New Town andient. An wem soll man sie also besser ausprobieren als an Huren und Hausmädchen, da Erstere im Massengrab landen und auch um Letztere niemand trauert?«

»Und Caroline Graseby? Als du dich an ihr zu schaffen machtest, war deine Technik noch lange nicht perfektioniert, denn ich weiß, dass du seitdem noch andere getötet hast.«

»Das war ein Notfall. Ihr Gatte hätte Ärger gemacht, also musste ich handeln, und ich wusste, dass mein Problem gelöst war, ob sie nun überlebte oder nicht.«

»Dann war das Kind deines. Du bist ein Ungeheuer, Beattie! *Primum non nocere*. Weißt du noch, wie du mir diese Worte zitiert hast? Du sagst, mich halten Sentimentalität und Mitgefühl auf, aber was ist unser Ziel, wenn nicht das, Leid zu lindern? Menschenleben zu verlängern, statt sie zu verkürzen? Und dazu darf ein Arzt nicht vollkommene Distanz von seinen Patienten wahren, sondern er muss eins mit ihnen sein.«

Beattie lachte hässlich. »Du klingst wie dein Mentor – bis zur Entmannung mit Gefühlen beladen. Meinst du, die Nachwelt wird sich an ihn erinnern, bloß weil er ein paar Frauen einen natürlichen Alltagsschmerz genommen hat? Ich gebe ja zu, dass sein Chloroform sich als nützlich erwiesen hat, aber in der menschlichen Existenz hat das Leid einen wichtigen Zweck, Raven. Es ist notwendig. Man muss Opfer bringen.«

Raven schluckte, denn die Furcht packte ihn so fest wie die Fesseln. Beattie hatte alles gesagt und machte sich zu seinen Taten bereit.

»Was hast du vor?«

»Der junge Dr. Duncan hatte recht, auch wenn er im Scherz sprach. Vielleicht wird aus dir tatsächlich noch eine Fußnote der Medizingeschichte. Allerdings wirst du dort nicht als Arzt stehen, sondern deinen Beitrag als mein Versuchsobjekt leisten.«

Sofort richtete Ravens Auge sich auf die Präparate. Seine Angst wuchs, und er zerrte an den Fesseln, doch seine Hände und Füße waren fest gebunden.

»Nein, nein, du verstehst mich falsch«, sagte Beattie. »Zu diesem Zweck wird die verstorbene Miss Fisher mir dienen, wofür ich ihr dankbar bin. Auch nach dem Anatomy Act sind Leichen zur Sezierung noch schwer zu bekommen. Du dagegen, Raven, wirst mir einen weitaus wertvolleren Dienst erweisen: Du wirst mir die Gelegenheit bieten, mehrere chirurgische Techniken am lebenden Patienten zu üben.«

Er spürte grobe Hände auf den Schultern, als Beattie ihn aus dem Büro schleifte.

»Ich warne dich«, keuchte Raven. »Du bist schon geliefert. Als ich ging, war Simpson bereits unterwegs, um den Polizisten McLevy zu holen. Ich habe ihnen ausrichten lassen, dass sie sich zu dieser Adresse begeben möchten.«

»Und doch kommen sie nicht. Aber danke für die Warnung: Ich werde die Lichter löschen, und wenn sie kommen, sehen sie, dass niemand im Hause ist. Denn dann brennen nur noch die Lampen im Keller, um unsere gemeinsame Arbeit zu beleuchten.«

Raven verstand die unausweichliche Wahrheit dahinter, und ihm blieb nichts mehr, als »Mordio!« zu schreien.

Doch gleichzeitig merkte er, dass seine Stimme nicht aus

dem Haus hinausdrang. Dennoch hielt Beattie inne, beugte sich erneut über ihn und stopfte ihm ein Taschentuch in den Mund.

So geht es denn zu Ende, dachte Raven. Wie es vorherbestimmt war. Auf die gleiche Weise, wie sein Weg begonnen hatte – mit zwei Menschen am Boden, einem Mann und einer Frau. Am Anfang war der Mann tot, die Frau am Leben, jedoch voller Furcht und Blut. Am Ende lag die Frau tot da, und der Mann blutete, aber atmete noch – wenn auch nur für kurze Zeit.

Wo es begonnen hatte: in der Küche seiner Mutter, wo sein Vater sie prügelte und trat, ungeachtet des Blutes und der Schreie, zu betrunken und blindwütig, um zu erkennen, dass er sie bald töten würde.

Zu betrunken und blindwütig, um seinen Sohn zu bemerken, der sich mit einem Kerzenständer von hinten anschlich, den schweren, runden Fuß erhoben.

Er hatte ihn nur einmal geschwungen, gegen den Hinterkopf seines Vaters. Er hatte ihn nur aufhalten wollen, aber der Hieb traf fester als gewollt.

Du hast den Teufel in dir, hatte sie immer gesagt.

In dem Augenblick hatte der Teufel seinen Anspruch auf ihn geltend gemacht.

Raven hatte es sich zum Lebenszweck erhoben, sich selbst zu erlösen, ein Arzt zu werden: zu heilen, zu retten, zu büßen. Es war eine von vielen aussichtslosen Bestrebungen in seinem Leben, denn es gab keine Erlösung – nur den gewundenen Pfad, der ihn hierher zu seiner endgültigen Verdammnis geführt hatte.

Er hörte etwas fauchen, etwas durch die Luft schneiden.

Beattie erstarrte. Er ließ Raven los, die Augen traten aus den Höhlen, als er sich zwischen die Beine griff und eine fassungslose Agonie sein Gesicht entstellte.

Er sank auf die Knie, und hinter ihm erschien Sarah. Dort stand sie mit dem Schürhaken in beiden Händen und Feuer in den Augen.

»Jedenfalls habe ich Verstand genug, um zu wissen, dass ein eitler Onanist, der sich für den lieben Gott hält, keinem Hausmädchen ohne Weiteres Tee serviert«, sagte sie.

Als diese Worte an Beatties Ohren drangen, fauchte der Schürhaken wieder durch die Luft und traf diesmal seinen Schädel.

Kapitel 60

Der Tee hatte ihre Rettung bedeutet.

Diese geistloseste aller Aufgaben hatte auf kränkende Weise ihren Alltag bestimmt – das endlose Ritual, Heißgetränke zuzubereiten und zu servieren, aber so ungern Sarah es auch zugab, hatte es ihr letztlich doch das Leben gerettet.

Miss Fisher, ich muss mich bei Ihnen entschuldigen.

Beatties Gebaren hatte sich so plötzlich verändert. Seine aufziehende Wut war mit einem Mal wie weggeblasen und einer Beflissenheit gewichen, die sie beruhigen sollte, in Wahrheit aber einen Fluchtreflex bei ihr auslöste. Sie verspürte ein intensives Gefühl drohender Gefahr, eine tiefe, instinktive Furcht, wie sie sie bisher noch nicht erlebt hatte.

Womöglich hätte sie das als bloßen Ausdruck ihrer überbordenden Angst abgetan, Beattie wegen seiner Lügen zur Rede zu stellen, aber als er anbot, ihr einen Tee aufzubrühen, stand außer Zweifel, dass er ihr etwas antun wollte. Ein Mann von seinem Charakter brühte für niemanden Tee auf, erst recht nicht für ein Hausmädchen.

In dem Augenblick begriff Sarah, dass er sie vergiften wollte, und diese erschreckende Erkenntnis führte sie noch zu weit größeren. Aber um sich ein letztes Mal zu vergewissern, bot sie an, ihm in der Küche zu helfen. Sie wusste, dass sie nicht darauf beharren durfte, denn wenn sie ihm die Ausführung dieses Plans allzu sehr erschwerte, würde Beattie sicher aus dem Stegreif einen anderen ersinnen.

Instinktiv wollte sie fortlaufen, aber sie fürchtete, dass er sie einholen würde, und dann war auch ihr einziger Vorteil dahin – sein Unwissen, dass sie ihn durchschaut hatte. Hatte er die Vordertür abgeschlossen? Sie wusste es nicht mehr. Selbst wenn sie offen war, war er schneller und gewiss kräftiger. Sie musste den richtigen Augenblick abwarten, wenn er glaubte, dass er bereits mit ihr fertig war.

Während Beattie ihren Tod vorbereitete, nutzte sie die Gelegenheit zur Durchsuchung seines Büros. Irgendetwas verstörte sie an seinen anatomischen Präparaten, aber vor allem ließ der Anblick der Glacéhandschuhe ihre Gedanken rasen. Da wurde alles klar. Sie wusste, wer sie getragen hatte und warum. Sie wusste, dass Beattie Madame Anchou war.

Er servierte den Tee bereits eingeschenkt, was schlicht falsch war. Dies tat er, weil er etwas in eine der beiden Tassen gegeben hatte: Tassen, die nicht zueinanderpassten – ebenso falsch –, damit er wusste, welche er ihr geben musste, und gleichsam seine Versicherung, falls sie ihm auf die Schliche gekommen war und die Tassen heimlich austauschen wollte.

Sie unterdrückte ihre Furcht und bat ihn um ein Stück Gebäck. Sobald er aus der Stube war, leerte sie ihren Tee in eine irdene Vase und schenkte sich aus der Kanne nach, bevor Beattie zurückkehrte.

Sein Verhalten danach war vollkommen durchschaubar

gewesen. Er hielt sie hin und vermied jede Aufklärung, bis er sich ihres Schicksals sicher war. Wie erwartet, wechselte sein Gebaren wieder, sobald sie ihre Tasse geleert hatte.

Danach brauchte sie nur noch den richtigen Moment zu wählen, um die Wirkung des Giftes vorzuspielen. Damit dies bestmöglich gelang, musste sie wissen, welches Gift er benutzt hatte.

Sie griff sich reflexhaft an den Bauch. »Strychnin?«

Beattie lächelte herablassend. »Ja, wie ich höre, haben Sie Christison gelesen. Nicht, dass Sie viel verstanden hätten, nehme ich an, aber seien Sie versichert, dass ich nicht auf Nux vomica zurückgegriffen habe. Schließlich werde ich Sie sezieren, und ich möchte nun wirklich nicht damit warten müssen, bis die steifen Verrenkungen sich gelöst haben. Nein, ich habe Ihnen Blausäure verabreicht. Ein narkotisches Gift, schnell und schmerzlos. Glauben Sie mir, das hätte ich auch für Rose getan, wenn ich es zur Hand gehabt hätte. Von unnötiger Grausamkeit halte ich nichts, Miss Fisher. Ich bin schließlich kein Monster.«

Blausäure. Sie kannte sie aus den Büchern. Beginn der Symptome innerhalb von zwei Minuten, Tod innerhalb von zehn. Ebenso wusste sie, dass Blausäure im Gegensatz zu Strychnin nach dem Tod nachweisbar war, was aber nur eine Rolle spielte, wenn die Leiche jemals gefunden wurde.

Sarah sah die Präparate an und verstand, was genau Beattie vorhatte.

Kurz danach waren ihr die Beine weggeknickt. Sie stürzte auf den Boden, atmete zunächst langsam und rang dann heftig nach Luft, bevor sie vollkommen still liegen blieb. Beattie prüfte ihren Puls nicht, der sie sofort verraten hätte, denn er raste. Beattie schien völliges Vertrauen in die Wirkung des Giftes zu haben, weshalb sie vermutete, dass er es nicht zum ersten Mal eingesetzt hatte.

Kurz darauf hörte sie die Hintertür aufschlagen, gefolgt von Schritten in der Küche. Sie wagte es, die Augen einen winzigen Spalt weit zu öffnen, und hätte beinahe eine Warnung ausgestoßen, als sie Beattie mit einem Stock ausholen sah, aber es war schon zu spät. Sie würde nur eine einzige Gelegenheit bekommen, und die musste sie nutzen.

Sarah befreite Raven, und gemeinsam fesselten sie Beattie, der sich langsam wieder regte. Er und Raven bluteten beide, aber heilen wollte sie nur einen von ihnen. Bei Beattie wünschte sie sogar, sie hätte ihn mehr als zweimal geschlagen.

Draußen hörte sie Hufeisen auf dem Pflaster.

»Simpson!«, rief Raven.

Also war es doch keine Verzweiflungslüge gewesen, als er Beattie sagte, er habe dem Professor ausrichten lassen, er solle herkommen.

Dr. Simpson kam durch die Vordertür hereingerauscht. Sein Ausdruck neugieriger Verärgerung wurde zu einem bestürzter Verwirrung, als er die Szene erfasste, die sich ihm bot: sein Hausmädchen im Heim eines anderen Mannes nach Einbruch der Dunkelheit, sein Famulus blutig und geprügelt, und beide standen über der gefesselten Gestalt des Verlobten seiner Schwägerin.

»Ich habe da ein, zwei Fragen, Junge«, sagte er leise.

Raven erzählte Simpson alles.

Sarah hatte den Professor nur selten wütend erlebt. Es war ein langsamer Prozess, wie Wolken, die über den Pentland Hills aufzogen, dichter und dunkler wurden und das bevorstehende Gewitter ankündigten. Er schaute voller Wut und Abscheu auf Beattie hinab, der die Gruppe über sich mit einer Gelassenheit betrachtete, die Sarah beunruhigte.

»Wo ist McLevy?«, fragte Raven.

»Er verabschiedete sich, sobald wir zurück waren und meinen Brougham wieder an seinem Platz fanden. Ich bot ihm einen Drink für seine Mühen an, aber er hatte noch etwas zu erledigen. Als ich das Haus betrat, war Jarvis völlig außer sich, was man auch nicht alle Tage erlebt.«

»Wir müssen den Polizisten holen«, sagte Raven. »Ihm erklären, was vorgefallen ist. Dann wird dieser Teufel sicher hängen.«

Beattie lachte. »Das wird dieser Ehrenmann und Mediziner sicher nicht«, sagte er seiner derzeitigen Lage zum Trotze mit selbstsicherer Arroganz. »Denn ihr könnt nichts beweisen. Was habt ihr zu bieten? Ein Cape, das ich getragen haben soll, um mich als französische Hebamme zu verkleiden? Das ist doch die reinste Lächerlichkeit.«

»Du hast Spiers und Rose Campbell umgebracht«, erwiderte Raven. »Du hast mit Gift gehandelt und Gott weiß wie viele Frauen getötet.«

Beattie zuckte die Schultern, als wäre ihm all das eine lästige Unannehmlichkeit. »Auch dafür habt ihr keine Beweise.«

Sarah wollte ihn wieder mit dem Schürhaken schlagen, aber schlimmer als sein Gebaren war etwas anderes. Womöglich hatte er recht. Strychnin war nicht nachweisbar. Es hinterließ keine Spur, auf die man untersuchen konnte. Es gab keine Beweise, dass Beattie die tödlichen Abtreibungen durchgeführt hatte, denn die einzigen Zeuginnen waren tot, und die Überlebenden würden im Verborgenen bleiben, um sich nicht selbst zu belasten.

»Wir werden dieses Haus durchsuchen und deine Pillen finden«, sagte Raven.

»Und wie möchtest du beweisen, dass meine Absicht bei ihrer Entwicklung nicht die allerbesten waren? Wie willst du beweisen, was die Pillen bewirken? Oder meldest du dich freiwillig, vor Gericht eine zu schlucken, um deine Hypothese zu demonstrieren? Das wäre mal ein Verfahren, da wäre ich wirklich gern dabei.«

Sarah war es, als würde der Boden unter ihr zu Schlamm. Auch Raven spürte es wohl. Sie blickten beide den Professor an, der stets mit Weisheit aufwarten konnte, mit Antworten.

Dr. Simpson führte sie aus dem Büro in den Flur, wo Beattie nicht mehr mithören konnte.

»Das ist einfach unvorstellbar«, sagte Raven. »Er kann doch nicht davonkommen und seiner gerechten Strafe entgehen, wie er es beschreibt.«

»Das ist nicht auszuschließen«, erwiderte der Professor. »Tatsächlich sind was man weiß und was man beweisen kann zwei völlig verschiedene Angelegenheiten, und vor Gericht kann einem dieser Unterschied äußerst unerbittlich demonstriert werden. Aber es gibt auch noch eine andere Überlegung.«

Sarah bemerkte den ungewöhnlich besorgten Gesichtsausdruck des Professors, und sie erriet seine Bedenken, bevor er sie selbst aussprechen konnte.

»Solch ein Verfahren würde Miss Grindlay zutiefst erniedrigen«, sagte sie.

»Ganz recht, Sarah. Man stelle sich Minas Leid vor, wenn aus alledem ein öffentliches Spektakel würde. Alle Welt würde nicht nur erfahren, dass sie getäuscht und ausgenutzt wurde, sondern auch, dass sie ihr Herz dieser abscheulichen Kreatur zu schenken gedachte.«

Raven sah blass und welk in seiner Ungläubigkeit aus, als verließe ihn gerade die letzte Hoffnung.

»Sie können doch nicht wollen, dass wir alles ignorieren, was wir wissen, bloß um Mina zu schonen.«

»Stünde Minas Leid allein der Gerechtigkeit im Wege, könnte ich es ihr nicht ersparen, aber ebenso wenig möchte ich es ihr zumuten, wenn dennoch das Risiko bleibt, dass ein Mörder freigesprochen wird. Aber Sie haben recht: Wir können unser Wissen nicht ignorieren, denn ein Mann wie Beattie würde seine Verbrechen sicherlich wiederholen. Das wäre unvorstellbar, wie Sie schon sagten.«

»Was sollen wir dann tun?«

Der Professor wandte den Blick auf die elende Gestalt am Boden des Büros und betrachtete sie lange. Dann besah er sich die Reihen an Gläsern mit Präparaten ungeklärter Herkunft. Ein Ausdruck eiserner Entschlossenheit kam über seine Züge.

»Auch das Vorgehen, das wir wählen müssen, ist unvorstellbar«, sagte er. »Und diese Sünde wird uns drei binden, uns eine Bürde auferlegen, die wir bis ans Ende unserer Tage zu tragen haben. Doch uns fällt diese Pflicht zu, und uns bleibt kein anderer Weg.«

Dr. Simpson legte Sarah eine Hand auf die Schulter und sagte mit leiser Stimme: »Gehen Sie zur Kutsche. Holen Sie mir meine Tasche. Raven, Sie helfen mir, ihn in den Keller zu tragen.«

Kapitel 61

»Kein Mensch kommt zur Welt, ohne dass ein anderer für Stunden oder gar Tage auf der Streckbank leidet.« Diese Worte von John Stuart Mill kamen Raven in den Sinn, als er sich in einer engen Dachkammer über dem Lawnmarket abmühte. Er las nicht viele philosophische Schriften, da ihm dazu die Zeit fehlte, also hatte er das Zitat wohl vom Professor oder einem der gelehrten Gäste in der Queen Street gehört. Zwar schwitzte Raven trotz der Kälte vor Anstrengung, aber er wusste, dass die Frau, die vor ihm lag, schon unermesslich viel mehr gegeben hatte, bevor er gekommen war, um ihr beizustehen.

Sein Schweiß ging nicht allein auf die körperliche Anstrengung zurück, sondern ebenfalls auf seine Sorge, dass ihm kein Fehler unterlaufen durfte. Simpson hatte ihm den Fall anvertraut, da er ihn nicht als so schwierig einschätzte, dass er sich deswegen von der äußerst gut besuchten Morgensprechstunde losreißen wollte. »Sie hielten sich ja bereits für fähig, ohne Aufsicht Äther zu verabreichen«, hatte er Raven gesagt, als er ihn losschickte. Wie typisch für Simpson, dass seine Worte Tadel und Bestärkung zugleich sein konnten.

Raven zog kräftig an der Geburtszange, als die nächste Wehe kam. Er lachte beinahe vor Erleichterung, als er spürte, wie sich auf seine Bemühung hin der Kopf des Kindes weiterbewegte, während die Patientin seine nicht allzu sanften Anstrengungen durchschlief. Neben der Linderung der beträchtlichen Schmerzen hatte das Chloroform auch wie üblich die Zauberwirkung gezeigt, die Muskeln entlang des Geburtskanals zu entspannen, sodass Raven die Zange ohne Schwierigkeiten hatte ansetzen können. Dank der Bewusstlosigkeit der Patientin hatte er auch das Sichtschutzlaken entfernen können, das ihm unnötigerweise die Sicht verwehrte. Der Einsatz eines solchen glich der Forderung, ein Chirurg solle im Dunkeln arbeiten. Er fragte sich, wie Syme auf so eine Bitte reagieren würde.

Noch eine Wehe, und der Kopf kam hervor, gefolgt vom Rumpf und einem regelrechten Schwall Fruchtwasser, welches ihm die Schuhe füllte. Das kümmerte Raven aber wenig, da er soeben seine erste Zangengeburt vollführt hatte – mit einer von Simpsons Zangen natürlich –, und es sah so aus, als würden Mutter und Kind die Angelegenheit überleben.

»Ein kleines Mädchen«, rief die Mutter unter Tränen der Dankbarkeit, nachdem sie erwacht war und ihr das Kind in die Arme gelegt wurde. »Meine Güte, bist du hübsch«, lobte sie ihre Tochter.

Kurz darauf, als Raven seine Instrumente eingepackt hatte, verabschiedete er sich und ging mit schmatzenden Schuhen zur Tür. Dort wurde er jedoch vom Ehemann der Patientin aufgehalten, der ihm kräftig die Hand schüttelte und sich in die Tasche griff.

Ravens finanzielle Situation hatte sich zuletzt so weit gebessert, dass er sich eine Weile kein Geld mehr von seiner Mutter zu leihen brauchte und sie sich folglich nicht mehr vor seinem elenden Onkel erniedrigen musste.

Um zu verbergen, was sie mit John Beattie gemacht hatten, hatten sie den Eindruck entstehen lassen müssen, er sei aus seinem Zuhause geflohen. Das hatten sie bewerkstelligt, indem sie einige seiner Kleider und Habseligkeiten in einen Koffer gepackt und verschwinden lassen hatten. Auch wenn er es Simpson nicht verriet, hatte Raven für sich beschlossen, dass das Gesamtbild noch überzeugender war, wenn der Flüchtige keinerlei Geld zurückließ.

Es war nur schade, dass dieses unverhoffte Geschenk nicht schon einen Tag früher gekommen war, denn dann hätte er seine Schuld bei Flint bequem tilgen können, selbst nachdem er Sarah die Hälfte des Geldes ausgehändigt hatte. Natürlich hatte Flint ihm seine Schulden erlassen, aber er fürchtete, dass seine neue Übereinkunft mit diesem Mann sich auf lange Sicht noch als weit drückender erweisen würde.

Der strahlende Vater übergab ihm eine Handvoll Münzen. Es war das erste Geld, das er als Arzt verdient hatte, und mit einigem Stolz befand er, dass es wohlverdient war.

Raven blickte sich in der Dachkammer um, in der er die letzten Stunden verbracht hatte – spärliche Möbel, keine Kohle für den Kamin –, und kam zu einem überaus einfachen Entschluss, der ihm noch wenige Wochen zuvor undenkbar gewesen wäre.

»Nein, nein«, sagte er. »Lassen Sie es gut sein.«

Kapitel 62

Sarah verweilte im Büro des Professors, als die Glocke ging, eine unliebsame, aber unvermeidliche Unterbrechung eines Moments der Ruhe. Es hallte umso länger nach, da das Haus ungewohnt still war, sodass das beharrliche Läuten zwischen den Wänden der leeren Flure hin- und hergeworfen wurde. Die Morgensprechstunde war vorbei, alle Patienten waren mit Pillen und Pflastern versorgt entlassen worden. Dr. Simpson war auf dem Weg zu einer Patientin in Musselburgh, auch Raven tätigte einen Hausbesuch, Mrs Simpson war mit den Kindern zu einer Freundin nach Trinity gefahren, und Miss Grindlay verblieb in ihrem Zimmer.

Die arme Mina war schon seit Tagen nicht mehr herausgekommen. Sie war aufgelöst und untröstlich wegen der Neuigkeiten, dass ihr Verlobter fortgelaufen war, nachdem man ihn als Hochstapler enttarnt hatte. Man sagte ihr, er habe über seinen Onkel und das vornehme Haus in Canaan Lands gelogen, seine Absichten ihr gegenüber seien geheuchelt gewesen, und sein Name laute möglicherweise nicht einmal John Beattie.

»Wahrscheinlich erfahren wir nie, wer er wirklich war«, hatte Dr. Simpson seiner weinenden Schwägerin mitgeteilt, aber vor dem Wissen, was er wirklich war, musste sie beschützt werden. Sarah wollte sich nicht vorstellen, was es bei Mina auslösen würde, wenn sie es doch erfuhr, ganz zu schweigen von dem, was drei Personen mit ihm angestellt hatten, die mit Mina unter einem Dach wohnten.

Es läutete noch einmal. Sarah seufzte und wollte zur Tür gehen, als sie sich erinnerte, dass sie nicht mehr dafür verantwortlich war.

Jarvis war zwar auf einem Botengang, aber das neue Mädchen hatte gestern begonnen, also konnte dieses sich um die Tür kümmern.

Mit einem Lächeln widmete sie sich wieder der Bestückung des Arzneischrankes, sie ordnete die Flaschen in säuberliche Reihen, die Etiketten nach vorne. Sie zog Befriedigung aus deren sorgfältiger Anordnung wie auch aus ihrem Wissen über die Namen, denn sie sah die Arzneien als Symbol ihrer neuen Pflichten.

Dr. Simpson hatte ein zweites Hausmädchen aufgenommen, um Sarah für die Hilfe bei den Sprechstunden und anderen medizinischen Angelegenheiten freizustellen. Dies war geschehen, nachdem sie den Professor über ihr Vorhaben in Kenntnis gesetzt hatte, ihre Kündigung einzureichen, sodass sie eine Anstellung als Krankenschwester an der Royal Infirmary anstreben konnte.

»Wie kommen Sie denn auf die Idee, Sarah?«, fragte er und sah nicht nur überrascht, sondern auch ein wenig verletzt aus, wie sie zugeben musste.

»Ich hatte das Privilegium, während meiner Arbeit hier bei der Versorgung der Patienten zu helfen, und ich würde eine

Anstellung vorziehen, die es mir erlaubte, mehr meiner Zeit einer solchen Tätigkeit zu widmen.«

»Das erscheint mir doch eine schreckliche Verschwendung. Als Schwester in der Infirmary verbringen Sie die meiste Zeit mit dem Wischen der Böden und dem Leeren der Bettpfannen. Ein kluges Mädchen wie Sie kann weitaus mehr lernen, wenn Sie einfach hierbleiben.«

»Aber was nutzt es zu lernen, was ich doch nicht umsetzen kann? Ich könnte mehr Wissen anhäufen als jeder Mann in Edinburgh, und mein Status bliebe dennoch der des belesensten Hausmädchens der Stadt.«

Die Leidenschaft trieb sie zu diesen Worten, aber sie fürchtete, es sei unüberlegt gewesen, ihrer Enttäuschung so offen vor Dr. Simpson Luft zu machen. Doch der Professor hatte nur genickt.

»Es mag nicht für immer so sein«, sagte er sanft. »Und wenn die Umstände nicht so bleiben sollen, dann braucht es Frauen wie Sie, die sie ändern.«

Kapitel 63

Er spürt wieder ein Schlingern, während er im Dunkel liegt, eine Empfindung, die er nicht einordnen kann. Vielleicht ist es ein Taumel, wie wenn er zu viel Wein getrunken hat. Draußen sind Schreie zu hören, Männerschreie, wie Arbeiter, die einander Kommandos zurufen. Sie klingen seltsam gedämpft, kein Echo hallt von den Gebäuden wider.

Er kann nun die Augen öffnen, wie er merkt. Er erinnert sich, dass er es vorher nicht konnte. Er glaubt, dass man ihm eine Augenbinde angelegt hatte. Dennoch sieht er wenig. Der Raum liegt in fast vollständiger Dunkelheit. Seine Hände sind noch gefesselt, aber die Füße sind frei.

Ein scheußlicher Geruch liegt in der Luft, scharf und beißend, und er bemerkt eine Feuchte an seiner Wange. Es ist Erbrochenes, sein eigenes. Er erinnert sich an die Übelkeit, aber nicht an das Erbrechen selbst. In der letzten Zeit war das Bewusstsein ein gelegentlicher Besucher, aber kein treuer Freund. Er erinnert sich an einen verschwommenen, halb wachen Zustand, Gefühle von Orientierungslosigkeit, die nicht davon abgemildert wurden, dass er nichts sehen konnte. Erschöpfung, obwohl er nie ganz wach war. Der Schlaf als Gnade.

Er weiß nicht, wie lange er hier schon liegt. Er legt die Hände auf das Gesicht und spürt den Bartwuchs. Er schätzt, dass seine letzte Rasur mindestens drei Tage zurückliegt.

Langsam kommen die Erinnerungen, werden schrittweise schärfer, als würde er sorgfältig die Linse eines Mikroskops einstellen.

In den Keller geschleift werden. Dort auf dem eigenen Operationstisch liegen, daran gefesselt, unfähig, sich zu bewegen. Ohne jedes Zeitgefühl, lange, angstvolle Sekunden, die zu Minuten und Stunden werden. Sich einnässen, weil es keine andere Möglichkeit gibt.

Raven und Sarah kehren zurück. Keiner spricht. Raven formt ein Taschentuch zum Kegel, träufelt Chloroform darauf. Dann nichts mehr. Danach diese dunkle Kammer an einem unbekannten Ort.

Er setzt sich auf und stößt sich sofort den Kopf. Zunächst glaubt er, die Decke wäre niedrig, aber seine Hände finden eine Koje über sich. Es gibt kein Fenster, keine Lampe, und auch die Tür findet er nicht.

Behutsam schiebt er die Füße über die Kante und steht langsam auf. Wieder stößt er sich, denn die Decke ist tatsächlich niedrig.

Er geht vorwärts, die Hände ausgestreckt, bis er eine Oberfläche trifft. Er hat Glück, glaubt er, denn seine Finger spüren Holz. Das ist die Tür. Jetzt muss er die Klinke suchen.

Er findet sie nicht. Er tastet weiter und merkt, dass hier alles aus Holz ist. Was für eine Kammer ist das? Ist er auf dem Lande, im Wald?

Er ballt die Fäuste, hämmert an die Wand und brüllt darum, herausgelassen zu werden.

Kurz darauf hört er Schritte. Licht strömt herein und blendet ihn, als eine Tür sich im rechten Winkel zu der Stelle öffnet, wo er sie vermutet hatte. Starke Hände packen ihn und schleifen ihn über einen Flur. Selbst hier ist alles aus Holz. Die Männer um ihn tragen Uniform. Soldaten. Hat man ihn ins Edinburgher Schloss verbracht?

Als er eine schmale Treppe emporsteigt, hört er wieder Männerrufe und spürt auch wieder das Schlingern. Mit brennender Wut versteht er.

Er hört die Wellen an den Rumpf klatschen und spürt die beißende Kälte, als er an Deck tritt.

Rundum ist Wasser, von Horizont zu Horizont.

Er wird einem bärtigen Herrn vorgeführt, der seiner Uniform nach zu urteilen einen gewissen Rang bekleidet.

»Guten Morgen«, sagt er. »Ich bin Captain Douglas Strang.«

»Wo bin ich?«

»Sie befinden sich an Bord des Vermessungsschiffes HMS Fearless der Royal Navy auf der Fahrt nach Südamerika auf einer ausgedehnten Mission zur Küstenkartographie.«

»Wie weit sind wir von Leith? Sie müssen augenblicklich umkehren!«

Strang lacht. »Umkehren werden wir eine ganze Weile nicht. Womöglich nie, je nach unseren weiteren Befehlen käme auch eine Weltumrundung infrage. Unser Auftrag gilt zunächst für drei Jahre.«

Beattie bekommt weiche Knie, und das nicht vom Seegang.

»Captain James Petrie hat Sie uns als Schiffsarzt angedient. Sein Schwager, Dr. Simpson, verriet, Sie hätten einen fragwürdigen Umgang mit Frauen gepflegt, also sind Sie sicher erleichtert, dass Sie keine weibliche Gesellschaft haben werden, solange Sie unter meinem Kommando stehen.«

»Das ist gegen das Gesetz. Das ist Zwangsrekrutierung.«

»Captain Petrie warnte mich, dass Sie an Ihrer Einteilung

womöglich etwas auszusetzen hätten, deshalb kamen wir zu einer Übereinkunft. Sollten Sie Ihren Posten nicht antreten wollen, bin ich verpflichtet, Ihnen eine andere Möglichkeit anzubieten.«

»Und was wäre diese andere Möglichkeit?«

»Wir werfen Sie über Bord. Ihre Wahl, Dr. Beattie.«

Danksagung

Wärmsten Dank an:

Sophie Scard, Caroline Dawnay und Charles Walker bei United Agents.

Francis Bickmore, Jamie Byng, Jenny Fry, Andrea Joyce, Becca Nice, Vicki Watson und allen bei Canongate. Ihre Leidenschaft und Begeisterung für dieses Buch war überwältigend.

Professor Malcolm Nicolson am Centre for the History of Medicine, University of Glasgow, dessen MSC-Studiengang zu dem Stoff führte, auf dem dieses Buch basiert.

Moniack Mhor, Scotland's Creative Writing Centre. Der dortige Kurs zum historischen Roman war inspirierend.

Die National Library of Scotland, deren digitalisierte Stadtpläne und Postregister eine Quelle von unschätzbarem Wert waren.

Und natürlich Jack, dafür, dass er sich klaglos langatmige

Geschichten aus dem neunzehnten Jahrhundert angehört hat; und Natalie für ihren unermüdlichen Enthusiasmus für dieses Projekt von den Anfängen an.